Aus Freude am Lesen

btb

Buch

Es ist eine neblige, nasskalte Nacht. Es gießt in Strömen, und der Junge, der am Straßenrand geht, ist kaum zu sehen. Als der Mann den Aufprall hört, ist es bereits zu spät: die Verletzungen des Jungen sind tödlich – und der schwer angetrunkene Fahrer gerät in Panik und macht sich aus dem Staub. Warum sollte er sein ganzes Leben zerstören wegen dieses Unglücksfalls? Sich von seiner Karriere verabschieden? Seine Zukunft aufs Spiel setzen, die auf einmal in leuchtenden Farben vor ihm steht? Er kann nicht wissen, dass seine Feigheit schließlich drei weiteren Menschen den Tod bringen wird und seine Vertuschungsmanöver ihn letztlich gründlicher ruinieren werden, als seine Todesfahrt es je gekonnt hätte …

Autor

Håkan Nesser, Jahrgang 1950, ist einer der interessantesten und aufregendsten Krimiautoren Schwedens. In seiner Heimat gilt er als der unbestrittene Star in seinem Genre. Für seine Kriminalromane um Kommissar Van Veeteren erhielt er zahlreiche Auszeichnungen, sie sind in mehrere Sprache übersetzt und wurden erfolgreich verfilmt. Håkan Nesser lebt in Uppsala.

Håkan Nesser bei btb

Die Kommissar-Van-Veeteren-Serie:
Das grobmaschige Netz. Roman (72380)
Das vierte Opfer. Roman (72719)
Das falsche Urteil. Roman (72806)
Die Frau mit dem Muttermal. Roman (72280)
Der Kommissar und das Schweigen. Roman (72599)
Münsters Fall. Roman (72557)
Der unglückliche Mörder. Roman (72628)
Der Tote vom Strand. Roman (73217)
Die Schwalbe, die Katze, die Rose und der Tod. Roman (73325)
Sein letzter Fall. Roman (73477)

Die anderen Kriminalromane:
Barins Dreieck. Roman (73171)
Kim Novak badete nie im See von Genezareth. Roman (72481)
Und Piccadilly Circus liegt nicht in Kumla. Roman (73407)
Die Schatten und der Regen. Roman (75146)
Die Fliege und die Ewigkeit. Roman (75053)

Håkan Nesser

Der unglückliche Mörder

Roman

Aus dem Schwedischen
von Gabriele Haefs

btb

Die schwedische Originalausgabe erschien 1999 unter dem Titel »Carambole« bei Albert Bonniers Förlag, Stockholm.

Verlagsgruppe Random House FSC-DEU-0100
Das FSC-zertifizierte Papier *Munken Print* für Taschenbücher aus dem btb Verlag liefert Arctic Paper Munkedals AB, Schweden.

Einmalige Sonderausgabe September 2006
btb Verlag in der Verlagsgruppe Random House GmbH, München

Umschlaggestaltung: Design Team München
Umschlagfoto: Wolf Huber
Satz: Filmsatz Schröter GmbH, München
Druck und Einband: Clausen & Bosse, Leck
SR · Herstellung: LW
Printed in Germany
ISBN-10: 3-442-73547-5
ISBN-13: 978-3-442-73547-1

www.btb-verlag.de

»In the natural order of things,
fathers do not bury their sons.«

PAUL AUSTER, *The Red Notebook*

I

1

Der Junge, der bald sterben würde, lachte und befreite sich aus der Umarmung. Wischte sich einige Chipskrümel vom Hemd und stand auf.

»Ich muss jetzt los«, sagte er. »Wirklich. Der letzte Bus geht in fünfzehn Minuten.«

»Ja«, sagte das Mädchen. »Das musst du wohl. Ich trau mich einfach nicht, dich hier übernachten zu lassen. Ich weiß nicht, was meine Mutter sagen würde, sie kommt in zwei Stunden nach Hause. Hat heute Abend Spätdienst.«

»Schade«, sagte der Junge und zog sich den dicken Pullover über den Kopf. »Wäre schön, bei dir zu bleiben. Könnten wir denn nicht … ich meine …«

Er wusste nicht, wie er den Satz beenden sollte. Sie lächelte und nahm seine Hand. Hielt ihn fest. Sie wusste, dass er nicht wirklich meinte, was er da sagte. Wusste, dass er nur so tat. Er würde sich niemals trauen, dachte sie. Würde mit so einer Situation einfach nicht umgehen können … und für eine kurze Sekunde spielte sie mit dem Gedanken Ja zu sagen. Ihn bleiben zu lassen.

Nur um seine Reaktion zu testen, natürlich. Um zu sehen, ob er der Situation gewachsen wäre oder ob er seine Maske fallen lassen würde.

Nur um ihn einen Moment lang glauben zu lassen, sie wolle sich wirklich nackt mit ihm ins Bett legen.

Könnte doch witzig sein. Könnte ihr allerlei über ihn beibringen, aber sie tat es dann doch nicht. Gab den Gedanken auf; es wäre nicht gerade aufrichtig, und sie mochte ihn viel zu sehr, um sich so egoistisch und berechnend zu verhalten. Sie mochte ihn ungeheuer gern, wenn sie es recht bedachte, und deshalb würden sie früher oder später sowieso dort landen. Mit ihren nackten Körpern unter derselben Decke liegen ... doch, das fühlte sie seit einigen Wochen, es gab keinen Grund, diese Tatsache zu leugnen.

Der Erste. Er würde der Erste sein. Aber noch nicht an diesem Abend.

»Ein andermal«, sagte sie und ließ ihn los. Fuhr sich mit den Händen durchs Haar, um sich von der statischen Elektrizität zu befreien, die sein glatter Hemdenstoff hervorgerufen hatte. »Ihr denkt auch nur an das eine, ihr verdammten Gorillamännchen!«

»Äh«, sagte er und versuchte eine Miene kleidsamer Enttäuschung zu zeigen.

Er ging in die Diele. Sie strich ihren Pullover gerade und folgte ihm.

»Wir könnten ganz still sein, du könntest dich schlafend stellen, und ich könnte mich morgen ganz früh davonschleichen«, sagte er, um sich nicht zu früh geschlagen zu geben.

»Wir holen das alles nach«, sagte sie. »Nächsten Monat hat meine Mutter Nachtschicht – dann vielleicht?«

Er nickte. Stieg in seine Stiefel und suchte nach Schal und Handschuhen.

»Verdammt, ich hab mein Französischbuch liegen lassen. Würdest du es für mich holen?«

Das tat sie. Nachdem er seinen Mantel zugeknöpft hatte, umarmten sie sich noch einmal. Durch alle Stoffschichten hindurch konnte sie seinen steifen Penis spüren; er drückte sich gegen sie und sie registrierte kurz eine zitternde Mattigkeit. Das war ein schönes Gefühl, wie zu fallen, ohne an die Landung denken zu müssen, und sie begriff, dass die Verbindungen zwischen Vernunft und Gefühl, zwischen Hirn und Herz, genauso schwach sind, wie ihre Mutter behauptet hatte, als sie kürzlich beim Frühstück ein ernstes Gespräch geführt hatten.

Wenig, worauf Verlass war. Die Vernunft ist nur ein Taschentuch, mit dem wir uns danach die Nase putzen, hatte ihre Mutter gesagt und ausgesehen, als wisse sie, wovon sie da redete.

Was natürlich auch der Fall war. Drei Männer hatte sie gehabt, und keiner davon war ein Sammlerstück gewesen, wenn die Tochter das richtig verstanden hatte. Ihr Vater am allerwenigsten. Sie biss sich in die Lippe und schob ihn weg. Er lachte leicht verlegen.

»Ich mag dich, Wim«, sagte sie. »Wirklich. Aber jetzt musst du los, sonst verpasst du den Bus.«

»Ich mag dich auch«, sagte er. »Deine Haare ...«

»Meine Haare?«

»Du hast so verflixt schöne Haare. Wenn ich ein kleines Tier wäre, würde ich darin wohnen wollen.«

»Also echt«, sie lachte. »Willst du damit sagen, ich hätte Ungeziefer in den Haaren?«

»Nicht doch.« Er verzog den Mund zu einem breiten Grinsen. »Ich meine nur, wenn ich vor dir sterbe, dann will ich als kleines Tier wiedergeboren werden und in deinen Haaren wohnen. Damit wir trotzdem noch zusammen sind.«

Sie wurde ernst.

»So darfst du nicht über den Tod sprechen«, sagte sie. »Ich mag dich so sehr, aber sprich nicht so leichtfertig über den Tod, bitte.«

»Verzeihung«, sagte er. »Ich hatte vergessen ...«

Sie zuckte mit den Schultern. Ihr Großvater war einen Monat zuvor gestorben, sie hatten sich eine Weile darüber unterhalten.

»Das macht nichts. Ich mag dich trotzdem. Wir sehen uns morgen in der Schule.«

»Machen wir. Aber jetzt muss ich wirklich gehen.«

»Soll ich dich nicht wenigstens zur Bushaltestelle bringen?«

Er schüttelte den Kopf. Öffnete die Wohnungstür.

»Sei nicht albern. Es sind doch nur zwanzig Meter.«

»Ich mag dich«, sagte das Mädchen.

»Ich dich auch«, sagte der Junge, der bald sterben würde. »Und wie!«

Sie umarmte ihn zum letzten Mal, und er lief die Treppen hinunter.

Der Mann, der bald töten würde, sehnte sich nach Hause.

Nach seinem Bett oder nach seiner Badewanne, das wusste er nicht so genau.

Nach beidem vermutlich, entschied er, während er heimlich auf seine Armbanduhr schaute. Zuerst ein richtig heißes Bad, dann das Bett. Warum sollte man entweder-oder sagen, wenn man auch sowohl-als-auch haben konnte? Himmel, er saß hier jetzt schon seit über vier Stunden mit diesen Trotteln zusammen … vier Stunden! Er schaute sich am Tisch um und fragte sich, ob einer von den anderen dasselbe Gefühl haben könnte. Und alles ebenso satt haben wie er selber.

Es sah nicht danach aus. Muntere und entspannte Gesichter überall; ein wenig kam das natürlich vom Alkohol, aber die anderen schienen sich in dieser Gesellschaft offenbar wohl zu fühlen. Sechs Herren in ihren besten Jahren, dachte er. Erfolgreich und wohlhabend, zumindest nach normalen Maßstäben. Möglicherweise sah Greubner ein wenig müde und niedergeschlagen aus, aber vermutlich kriselte es wieder einmal in seiner Ehe … oder in der Firma. Oder warum nicht in beidem, wie gesagt?

Nein, jetzt reicht es, beschloss er und kippte den letzten Cognacrest. Wischte sich mit der Serviette die Mundwinkel und erhob sich langsam.

»Ich sollte jetzt wohl«, setzte er an.

»Schon?«, fragte Smaage.

»Ja. Morgen ist auch noch ein Tag. Und mehr hatten wir doch nicht auf der Tagesordnung?«

»He«, sagte Smaage. »Wenn, dann noch ein Cognäcchen. He.«

Der Mann, der bald töten würde, erhob sich endgültig.

»Ich sollte jetzt auf jeden Fall«, sagte er noch einmal und ließ den Satz absichtlich in der Schwebe. »Darf man den Herren eine gute Nacht wünschen, und sumpft hier nicht mehr allzu lange herum.«

»Prost«, sagte Kuijsma.

»Friede, Bruder«, sagte Lippmann.

Draußen im Foyer merkte er plötzlich, dass er wirklich ziemlich viel getankt hatte. Es fiel ihm schwer, in den Mantel zu finden, so schwer jedenfalls, dass der tätowierte Athlet hinter dem Garderobentresen sich die Mühe machte, dahinter hervorzukommen, um ihm zu helfen. Das war unleugbar ein wenig peinlich. Eilig lief er die kurze Treppe hinunter, in die erfrischende Kühle der Nacht hinaus.

Regen hing in der Luft, und die schwarz glänzenden Pflastersteine auf dem Markt erzählten von dem Guss, der sie vor nicht langer Zeit getroffen hatte. Der Himmel wirkte unruhig und verhieß noch weitere Schauer. Der Mann band sich sein Halstuch um, bohrte die Hände in die Taschen und ging an der Zwille entlang zum großen Platz, wo sein Wagen stand. Gar nicht blöd, so ein kleiner Spaziergang, dachte er. Schon nach einigen hundert Metern wird man viel klarer im Kopf. Was bestimmt nicht schadet.

Die Uhr am Warenhaus Boodwick zeigte zwanzig Minuten nach elf, als er an dessen hell erleuchteten Eingang vorüberkam, doch der Ruyders Plein lag dunkel und verlassen da wie eine vergessene Grabstätte. Über der Langgraacht hing jetzt der Nebel, und als er die Eleonorabrücke überquerte, rutschte er einige Male aus; die Temperatur konnte nur um weniges über Null liegen. Er schärfte sich ein, vorsichtig zu fahren. Überfrierende Nässe und Alkohol im Blut waren keine gute Kombination. Für einen kurzen Moment erwog er sogar, sich ein Taxi zu nehmen, aber er konnte keins sehen, und so ließ er diese Idee wieder fallen. Außerdem würde er am nächsten Morgen das Auto sehr früh brauchen, und die Vorstellung, es auf dem großen Platz stehen zu lassen, kam ihm nicht sonderlich attraktiv vor. Obwohl er erst kürzlich eine ziemlich aufwändige Alarmanlage hatte einbauen lassen, wusste er ja, wie die Lage war. Es wäre keine Kunst für zwei geschickte Diebe, das Auto aufzubrechen, die Stereoanlage herauszuholen und sich in Sicherheit zu bringen, ehe irgendwer auch nur begriffen hätte, was vor sich ging. So war es nun einmal, stellte er mit nüchterner Resignation fest und bog in die Kellnerstraat ab.

Ansonsten war es ja nicht das erste Mal, dass er mit etwas Schnaps im Leib losfuhr. Es war schon ein- oder zweimal vorgekommen, und es hatte niemals Probleme gegeben. Als er jetzt quer über den Platz auf seinen roten Audi zuging, versuchte er sich zu erinnern, wie viel er sich an diesem Abend zu Gemüte geführt hatte, aber es gab da doch etliche Unklarheiten, und er kam zu keinem sicheren Ergebnis. Also öffnete er mit der Fernbedienung den Wagen und ließ sich hinters Steuer fallen. Stopfte sich vier Halstabletten in den Mund, ließ den Motor an und dachte an sein Schaumbad.

Eukalyptus, beschloss er. Schaute auf die Uhr. Es war zwei Minuten nach halb zwölf.

Der Bus fuhr in dem Moment an ihm vorbei, als er aus dem Haus kam.

Er hob die Hand, in dem reflexmäßigen Versuch, den Fahrer zum Anhalten zu bewegen. Danach fluchte er ausgiebig und sah zu, wie die Rücklichter auf der leichten Steigung zur Universität hin verschwanden.

Scheiße, dachte er. Warum muss der ausgerechnet heute Abend den Fahrplan einhalten? Typisch. Verflixt typisch!

Doch als er auf die Uhr sah, stellte er fest, dass er fast fünf Minuten zu spät dran war, und dass deshalb alles nur seine Schuld war.

Seine und Katrinas, nicht zu vergessen. Beim Gedanken an

sie hob sich seine Laune ein wenig. Energisch zog er seinen Rucksack gerade, streifte die Kapuze über und setzte sich in Bewegung.

Er hatte eine gute Dreiviertelstunde vor sich, aber er würde auf jeden Fall um kurz nach zwölf zu Hause sein. Das war nicht so schlimm. Seine Mutter würde am Küchentisch sitzen und auf ihn warten, davon konnte er natürlich ausgehen. Sie würde am Tisch sitzen und diese zutiefst vorwurfsvolle Miene an den Tag legen, die sie im Laufe der Jahre zu großer und stummer Dramatik entwickelt hatte, aber das war nicht die Welt. Jeder kann schließlich den Bus verpassen, das kommt in den besten Familien vor.

Beim Keymerfriedhof spielte er mit dem Gedanken an eine Abkürzung. Aber er beschloss, den Friedhof zu umrunden; zwischen Gräbern und Kapelle sah es nicht gerade einladend aus, schon gar nicht in dieser kalten Finsternis mit frostigen Nebelfetzen, die durch Gassen und Gänge und aus den schwarzen Kanälen krochen. Offenbar wollten sie die Stadt in eine nächtliche Decke hüllen. Ein für alle Mal.

Ihn schauderte, und er beschleunigte sein Tempo. Ich hätte bei ihr bleiben können, dachte er plötzlich. Hätte Mama anrufen und bei Katrina bleiben können. Sie hätte natürlich zuerst herumgequengelt, aber was hätte sie schon tun können? Der letzte Bus war ja schließlich weg. Ein Taxi konnte er sich nicht leisten, und weder Uhrzeit noch Witterung ließen es angebracht erscheinen, dass ein Junge ganz allein unterwegs war.

Oder dass eine Mutter ihn dazu ermunterte.

Doch das waren nur Gedankenspielereien. Zielstrebig ging er weiter. Durch den Stadtwald – über den spärlich beleuchteten Geh- und Radweg – lief er fast und erreichte damit die Hauptstraße schneller als erwartet. Jetzt noch das letzte Stück, dachte er. Die lange, triste Wanderung entlang der Hauptstraße, keine besonders angenehme Strecke, wenn man es genau nahm. Es war kaum Platz für Radfahrer und Fußgänger. Nur den schmalen Streifen zwischen Straßengraben und Fahrbahn, und die Autos fuhren schnell. Es gab keine Geschwindigkeitsbegrenzung und keine nennenswerte Straßenbeleuchtung.

Zwanzig Minuten Wanderung über eine dunkle Straße im November. Er war erst zweihundert Meter weit gekommen, als ein kalter Wind aufkam und den Nebel zerriss, und dann brach der Regen über ihn herein.

Verdammt, dachte er. Jetzt könnte ich in Katrinas Bett liegen. Nackt, und ganz dicht bei Katrina, mit ihrem warmen Körper und ihren behutsamen Händen, ihren Beinen und ihrer Brust, auf die er fast die Hand hätte legen dürfen … dieser Regen musste ein Zeichen sein.

Doch trotz allem ging er weiter. Ging weiter durch Regen und Wind und Dunkelheit und dachte an sie, die die Erste sein sollte.

Die die Erste hätte sein sollen.

Er hatte ein wenig schräg geparkt, musste rückwärts aus der Lücke fahren und als er gerade glaubte, es geschafft zu haben, schrammte seine rechte Heckflosse an einem dunklen Opel vorbei.

Zum Teufel, dachte er. Warum habe ich mir kein Taxi genommen? Vorsichtig öffnete er die Tür und schaute nach hinten. Erkannte, dass wirklich so gut wie gar nichts passiert war. Eine Bagatelle. Er schloss die Tür wieder. Man musste ja auch bedenken, überlegte er weiter, man musste ja auch bedenken, dass die Fenster beschlagen waren und die Sicht fast minimal.

Warum genau man das bedenken musste, wollte er nicht weiter untersuchen. Er fuhr rasch vom Platz und überquerte die Zwille ohne Probleme. Es herrschte kaum Verkehr, er ging davon aus, dass er in einer Viertelstunde oder höchstens zwanzig Minuten zu Hause sein würde, und während er am Alexanderlaan auf Grün wartete, fragte er sich, ob von dem Eukalyptusschaum wirklich noch etwas übrig sein könnte. Als die Ampel wechselte, brüllte der Motor auf … das kam von dieser verdammten Feuchtigkeit. Danach fuhr er einen zu engen Bogen und knallte gegen die Verkehrsinsel.

Das aber nur mit dem Vorderrad. Kein größerer Schaden passiert … oder gar keiner, wenn man genauer hinsah. Er brauchte einfach nur ein fröhliches Gesicht aufzusetzen und weiterzufahren, redete er sich ein, aber dann ging ihm plötzlich auf, dass er um einiges betrunkener war, als er gedacht hatte.

Verdammt, dachte er. Ich muss auf jeden Fall wach bleiben. Wäre gar nicht komisch, wenn …

Er kurbelte das Seitenfenster zehn Zentimeter nach unten und drehte das Gebläse voll auf, um zumindest die Fenster frei zu kriegen. Danach fuhr er lange in vorbildlich niedrigem Tempo weiter und passierte Bossingen und Deijkstra, wo sich während der vergangenen fünfunddreißig Jahre kein Verkehrspolizist mehr hatte sehen lassen, und als er die Hauptstraße erreichte, ging ihm auf, dass er sich unnötig vor Frostglätte gefürchtet hatte. Inzwischen regnete es heftig; er schaltete die Scheibenwischer ein und verfluchte zum fünfzigsten Mal in diesem Herbst, dass er immer wieder vergaß, sich neue zuzulegen.

Morgen, dachte er. Morgen fahre ich als Erstes zur Tankstelle. Es ist doch Wahnsinn zu fahren, ohne richtig sehen zu können …

Später konnte er einfach nicht sagen, ob er zuerst etwas gehört oder gesehen hatte. Der weiche Aufprall und das leichte Rucken des Lenkrades jedenfalls hatten sich seiner Erinnerung am deutlichsten eingeprägt. Und seinen Träumen. Dass das hier, was für den Bruchteil einer Sekunde am Rand seines Blickfeldes vorüberwirbelte, mit der kleinen Vibration zusammenhing, die seine Hände wahrnahmen, begriff er nicht sofort. Jedenfalls nicht bewusst.

Das passierte erst beim Bremsen.

Es passierte erst später – nach diesen fünf oder sechs Sekunden, die vergangen sein mussten, nachdem er den Wagen angehalten hatte und über die triefnasse Fahrbahn gelaufen war.

Dabei dachte er an seine Mutter. Daran, wie sie einmal, als er krank war – es musste während der allerersten Schuljahre gewesen sein – ihre kühle Hand auf seine Stirn gelegt hatte, während er kotzte und kotzte und kotzte; grüngelbe Galle in einem roten Plastikeimer. Es hatte so teuflisch wehgetan, und diese Hand war so kühl und schön gewesen, und er fragte sich, warum in aller Welt er gerade jetzt daran denken musste. Diese Erinnerung lag mehr als dreißig Jahre zurück und er glaubte nicht, seither noch einmal daran gedacht zu haben. Seine Mutter war seit über einem Jahrzehnt tot, es war wirklich ein Rätsel, warum die Erinnerung jetzt auftauchte und wieso er …

Er entdeckte den Jungen erst, als er fast schon an ihm vorbei war und er wusste sofort, dass er tot war.

Ein Junge in einem dunklen Dufflecoat. Er lag unten im Graben; seltsam verzerrt, mit dem Rücken an einem zylindrischen Zementrohr, das Gesicht dem Mann zugekehrt. Als starre er ihn an und versuche irgendeinen Kontakt aufzunehmen. Als wolle er ihm etwas sagen. Seine Gesichtszüge waren teilweise unter seiner Kapuze versteckt, aber die rechte Gesichtshälfte – die allem Anschein nach gegen den Zement geschleudert worden war – lag entblößt da wie ein … wie ein anatomisches Objekt.

Er blieb stehen und kämpfte gegen seinen Brechreiz an. Dieselben Reflexe, dieselben alten Reflexe wie vor dreißig Jahren, zweifellos. Zwei Wagen fuhren vorüber, in entgegengesetzten Richtungen, aber niemand schien ihn bemerkt zu haben. Er spürte, dass er jetzt zitterte. Er holte zweimal tief Luft und stieg in den Graben. Kniff die Augen zusammen und riss sie nach einigen Sekunden wieder auf. Beugte sich vor und tastete behutsam nach dem Puls des Jungen, an dessen Handgelenken und an dem blutverschmierten Hals.

Es gab keinen. Verdammt, dachte er und spürte, wie Panik in ihm aufstieg. Verdammte Pest, ich muss … ich muss … ich muss …

Ihm fiel nicht ein, was er musste. Vorsichtig schob er die Arme unter den Körper des Jungen, ging in die Knie und hob ihn hoch. Seine Lendenwirbel knackten, der Junge war schwerer, als er gedacht hatte, vielleicht machten dessen durchnässte Kleider sich bemerkbar. Falls er überhaupt etwas gedacht hatte. Warum hätte er es tun sollen? Der Rucksack war ein kleines Problem. Rucksack und Kopf, beide wollten immer wieder auf wirklich unmögliche Weise nach hinten kippen. Er registrierte, dass das Blut aus dem Mundwinkel in die Kapuze tropfte und dass der Junge höchstens fünfzehn oder sechzehn Jahre alt sein konnte. Ein Junge von fünfzehn, sechzehn … ungefähr so alt wie Greubners Sohn. Das sah er an den ein wenig unfertigen Gesichtszügen, trotz der Verletzungen … ein ziemlich gut aussehender Junge, nahm er an, würde zweifellos ein attraktiver Mann werden.

Hätte es werden sollen.

Er stand eine ganze Weile mit dem Leichnam auf den Armen unten im Graben, während die Gedanken durch seinen Kopf wirbelten. Der Hang zur Fahrbahn war nur einen Meter hoch, doch er war steil und der Regen machte ihn glitschig und trügerisch; der Mann glaubte nicht, darauf Halt finden zu können. Während er dort stand, kam kein Auto vorbei, doch er hörte in der Ferne, wie ein Moped sich näherte. Oder vielleicht auch ein Motorrad, dachte er. Als es vorüberfuhr, registrierte er, dass es sich um einen Roller handelte, und für einen Moment wurde er von den Scheinwerfern geblendet. Vermutlich – zumindest war er später davon überzeugt – vermutlich brachte ihn diese eine Sekunde blendender Helligkeit wieder zu Bewusstsein. Half seinem Denken wieder in rationale Bahnen zurück.

Behutsam lehnte er den Leichnam gegen die Röhre. Spielte mit dem Gedanken, sich im nackten Gras das Blut von den

Händen zu wischen, gab diese Idee dann aber auf. Kletterte zurück auf die Fahrbahn, lief zurück zu seinem Auto.

Registrierte, dass er rein reflexhaft den Motor ausgeschaltet haben musste, dass die Scheinwerfer jedoch noch brannten. Registrierte, dass der Regen wie eine wahnsinnige Naturkraft herunterprasselte. Registrierte, dass er fror.

Er ließ sich hinter das Lenkrad sinken und schloss die Tür. Schnallte sich an und fuhr los. Die Sicht hatte sich jetzt verbessert, so, als habe der Regen die Fensterscheiben auch von innen abgewaschen.

Nichts ist passiert, dachte er. Rein gar nichts.

Er nahm die ersten Anzeichen heraufziehender Kopfschmerzen wahr, doch wieder tauchte die Erinnerung an die kühlen Hände seiner Mutter auf, und plötzlich war er sich ganz sicher, dass die Eukalyptusflasche doch noch nicht ganz leer war.

2

Er erwachte und spürte als Erstes eine unbeschreibliche Erleichterung.

Die hielt drei Sekunden an, dann ging ihm auf, dass es kein böser Traum gewesen war.

Sondern Wirklichkeit.

Der prasselnde Regen, das plötzliche leichte Rucken des Rades, der glitschige Straßengraben; all das war Wirklichkeit. Das Gewicht des Jungen in seinen Armen und das in die Kapuze tropfende Blut.

Zwanzig Minuten lang lag er wie gelähmt im Bett. Das Einzige, was in dieser Zeit passierte, war, dass ihn ab und zu ein Schauder durchfuhr. Es begann ganz unten unter der Fußsohle, wanderte dann durch seinen Körper nach oben, um schließlich in seinem Kopf wie ein einziger weißer Blitz zu detonieren, und jedes Mal hatte er das Gefühl, als werde dabei ein wichtiger Teil seines Gehirns und seines Bewusstseins zerschossen. Zu Eissplittern gefroren oder verbrannt, um niemals wieder repariert und wieder in Gebrauch genommen werden zu können.

Lobotomie, dachte er. Ich werde einer Lobotomie unterzogen.

Als die starrköpfig roten Ziffern auf seinem Radiowecker sich bis zu 07.45 Uhr vorgearbeitet hatten, griff er zum Telefon und rief an seinem Arbeitsplatz an. Erklärte mit einer Stimme, die so brüchig war wie Eis, das nur eine Nacht alt ist, die aber doch trug, dass er eine Grippe erwischt habe und einige Tage zu Hause bleiben müsse.

Grippe, ja.

Ja, wirklich Pech, aber nun einmal nicht zu ändern.

Doch, sie könnten natürlich anrufen, wenn sie eine Auskunft brauchten.

Nein, er würde im Bett bleiben. Ein paar Tabletten nehmen und so viel trinken wie möglich.

Ja. Doch. Nein.

Eine halbe Stunde später stand er auf. Trat ans Küchenfenster und schaute hinaus auf die triste Vorortstraße, wo der Regen sich zufälligerweise zurückgezogen und einem schweren, grauen Morgennebel Platz gemacht hatte. Und während er noch dastand, stellte sich nach und nach langsam ein Gedanke ein, der, wie er sich erinnerte, schon am vergangenen Abend zur Stelle gewesen war – und später, in den verzweifelten, durchwachten Stunden, nach denen er dann endlich doch hatte einschlafen können.

Nichts war passiert. Rein gar nichts.

Er ging hinaus in die Küche. In der Speisekammer stand eine ungeöffnete Whiskyflasche. Glenalmond, von einer Sommerreise. Er drehte den Verschluss ab und nahm zwei große Schlucke. Konnte sich nicht daran erinnern, das in seinem Leben schon einmal getan zu haben. Whisky direkt aus der Flasche getrunken, nein, niemals.

Er setzte sich an den Küchentisch, stützte den Kopf in die

Hände und wartete darauf, dass der Alkohol sich in seinem Körper verteilte.

Nichts ist passiert, dachte er.

Danach stellte er Kaffeewasser auf und machte sich an die Analyse seiner Lage.

In den Morgenzeitungen stand keine Zeile. Weder im Telegraaf, den er abonniert hatte, noch im Neuwe Blatt, das er am Kiosk kaufte. Für einige glückliche Augenblicke konnte er sich fast einreden, dass er doch nur geträumt habe, doch sobald er sich an Regen und Graben und Blut erinnerte, wusste er, dass er sich täuschte. Es war wirklich. So wirklich wie der Whisky auf dem Tisch. Wie die Krümel neben dem Toaster. Wie seine eigenen Hände, die ohnmächtig und mechanisch in den Zeitungen blätterten, sie auf den Boden fegten und zur Flasche zurückkehrten.

Er hatte einen Jungen getötet.

War in angetrunkenem Zustand Auto gefahren und hatte einen halbwüchsigen Jungen von fünfzehn oder sechzehn Jahren umgebracht. Hatte im Regen im Straßengraben gestanden, mit dem Leichnam im Arm, und hatte ihn dann liegen lassen und war nach Hause gefahren.

So war das. Nichts daran zu ändern. Unwiderruflich.

Erst um einige Minuten vor zehn schaltete er das Radio ein, und die Zehn-Uhr-Nachrichten brachten dann die Bestätigung.

Ein Junge. Vermutlich auf dem Heimweg nach Boorkheim. Name noch nicht bekannt.

Der Unfallort dafür umso mehr.

Irgendwann in der Nacht. Zwischen elf und ein Uhr, vermutlich. Der Leichnam war erst am frühen Morgen gefunden worden.

Aller Wahrscheinlichkeit nach sofort tot.

Keine Zeugen.

Von einem Auto angefahren; auch dies aller Wahrscheinlichkeit nach. Der Fahrer musste den Zusammenstoß bemerkt haben. Aufruf an alle, die während der Nacht die Unfallstätte passiert hatten, und an alle, die glaubten, irgendwelche Auskünfte erteilen zu können. Die Polizei wollte gern Kontakt aufnehmen zu allen, die ...

Unfallort abgesperrt, der Regen hatte die Arbeiten erschwert, gewisse Hinweise sichergestellt ... Fahndung nach dem Fahrer, der Fahrerflucht begangen hatte ... abermaliger Aufruf an alle, die ...

Er schaltete das Radio aus. Trichterte sich noch zwei Schluck Whisky ein und kehrte ins Bett zurück. Lag dort eine ganze Weile, in einem Chaos von Gedanken, doch als er an diesem grauen, nebligen Donnerstagmorgen zum zweiten Mal aufstand, hatten sich drei davon herauskristallisiert.

Drei schwer wiegende Gedanken. Minutiös herausgearbeitete Schlussfolgerungen, an denen er nicht mehr rütteln wollte. Von denen er sich nicht entfernen würde, mochte kommen, was da wollte. Sein Entschluss stand fest, ganz einfach.

Zum Ersten: Der Junge im Straßengraben war tot, und er trug daran die Schuld.

Zum Zweiten: Egal, was er auch machte, der Junge würde davon nicht wieder zum Leben erweckt.

Zum Dritten: Nichts wäre damit gewonnen, dass er sich der Polizei stellte. Rein gar nichts.

Im Gegenteil, dachte er, was den dritten Punkt betraf. Warum ein zerstörtes Leben durch ein weiteres ersetzen? Sein eigenes?

Wenn er sich das auf diese Weise überlegte, wusste er endlich, dass er auf dem richtigen Weg war. Endlich kannte er sich wieder. Endlich. Er musste einfach nur stark bleiben. Durfte sich nicht zerbrechen lassen.

Mehr nicht.

Während des Nachmittags ging er praktisch vor.

Wusch in der Garage das Auto, von innen und von außen. Doch so genau er auch den rechten Teil von Front und Kotflügel unter die Lupe nahm, er konnte doch keine Schäden oder

Spuren entdecken: Er nahm an, dass er den Jungen ziemlich weit unten getroffen hatte, vermutlich in Kniehöhe mit der Stoßstange, einfach ein ganz leichter Stoß. Als er noch einmal versuchte, sich die Szene in dem nassen Straßengraben vorzustellen, hatte er den Eindruck, als sei der fatale Ausgang dieser Begegnung eher der Kollision mit der Zementröhre zuzuschreiben als dem Zusammenstoß auf der Fahrbahn. Was – auf eine seltsame, perverse Art – auch sein Schuldbewusstsein erleichterte. So kam es ihm zumindest vor. Er wollte, dass es ihm so vorkam.

Im Auto, auf dem Vordersitz, fand er einen einzigen Grund zur Besorgnis: einen dunkleren ovalen Flecken, ungefähr eigroß, weit rechts, auf dem beigen Bezug. Er hatte guten Grund zu der Annahme, dass es sich hierbei um Blut handelte, und er verbrachte eine halbe Stunde bei dem Versuch es wegzuschrubben. Das gelang ihm nicht, der Fleck ließ sich nicht beeindrucken, er war offenbar tief in den Stoff eingedrungen, und er beschloss, sich in nächster Zeit einen Schonbezug zuzulegen. Nicht sofort ... in einigen Wochen wohl besser, wenn der Fall ein wenig in Vergessenheit geraten war.

Das Blut des Jungen hatte auch noch andere Spuren hinterlassen, auf Rad und Gangschaltung, aber es war kein Problem, die loszuwerden. Die Kleidungsstücke, die er am vergangenen Abend getragen hatte, suchte er sorgfältig zusammen und verbrannte sie unter einer gewissen Rauchentwicklung im offenen Kamin des Wohnzimmers. Danach überkam ihn für einen Moment die Panik, bei dem Gedanken, was er machen sollte, wenn er nach dieser Kleidung gefragt würde. Rasch beruhigte er sich jedoch wieder; es war doch höchst unwahrscheinlich, dass ihm jemand auf die Spur kommen und von ihm Rechenschaft für solche Belanglosigkeiten verlangen würde. Für eine schnöde Cordhose? Eine alte Jacke und ein blaugraues Baumwollhemd? Er hätte sich ihrer auf tausend legitime Weisen entledigen, hätte sie wegwerfen oder in die Altkleidersammlung geben können, was auch immer.

Doch vor allem: Niemand würde ihm auf die Spur kommen.

Später an diesem Nachmittag, als die Dämmerung sich gesenkt und ein Nieselregen eingesetzt hatte, ging er zur Kirche. Zur alten Vroonsbasilika, die zwanzig Gehminuten von seinem Haus entfernt lag. Dort saß er eine halbe Stunde lang mit gefalteten Händen in einem Seitenschiff und versuchte sich für Stimmen aus seinem Inneren – oder von irgendwo weiter oben – zu öffnen, aber nichts machte sich bemerkbar und nichts tauchte auf, was ihn hätte beunruhigen müssen.

Als er die menschenleere Kirche verließ, sah er ein, wie wichtig es war, dass er sich diesen Besuch gegönnt hatte: dass er sich die Zeit genommen hatte, einfach so im Seitenschiff zu sitzen. Ohne weitere Absichten oder Hoffnungen. Ohne falsche Vorspiegelungen und Beweggründe.

Sah ein, dass es eine Art Probe gewesen war und dass er sie bestanden hatte.

Es war seltsam, aber dieses Gefühl war stark und unzweideutig, als er das dunkle Gewölbe verließ. Es ähnelte einer Katharsis. Auf dem Heimweg kaufte er zwei Abendzeitungen, beide brachten auf der Titelseite das Bild des toten Jungen. Dasselbe Bild übrigens, mit unterschiedlichem Vergrößerungsgrad; ein fröhlich lächelnder Junge mit Lachgrübchen, leicht schräg stehenden Augen und dunklen, nach vorn gekämmten Haaren. Keine Kapuze, kein Blut. Er erkannte ihn nicht wieder.

Zu Hause konnte er dann feststellen, dass der Junge Wim Felders geheißen hatte, dass er in wenigen Tagen sechzehn geworden wäre und dass er das Weger-Gymnasium besucht hatte.

Beide Zeitungen brachten Details, Informationen und Spekulationen, und die allgemeine Sicht der Ereignisse wurde in der Poost auf der dritten Seite zusammengefasst:

HELFEN SIE DER POLIZEI,
DEN FLÜCHTIGEN FAHRER ZU FASSEN!

Auch die möglichen Folgen wurden erwähnt, für den Fall, dass die Polizei den Täter ausfindig machen konnte. Zwei bis drei Jahre Gefängnis schienen durchaus im Bereich des Möglichen.

Er zählte seinen Alkoholpegel dazu – der sich sicherlich mit Hilfe des aufmerksamen Restaurantpersonals rekonstruieren lassen würde – und erhöhte diese Zahl auf fünf bis sechs. Mindestens. Trunkenheit. Unachtsamkeit im Verkehr und fahrlässige Tötung. Fahrerflucht.

Fünf bis sechs Jahre hinter Schloss und Riegel. Wozu sollte das gut sein?, fragte er sich. Wem könnte eine solche Entwicklung irgendeine Freude machen?

Er warf die Zeitungen in den Mülleimer und griff zur Whiskyflasche.

3

Drei Nächte lang träumte er von dem Jungen, danach war er verschwunden.

Wie auch in den Zeitungen. Die schrieben am Freitag, am Samstag und am Sonntag über Wim Felders, doch als dann am Montag die neue Arbeitswoche begann, beschränkten sie sich auf die kurze Meldung, dass die Polizei noch immer im Dunkeln tappe. Keine Zeugen hatten sich gemeldet, keine eindeutigen Spuren hatten sich sichern lassen – was immer eine solche Formulierung bedeuten mochte. Der Junge war von einem unbekannten Fahrer getötet worden, der sich danach im Schutze von Regen und Dunkelheit vom Tatort davongemacht hatte; das war von Anfang an bekannt gewesen und war es auch nach vier Tagen noch.

Am Montag ging er dann auch wieder zur Arbeit. Ihm erschien das als Erleichterung, aber auch als eine Art Eselsbrücke zurück in ein normaleres Leben. Wieder rollte das Leben in alten, vertrauten Gleisen dahin, vertraut und zugleich seltsam fremd, und mehrmals ertappte er sich an diesem Tag bei der Überlegung, wie dünn sie eigentlich war, diese Haut zwischen Alltag und Erschrecken.

Wie dünn und wie unerhört leicht zerreißbar. Die Haut.

Nach Feierabend fuhr er zum Einkaufszentrum in Löhr und kaufte neue Schonbezüge für seinen Wagen. Fand sofort einen Farbton, der im Grunde mit der alten Sitzfarbe identisch war, und nachdem er später an diesem Abend in der Garage mit einiger Mühe die elastischen Bezüge angebracht hatte, hatte er das Gefühl, endlich in Sicherheit zu sein. Die Parenthese hatte sich geschlossen. Die Parenthese um gar nichts. Er hatte letzte Hand an die Sicherheitsstrategien gelegt, die er nach genauer Überlegung entworfen hatte. Alle Maßnahmen waren getroffen worden, alle Spuren verwischt, und mit leichtem Erstaunen ging ihm auf, dass seit dem Unfall noch keine Woche vergangen war.

Und es gab keine Spuren. Rein gar nichts war aufgetaucht, das darauf hinweisen könnte, dass ihm irgendwann für diese schicksalhaften Sekunden am Donnerstagabend Rechenschaft abverlangt werden würde. Für diese entsetzlichen und zusehends unwirklicheren Sekunden, die hastig immer tiefer in die Dunkelheit des Vergangenen hineingewirbelt wurden.

Er würde es schaffen. Er seufzte tief und wusste, dass er es schaffen würde.

Es war zwar behauptet worden – in einigen Zeitungen und in den Fernsehsendungen, die er verfolgt hatte –, dass die Polizei gewisse Spuren verfolge, aber er wusste, dass das nur leere Worte und Phrasen waren. Ein unbeholfener Versuch, sich kenntnisreicher und kompetenter zu stellen, als man in Wirklichkeit war. Wie üblich.

Nirgendwo war auch nur mit einem Wort ein roter Audi erwähnt worden, der mit brennenden Scheinwerfern in der Nähe des Unfallortes am Straßenrand gestanden hatte. Und das war seine größte Angst gewesen; vielleicht nicht, dass irgendwer sich Farbe oder Autotyp eingeprägt hatte – und die

Autonummer schon gar nicht –, sondern dass das Fahrzeug überhaupt gesehen worden war. Immerhin waren zwei Autos vorübergefahren, während er unten im Straßengraben stand … oder während er noch auf der Straße gewesen war? Er wusste es nicht mehr. Zwei Autos und ein Motorroller, nur daran konnte er sich noch erinnern. Der Fahrer des Wagens, der aus der Gegenrichtung gekommen war – aus Boorkheim oder Linzhuisen – konnte seinen Audi durchaus für ein ihm entgegenkommendes Auto gehalten haben, überlegte er, aber die beiden anderen, ja, die müssten eigentlich den Wagen gesehen haben, der mit brennenden Scheinwerfern am Straßenrand gestanden hatte.

Oder konnte man so etwas vergessen? Gehörte das zu den Erinnerungsfetzen, die man nur für einige Sekunden oder eine halbe Minute behielt und dann für immer verlor? Schwer zu sagen, schwer zu wissen, aber zweifellos eine Frage, die ihn nachts um den Schlaf bringen würde. Diese möglichen, potenziellen Zeugenaussagen.

Am Donnerstag – nach einigen Tagen des Schweigens in den Medien und eine Woche nach dem Unfall – kam ein Aufruf der Familie des Jungen, Mutter, Vater und eine jüngere Schwester. Sie tauchten im Fernsehen und im Radio auf und wurden in mehreren Zeitungen abgebildet, und sie baten ganz einfach den Täter, auf sein Gewissen zu hören und sich zu stellen.

Seine Schuld einzugestehen und seine Strafe auf sich zu nehmen.

Dieses Vorgehen, das war ja klar, war natürlich ein weiteres Indiz dafür, dass die Polizei noch immer im Dunkeln tappte. Keine Hinweise, keine Spuren. Als er die Mutter sah – eine dunkle, unerwartet gefasste Frau von Mitte vierzig –, die auf ihrem Sofa saß und sich direkt an ihn richtete, packte ihn zuerst eine plötzliche Angst, doch sowie die Mutter vom Bildschirm verschwunden war, gewann er sein Gleichgewicht wieder. Spürte und erkannte, dass er solchen Anfällen zwar ab und zu ausgesetzt sein würde, doch dass er immer genug Kraft finden würde, um sich zusammenzureißen. Einen Weg aus der Schwäche zu finden. Wenn er nur nicht die Besinnung verlor.

Es war gut zu wissen, dass er sie noch hatte, dass er dieses Wichtige besaß. Die Kraft.

Trotzdem hätte er gern mit ihr gesprochen.

Warum, hätte er sie gern gefragt.

Was hättest du davon, mich für fünf Jahre ins Gefängnis zu stecken?

Ich habe deinen Sohn getötet, ich bedaure es aus tiefstem Herzen, aber es war ein Unfall, und was wäre gewonnen, wenn ich mich stellte?

Er fragte sich, was sie wohl antworten würde. Hatte sie ihm denn wirklich einen Vorwurf zu machen? Es war doch ein Unglück gewesen, und ein Unglück hat keinen Täter. Es hat überhaupt keine Akteure, sondern nur Faktoren und Objekte, die sich jeglicher Kontrolle entziehen.

Später an diesem Abend spielte er dann mit dem Gedanken, der Familie einen anonymen Brief zu schicken. Oder einfach anzurufen und seinen Standpunkt darzulegen, aber er wusste, dass das zu riskant sein würde, und deshalb gab er diese Idee wieder auf.

Er verzichtete auch darauf, zu Wim Felders Beerdigung, die am Samstag, zehn Tage nach dem Unfall, in der voll besetzten Keymerskirche stattfand, einen Kranz zu schicken.

Aus demselben Grund: dem Risiko.

Neben Angehörigen und Freunden nahmen an der Zeremonie viele Schüler und Lehrer des Wegergymnasiums teil, dazu die Vertreter der verschiedenen Organisationen der Verkehrsopfer. Das konnte er am Sonntag im Neuwe Blatt ausführlich lesen, aber das war dann auch der letzte große Bericht über den Fall.

Zu seiner Überraschung stellte er am Montag fest, dass er sich leer fühlte.

Als habe er etwas verloren.

Wie damals, als ich Marianne verloren habe, dachte er etwas später mit derselben Überraschung; es war ein seltsamer Vergleich, aber irgendeinen Vergleich musste er doch ziehen. Zehn Tage lang hatte dieses entsetzliche Ereignis sein Leben dominiert. War durch jede Pore und in jeden Winkel seines Bewusstseins gesickert. Obwohl er seine Panik relativ schnell in den Griff bekommen hatte, war sie doch die ganze Zeit vorhanden gewesen. Unter der Oberfläche, bereit zum Ausbruch. Seine Gedanken waren fast in jeder Sekunde um diese höllische Autofahrt gekreist, um den leichten Knall und das Rucken des Lenkrades; um den Regen, den leblosen Jungenkörper und den glitschigen Straßengraben ... Tag und Nacht, und als es nun vorkam, dass er zeitweise nicht daran dachte, hatte er auf irgendeine Weise das Gefühl, dass ihm etwas fehlte.

Eine Art Leere, wie gesagt.

Wie nach einer elf Jahre langen, kinderlosen Ehe ... doch, da gab es Parallelen.

Ich muss ein sehr einsamer Mensch sein, dachte er während dieser Tage. Seit Marianne mich verlassen hat, hat eigentlich nichts etwas für mich bedeutet. Rein gar nichts. Mir passieren Dinge, aber ich handele nicht. Ich existiere, aber ich lebe nicht.

Warum habe ich mir keine neue Frau gesucht? Warum habe ich mir nicht einmal diese Frage gestellt? Und jetzt bin ich plötzlich ein anderer.

Wer? Wer bin ich?

Dass solche Gedanken auftauchten, weil er einen Jungen totgefahren hatte, war natürlich schon eigentümlich genug, aber etwas untersagte ihm, zu tief an der Sache zu rühren. Er beschloss, alles gelassen hinzunehmen und die Sache anzugehen, neues Terrain zu betreten, und ehe er sich's versah – noch ehe er sich die Zeit zum Nachdenken und Bereuen gegeben hatte –, hatte er eine Frau zum Essen eingeladen. Er hatte sie in der Kantine kennen gelernt, sie hatte sich an seinen Tisch gesetzt, wie üblich hatte es kaum freie Plätze gegeben. Er wusste nicht, ob er sie je zuvor gesehen hatte.

Vermutlich nicht.

Aber sie hatte angenommen.

Sie hieß Vera Miller. Sie war fröhlich und rothaarig, und in der Nacht zwischen Samstag und Sonntag – etwa über drei Wochen, nachdem er zum ersten Mal in seinem Leben einen Menschen getötet hatte –, liebte er zum ersten Mal seit fast vier Jahren eine Frau.

Am nächsten Vormittag wiederholten sie das, und danach erzählte sie, dass sie verheiratet war. Sie sprachen eine Weile darüber, und er sah, dass ihr das wesentlich mehr zu schaffen machte als ihm.

Am Montag kam der Brief:

Einige Zeit ist verstrichen, seit Sie den Jungen ermordet haben. Ich habe darauf gewartet, dass Ihr Gewissen erwacht, aber jetzt weiß ich, dass Sie ein schwacher Mensch sind, der nicht wagt, für seine Taten einzustehen.

Ich verfüge über unmissverständliche Informationen, die Sie ins Gefängnis bringen werden, sowie ich die Polizei davon informiere. Mein Schweigen kostet zehntausend Gulden, einen Klacks für einen Mann in Ihrer Position, aber ich gebe Ihnen trotzdem eine Woche (genauer gesagt: sieben Tage), um diese Summe zu beschaffen. Seien Sie bereit!

Auf Wiederhören.
Ein Freund

Handgeschrieben. Mit schmalen, regelmäßig geneigten Buchstaben. Schwarzer Tinte.

Er las den Brief fünfmal hintereinander.

4

»Bedrückt dich irgendetwas?«, fragte Vera Miller beim Essen. »Du kommst mir ein wenig niedergeschlagen vor.«

»Nein.«

»Sicher?«

»Wirklich nicht«, beteuerte er. »Ich fühl mich nur nicht so ganz wohl, ich habe leichtes Fieber, glaube ich.«

»Es hat doch wohl nichts mit mir zu tun? Mit uns, meine ich?«

Sie spielte mit ihrem Weinglas und musterte ihn mit ernster Miene.

»Nein, zum Henker ...«

Er versuchte zu lachen, hörte aber selber, wie falsch es klang. Also leerte er lieber sein Glas.

»Ich finde, es hat so gut angefangen, das mit uns«, sagte sie. »Ich möchte gern auch noch das zweite und das dritte Kapitel erleben.«

»Natürlich. Glaub mir, ich bin ein bisschen müde, aber das hat nichts mit dir zu tun. Mir geht es wie dir ... das verspreche ich dir.«

Sie lächelte und streichelte seinen Arm.

»Gut. Ich hatte fast vergessen, dass Liebe so schön sein kann. Unglaublich, dass du vier Jahre auf Eis gelegen hast. Wie war das nur möglich?«

»Ich habe auf dich gewartet«, sagte er. »Gehen wir ins Bett?«

Als sie ihn an diesem Sonntag verlassen hatte, sehnte er sich fast sofort nach ihr. Sie hatten sich bis in den frühen Morgen geliebt, und es war genauso, wie sie gesagt hatte: dass diese starken Gefühle möglich waren, war fast ein Rätsel. Er ging wieder ins Bett und bohrte den Kopf ins Kissen. Nahm in langen Zügen ihren Duft in sich auf und versuchte, wieder einzuschlafen, aber das gelang ihm nicht. Die Leere war viel zu groß. Und das war doch wirklich verdammt merkwürdig.

Der größte Unterschied der Welt, dachte er. Der zwischen einer Frau, die daliegt, und einer Frau, die gerade gegangen ist. Einer geliebten Frau. Einer neuen Frau?

Nach einer Weile gab er auf. Holte die Zeitung, frühstückte und zog dann noch einmal den Brief hervor.

Das war natürlich unnötig. Er kannte ihn schon auswendig. Jede Formulierung, jedes Wort, jeden Buchstaben. Er las ihn noch zweimal. Strich mit dem Daumen darüber, schätzte die Papierqualität ein. Sie war hoch, zweifellos, Papier und Umschlag vom selben Design. Dickes Büttenpapier, er nahm an, dass es in einem Buchladen in der Innenstadt gekauft worden war, wo Einzelstücke zu haben waren.

Exquisiter Farbton noch dazu. Briefmarke mit Sportmotiv, eine Frau, die mit einem Diskus eine schwingende Bewegung beschrieb. Auf den Millimeter genau oben in der rechten Ecke platziert. Sein Name und seine Adresse waren in denselben leicht schrägen, spitzen Buchstaben geschrieben, in denen der Brieftext verfasst war. Der Ortsname war unterstrichen.

Das war alles. Alles, was sich über diesen Brief sagen ließ. Mit anderen Worten, nichts. Oder auf jeden Fall fast nichts. Nicht einmal, ob der Brief von einem Mann oder einer Frau stammte, ließ sich feststellen. Er neigte ein wenig zu der Annahme, dass es sich um einen Mann handelte, aber das war eine bloße Vermutung. Möglich war alles.

Zehntausend, überlegte er sich zum hundertfünfzigsten Mal seit dem Montagabend. Warum nur zehntausend?

Natürlich war auch das eine ansehnliche Summe, aber dennoch – wie im Brief ja ganz richtig erwähnt wurde –, es war keine direkt überzogene Forderung. Auf der Bank hatte er mehr als das Doppelte, er hatte ein Haus und andere Vermögenswerte, die zehnmal so viel wert waren. Der Erpresser (wenn es also ein Mann war) hatte außerdem den Ausdruck »ein Mann in Ihrer Position« benutzt, was andeutete, dass er mit Lebensumständen und Einkommenshöhe seines Opfers vertraut war.

Warum sich also mit zehntausend begnügen? Vielleicht kein »Klacks«, aber doch immerhin ein geringer Preis. Sogar spottbillig, wenn man bedachte, worum es hier ging.

Der Briefschreiber war außerdem aller Wahrscheinlichkeit nach ein ziemlich gebildeter Mensch. Seine Handschrift war gleichmäßig und sauber, im Brief gab es keine sprachlichen Schnitzer, und alles war präzise formuliert. Zweifellos müsste (musste?) dem Betreffenden klar sein, dass er mehr herausholen könnte. Dass er für sein Schweigen einen geringen Preis forderte.

Zu diesem Schluss kam er immer wieder. Schließlich staunte er auch darüber, wie leicht es ihm gefallen war, in diesen ziemlich rationalen Bahnen zu denken. Der Brief war bei ihm wie eine Bombe eingeschlagen, aber sowie er angefangen hatte, sich an die Tatsache zu gewöhnen und sie als solche zu akzeptieren, hatte er sich mit den logischen und relevanten Fragen beschäftigt.

Während der ganzen Woche und jetzt, am Sonntagnachmittag.

Warum nur zehntausend?

Was bedeutete das? Sollte das nur die erste Rate sein?

Und wer war es? *Wer* hatte ihn gesehen und sah nun die Möglichkeit, an seinem Unglück Geld zu verdienen? Und an dem des Jungen?

Der Fahrer des Motorrollers oder eines der beiden Autos, die vorübergefahren waren, als er mit dem leblosen Leichnam in den Armen unten im Graben gestanden hatte? Oder oben am Straßenrand.

Gab es noch andere Alternativen? Das glaubte er nicht.

Auf jeden Fall musste es das Auto gewesen sein, sein eigener roter Audi, der ihn verraten hatte, davon musste er nun langsam ausgehen. Irgendwer hatte sich darüber gewundert, dass der auf diese ungewöhnliche Weise am Straßenrand stand, hatte sich die Autonummer eingeprägt und auf diese Weise den Besitzer feststellen können.

Er war davon überzeugt, dass es so gewesen sein musste. Mehr und mehr überzeugt; er glaubte kaum noch, dass es auch andere Möglichkeiten geben könne – bis ihm ein weiterer entsetzlicher Gedanke kam.

Der Junge konnte an diesem Abend Gesellschaft gehabt haben. Es konnte sich doch um zwei junge Menschen gehandelt haben, die an der Straße entlanggegangen waren, doch dann war nur der Junge auf so fatale Weise gegen die Zementröhre geschleudert worden.

Ein Stück weiter entfernt ... einige Meter auf der anderen Seite der Röhre könnte eine benommene Freundin gelegen haben ... nein, keine Freundin, die war in der Stadt gewesen, das hatte er in der Zeitung gelesen ... eher ein Kumpel oder ein zufälliger Begleiter ... der ohnmächtig im Schutz der Dunkelheit gelegen hatte. Oder der unter Schock stand und in panische Angst ausgebrochen war angesichts des toten Jungen und des Mannes, der den Jungen in den Armen hielt, während Blut in die Kapuze tropfte ...

Das war natürlich ein grauenhaftes Szenario, und obwohl er sich immer wieder sagte, dass es nicht sonderlich glaubhaft war, so stellte es sich doch mit einer gewissen Hartnäckigkeit immer wieder ein. Rein klinisch versuchte er ebenfalls, sich diese makabre Variante – diese unwahrscheinliche Möglichkeit – aus dem Kopf zu schlagen, da sie auf jeden Fall unwichtig war. Irrelevant. Es spielte keine Rolle, wer ihn in der Unglücksnacht gesehen oder wie diese Person Kenntnis von den Umständen des Unfalls erhalten hatte. Die anderen Fragen verlangten Aufmerksamkeit und Konzentration.

Und Entschlusskraft.

Konnte er sich also darauf verlassen, dass es mit diesem einen Mal getan sein würde?

Mit zehntausend Gulden. Dass er dieses eine Mal und später nie wieder bezahlen müsste?

Das war der springende Punkt. Welche Garantie konnte der Briefeschreiber (die Briefeschreiberin?) ihm dafür geben, dass

– nachdem das Geld einkassiert und ausgegeben worden war – nicht nach einigen Monaten neue Forderungen gestellt werden würden? Oder nach einigen Jahren?

Oder dass dieser Mensch nicht auf jeden Fall zur Polizei gehen und ihn anzeigen würde?

Sollte er eine solche Garantie verlangen? Und wie könnte diese dann aussehen?

Oder – und das war natürlich die allerwichtigste Frage – sollte er nicht einsehen, dass er sich in einer unmöglichen Situation befand? Sollte er nicht begreifen, dass das Spiel verloren war und dass er nun selber die Polizei informieren musste?

Sollte er nicht aufgeben?

Am Sonntagabend war er noch immer nicht zu einer endgültigen Antwort auf diese Fragen gelangt. Dass er bereits am Freitag bei der Sparkasse vorbeigeschaut und elftausend von seinem Konto abgehoben hatte, musste nicht unbedingt als Entscheidung gelten.

Sondern nur als Zeichen dafür, dass er sich weiterhin alle Türen offen hielt.

Er dachte aber auch an das Gespräch, das sie am Samstag geführt hatten.

»Dein Mann?«, hatte er gefragt, als sie sich nach einem langen Strandspaziergang wieder dem Auto näherten. »Hast du es ihm gesagt?«

»Nein«, hatte sie geantwortet und ihre Haare aus ihrer Strickmütze befreit. War mit der Hand hindurchgefahren und hatte sie mit einer Bewegung ausgeschüttelt, die ihm übertrieben vorgekommen war, sicher hatte sie Zeit zum Nachdenken gewinnen wollen. »Ich wusste ja nicht, wie ernst die Sache mit dir werden würde ... zu Anfang, meine ich. Jetzt weiß ich es. Aber ich habe noch keine Gelegenheit gefunden, mit ihm zu sprechen. Dazu braucht es doch Zeit und den richtigen Moment.«

»Du bist dir ganz sicher?«

»Ja.«

»Dass du dich von ihm scheiden lassen willst?«

»Ja.«

»Warum habt ihr keine Kinder?«

»Weil ich keine wollte.«

»Mit deinem Mann oder überhaupt?«

Sie schüttelte vage den Kopf. Er begriff, dass sie über dieses Thema nicht sprechen wollte. Sie schwiegen eine Weile und betrachteten das aufgewühlte Meer.

»Wir sind erst seit drei Jahren verheiratet. Und es war von Anfang an ein Fehler. Es war idiotisch.«

Er nickte.

»Was hat er für einen Beruf?«

»Im Moment ist er arbeitslos. Hat bei Zinders gearbeitet. Aber die haben den Betrieb ja eingestellt.«

»Hört sich traurig an.«

»Ich habe auch nie behauptet, dass es besonders lustig ist.«

Sie lachte. Er legte den Arm um ihre Schultern und drückte sie an sich.

»Aber du hast wirklich keine Zweifel?«

»Nein«, sagte sie. »Ich will nicht mit ihm zusammenleben, das habe ich die ganze Zeit gewusst.«

»Warum hast du ihn geheiratet?«

»Das weiß ich nicht.«

»Dann heirate doch lieber mich!«

Das war ihm einfach so herausgerutscht, aber ihm ging sofort auf, dass er es wirklich meinte.

»Wow«, hatte sie geantwortet und gelacht. »Wir haben uns schon zweimal getroffen, und erst jetzt fragst du endlich, ob wir heiraten sollen. Sollten wir nicht auf jeden Fall zuerst zu dir fahren und etwas essen, so wie wir das geplant hatten?«

Er dachte nach.

»Vielleicht«, sagte er. »Doch, du hast schon Recht, ich habe einen Wolfshunger.«

Später an diesem Abend hatte er seinen Heiratsantrag nicht wiederholt, er hatte ihn aber auch nicht zurückgezogen. Er fand, das Thema könne ein wenig in der Luft schweben, ohne eine Stellungnahme oder einen Kommentar zu benötigen. Wie eine zwischen ihnen gespannte Saite, die nicht angeschlagen werden musste, die aber doch vorhanden war und sie miteinander verband. Er glaubte auch Vera anzusehen, dass sie nichts dagegen hatte. Dass es ihr ähnlich erging.

Es war eine Art Geheimnis. Und ein Bund.

Als sie sich später liebten, hatten sie das Gefühl, aus dem Brunnen der Liebe zu trinken.

Unbegreiflich, im Grunde war es unbegreiflich.

Wie konnte das Leben ohne Vorwarnung in ganz neue Bahnen geworfen werden, in Bahnen, die alles Vertraute, alle Vernunft und alle Lebenserfahrung auf den Kopf stellten? Wie war das möglich?

Und noch dazu in nur wenigen Wochen. Zuerst war der entsetzliche Donnerstagabend gekommen, danach Vera Miller und die Liebe. War das denn überhaupt noch zu verstehen?

Während des restlichen Sonntagabends lag er vor allem auf dem Sofa, er hatte nur eine Kerze angezündet und dachte darüber nach, wie er zwischen den Extremen hin und her geschleudert wurde. Zwischen der Empfindung einer schwankenden, bebenden und brechenden Wirklichkeitsauffassung einerseits – und einer sehr ruhigen und rationalen Bewertung seiner eigenen Situation andererseits. Vernunft und Gefühl, aber ohne Verbindung, ohne Synapsen.

Nach und nach beschloss er, dass hier trotz allem nicht die Rede davon sein konnte, er sei völlig aus der Bahn geworfen worden. Es gab nur eine Wirklichkeit, und die spielte sich die ganze Zeit ab; seine Empfindung dieser Wirklichkeit und sein Versuch, sie zu kontrollieren, waren unverändert, nur sein Blickwinkel wechselte. Seine Perspektive.

Die Vorder- und die Kehrseite der Medaille, dachte er. Wie

ein Wechselstromschalter. Das Alltägliche und das Unbegreifliche. Leben und Tod? Die dünne Haut dazwischen.

Seltsam.

Nachdem er im Radio die Elf-Uhr-Nachrichten gehört hatte, griff er wieder zu dem Brief. Las ihn noch einmal, dann setzte er sich an seinen Schreibtisch. Blieb eine ganze Weile dort sitzen und ließ seinen Gedanken freien Lauf, und bald, sehr bald, zeigte sich ihm eine weitere Handlungsalternative, wo er vorher nur zwei gesehen hatte.

Ein dritter Weg! Das sprach ihn an. Er saß noch lange und versuchte Vor- und Nachteile abzuwägen.

Noch war es jedoch zu früh, um einen endgültigen Entschluss zu fassen. Noch viel zu früh. Solange dieser »Freund« ihm keine genaueren Instruktionen erteilt hatte, konnte er nur warten.

Auf die Montagspost!

5

Er kam zwanzig Minuten zu früh. Und während er auf dem einsamen Parkplatz wartend im Auto saß, las er die Instruktionen ein weiteres Mal. Nicht, weil das nötig gewesen wäre, damit hatte er schließlich den Tag verbracht, sondern, um die Zeit vergehen zu lassen.

Geld: Hundert- und Fünfzigguldenscheine, verpackt in doppelte Plastiktüten und verstaut in einer großen Einkaufstüte des Warenhauses Boodwick.

Ort: Trattoria Commedia draußen am Golfplatz in Dikken.

Vorgehen: In der Bar Platz nehmen. Ein Bier bestellen, zwei Schluck trinken, nach etwa fünf Minuten zur Toilette gehen. Die Plastiktüte mitnehmen, sie unter Papierhandtüchern verborgen im Mülleimer hinterlegen. Wenn sich noch weitere Besucher auf der Toilette aufhalten, warten, bis sich der Raum geleert hat. Die Toilette verlassen, direkt zum Parkplatz gehen und losfahren.

Das war alles.

Das gleiche Papier wie beim ersten Mal. Dieselbe Schrift, vermutlich derselbe Stift.

Dieselbe Unterschrift: *ein Freund.*

Keine Drohungen. Keine Bemerkungen über seine Schwäche.

Nur die nötigen Instruktionen. Einfacher konnte es gar nicht sein.

Um zwei Minuten vor sechs drehte er das Seitenfenster hoch und stieg aus dem Auto. Er hatte so weit vom Restaurant geparkt wie nur möglich, hinten bei der Ausfahrt. Er legte die fünfzig Meter über den windigen Kiesweg, der zum Restaurant führte, rasch, aber ohne Eile zurück. Das Restaurant war niedrig und winklig gebaut; die Fassade war mit dunklen Klinkern verkleidet. Gaudí-Fenster mit schwarzen Stahlverstrebungen. Er stieß die Tür aus Palisanderimitat auf und ging hinein.

Stellte fest, dass es menschenleer, aber trotzdem recht einladend war. Er war noch nie hier gewesen; er nahm an, dass hier vor allem Golfspieler verkehrten und dass bei diesem trüben Spätherbstwetter wohl kaum großer Andrang herrschen konnte. Die Bar lag gleich links, eine einsame Frau von Mitte vierzig saß dort und rauchte, in Gesellschaft einer Zeitung und eines grünen Drinks. Sie schaute auf, als er hereinkam, fand ihre Zeitung aber interessanter.

Ehe er sich setzte, schaute er sich im Speiselokal um. Das bildete einen Winkel zur Bar, und die meisten Tische, die er sehen konnte, waren frei. Ein einsamer Mann beugte sich über ein Pastagericht. In einem offenen Kamin brannte ein Feuer; die Einrichtung war in Dunkelbraun, Rot und Grün gehalten, und aus versteckten Lautsprechern sickerte eine diffuse Klaviersonate. Er stellte die Tüte zwischen seinen Füßen ab und bat den Barkeeper, einen jungen Mann mit Pferdeschwanz und Ohrring, um ein Bier.

»Windig?«, fragte der Barkeeper.

»Sicher«, antwortete er. »Nicht viel los heute Abend?«

»Sie sagen es«, erwiderte der Barkeeper.

Das Bier wurde in einem hohen, femininen Glas mit Fuß serviert. Er bezahlte, leerte es zur Hälfte und frage nach der Toilette. Der Barkeeper zeigte auf den Kamin, er bedankte sich, nahm die Tüte und machte sich auf den Weg.

Es roch nach Fichtenwald und war überraschend leer. Und sauber. Der Mülleimer zwischen den beiden Waschbecken war nur zu einem Drittel mit benutzten Papierhandtüchern gefüllt. Er drückte seine Boodwicktüte hinein und bedeckte sie mit weiteren Handtüchern, die er aus dem Behälter zog und ein wenig zerknüllte. Alles genau nach Instruktion. Die ganze Prozedur dauerte zehn Sekunden. Er blieb weitere zehn dort stehen und betrachtete mit milder Verwunderung sein Bild in dem leicht zerkratzten Spiegel über dem Waschbecken. Dann ging er hinaus. Nickte im Vorübergehen dem Barkeeper zu und marschierte weiter zu seinem Auto. In der Luft hing ein Hauch von gefrorenem Eisen.

Gut gelaufen, dachte er, als er wieder hinter dem Lenkrad saß. Alles verdammt gut gelaufen.

Danach öffnete er das Handschuhfach und nahm das Rohr heraus.

Es dauerte genau sechseinhalb Minuten.

Der Mann, der aus dem Restaurant kam, sah aus wie Mitte dreißig. Er war lang und schlaksig, trug die Tüte in der rechten Hand, während die linke sorglos mit den Wagenschlüsseln spielte. Ganz offensichtlich war er unterwegs zu einem alten Peugeot, der vielleicht zwanzig Meter von seinem eigenen Auto entfernt stand. Eins von insgesamt fünf Fahrzeugen auf dem großen Parkplatz.

Ehe der Mann die Tür öffnete, schoss ihm noch dessen dilettantisches Vorgehen durch den Kopf. Nur so kurze Zeit zu warten, um dann einfach mit der Tüte in der Hand herauszuspazieren, ließ doch auf recht schlechte Urteilskraft schließen. Er sah ein, dass er es trotz allem mit keinem wirklich gefährlichen Widersacher zu tun hatte – und vor allem: dass sein Widersacher sein eigenes Kaliber offenbar aufs Gröbste unterschätzt hatte.

Er stand hinter dem anderen, als der gerade den Schlüssel in die Tür stecken wollte.

»Verzeihung«, sagte er. »Ich glaube, Sie haben etwas vergessen.«

Er hob seine gekrümmte linke Hand einen halben Meter vor dem Gesicht des Mannes.

»Was denn?«

Er schaute sich kurz auf dem Parkplatz und in der Umgebung um. Es wurde jetzt mit jeder Sekunde dunkler. Kein Mensch war zu sehen. Mit voller Kraft schlug er den Mann mit dem Rohr. Traf leicht schräg über dem linken Ohr. Lautlos sank der andere zu Boden. Fiel auf den Bauch, die Arme lagen unter ihm. Er zielte auf den Nacken und schlug mit derselben Entschlossenheit noch einmal zu. Ein kurzes Knirschen war zu hören, und er wusste, dass der andere tot war. Falls nicht bereits der erste Schlag ihn getötet hatte. Blut strömte aus dem Kopf. Vorsichtig befreite er den Liegenden von Plastiktüte und Autoschlüsseln, richtete sich auf und schaute sich um.

Noch immer war alles wie ausgestorben. Dunkel und einsam. Nach einigen Sekunden des Nachdenkens packte er die Füße des Mannes und zog ihn in das ungepflegte Gestrüpp, das den Parkplatz umgab. Eine breite Spur zog sich durch den Kies, aber er ging davon aus, dass der Regen sie verwischen würde. Er trat ein paar Schritte zurück und stellte fest, dass aus einigen Metern Entfernung nichts zu sehen war. Zumindest nicht für jemanden, der nicht wusste, wonach er suchte. Oder dass es hier überhaupt etwas zu suchen gab.

Er nickte zufrieden und kehrte zu seinem Auto zurück. Es wäre natürlich kein Nachteil, wenn erst in einigen Tagen jemand über die Leiche stolpern würde. Je später, desto besser. Er wickelte das Rohr in eine Zeitung und steckte es zu dem Geld in die Tüte.

Ließ den Motor an und fuhr los.

Seine üppige dunkle Mähne, seinen Bart und seine blaugetönte Brille behielt er noch auf, bis er die schicksalhafte Zementröhre an der Hauptstraße nach Boorkheim passiert hatte, und als er sich eine halbe Stunde später in seiner Küche zwei Finger Glenalmond in ein normales Wasserglas goss, galt ein dankbarer Gedanke auch den Sobrontabletten – diesen blau schimmernden kleinen Wundern von Pillen, die ihn während des gesamten Nachmittags auf einem konstanten und souverän stabilen Bewusstseinsniveau gehalten hatten. Und an den Tagen davor ebenfalls. Es ist kein Nachteil, einen gewissen Einblick in die eigene Seele und deren Bedarf an Psychopharmaka zu haben, dachte er. Absolut kein Nachteil.

Er trank einen Schluck Whisky.

Dann nahm er ein langes, entspannendes Schaumbad.

Und dann rief er Vera Miller an.

II

6

Der Leichnam wurde von einem gewissen Andreas Fische gefunden.

Und zwar an einem Donnerstagnachmittag. Fische hatte seine Schwester in der Windermeerstraat draußen in Dikken besucht (es war ein wahrer Weibsteufel von Schwester, aber Blut ist dicker als Wasser, und sie hatte es geschafft, einen einigermaßen wohlhabenden Anwalt zu heiraten), und als er eine Abkürzung über den Parkplatz vor der Trattoria Commedia nahm und stehen blieb, weil er pinkeln musste, stellte er fest, dass zwischen den Büschen etwas lag.

Fische pinkelte fertig und schaute sich um. Danach schob er vorsichtig einige dornige Zweige beiseite und schaute ins Gebüsch. Und dort lag ein Mensch. Ein Körper. Ein Leichnam.

Fische hatte schon früher Tote gesehen. Und zwar nicht nur einmal im Verlauf seines wechselhaften Lebens, und nachdem er seinen ersten Impuls, die Beine in die Hand zu nehmen, unterdrückt hatte, übernahm sein besseres – und praktischer orientiertes – Ich das Kommando. Er überzeugte sich rasch davon, dass auf dem einsamen Parkplatz in dem Dämmerlicht kein Mensch zu sehen war. Danach drückte er behutsam einige Buschschösslinge zur Seite – wobei er sorgsam darauf achtete, dass er in der weichen Erde keine Spuren hinterließ, ihm passierte das alles nicht zum ersten Mal, wie gesagt – und sah sich den Toten genauer an.

Es war ein junger, ziemlich hoch gewachsener Mann. Er lag

auf dem Bauch und hatte die Arme friedlich neben dem Kopf ausgestreckt. Dunkelgrüne Jacke und ganz normale Blue Jeans. Die nach oben gedrehte Gesichtshälfte war überzogen von eingetrockneten dunklen Streifen, und Fische nahm an, dass irgendwer das Leben dieses Mannes durch einen Schlag mit einem harten, schweren Gegenstand beendet hatte. Ganz einfach. Er hatte auch so etwas schon gesehen, obwohl es einige Jahre her war.

Nachdem er sich noch einmal davon überzeugt hatte, dass keine Menschen in der Nähe waren, ging er in die Hocke und untersuchte die Taschen des Toten.

Das dauerte nur wenige Sekunden, und die Ausbeute war ziemlich mager, wie er feststellen konnte, als er zweihundert Meter zwischen sich und den Leichnam gelegt hatte. Eine abgenutzte Brieftasche ohne Kreditkarten und nur vierzig Gulden in Banknoten. Eine Hand voll Münzen. Eine fast leere Zigarettenschachtel und ein Feuerzeug. Ein Schlüsselbund mit vier Schlüsseln und ein Bierdeckel mit einer Arzneimittelreklame. Das war alles. Er warf alles, außer dem Geld, in einen Papierkorb, überschlug eilig seine finanzielle Situation und stellte fest, dass er trotz allem einigermaßen bei Kasse war. Zusammen mit dem Hunderter, den er seiner Schwester abgeschwatzt hatte, hatte er mehr als genug für einen netten Abend in der Kneipe, und deshalb nahm er mit einer gewissen gemessenen Zufriedenheit Platz in der Straßenbahn Nummer Zwölf, die ins Zentrum fuhr. Ohne gültigen Fahrausweis, natürlich. Fische hatte sich seit dreißig Jahren keine Fahrkarte mehr gekauft.

Der Klejne Hans auf der Nordseite von Maar gehörte zu seinen Lieblingstränken. Dort saß Fische zumeist an den Abenden, an denen er sich Kneipenbesuche leisten konnte, und auch an diesem vernieselten Novemberabend führten seine Schritte ihn hierher. Als er eintraf, war es noch immer ziemlich leer; es war schließlich erst sechs, und er saß einige Zeit allein vor einem Bier und einem Genever an einem langen Tisch. Saß dort und dehnte die Getränke aus, so gut das ging, rauchte die Zigaretten des Toten und fragte sich, ob er die Polizei nicht lieber gleich verständigen sollte. Es gab solche und solche Pflichten, wie ein altes Sprichwort behauptete. Dann tauchten drei oder vier gute Freunde auf, und wie so oft schob Fische die Sache erst einmal auf. Nur nichts überstürzen, dachte er. Gott hat keine Eile erschaffen, und der Mann aus dem Gebüsch könnte ja unter keinen Umständen wieder auferstehen.

Und als Fische in derselben Nacht gegen ein Uhr in sein durchgelegenes Bett im Männerhospiz in der Armastenstraat fiel, hatte er zwar alles Mögliche im Kopf, nicht aber einen Leichnam auf einem öden Parkplatz in Dikken oder mahnende Stimmen aus den Resten seines versickerten Gewissens.

Der folgende Tag, ein Freitag, war verregnet und trist. Er blieb im Bett liegen und fühlte sich krank und elend, und deshalb wurde es Samstagvormittag, bis Andreas Fische – aus einer der Telefonzellen im Hauptbahnhof mit kostenlosem Notruf – die Polizei anrief und fragte, ob dort Interesse an einem Tipp bestehe.

Das sei schon der Fall, lautete die Antwort. Aber man werde nicht einen verdammten Groschen dafür bezahlen, das solle er sich lieber sofort klarmachen.

Rasch analysierte Fische die Verhandlungssituation. Dann siegte sein mitbürgerliches Pflichtbewusstsein, und er teilte gratis mit, dass draußen in Dikken wohl eine Leiche zu holen sei. Auf dem Parkplatz bei der Golfanlage, bei diesem Restaurant, wie immer es heißen mochte, zum Teufel.

Ermordet, wenn er sich nicht sehr irrte.

Als die Polizei nach seinem Namen, seiner Adresse und ähnlichen Dingen fragen wollte, hatte er bereits aufgelegt.

»Wie lange?«, fragte Kommissar Reinhart.

»Schwer zu sagen«, meinte Meusse. »Lässt sich noch nicht endgültig sagen.«

»Und was schätzt du?«, fragte Reinhart.

»Hm«, sagte Meusse und warf einen Blick auf den Leichnam auf dem großen Marmortisch. »Drei, vier Tage.«

Reinhart rechnete.

»Dienstag oder Mittwoch also?«

»Dienstag«, sagte Meusse. »Wenn dir an purer Spekulation gelegen ist.«

»Er sieht ziemlich mitgenommen aus«, sagte Reinhart.

»Er ist tot«, sagte Meusse. »Und es hat geregnet.«

»Sicher«, sagte Reinhart.

»Aber da bleibt der Kommissar vielleicht besser im Haus?«

»Wenn möglich«, sagte Reinhart. »Und nur zwei Schläge, ja?«

»Ist nur einer nötig«, sagte Meusse und fuhr sich mit der Hand über den kahlen Schädel. »Wenn man weiß, wohin man zu zielen hat.«

»Und das wusste der Täter?«

»Vielleicht«, sagte Meusse. »Liegt ziemlich nahe, gerade dort zuzuschlagen. Schräg über den Schädel in Richtung Stirn. Das andere ... der Nackenschlag ... ist interessanter. Ein wenig professioneller. Bricht die Halswirbelsäule. Auf diese Weise könnte man ein Pferd umbringen.«

»Alles klar«, sagte Reinhart.

Meusse ging zum Waschbecken in der Ecke und wusch sich die Hände. Reinhart blieb am Tisch stehen und betrachtete den Toten. Ein Mann von Mitte dreißig, wie es aussah. Vielleicht etwas jünger. Ziemlich mager und ziemlich lang; einssechsundachtzig hatte Meusse mitgeteilt. Seine Kleidung lag auf einem anderen Tisch und sah ganz normal aus: Blue Jeans, grüne halblange Windjacke, ein dünner, ziemlich verschlissener Wollpullover, der einst hellgrau gewesen war, was man an einigen Stellen noch sehen konnte. Braune, schlichte Leinenschuhe.

Keine Ausweispapiere. Keine Brieftasche, keine Schlüssel, keine persönlichen Habseligkeiten. Irgendwer hatte ihm die Taschen geleert, das war klar.

Jemand hatte ihn ermordet, und zwar durch einen Schlag mit

einem stumpfen Gegenstand, gegen Kopf und Nacken, das war ebenso klar.

Ja ja, dachte Reinhart. Jetzt geht das wieder los.

Meusse räusperte sich, und Reinhart wusste, dass der andere jetzt seine Ruhe wollte. Im Gehen warf er noch einen letzten Blick auf das Gesicht des Toten.

Es war lang und schmal. Ein wenig verhärmt, mit breitem Mund und schweren Zügen. Lange Haare, hinter die Ohren gekämmt und im Nacken zu einem Pferdeschwanz gebunden. Dunkle Bartstoppeln und eine kleine Narbe gleich unter dem linken Auge. Etwas an ihm kam Reinhart bekannt vor.

Ich habe dich schon einmal gesehen, dachte er.

Danach verließ er die Gerichtsmedizin und kehrte ins Präsidium zurück.

Kriminalinspektorin Ewa Moreno steckte die Fotos wieder in den Ordner und schob ihn über den Tisch hinweg Reinhart zu.

»Nix«, sagte sie. »Er steht nicht auf der Liste. Ansonsten haben wir aus den vergangenen Wochen nur drei Vermisstenmeldungen. Eine senile Frau ist aus einem Altersheim in Lohr ausgebüxt und ein fünfzehnjähriger Junge ist von zu Hause durchgebrannt.«

Rooth hörte auf, auf seinem Keks herumzukauen.

»Drei«, sagte er. »Du hast drei gesagt.«

»Das schon«, sagte Moreno. »Aber Nummer drei ist eine Schlange. Ich glaube, auch die können wir hier ausschließen.«

»Eine Schlange?«, fragte Jung.

»Eine grüne Mamba«, erklärte Moreno. »Ist offenbar in der Nacht von Montag auf Dienstag aus einer Wohnung in der Kellnerstraat verschwunden. Lebensgefährlich, ihrem Besitzer zufolge. Aber lieb. Kann einen Menschen in zwei Sekunden töten, hört auf den Namen Betsy.«

»Betsy?«, fragte Rooth. »Ich hatte mal eine Freundin, die Betsy hieß. Sie war überhaupt nicht lieb, aber verschwunden ist sie auch …«

»Danke für die Auskünfte«, sagte Reinhart und klopfte mit der Pfeife auf den Tisch. »Ich glaube, das reicht. Tropische Schlangen können bei diesem Wetter ohnehin nicht lange überleben. Aber man möchte doch meinen, dass unser niedergeschlagener Junge bald mal von irgendwem vermisst werden müsste. Und wenn Meusse Recht hat ...«

»Meusse hat immer Recht«, warf Rooth dazwischen.

»Unterbrich mich nicht«, sagte Reinhart. »Wenn Meusse Recht hat, hat er seit dem Dienstag im Gebüsch gelegen, und die meisten warten höchstens ein bis zwei Tage, bis sie anrufen ... die Angehörigen, meine ich.«

»Aber wenn es keine gibt«, sagte Moreno. »Keine, die ihm nahe standen, meine ich.«

»Einsame alte Männer können ein halbes Jahr tot liegen bleiben«, sagte Jung.

»Ja, so geht es heutzutage zu«, seufzte Reinhart. »Nicht nur alte Männer, übrigens. Ich habe über eine Frau draußen in Gösslingen gelesen, die nach ihrem Tod noch zweieinhalb Jahre ihre Rente kassiert hat. Sie lag im Kartoffelkeller, und das Geld floss direkt auf ihr Konto ... hm, schöne Welt, in der wir da leben. Jung, was sagen die Leute im Restaurant?«

Jung schlug sein Notizbuch auf.

»Hab erst mit zwei von den Angestellten gesprochen«, erklärte er dann. »Vom Foto her hat ihn niemand erkannt, aber morgen Nachmittag sind wir mit zwei Leuten verabredet, die am Dienstag Dienst hatten. Wenn es dann passiert ist, wird ihn sicher irgendwer identifizieren können ... oder jedenfalls werden sie uns zumindest erzählen können, dass er bei ihnen gegessen hat.«

»Sonst noch etwas?«, fragte Reinhart und zündete seine Pfeife an.

»Ja, dieses Auto«, sagte Jung. »Offenbar steht seit Dienstag oder Mittwoch ein alter Peugeot da draußen. Wir haben die Sache überprüft, er gehört einem gewissen Elmer Kodowsky. Leider haben wir den noch nicht erreicht. Sein Hausmeister sagt, dass er auf einer Bohrinsel irgendwo in der Nordsee arbeitet …«

»Schön«, sagte Reinhart. »Da draußen ist um diese Jahreszeit bestimmt tolles Wetter. Irgendwelche Freiwilligen?«

»… aber der Hausmeister hat auch angedeutet, dass er vielleicht weniger weit entfernt zu finden sein könnte«, erklärte Jung. »Und Kodowsky ist jedenfalls nicht der Tote im Gebüsch.«

»Was willst du damit sagen?«, fragte Rooth. »Drück dich doch mal verständlich aus.«

»Gefängnis«, sagte Jung. »Kodowsky ist nicht gerade ein Musterknabe, wenn ich den Hausmeister richtig verstanden habe, und da ist es doch nicht unvorstellbar, dass die Sache mit der Bohrinsel nur ein Vorwand ist und dass er in Wirklichkeit irgendwo sitzt. Es wäre offenbar nicht das erste Mal.«

»Hm«, sagte Reinhart. »Das klingt schon besser. Überprüf das doch mal … oder nein, das kann Krause übernehmen. Denn wenn er eingefahren ist, dieser Kodowksy, dann kann er ja wohl nur schwerlich mit seinem Auto nach Dikken gondeln und es dort abstellen.«

»Hafturlaub«, sagte Jung. »Er kann es außerdem verliehen haben … oder es ist ihm gestohlen worden.«

»Nicht unmöglich«, gab Reinhart zu und stieß eine Rauchwolke aus. »Wenn es auch so alt ist, dass das Diebstahlrisiko nicht sehr groß sein kann. Die Autodiebe von heute sind wählerisch. Nein, ich fürchte, im Moment kommen wir nicht sehr viel weiter. Oder hat hier noch irgendwer etwas auf dem Herzen?«

Das hatte niemand. Es war Viertel nach fünf an einem Samstagnachmittag, und es gab bessere Zeiten für Konversation und Spekulation.

»Dann sehen wir uns morgen Vormittag auf zwei Stunden«, erinnerte Reinhart. »Bis dahin werden wenigstens die Fingerabdrücke analysiert sein. Nicht, dass die uns viel nützen werden. Aber wir könnten auch auf ein wenig mehr von Meusse und dem Labor hoffen. Außerdem …«

Er zog die Fotos wieder aus dem gelben Ordner und betrachtete sie zwei Sekunden lang.

»Kommt der denn außer mir niemandem hier bekannt vor?«

Jung und Rooth schauten die Bilder an und schüttelten den Kopf. Moreno runzelte für einen Moment die Stirn, dann seufzte sie und zuckte mit den Schultern.

»Vielleicht«, sagte sie. »Vielleicht ist da etwas, aber ich komme einfach nicht darauf.«

»Na ja«, sagte Reinhart. »Hoffen wir, dass es noch klick macht. Es ist von einem unbestreitbaren Vorteil, das Opfer identifizieren zu können. Was übrigens für alle Arten von Ermittlungen gilt. Darf man den Kollegen und der Kollegin einen erlesenen Samstagabend wünschen?«

»Danke gleichfalls«, sagte Moreno.

»Ich schließe mich an«, sagte Rooth.

»Darf man die Kollegin zu einem Bier einladen?«, fragte Rooth eine halbe Stunde später. »Ich verspreche, mich unter eiserner Kontrolle zu halten und keine Heiratsanträge zu machen.«

Ewa Moreno lächelte. Sie hatten gerade den Haupteingang des Polizeigebäudes passiert, und der Wind kam ihnen vor wie eine Eismaschine.

»Klingt verlockend«, sagte sie. »Aber ich habe ein Rendezvous mit meiner Badewanne und einem schlechten Roman, und ich fürchte, das kann ich nicht absagen.«

»No hard feelings«, versicherte Rooth. »Auch ich habe eine ziemlich gute Beziehung zu meiner Badewanne. Sie tanzt ebenso schlecht Tango wie ich, deshalb nehme ich an, dass wir schließlich doch zusammenbleiben werden. Man soll das hüten, was man hat.«

»Kluge Worte«, sagte Moreno. »Da kommt mein Bus.«

Sie winkte zum Abschied und lief dann eilig über den Besucherparkplatz. Rooth schaute auf die Uhr. Ich könnte auch gleich wieder hineingehen und im Büro schlafen, dachte er.

Warum soll man um diese Jahreszeit überhaupt draußen herumlaufen? Die pure Idiotie!

Trotzdem machte er sich auf den Weg zum Grote Markt und zur Straßenbahn und fragte sich unterwegs, wann er seine Badewanne wohl zuletzt richtig sauber gemacht hatte.

Gestern war es auf keinen Fall, dachte er sich schließlich.

7

Der Anruf kam um 07.15 Uhr am Sonntagmorgen und wurde von Polizeianwärter Krause angenommen. Er hielt es zuerst für einen seltsamen Zeitpunkt für einen Anruf bei der Polizei – vor allem, da ihm sehr bald aufging, worum es sich handelte, und dass die Anruferin mindestens vier Tage damit gewartet hatte –, doch dann hörte er ihrer Stimme an, dass sie in diesen vier Tagen wohl kaum zum Schlafen gekommen war. Wenn überhaupt.

Und deshalb war es wohl doch nicht so seltsam.

»Hier spricht Marlene Frey«, begann sie. »Ich wohne am Ockfener Plejn und möchte eine Vermisstenmeldung aufgeben.«

»Ich notiere«, sagte Krause.

»Es war Dienstagabend«, erklärte Marlene Frey. »Er wollte nur noch schnell etwas erledigen. Wollte später an dem Abend zu Hause sein, das hat er versprochen, aber seither habe ich nichts mehr von ihm gehört, und das ist wirklich nicht seine ... es sieht ihm überhaupt nicht ähnlich, dass ...«

»Einen Moment, bitte«, fiel Krause ihr ins Wort. »Bitte, erzählen Sie, um wen es geht. Name und Aussehen ... welche Kleidung er trug und so etwas.«

Sie schwieg für einen Moment und schien sich zu sammeln. Dann hörte er einen tiefen, ängstlichen Atemzug.

»Sicher, verzeihen Sie«, sagte sie. »Ich bin ein bisschen müde, konnte kein Auge zutun ... schon mehrere Nächte lang nicht, fürchte ich.«

»Das verstehe ich«, sagte Polizeianwärter Krause und erhielt dann alle erwünschten Auskünfte. Es dauerte höchstens zwei Minuten, doch nach Beendigung des Gesprächs blieb er fünfmal so lange an seinem Schreibtisch sitzen, starrte die eben erst notierten Personalien an und versuchte Ordnung in seine Gedanken zu bringen.

Als er eingesehen hatte, dass dies unmöglich war, griff er wieder zum Telefon und wählte Kommissar Reinharts Nummer.

Synn legte für einen Moment die Hand auf den Hörer, als sie ihn Münster reichte. Formte mit den Lippen einen Namen, den er jedoch nicht verstehen konnte. Er setzte sich auf und nannte seinen Namen.

»Reinhart. Wie geht's dir?«

»Danke der Nachfrage«, sagte Münster. »Es ist ein bisschen spät geworden.«

»Liegst du noch im Bett?«, fragte Reinhart.

»Es ist Sonntag«, teilte Münster mit. »Und es ist noch nicht einmal neun. Was hast du auf dem Herzen?«

»Etwas ganz Schreckliches ist passiert«, sagte Reinhart. »Ich brauche deine Hilfe.«

Münster dachte zwei Sekunden lang nach.

»Habt ihr so wenig Leute?«, fragte er. »Ich bin noch immer mit dieser Untersuchung beschäftigt, hast du das vergessen? Ich komme frühestens im Februar wieder zurück.«

»Das weiß ich«, sagte Reinhart.

»Und worum geht es also?«

Einen Moment lang war es still in der Leitung. Dann räusperte sich Kommissar Reinhart und brachte sein Anliegen vor.

»Verdammt«, sagte Münster. »Ja, ich bin in einer halben Stunde fertig. Natürlich komme ich.«

»Wir drehen erst eine Runde um die Stadt«, sagte Reinhart. »Ich brauche ein wenig Zeit.«

»Ich auch«, sagte Münster. »Wie ist es passiert?«

»Kräftiger Schlag auf den Kopf«, sagte Reinhart. »Totschlag oder Mord, vermutlich Letzteres.«

»Wann?«

»Vermutlich am Dienstag.«

»Am Dienstag? Aber heute ist doch schon Sonntag!«

»Er ist erst gestern gefunden worden. Und hatte keine Papiere bei sich. Er kam mir gleich so bekannt vor, aber ich habe ihn doch nur ein- oder zweimal gesehen … ja, und dann hat heute Morgen diese Frau angerufen und ihn als vermisst gemeldet. Sie hat ihn schon identifiziert. Es gibt keinen Zweifel mehr, leider.«

Münster schwieg eine Weile und sah den Scheibenwischern bei der Arbeit zu.

Oh verdammt, dachte er. Warum muss so etwas passieren? Was hat das für einen Sinn?

Er wusste, dass das nutzlose Fragen waren, doch dass sie sich immer wieder einstellten, besaß vielleicht eine Bedeutung. Etwas, das mit Hoffnung und positivem Denken zu tun hatte. Eine Art Weigerung, vor den Mächten der Finsternis zu kapitulieren? Vielleicht ließ sich das auf diese Weise sehen, vielleicht sollte das ewige *Warum* so gedeutet werden?

»Hattest du in letzter Zeit viel Kontakt mit ihm?«, fragte Reinhart, als sie das andere Flussufer erreicht hatten und sich den Hochhäusern draußen in Leimaar näherten.

Münster zuckte mit den Schultern.

»Ein bisschen«, sagte er. »Ein paar Mal im Monat. Wir trinken ab und zu ein Bierchen miteinander.«

»Kein Badminton?«

»Zweimal pro Jahr.«

Reinhart seufzte tief.

»Wie geht es ihm?«

»Gar nicht so schlecht, glaube ich. Bis jetzt. Er hat jetzt auch eine Frau.«

Reinhart nickte.

»Ich bin wirklich dankbar dafür, dass du mitkommst.«

Münster gab keine Antwort.

»Verdammt dankbar«, sagte Reinhart. »Ich weiß nicht, ob ich das allein geschafft hätte.«

Münster holte tief Luft.

»Fahr jetzt hin«, sagte er. »Es bringt ja nichts, wenn wir es noch länger vor uns herschieben. Hast du angerufen und gefragt, ob er zu Hause ist?«

Reinhart schüttelte den Kopf.

»Nein. Aber er ist zu Hause, das spüre ich. Wir kommen nicht daran vorbei.«

»Nein«, sagte Münster. »Wir nicht und er auch nicht.«

Im Bereich von Klagenburg herrschte Parkplatzmangel. Nachdem er zweimal um den Block gefahren war, entdeckte Reinhart an der Ecke Morgenstraat und Ruyder Allee eine Nische. Von dort aus mussten sie noch zweihundert Meter durch den Regen gehen, bis sie dann an der Tür von Nummer vier klingeln konnten.

Anfangs war von drinnen keine Reaktion zu hören, doch nach einem weiteren unbarmherzigen Signal hörten sie jemanden die Treppe herunterkommen. Ehe die Tür geöffnet wurde, merkte Münster, dass er – trotz des Regens – im Mund wie ausgedörrt war, und er fragte sich plötzlich, ob er wohl überhaupt ein Wort über die Lippen bringen würde. Die Tür wurde einen Spaltbreit geöffnet.

»Guten Morgen«, sagte Reinhart. »Dürfen wir hereinkommen?«

Van Veeteren trug etwas Dunkelblaues und Rotes, bei dem es sich vermutlich um einen Schlafrock handelte – oder irgendwann gehandelt hatte –, und etwas Braunes, das sicher ein Paar Pantoffeln vorstellen sollte. Er sah nicht besonders wach aus und hielt unter dem Arm eine zusammengerollte Zeitung.

»Reinhart?«, fragte er verdutzt und riss die Tür sperrangelweit auf. »Und Münster? Was zum Teufel?«

»Ja«, brachte Münster heraus. »Das kannst du wohl sagen.«

»Kommt rein«, sagte Van Veeteren und schwenkte die Zeitung. »Was für ein Scheißwetter. Was ist denn los?«

»Wir setzen uns erst«, sagte Reinhart.

Sie gingen die Treppe hoch. Wurden in das ziemlich abgenutzte Schlafzimmer geführt und ließen sich jeder in einen Sessel sinken. Van Veeteren blieb stehen. Dann biss Münster sich in die Wange und fasste sich ein Herz.

»Dein Sohn. Erich. Es tut mir Leid, aber Reinhart behauptet, er sei ermordet worden.«

Danach fiel ihm ein, dass er die Augen zugekniffen hatte, als er das gesagt hatte.

8

Als Jung und Rooth am Sonntag gegen zwei vor der Trattoria Commedia parkten, machte der Regen aus irgendeinem Grund gerade Pause. Zwei Männer von der Spurensicherung waren noch immer unter Leitung von Inspektor Le Houde mit dem verlassenen Peugeot beschäftigt; das Gelände um den Wagen und um die zehn Meter entfernte Fundstelle war mit rotweißen Bändern abgesperrt.

Dazwischen verlief ein schmaler Korridor. Rooth blieb stehen und kratzte sich am Kopf.

»Was suchen die denn eigentlich in dem Auto?«

»Keine Ahnung«, sagte Jung. »Er hat ihn sich vor zwei Monaten von diesem Knastbruder ausgeliehen. Vielleicht ist der irgendwie in die Sache verwickelt.«

»Aber Elmer Kodowsky hat ihm offenbar nicht den Schädel eingeschlagen«, sagte Rooth. »Der hatte schon seit acht Wochen keinen Hafturlaub mehr, ein besseres Alibi kannst du lange suchen.«

»Vielleicht«, sagte Jung. »Machen wir uns jetzt über den Barkeeper her oder willst du hier noch lange herumlungern und Flöhe fangen?«

»Ich bin so weit«, sagte Rooth. »Verdammte Scheiße, das gefällt mir überhaupt nicht. Es gefällt mir nicht, wenn die Verbrechen sozusagen über uns hereinbrechen und uns selber treffen. So einer wie VV müsste doch ein Recht auf Immunität oder so haben.«

»Ich weiß«, sagte Jung. »Sei lieber ruhig. Wir machen jetzt unsere Arbeit und dann fahren wir Kaffee trinken.«

»All right«, sagte Rooth. »Ganz deiner Meinung.«

Der Barkeeper hieß Alois Kummer und sah auch so aus.

Ansonsten war er jung, sonnengebräunt und kräftig, deshalb konnte Jung diese traurige Miene auch nicht so recht verstehen. Sie setzten sich ihm gegenüber an die Bar, die ansonsten ganz und gar menschenleer war; solange keine Kundschaft auftauchte, konnten sie sich auch hier unterhalten. Das fanden jedenfalls Jung und Rooth. Herr Kummer schien diese Ansicht zu teilen, denn er brachte keine Einwände vor.

»Sie hatten am Dienstag Dienst?«, fragte Jung.

»Nur bis neun«, sagte Kummer.

»Wir konzentrieren uns auf diesen Zeitraum«, sagte Rooth. »War hier viel Betrieb?«

Kummer zeigte die Zähne. Die sahen stark und frisch aus und wollten wohl ein ironisches Lächeln darstellen.

»Wie viele Gäste?«, fragte Jung.

»Ein Dutzend vielleicht«, sagte Kummer. »Höchstens. Möchten Sie etwas trinken?«

Jung schüttelte den Kopf. Rooth legte die Fotos auf den Tresen.

»Diese Person hier?«, fragte er. »War dieser Mann hier? Antworten Sie erst, wenn Sie sich sicher sind.«

Der Barkeeper musterte die Bilder zehn Sekunden lang und spielte an seinem Ohrring herum.

»Ich glaube schon«, sagte er.

»Glauben?«, fragte Rooth. »Sind Sie religiös?«

»Sehr witzig«, sagte Kummer. »Doch, er war hier. Hat an einem der Tische da drüben gegessen, ich habe nicht weiter über ihn nachgedacht.«

»Um welche Uhrzeit?«, fragte Jung.

»Zwischen fünf und sechs ungefähr … Ja, er ist um Viertel nach sechs gegangen, kurz bevor Helene gekommen ist.«

»Helene?«, fragte Jung.

»Sie arbeitet in der Küche.«

»Sind Sie mit ihr zusammen?«, fragte Rooth.

»Was zum Teufel hat das mit der Sache zu tun?«, fragte Kummer und sah jetzt gereizt aus.

»Man weiß ja nie«, sagte Rooth. »Das Leben ist ein Gewusel aus seltsamen Zusammenhängen.«

Jung hustete, um das Thema zu wechseln.

»War er allein oder mit anderen zusammen?«, fragte er.

»Allein«, antwortete Kummer wie aus der Pistole geschossen.

»Die ganze Zeit?«

»Die ganze Zeit.«

»Wie viele Gäste waren überhaupt hier? Zwischen fünf und sechs, meine ich.«

Kummer dachte nach.

»Nicht viele«, sagte er. »Vielleicht vier oder fünf.«

»Scheint nicht gerade Hochsaison zu sein«, sagte Rooth.

»Würden Sie bei diesem Wetter Golf spielen wollen?«, fragte Kummer.

»Golf?«, fragte Rooth. »Ist das dieses Eierkullern auf grünem Rasen?«

Kummer gab keine Antwort, die Tätowierung auf seinem Unterarm fing jedoch an bedrohlich zu zittern.

»Er hat also nicht hier gesessen«, Jung versuchte den Faden wieder aufzunehmen. »Um einen zu trinken, oder so?«

Kummer schüttelte den Kopf.

»Wie viele waren in der Bar?«

»Zwei oder drei vielleicht … so genau weiß ich das nicht mehr. Es waren auch einige nur für ein paar Minuten hier, glaube ich. Das kommt ja häufiger vor.«

»Hm«, sagte Jung. »Als er gegangen ist, dieser einsame Essensgast ... da ist Ihnen nicht aufgefallen, dass ihm jemand gefolgt ist? Nach ganz kurzer Zeit, meine ich?«

»Nein«, sagte Kummer. »Wie zum Teufel sollte ich mich daran erinnern können?«

»Das weiß ich nicht«, sagte Jung. »Aber es ist nun einmal so, dass er hier draußen auf dem Parkplatz erschlagen worden ist, vermutlich nur wenige Minuten nach Verlassen dieses Lokals, und deshalb wäre es nicht schlecht, wenn Sie versuchen würden, sich zu erinnern.«

»Ich gebe mir alle Mühe«, erklärte Kummer.

»Sehr gut«, sagte Rooth. »Wir wollen ja nichts Unmögliches von Ihnen. Wenn Sie an diesen Abend denken, fällt Ihnen dann irgendetwas auf ... etwas, das auf irgendeine Weise anders war? Oder bemerkenswert?«

Wieder dachte Kummer nach.

»Ich glaube nicht«, sagte er. »Nein, alles war wie immer, nur ... sehr ruhig.«

»War er schon früher einmal hier, dieser Mann?«, fragte Jung und tippte mit dem Kugelschreiber auf die Fotos.

»Nein«, sagte Kummer. »Nicht, wenn ich hier gearbeitet habe jedenfalls.«

»Sie scheinen sich Gesichter gut merken zu können?«

»Ja, ich kann mich normalerweise an Menschen erinnern, die mir einmal begegnet sind.«

»Wie lange arbeiten Sie schon hier?«

»Drei Monate«, sagte Kummer.

Rooth entdeckte weiter unten auf dem Tresen eine Schale mit Erdnüssen. Er rutschte von seinem Barhocker, ging hin und nahm sich eine Hand voll. Der Barmann betrachtete ihn mit skeptisch gerunzelter Stirn. Jung räusperte sich.

»Dieser Wagen«, sagte er. »Der Peugeot draußen auf dem Parkplatz ... der steht also seit Dienstag hier?«

»Das habe ich gehört«, sagte Kummer. »Mir ist das erst heute aufgefallen.«

»Gesichter können Sie sich besser merken als Autos?«
»Richtig«, sagte Kummer.
»Was war am Dienstagabend für Wetter?«
Kummer zuckte mit den Schultern.
»Es war grau, nehme ich an. Und windig. Aber die Bar liegt ja im Haus, wie Ihnen vielleicht aufgefallen ist.«
»Was Sie nicht sagen«, sagte Rooth und nahm sich die restlichen Erdnüsse.
»Wie kommen Sie selber her?«, fragte Jung. »Parken Sie auch hier? Denn Sie wohnen doch sicher nicht in Dikken?«
Kummer schüttelte den Kopf und zeigte wieder seine Zähne.
»Meistens mit der Straßenbahn«, sagte er. »Manchmal nehmen Helene oder irgendwer von den anderen mich mit. Aber die Angestellten hier benutzen den Parkplatz nie. Wir haben hinter dem Haus ein paar private Plätze.«
»Wie viele Angestellte gibt es hier?«, fragte Roth.
»Ungefähr ein Dutzend«, erklärte Kummer. »Aber im Dienst sind immer nur drei oder vier. Diese Jahreszeit ist hier Nebensaison, wie gesagt.«
»Wie gesagt, ja«, sagte Rooth und schaute sich in dem leeren Lokal um. »Und Sie wissen nicht, wer der Mörder ist, oder?«
Kummer fuhr zusammen.
»Was zum Teufel?«, sagte er. »Natürlich weiß ich das nicht. Wir können ja wohl nichts dafür, dass jemandem auf unserem Parkplatz etwas zustößt.«
»Natürlich nicht«, sagte Rooth. »Nein, ich glaube, wir können uns für diesmal herzlich bei Ihnen bedanken. Vielleicht kommen wir wieder.«
»Wieso denn?«, fragte Kummer.
»Weil wir so arbeiten«, sagte Jung.
»Weil wir gern Erdnüsse essen«, sagte Rooth.

Am Sonntagabend gingen Moreno und Reinhart zusammen zum Ockfener Plejn. Er lag nicht weit vom Polizeigebäude entfernt, und deshalb ließen sie trotz Wind und strömendem Regen den Wagen stehen.

»Tut gut, sich ein wenig frischen Wind um die Birne blasen zu lassen«, erklärte Reinhart. »Bringt ja manchmal was, wenn äußere und innere Landschaft übereinstimmen.«

»Wie hat er es aufgenommen?«, fragte Moreno.

Reinhart schwieg eine Weile.

»Ich weiß nicht«, sagte er dann. »Ich will verdammt sein, wenn ich das weiß. Redseliger hat es ihn jedenfalls nicht gemacht. Münster ist das alles sehr schwer gefallen. Es war einfach grauenhaft.«

»War er allein?«

»Nein. Gott sei Dank war seine neue Frau bei ihm.«

»Gott sei Dank«, sagte auch Moreno. »Ist die in Ordnung?«

»Ich glaube schon«, sagte Reinhart.

Sie erreichten den Alten Platz und fanden das Haus. Eine Zeile aus schmalen Häusern mit hohen, schmalen Giebeln; ziemlich heruntergekommen, verrußte Fassaden und wackelige Fenster. Eine kurze Treppe führte zur Haustür hoch, und Moreno drückte auf den Knopf neben dem handgeschriebenen Namensschild.

Nach einer halben Minute und einem abermaligen Klingeln öffnete Marlene Frey. Ihr Gesicht wirkte ein wenig geschwollen, ihre Augen sahen ungefähr dreimal so rotgeweint aus wie am Vormittag, als Moreno sie in ihrem Büro im Polizeigebäude vernommen hatte. Aber trotzdem strahlte die schmächtige Frau auch Willenskraft und Stärke aus.

Moreno registrierte, dass sie sich umgezogen hatte; sie trug jetzt zwar nur eine andere Jeans und einen gelben Pullover anstelle eines roten, aber vielleicht wies es doch darauf hin, dass sie bereits begonnen hatte, die Tatsachen zu akzeptieren. Dass sie eingesehen hatte, dass das Leben weitergehen musste. Sie schien auch keine Beruhigungsmittel genommen zu haben. Aber das war natürlich schwer zu beurteilen.

»Hallo«, sagte Moreno. »Haben Sie ein wenig schlafen können?«

Marlene Frey schüttelte den Kopf.

Moreno stellte Reinhart vor, und sie gingen die schmale Treppe in den dritten Stock hinauf.

Zwei kleine Zimmer und eine schmale, ausgekühlte Küche, das war alles. Weinrote Wände und ein Minimum an Möbeln, vor allem große Kissen und dazu passende Decken auf Sitzen oder Liegen. Einige große grüne Topfpflanzen und zwei Plakate. Vor dem Gasofen im größeren Zimmer standen zwei Korbsessel und ein niedriger Hocker. Marlene Frey setzte sich auf den Hocker und wies Moreno und Reinhart die Sessel an.

»Kann ich Ihnen etwas anbieten?«

Moreno schüttelte den Kopf. Reinhart räusperte sich.

»Wir wissen, dass das alles ganz entsetzlich für Sie ist«, sagte er.

»Aber wir müssen Ihnen trotzdem einige Fragen stellen. Melden Sie sich, wenn es Ihnen zu viel wird, wir können auch morgen weitermachen.«

»Wir machen es jetzt«, sagte Marlene Frey.

»Ist niemand bei Ihnen?«, fragte Moreno. »Eine Freundin oder so?«

»Heute Abend kommt eine. Ich schaffe das schon, Sie brauchen sich keine Sorgen zu machen.«

»Sie haben hier also zusammen gewohnt?«, fragte Reinhart und rückte näher an den Ofen heran. Offenbar war der die einzige Wärmequelle in der Wohnung, und man tat besser daran, sich nicht allzu weit davon zu entfernen.

»Ja«, sagte Marlene Frey. »Wir wohnen hier. Oder haben hier gewohnt ...«

»Wie lange waren Sie zusammen?«, fragte Moreno.

»So ungefähr zwei Jahre.«

»Sie wissen, wer sein Vater ist?«, fragte Reinhart. »Das hat natürlich nichts mit dem Fall zu tun, macht alles in unseren Augen aber noch etwas unangenehmer. Auch wenn …«

»Ich weiß«, fiel Marlene Frey ihm ins Wort. »Sie hatten nicht sehr viel Kontakt.«

»Das wissen wir«, Reinhart nickte. »Gab es denn überhaupt welchen? Kontakt, meine ich?«

Marlene Frey antwortete nicht sofort.

»Ich bin ihm nie begegnet«, sagte sie. »Aber ich glaube … ich glaube, es ging jetzt ein wenig besser.«

Reinhart nickte.

»Haben sie sich manchmal getroffen?«, fragte Moreno.

»Erich war im Herbst zweimal bei ihm. Aber das spielt jetzt doch keine Rolle mehr.«

Ihre Stimme zitterte, und sie fuhr sich hastig mit den Handflächen übers Gesicht, um sich wieder zu sammeln. Ihre roten Haare sahen gefärbt und ein wenig ungepflegt aus, wie Moreno feststellte, aber es gab immerhin keine sichtbaren Anzeichen von Drogenmissbrauch.

»Wenn wir uns auf den Dienstag konzentrieren«, schlug Reinhart vor, während er zugleich Pfeife und Tabak hervorzog und auf Marlene Freys zustimmendes Nicken wartete.

»Erich ist also zu diesem Restaurant in Dikken gefahren«, sagte Moreno. »Haben Sie irgendeine Vorstellung, was er dort wollte?«

»Nein«, sagte Marlene Frey. »Nicht die Geringste. Wie ich heute Morgen schon gesagt habe.«

»Hatte er irgendeine Arbeit?«, fragte Reinhart.

»Er hat alles Mögliche gemacht«, sagte Marlene Frey. »Ist als Schreiner und Anstreicher und Handwerker eingesprungen … auf allerlei Baustellen und so. Vor allem schwarz, fürchte ich, aber so ist es nun einmal. Er war so geschickt!«

»Und Sie selber?«, fragte Moreno.

»Mache einen Kurs für Arbeitslose. Buchführung und Computer und solchen Dreck, aber ich bekomme Sozialhilfe. Helfe in zwei Läden aus, wenn die Leute mich brauchen. Wir kommen schon zurecht ... sind zurechtgekommen. Finanziell, meine ich. Erich hat auch manchmal in einer Druckerei gearbeitet. Bei Stemminger.«

»Ich verstehe«, sagte Reinhart. »Er hatte ja allerlei mitgemacht, wie man sagt ...«

»Wer hat das nicht?«, fragte Marlene Frey. »Aber wir waren auf dem richtigen Weg, das müssen Sie mir glauben.«

Für einen Moment schien sie wieder in Tränen ausbrechen zu wollen, aber dann holte sie tief Atem und putzte sich die Nase.

»Erzählen Sie über den Dienstag«, bat Reinhart.

»Da gibt es nicht viel zu erzählen«, sagte Marlene Frey. »Ich bin vormittags zum Kurs gegangen, danach habe ich zwei Stunden in dem Laden in der Kellnerstraat ausgeholfen. Ich habe Erich nur kurz zwischen eins und zwei hier zu Hause gesehen, er wollte jemandem mit einem Boot helfen und abends dann noch etwas erledigen.«

»Mit einem Boot?«, fragte Reinhart. »Mit was für einem Boot denn?«

»Es gehörte einem Freund von ihm«, sagte Marlene Frey. »Es ging wohl um die Einrichtung.«

Moreno bat sie, Namen und Adresse zu notieren, und das tat sie, nachdem sie in einem aus der Küche geholten Adressbuch nachgesehen hatte.

»Und diese Sache am Abend«, fragte Reinhart nach. »Worum ging es dabei?«

Marlene Frey zuckte mit den Schultern.

»Ich weiß nicht.«

»War es ein Auftrag?«

»Vermutlich.«

»Oder etwas anderes?«

»Wie meinen Sie das?«

»Tja ... etwas, das kein Auftrag war, eben ...«

Marlene Frey griff zu ihrem Taschentuch und putzte sich noch einmal die Nase. Sie kniff die Augen zusammen.

»Ich habe verstanden«, sagte sie. »Ich habe genau verstanden. Nur wegen seines berühmten Vaters sitzen Sie hier und sind so verdammt höflich. Ansonsten würden Sie ihn sicher behandeln wie jeden hergelaufenen Penner. Und mich wie eine drogensüchtige Nutte.«

»Nein, wirklich …«, begann Moreno.

»Sie brauchen sich nicht zu verstellen«, sagte Marlene Frey. »Ich weiß, wie das läuft. Erich hatte einiges auf dem Gewissen, aber während der letzten Jahre war damit wirklich Schluss. Wir nehmen keinerlei Drogen mehr und sind nicht krimineller als andere. Aber es wäre sicher nicht möglich, das der Bullerei klar zu machen?«

Weder Moreno noch Reinhart antworteten. Marlene Freys Ausbruch blieb eine Weile im warmen Schweigen über dem Ofen hängen. Die Scheiben klirrten, wenn draußen auf der Straße eine Straßenbahn vorüberschepperte.

»Na gut«, sagte Reinhart. »Ich habe verstanden und vielleicht haben Sie Recht. Aber die Sache ist nun einmal so, wie sie ist, und es wäre doch verdammt komisch, wenn Sie uns Vorwürfe machten, weil wir die Leute ausnahmsweise einmal anständig behandeln … Ich glaube, wir haben die Lage im Blick, ohne noch weiter darüber reden zu müssen. Wollen wir weitermachen?«

Marlene Frey zögerte zunächst. Dann nickte sie.

»Dikken?«, fragte Reinhart. »Was wollte er denn da? Irgendeine vage Vorstellung müssen Sie doch zumindest haben?«

»Es kann alles Mögliche gewesen sein«, sagte Marlene Frey. »Möglicherweise suchen Sie ja nach Hinweisen in Richtung Drogen, aber ich kann Ihnen versichern, dass davon nicht die Rede sein kann. Erich hatte schon damit aufgehört, als wir uns kennen gelernt haben.«

Reinhart musterte sie ausgiebig.

»Na gut, dann verlassen wir uns darauf«, sagte er. »Worum kann es sonst gegangen sein? Geldmäßig, meine ich … oder wollte er sich einfach nur mit einem Kumpel treffen? Irgendwem einen Gefallen tun?«

Marlene Frey dachte nach.

»Ich glaube, es war ein Job«, sagte sie dann. »Irgendein Job.«

»Hat er gesagt, dass er nach Dikken wollte?«

»Nein.«

»Und auch nicht, worum es ging?«

»Nein.«

»Nicht einmal eine Andeutung?«

»Nein.«

»Und Sie haben nicht gefragt?«

Marlene Frey schüttelte den Kopf und seufzte.

»Nein«, sagte sie. »Erich konnte sieben oder acht verschiedene Jobs pro Woche haben, wir haben nur ausnahmsweise darüber gesprochen.«

»Und wann wollte er wieder hier sein?«, fragte Moreno.

Wieder dachte Marlene Frey nach.

»Das habe ich mich ja auch gefragt, aber ich bin mir nicht sicher. Ich hatte gedacht, er würde so gegen acht oder neun wieder zu Hause sein, aber ich bin mir nicht sicher, ob er es wirklich gesagt hat. O verdammt!«

Sie biss sich auf die Lippe, und Moreno sah, dass ihre Augen jetzt voller Tränen standen.

»Weinen Sie«, sagte sie. »Es geht beides, zur gleichen Zeit zu sprechen und zu weinen.«

Marlene Frey befolgte diesen Rat sofort. Moreno beugte sich vor und streichelte ein wenig unbeholfen ihre Hände, während Reinhart in seinem Korbsessel unruhig hin und her rutschte. Sich an seiner Pfeife zu schaffen machte und sich Feuer gab.

»Namen«, fragte Moreno, nachdem Marlene Frey sich wieder beruhigt hatte. »Er hat im Zusammenhang mit seinen Plänen für Dienstagabend keine Namen erwähnt?«

Marlene Frey schüttelte den Kopf.

»Wissen Sie, ob er auch früher schon einmal dort war? Ob er häufiger hingefahren ist?«

»Nach Dikken?« Sie lachte auf. »Nein, da draußen, das ist ja wohl kaum unsere Szene, oder was meinen Sie?«

Moreno lächelte kurz.

»Und er hatte in letzter Zeit keine besonderen Sorgen? Ist irgendetwas passiert, das Sie mit dem Unglück in einen Zusammenhang bringen könnten?«

Marlene Frey fuhr sich mit dem Arm über die Augen und dachte wieder nach.

»Nein«, sagte sie. »Mir fällt jedenfalls nichts ein.«

»Keine neuen Bekanntschaften oder so?«

»Nein. Erich kannte ungeheuer viele Leute … von allen Sorten, könnte man wohl sagen.«

»Ich verstehe«, sagte Reinhart. »Diesen Elmer Kodowsky, zum Beispiel … von dem er sich das Auto geliehen hatte?«

»Zum Beispiel, ja«, sagte Marlene Frey.

»Sie hatten in letzter Zeit keinen Kontakt zu ihm?«

Sie schüttelte den Kopf.

»Er sitzt ja. Ich weiß nicht, wo. Er war ein alter Kumpel von Erich … ich kenne ihn nicht näher. Hab ihn nur einige Male gesehen.«

»Haben Sie sich vielleicht selber auf irgendeine Weise bedroht gefühlt?«, fragte Moreno.

»Ich?«, erwiderte Marlene Frey und sah aufrichtig überrascht aus. »Nein, wirklich nicht.«

Sie schwiegen eine Weile. Marlene Frey beugte sich noch weiter zum Herd vor und rieb sich im warmen Gebläse die Hände.

»Sie haben lange gewartet, ehe Sie die Polizei informiert haben«, sagte Reinhart.

»Ich weiß.«

»Warum?«

Sie zuckte mit den Schultern.

»Vielleicht liegt die Antwort in der Natur der Sache. Oder was glauben Sie?«

Reinhart schwieg.

»Hatten Sie irgendwelchen Kontakt zu Erichs Mutter?«, fragte Moreno.

»Nein«, erklärte Marlene Frey. »Eigentlich nicht. Aber ich würde gern mit seinem Vater sprechen, wenn Sie dem über den Weg laufen. Ich muss ihm etwas sagen.«

»Ach?«, fragte Reinhart. »Was denn?«

»Das sage ich ihm selbst«, erklärte Marlene Frey.

Danach saßen sie eine Weile im Café Gambrinus und versuchten ihre Eindrücke zusammenzutragen.

»Bisher hilft uns das nicht gerade weiter«, meinte Reinhart. »Oder was sagst du? Ach, verdammt.«

»Nein, nicht sehr«, stimmte Moreno zu. »Aber es sieht ja fast so aus, als ob er da draußen mit seinem Mörder ein Rendezvous gehabt hätte. Obwohl er sicher nicht ahnen konnte, wie es enden würde. Das Seltsame ist, dass er allein im Restaurant gewartet hat. Wenn wir uns auf Jung und Rooth verlassen können, meine ich ... das könnte doch darauf hinweisen, dass die Person, die er treffen wollte, niemals aufgetaucht ist.«

»Möglich«, sagte Reinhart. »Aber es kann auch sehr viel einfacher gewesen sein, das sollten wir nicht vergessen.«

»Wie meinst du das?«, fragte Moreno und trank einen Schluck Glühwein.

»Ein einfacher Überfall«, sagte Reinhart. »Ein Junkie mit einem Hammer, der ein wenig Bargeld brauchte. Erich ist doch total ausgeplündert worden, sogar Zigaretten und Schlüssel fehlten, das sollte uns etwas sagen.«

Moreno nickte.

»Glaubst du, es war so?«, fragte sie.

»Vielleicht, vielleicht nicht«, sagte Reinhart. »Es braucht auch nicht derselbe gewesen zu sein ... der, der ihn getötet hat, und der spätere Leichenfledderer, meine ich. Dieser Typ, der angerufen und den Leichenfund gemeldet hat, hatte doch garantiert Dreck am Stecken, meinst du nicht?«

»Vermutlich ja«, sagte Moreno. »Auf jeden Fall glaube ich, dass wir es hier nicht einfach mit einem normalen Überfall zu tun haben. Es steckt mehr dahinter, aber vielleicht meine ich das auch nur, weil gerade Erich das Opfer ist, was weiß ich … und natürlich ist es eine reichlich schräge Argumentation.«

»In der Welt der Gedanken gibt es allerlei Schräges«, sagte Reinhart. »Intuition und Vorurteile riechen im Grunde ziemlich ähnlich. In diesem Fall finde ich, sollten wir hiermit anfangen.«

Er zog das abgegriffene Wachstuchheft hervor, das Marlene Frey ihnen überlassen hatte – gegen die Zusicherung, es gleich nach dem Kopieren zurückzubringen.

»Das muss der Beweis dafür sein, dass sie inzwischen auf dem Pfad der Tugend wandelten«, sagte Moreno. »Leute, die kein reines Gewissen haben, würden der Polizei doch niemals freiwillig ihr Adressbuch überlassen.«

Reinhart blätterte im Heft und machte ein besorgtes Gesicht.

»Verdammt viele Leute«, seufzte er. »Ich glaube, wir müssen noch einmal mit ihr reden und sie um ein paar Hintergrundinformationen bitten.«

»Das mache ich morgen«, versprach Moreno. »Und jetzt lass uns gehen. Ich glaube nicht, dass wir heute Abend noch ein goldenes Ei legen.«

Reinhart schaute auf die Uhr.

»Da hat die Inspektorin sicher Recht«, sagte er. »Eins steht jedenfalls fest.«

»Was denn?«, fragte Moreno.

»Wir müssen das hier lösen. Und wenn wir bis zur Jahrhundertwende keinen einzigen verdammten Fall mehr aufklären, bei diesem hier muss es uns gelingen. Das sind wir ihm schuldig. Das ist das Mindeste, was wir für ihn tun können.«

Moreno stützte den Kopf auf die Hände und dachte nach.

»Bei jedem anderen würde ich denken, dass aus dir reichlich überspannte Pfadfindermoral spricht«, sagte sie. »Aber ich muss zugeben, dass ich deiner Ansicht bin. Es ist schlimm, so wie es ist, und es wird noch schlimmer, wenn wir den Mörder ungeschoren davonkommen lassen. Meldest du dich morgen wieder bei ihm? Er will vielleicht wissen, wie es weitergeht.«

»Ich habe versprochen, ihn auf dem Laufenden zu halten«, sagte Reinhart. »Und das werde ich auch tun. Ob ich nun will oder nicht.«

Moreno nickte düster. Dann tranken sie aus und überließen das Café, die Stadt und die Welt ihrem Schicksal.

Zumindest für einige Stunden.

9

Er erwachte und schaute auf die Uhr.

Viertel vor fünf. Er hatte zwanzig Minuten geschlafen.

Erich ist tot, dachte er. Es ist kein Traum. Er ist tot, das ist Wirklichkeit.

Er spürte, wie seine Augen in ihren Höhlen brannten. Als wollten sie sich aus seinem Kopf drängen. Ödipus, dachte er. Ödipus Rex ... für den Rest des Lebens blind umherirren und Gnade suchen, vielleicht wäre das etwas. Vielleicht ergäbe das einen Sinn. Erich. Erich ist tot. Mein Sohn.

Es war seltsam, wie der eine Gedanke Stunde um Stunde sein ganzes Bewusstsein ausfüllen konnte. Dieselben drei Wörter – im Grunde war es nicht einmal ein Gedanke, sondern nur diese Wortzusammenstellung, undurchdringlich wie ein Mantra in einer fremden Sprache: Erich ist tot, Erich ist tot. Minute um Minute, Sekunde um Sekunde, jeder Bruchteil jeden Augenblicks jeder Sekunde. Erich ist tot.

Oder vielleicht war es auch überhaupt nicht seltsam. Vermutlich musste es einfach so sein. Und würde in alle Zukunft so bleiben. Dies hier war der Grundstein für sein künftiges Leben. Erich war tot. Sein Sohn hatte ihn endlich in Besitz genommen; durch seinen Tod hatte er endlich die ganze Aufmerksamkeit und Liebe seines Vaters gewonnen. Erich. So war es. Ganz einfach.

Ich werde zerbrechen, dachte Van Veeteren. Ich werde in Stücke zerfallen und untergehen, und es ist mir egal. Wäre doch gut, noch rechtzeitig zu sterben.

Die Frau neben ihm bewegte sich und erwachte. Ulrike. Ulrike Fremdli. Die trotz aller Zweifel und Seelenkrämpfe seine Frau geworden war. Seiner Krämpfe, nicht ihrer.

»Hast du ein bisschen geschlafen?«

Er schüttelte den Kopf.

»Gar nicht?«

»Eine halbe Stunde.«

Sie fuhr mit einer warmen Hand über seine Brust und seinen Bauch.

»Möchtest du eine Tasse Tee? Ich kann gern eine machen.«

»Nein, danke.«

»Möchtest du reden?«

»Nein.«

Sie drehte sich um. Rückte näher an ihn heran, und nach einer Weile hörte er ihrem Atem an, dass sie wieder eingeschlafen war. Er wartete noch einige weitere Minuten, dann stand er vorsichtig auf, steckte die Decke um sie fest und ging in die Küche.

Die roten Digitalziffern des Transistorradios vor dem Fenster zeigten 04.55 Uhr. Draußen war noch immer schwarze Nacht; nur einige schräge Lichtstrahlen einer Straßenlaterne fielen in eine Ecke des dunklen Hauses auf der anderen Straßenseite. Guijdermann, die stillgelegte Bäckerei. Die Gegenstände, die er in der Küche erkennen konnte, waren in dasselbe tote Licht gehüllt. Herd, Spülbecken. Das Regal über dem Vorratsschrank, der Zeitungsstapel im Korb in der Ecke. Er öffnete die Kühlschranktür und ließ sie wieder zufallen. Nahm ein Glas aus dem Geschirrschrank und trank normales Leitungswasser. Erich ist tot, dachte er. Tot.

Er kehrte ins Schlafzimmer zurück und zog sich an. Ulrike drehte sich derweil im Bett unruhig einige Male um, erwachte aber nicht. Er schlich sich in die Diele und zog die Tür hinter sich zu. Zog Schuhe, Schal und Mantel an. Verließ die Wohnung und ging auf leisen Sohlen die Treppe hinunter und hinaus auf die Straße.

Ein leichter Regen fiel – oder trieb eigentlich umher, wie ein weicher Vorhang aus schwebenden, federleichten Tropfen. Es musste an die sieben, acht Grad über Null sein. Kein nennenswerter Wind und die Straßen verlassen, wie vor einem lange erwarteten Bombenangriff. Dunkel und in sich verschlossen – mitsamt dem geheimnislosen Schlaf der in der Nähe gelegenen Wohnungen.

Erich ist tot, dachte er und ging los.

Anderthalb Stunden später kehrte er zurück. Ulrike saß in der dämmrigen Küche, hielt eine Teetasse in den Händen und wartete auf ihn. Er ahnte ihre Aura aus vorwurfsvoller Unruhe und Mitleid, aber sie traf ihn nicht mehr als ein falsch verbundener Anruf oder eine formelle Beileidsbekundung.

Hoffentlich hält sie das durch, dachte er. Hoffentlich reiße ich sie nicht mit mir.

»Du bist nass«, sagte sie. »Bist du weit gegangen?«

Er zuckte mit den Achseln und setzte sich ihr gegenüber.

»Bis nach Löhr«, sagte er. »Es regnet nicht so schrecklich.«

»Ich bin eingeschlafen. Es tut mir Leid.«

»Ich musste einfach an die Luft.«

Sie nickte. Eine halbe Minute verging, danach streckte sie ihre Hände quer über den Tisch. Ließ sie halb geöffnet einige Dezimeter vor ihm liegen, und nach einer Weile griff er danach. Umschloss sie mit seinen eigenen und drückte sie zweifelnd. Begriff, dass sie auf etwas wartete. Dass er etwas sagen musste.

»Als ich ein Kind war, kannte ich ein altes Ehepaar«, fing er an. »Sie hießen Bloeme.«

Sie nickte vage und machte ein fragendes Gesicht. Er ließ seinen Blick eine Weile auf ihrem Gesicht ruhen, dann fuhr er fort:

»Vielleicht nicht so schrecklich alt, aber sie kamen mir vor wie die ältesten Menschen auf der Welt. Sie wohnten in unserer Gegend, einige Häuser weiter, und sie verließen fast nie das Haus. Nur sonntagnachmittags ließen sie sich ab und zu sehen, und dann … dann verstummte alles Leben, und alle Spiele auf der Straße wurden eingestellt. Sie gingen immer Arm in Arm auf der schattigen Straßenseite, der Mann trug immer einen Hut, und immer strahlten sie tiefe Trauer aus. Eine Wolke aus Trauer. Meine Mutter hat mir ihre Geschichte erzählt, ich war höchstens sieben oder acht, glaube ich. Bloemes hatten einmal zwei Töchter, zwei schöne junge Mädchen, die in einem Sommer zusammen nach Paris gefahren sind. Dort wurden beide unter einer Brücke ermordet, und seither hatten ihre Eltern keinen Kontakt mehr zu anderen Menschen. Die beiden Töchter kamen in zwei französischen Särgen zurück. Ja, das war ihre Geschichte … wir Kinder beobachteten sie immer mit dem größtmöglichen Respekt. Mit höllischer Hochachtung, ganz einfach.«

Er verstummte und ließ Ulrikes Hände los.

»Kinder sollten nicht vor ihren Eltern sterben.«

Sie nickte.

»Möchtest du eine Tasse Tee?«

»Danke. Wenn du ein paar Tropfen Rum hineingibst.«

Sie stand auf. Ging hinüber zur Anrichte und schaltete den elektrischen Wasserkocher ein. Suchte eine Weile zwischen den Flaschen im Schrank. Van Veeteren blieb am Tisch sitzen. Faltete die Hände und stützte das Kinn auf die Fingerknöchel. Kniff die Augen zu und spürte dabei wieder, wie sehr sie in ihren Höhlen wehtaten. Ein brennender Schmerz, der von dort bis in die Schläfen wanderte.

»Ich habe das schon einmal erlebt.«

Ulrike drehte sich um und sah ihn an.

»Nein, ich meine nicht bei der Arbeit. Aber ich habe mir Erichs Tod schon so oft vorgestellt … dass ich ihn begraben müsste, nicht umgekehrt. Nicht in letzter Zeit, es ist schon länger her. Acht oder zehn Jahre. Ich habe mir das damals ziemlich deutlich vorgestellt … den Vater, der seinen Sohn begräbt, ich weiß nicht, vielleicht tun das ja alle Eltern.«

Sie stellte zwei dampfende Tassen auf den Tisch und setzte sich wieder ihm gegenüber.

»Ich nicht«, sagte sie. »Jedenfalls nicht so detailliert. Warum hast du dich damit gequält? Es muss doch Gründe gegeben haben.«

Van Veeteren nickte und nippte vorsichtig an dem starken, süßen Getränk.

»Ja«, er zögerte einen Moment. »Doch, es hat Gründe gegeben. Einen zumindest … mit achtzehn Jahren hat Erich versucht sich das Leben zu nehmen. Hat sich mit genug Tabletten für fünf oder sechs erwachsene Menschen voll gestopft. Eine Freundin hat ihn rechtzeitig gefunden und ins Krankenhaus geschafft. Ohne sie wäre er gestorben. Das ist jetzt über zehn Jahre her, eine Zeit lang habe ich jede Nacht davon geträumt. Nicht nur von seinem leeren, verzweifelten, schuldbewussten Blick da im Krankenhaus … Ich habe auch davon geträumt, dass er es geschafft hätte, dass ich frische Blumen auf sein Grab brachte. Und so weiter. Es kommt mir fast so vor, als ob … als ob ich dafür trainiert hätte. Jetzt ist es Wirklichkeit, damals wusste ich, dass es früher oder später dazu kommen würde … das glaubte ich zumindest. Ich hatte es fast vergessen, aber jetzt ist es passiert. Erich ist tot.«

Er verstummte. Der Zeitungsbote oder irgendein Nachbar ging draußen durch das Treppenhaus. Ulrike wollte etwas sagen, blieb dann aber stumm.

»Ich wollte vorhin in die Keymerkirche«, sagte Van Veeteren jetzt, »aber die war geschlossen. Kannst du mir erzählen, warum wir unsere Kirchen abschließen müssen?«

Behutsam streichelte sie seine Hand. Eine Minute verging. Zwei Minuten. Sie siebte Worte aus, das sah er.

»Erich ist nicht gestorben, weil er das wollte«, sagte sie endlich. »Das ist ein wichtiger Unterschied.«

Er gab keine Antwort. Zog seine rechte Hand zurück und trank einen Schluck.

»Vielleicht«, sagte er. »Vielleicht ist das ein wichtiger Unterschied. Ich kann das jetzt nicht entscheiden.«

Danach schwiegen sie wieder. Graues Dämmerlicht sickerte durch das Fenster. Es war einige Minuten nach sieben. Draußen waren Straße und Stadt erwacht. Zu einem weiteren Novembertag. Das Leben nahm wieder Anlauf.

»Ich kann nicht mehr darüber reden«, sagte Van Veeteren. »Ich begreife nicht, was es bringen sollte, alles in eine Menge von Wörtern einzuwickeln. Verzeih mir mein Schweigen, ich bin dankbar dafür, dass du hier bist. Unendlich dankbar.«

»Das weiß ich«, sagte Ulrike Fremdli. »Nein, es geht hier nicht um Worte. Es geht hier überhaupt nicht um uns. Sollen wir uns nicht noch ein wenig hinlegen?«

»Ich wünschte, es wäre mir passiert.«

»Das ist ein vergeblicher Wunsch.«

»Ich weiß. Vergeblichkeit ist die Spielwiese der Wünsche.«

Er leerte seine Tasse und folgte ihr ins Schlafzimmer.

Gegen Mittag rief Renate an, seine geschiedene Frau, die Mutter seines toten Sohnes. Sie sprach zwanzig Minuten mit ihm, manchmal redete sie, manchmal weinte sie. Als er aufgelegt hatte, dachte er daran, was Ulrike gesagt hatte.

Es geht hier überhaupt nicht um uns.

Er wollte versuchen, diesen Satz im Kopf zu behalten. Ulrike hatte ihren Mann unter Umständen verloren, die ihn an die jetzige Lage erinnerten; es war fast drei Jahre her, und dadurch hatten sie sich kennen gelernt. Van Veeteren und Ulrike Fremdli. Vieles sprach dafür, dass sie wusste, worum es hier ging.

Soweit überhaupt jemand das wissen konnte. Um zwei Uhr setzte er sich ins Auto und fuhr zum Flughafen von Maardam, um Jess abzuholen. Jess war völlig aufgelöst, als sie in der Ankunftshalle auf ihn zustürzte; sie fielen einander um den Hals und blieben mitten im Gewühl stehen … stundenlang, so kam es ihnen vor. Standen einfach nur da, im üblichen Gewimmel von Sechshafen, und wiegten sich hin und her, in wortloser, zeitloser, gemeinsamer Trauer.

Er und seine Tochter Jess. Jess mit ihren siebenjährigen Zwillingen und dem Ehemann in Rouen. Erichs Schwester. Sein überlebendes Kind.

»Ich möchte noch nicht zu Mama«, gestand sie, als sie Tiefgarage und Auto erreicht hatten. »Können wir nicht einfach zuerst ein bisschen in der Gegend herumfahren?«

Er fuhr bis nach Zeeport, dem kleinen Gasthaus draußen bei Egerstadt. Rief Renate an, um ihr mitzuteilen, dass sie sich ein wenig verspäten würden, und den restlichen Nachmittag verbrachten sie dann damit, dass sie einander gegenüber an einem Tisch saßen und auf Regen und Wellen hinausschauten. Und auf den bleigrauen Meereshimmel, der sich wie eine schwere Kuppel über der windgebeutelten, kargen Küstenlandschaft wölbte. Jess wollte die ganze Zeit ihre Finger mit seinen verschränken, selbst beim Essen, und wie Ulrike Fremdli schien sie begriffen zu haben, dass er jetzt keine Worte brauchte. Dass es hier nicht um sie beide ging. Sondern um Erich und darum, ihn bei sich zu behalten.

»Hast du ihn gesehen«, erkundigte sie sich schließlich.

Doch, er war am Sonntag in der Gerichtsmedizin gewesen. Er fand, dass auch Jess diesen Besuch machen sollte. Falls sie das wollte. Vielleicht am folgenden Tag, er werde sie gern begleiten.

Sie fragte auch nach dem Mörder, und er antwortete, dass er nicht wisse, wer es getan habe.

Warum?

Auch das wusste er nicht.

Um halb sechs verließen sie Egerstadt, und fünfundvierzig Minuten später setzte er Jess vor Renates Haus im Maalerweg ab, wo sie bis auf weiteres logieren würde. Renate kam heraus und fiel ihrer Tochter auf der Treppe schluchzend um den Hals, während Van Veeteren sich damit begnügte, die Taschen vom Rücksitz zu nehmen und für den folgenden Tag ein Treffen zu dritt zu vereinbaren. Vormittags vielleicht, um Erich zu sehen, wie gesagt, Renate hatte es noch nicht über sich gebracht.

Als er nach Hause kam, lag auf dem Küchentisch eine Mitteilung von Ulrike. Sie schrieb, dass sie ihn liebe und dass sie gegen neun zurück sein werde. Er braute sich einen Glühwein und ließ sich im dunklen Wohnzimmer nieder. Legte eine CD von Penderecki ein, schaltete sie aber bald darauf wieder aus.

Keine Wörter, dachte er, und auch keine Musik. Erich ist tot. Schweigen.

Nach einer Dreiviertelstunde rief Reinhart an.

»Wie geht es dir?«, fragte er.

»Was glaubst du wohl?«, erwiderte Van Veeteren.

»Bist du allein?«

»Nur im Moment.«

Sie schwiegen einen Augenblick, während Reinhart nach Worten suchte.

»Möchtest du darüber sprechen? Wir könnten uns morgen treffen.«

»Vielleicht«, sagte Van Veeteren. »Wenn ja, rufe ich dich an. Wisst ihr, wer es war?«

»Wir haben keine Ahnung«, sagte Reinhart.

»Ich will, dass ihr ihn findet«, sagte Van Veeteren.

»Wir werden ihn finden … aber da ist noch etwas.«

»Noch etwas?«, fragte Van Veeteren.

»Marlene Frey. Seine Freundin. Kennst du sie?«

»Nur vom Telefon.«

»Sie möchte, dass du dich bei ihr meldest«, sagte Reinhart.

»Das werde ich tun«, sagte Van Veeteren. »Natürlich. Tust du mir einen Gefallen?«

»Ja, was denn?«, fragte Reinhart.

Van Veeteren zögerte zwei Sekunden.

»Wenn ihr ihn habt … wenn ihr den Täter erwischt habt, meine ich … dann möchte ich ihn treffen.«

»Warum denn?«, fragte Reinhart.

»Darum. Wenn ich es mir anders überlege, sage ich Bescheid.«

»All right«, sagte Reinhart. »Natürlich. Du wirst ihm von Angesicht zu Angesicht gegenübersitzen, das verspreche ich dir.«

»Je eher, desto besser«, sagte Van Veeteren.

»Ich werde mir alle Mühe geben.«

»Danke, ich verlasse mich auf dich«, sagte Van Veeteren.

10

»Ich scheiße darauf, was ihr sonst noch zu tun habt«, sagte Reinhart. »Ich scheiße darauf, dass ihr vielleicht pro Woche dreihundert Überstunden machen müsst. Es ist mir absolut schnurz, was ihr sagt und findet und denkt, das hier hat höchste Priorität! Der Sohn des *Kommissars* ist ermordet worden, und wenn der Innenminister erschossen und der Papst vergewaltigt wird, dann müssen sie eben warten, bis wir diesen Fall geklärt haben. Ist das klar? Habt ihr kapiert? Hat irgendjemand noch Einwände? Wenn ja, dann werden Anträge auf Versetzung gerne entgegengenommen. Scheiße auch … off the record, verstanden?«

»Ich bin ganz deiner Meinung«, sagte Rooth.

Das waren die anderen vermutlich auch. Jedenfalls gab es keinen Widerspruch. Es war bereits eng um den Schreibtisch, Reinhart hatte noch vier zusätzliche Stühle in sein Büro quetschen müssen; im Polizeigebäude gab es zwar größere Räume, aber keinen, in dem er ebenso ungeniert rauchen konnte wie hier, und seit der Geburt seiner Tochter hatte er seiner Frau versprechen müssen, seinem Tabakkonsum außerhalb des Hauses nachzugehen.

Sieben Leute im Fahndungsteam also. Inspektorin Moreno, die Inspektoren Rooth und Jung. Polizeianwärter Krause, ebenso jung und ebenso viel versprechend wie gewöhnlich. Kommissar deBries und ein frisch erworbener Kriminalassistent Bollmert, ausgeliehen aus Aarlach, für die Zeit, bis Kommissar Münster von seinen Recherchen für das Ministerium zurückkehren würde – einem Auftrag, dem ein Messer in die Niere im Dienst vor zehn Monaten zugrunde lag. Und ein wenig zu viele Arbeitsstunden.

Und dann er selber, *Hauptkommissar* Reinhart inzwischen. Doch wenn im Haus vom *Kommissar* die Rede war, dachte niemand an ihn – falls nicht Polizeipräsident Hiller versuchte, ironisch oder einfach nur witzig zu sein. *Kommissar* bedeutete immer Hauptkommissar Van Veeteren, anderthalb Jahrzehnte Leiter der Kripo von Maardam und doppelt so lange dessen eigentlicher Nabel: seit zwei Jahren jedoch herabgestiegen vom juristischen Parnass, um den Abfahrtslauf zum Rentnerdasein als Teilhaber und Mitarbeiter vom Antiquariat Krantze in der Kupinski-Gasse zu verbringen.

Was ja nur sein gutes Recht war; niemand missgönnte ihm die Ruhe und die Bücher, und alle vermissten ihn mit einer Mischung aus Respekt und Erstaunen.

Und jetzt war er noch einmal in einen Fall verwickelt worden, der *Kommissar*. Noch dazu auf die denkbar schlimmste Weise ... nicht als Opfer, aber so gut wie. Ein ermordeter Sohn. Verdammt, dachte Kommissar Reinhart. Wie oft während seiner Karriere hatte er gedacht, jetzt kann es nicht mehr schlimmer kommen, das lässt sich nicht mehr übertreffen. Aber das hier war schlimmer. Es war von so teuflischer Raffinesse, dass es seine Vorstellungskraft einfach überstieg.

Muss versuchen, meinen persönlichen Zorn unter Kontrolle zu bekommen, dachte er. Muss irgendwie auf Distanz gehen, sonst steht er mir nur im Weg.

»Wir müssen versuchen, nicht immer an den *Kommissar* zu denken«, sagte er. »An unser ganz persönliches Engagement, meine ich. Wir müssen versuchen, diesen Fall hier wie jeden anderen zu behandeln … Aber natürlich wie einen, der höchste Priorität genießt. Wir müssen ihn lösen, sonst ist der Teufel los, wie gesagt. Die Wissenschaft zuerst, wie immer.«

Er fischte einige Papiere aus den Stapeln auf dem Tisch und räusperte sich.

»Erich Van Veeteren wurde am Kopf durch zwei Schläge mit einem stumpfen Gegenstand getroffen«, erklärte er. »Jeder dieser Schläge kann tödlich gewesen sein. Mit Sicherheit trifft das zu für den, der seinen Nacken getroffen hat, sagt Meusse … Er sieht darin eine gewisse Professionalität am Werk. Die Waffe muss ziemlich schwer gewesen sein … aus Metall und ohne scharfe Kanten, vielleicht ein Rohr oder so etwas. Wir haben sie noch nicht sicherstellen können.«

»Schade«, sagte deBries. »Würde die Sache erleichtern.«

Reinhart starrte ihn kurz an, dann redete er weiter.

»Zeitpunkt: Dienstagabend. Den Aussagen aus der Trattoria Commedia zufolge vermutlich sehr bald nach 18.15 Uhr. Wir nehmen an, dass der Täter draußen auf dem Parkplatz zugeschlagen und sein Opfer dann in die Büsche geschleppt hat, wo es bis Samstag liegen blieb, als bei uns dieser telefonische Tipp einlief. Darüber, wer dem Toten die Taschen geleert hat, können wir nur spekulieren. Entweder war es der Mörder selber oder jemand anderes. Und dieser andere kann natürlich mit unserem anonymen Herrn Tippgeber identisch sein. Spuren? Hinweise? Motive? Nada! Kommentare, bitte!«

»Waren in seiner Kleidung irgendwelche Spuren von Drogen zu entdecken?«, fragte Assistent Bollmert. Vermutlich in dem Versuch Eindruck zu schinden, dachte Reinhart. Der Kriminalassistent mit dem rötlichen Teint war erst seit einigen Wochen im Haus und wollte sicher seine Fähigkeiten vorführen. Was ihm nicht unbedingt zum Vorwurf gemacht werden konnte.

Und dass er dem *Kommissar* nie begegnet war, konnte durchaus als Vorteil gelten. Jedenfalls in diesem Moment.

»Nicht in seiner Kleidung«, sagte Reinhart. »Nicht in seinem Blut und nicht in seinen Haaren oder Nägeln. Wir können also festhalten, dass seine Freundin in dieser Hinsicht die Wahrheit gesagt hat. Schade, dass er ihr nicht verraten hat, was er in Dikken vorhatte, dann könnten wir uns auch in diesem Punkt auf sie verlassen.«

»Dass er das nicht getan hat, deutet doch wohl darauf hin, dass es nicht ganz salonfähig war«, meinte Rooth. »Er hat es weder dem Mädel erzählt noch Otto Meyer, dem er am frühen Nachmittag mit dem Boot geholfen hat.«

»Hat er nicht einmal gesagt, dass er nach Dikken fahren wollte?«, fragte Moreno. »Zu diesem Meyer, meine ich.«

»Nix«, sagte Jung. »Nur, dass er gegen halb fünf losmüsste, weil er noch einen kleinen Job zu erledigen hätte.«

»Job?«, fragte Reinhart. »Hat er das so ausgedrückt?«

Jung nickte.

»In diesem Punkt haben wir Meyer ziemlich in die Mangel genommen. Doch, er hat von ›Job‹ gesprochen. Kein Zweifel. Auf jeden Fall hat er das Bootshaus bei der Greitzengraacht um kurz nach halb fünf verlassen, sie hatten in der Kajüte herumgebastelt, wollten später in der Woche weitermachen. Ziemlich tolles Boot, zweifellos ... achtzehn Meter, sechs Kojenplätze ... Teakvertäfelung und Bar und alles, was dazugehört. Meyer ist natürlich ein verdammter Schurke, aber von der akzeptierten Sorte, nichts für uns.«

»Und mehr konnte er nicht liefern?«, fragte Reinhart.

»Keinen Klacks«, sagte Rooth.

Jung zuckte mit den Schultern und machte ein bedauerndes Gesicht. Reinhart seufzte.

»Hervorragend«, sagte er. »Magerer als ein Veganer mit Durchfall. Was haben wir sonst noch?«

Die Antwort kannte er schon, aber trotzdem ließ er seine Blicke durch die Runde schweifen und versuchte optimistisch auszusehen.

»Das Adressbuch«, sagte deBries schließlich.

»Genau«, sagte Reinhart. »Du hast den Nagel auf den Kopf getroffen, wie immer. Wie sieht's darin aus?«

DeBries breitete die Arme aus und verpasste Roths Kinnspitze dabei nur um Haaresbreite.

»Pass doch auf, du Scheiß-Signalmast!«, sagte Roth.

Bollmert lachte nervös.

»Informationen mehr als genug«, erklärte deBries ungerührt. »Im Buch sind einhundertsechsundvierzig Privatpersonen und an die fünfzig Institutionen und Ähnliches verzeichnet. Sowie ein Dutzend Unbegreiflichkeiten in runden Zahlen ... durchgestrichene Stellen, allgemeines Gekritzel und überhaupt. Er hat das Buch wohl schon an die sechs, sieben Jahre, seine Freundin nimmt es jedenfalls an, sie kennt ihn erst seit drei Jahren. Bisher hat sie fünfunddreißig Personen identifiziert, wir überprüfen sie morgen.«

»Gibt es irgendwelche gemeinsame Bekannte, die nicht im Buch stehen?«, fragte Jung.

DeBries schüttelte den Kopf.

»Im Grunde nicht. Er war offenbar sehr genau. Er hat zum Beispiel auch einen Typen aufgeschrieben, den sie erst vor wenigen Wochen auf einem Fest kennen gelernt hatten.«

»Hm«, sagte Reinhart. »Du meinst also, dass der Mörder sich irgendwo zwischen diesen vielen Namen verbirgt?«

»Wenn er ihn gekannt hat, dann ist diese Möglichkeit sehr groß«, sagte deBries.

»Gut«, sagte Reinhart. »Du hast Moreno, Krause und Assistent Bollmert zur Hilfe, und sorg dafür, dass ihr genau vorgeht und nichts überseht. Setzt auf persönliche Begegnungen und nehmt jedes Gespräch auf Band auf, irgendein lockeres Scheißgerede am Telefon taugt nichts, vergesst das nicht. Und macht euch eine Fragenliste ... die will ich zuerst sehen. Fragt nach ihrem Alibi für Dienstag und so weiter ... keine Glaceehandschuhe, klar? Dieses Adressbuch ist doch bisher das Einzige, was wir haben, verdammt noch mal.«

»Glasklar«, sagte deBries. »Ich bin ja kein Idiot.«

»Kann manchmal ein Vorteil sein«, murmelte Reinhart. Er steckte sich die Pfeife an und ließ einige schwere Rauchwolken über die Versammlung dahinschweben.

»Und diese Freundin?«, fragte Jung. »Die müssen wir uns auch noch einmal vornehmen. Sie nach den letzten Tagen fragen, was sie da unternommen haben und so weiter.«

»Natürlich«, sagte Reinhart. »Das übernehme ich. Rooth und Jung gehen noch einmal ins Restaurant, das müsste doch Rooth zumindest ansprechen. Wir bringen morgen eine Pressemeldung, in der wir nach jedem Arsch fahnden, der am Dienstag da draußen auch nur einen Fuß hingesetzt hat. Irgendwas kommt dabei immer raus ... wer nicht in der Tiefe fischen kann, muss es eben am Ufer tun.«

»Weise Worte«, sagte Rooth. »Aber faule Fische schwimmen doch ganz unten, wenn ich mich nicht irre? Kabeljaus, zum Beispiel.«

»Stimmt«, sagte Bollmert, der fast auf einem Fischkutter geboren war, aber nicht glaubte, es unbedingt jetzt erwähnen zu müssen.

»Was zum Teufel haben Kabeljaus mit dieser Sache zu tun?«, fragte Reinhart.

Sie schwiegen einige Sekunden, während der Fahndungsleiter weiterrauchte und die anderen zusahen.

»Was glaubt ihr?«, fragte deBries dann. »Wir brauchen doch auch eine kleine Theorie? Warum er ermordet worden ist?«

Reinhart räusperte sich.

»Das erzähle ich euch, wenn ich die letzte Woche genauer im Blick habe«, versprach er. »Der junge Van Veeteren war draußen in Dikken mit jemandem verabredet, es sollte dabei wohl etwas für ihn herausspringen, und vermutlich ging es nicht um den Raub von Weihnachtsgeschenken. Das ist alles, wovon wir derzeit ausgehen können.«

»Und dann ist er umgelegt worden«, sagte Rooth.

»Von dem, mit dem er verabredet war, oder von einem anderen«, sagte Jung.

»Was ist mit dieser Figur, von der er sich das Auto geliehen hat ...«, fragte Bollmert.

»Den können wir wohl abschreiben«, sagte Reinhart nach zwei Sekunden des Nachdenkens. »Er sitzt im Holtegefängnis, und unseres Wissens haben sie seit Monaten keinen Kontakt mehr zueinander gehabt. Und in der Zeit gab es auch keinen Hafturlaub.«

»Warum sitzt er?«, fragte Rooth.

»Wegen allerlei«, sagte Reinhart. »Raubüberfall und Menschenschmuggel, unter anderem. Illegaler Waffenbesitz. Vier Jahre. Bleiben ungefähr noch zweieinhalb.«

»Na gut«, sagte deBries. »Wir schreiben ihn ab. Sonst noch was? Ich habe Hunger, hab seit der vergangenen Woche nichts mehr gekriegt.«

»Geht mir auch so«, sagte Roth.

Reinhart legte die Pfeife in den Aschenbecher.

»Nur noch eins«, erklärte er dann mit ernster Miene. »Ich habe gestern mit dem Kommissar gesprochen und ihm zugesagt, dass wir diesen Fall lösen werden. Ich hoffe, allen ist klar, wie außergewöhnlich das hier ist? Wir müssen diese Sache aufklären. Wir müssen! Kapiert?«

Er schaute sich um.

»Wir sind keine Idioten«, erinnerte deBries. »Wie gesagt.«

»Wir schaffen das«, sagte Rooth.

Gut, so ein Team voller Selbstvertrauen zu haben, dachte Reinhart, ließ es aber auf sich beruhen.

Van Veeteren hielt an der Südwestecke des länglichen Platzes. Fröstelte und bohrte die Hände tiefer in die Manteltaschen. Schaute sich um. Noch am Samstag hatte er nicht gewusst, dass Erich hier wohnte – oder vielleicht hatte er es unbewusst doch geahnt? In diesem Herbst waren sie sich nur zweimal begegnet, einmal Anfang September, einmal vor kaum mehr als drei Wochen. Trotz allem ..., dachte er und peilte den Zigarettenautomaten an, trotz allem hatte er seinen Sohn bisweilen gesehen.

In letzter Zeit. Hatte ihn bei sich zu Hause empfangen, und sie hatten wie zivilisierte Menschen miteinander gesprochen. Das schon. Etwas hatte sich angebahnt, unklar zwar, verschwommen und vage, natürlich, aber doch etwas ... Erich hatte auch von Marlene Frey erzählt, doch sie war nur eine namenlose junge Frau gewesen, soweit er sich erinnern konnte, und natürlich hatte er wohl auch ihre Adresse genannt, warum hätte er es nicht tun sollen? Nur konnte er sich nicht daran erinnern.

Hier wohnte er also ... oder hatte gewohnt. Fast mitten im Herzen der alten Stadt; in diesem heruntergekommenen Haus aus dem neunzehnten Jahrhundert, dessen verrußte Fassade er jetzt anstarrte. Dritter Stock, der vorletzte; das Fenster hinter dem winzigen Balkon mit dem verrosteten Geländer schimmerte schwach. Er wusste, dass sie zu Hause war und dass sie auf ihn wartete: die Lebensgefährtin seines toten Sohnes, die er noch nie gesehen hatte, und er wusste auch – mit einer plötzlichen und überwältigenden Klarheit –, dass er das hier nicht über sich bringen würde. Dass er es an diesem Tag nicht schaffen würde, an dieser Tür mit der abgeblätterten Farbe zu schellen.

Er schaute auf die Uhr. Es war gegen sechs, die Dunkelheit, die sich jetzt über die Stadt legte, kam ihm kalt und feindselig vor. Ein fremder Geruch von Schwefel oder Phosphor hing in der Luft. Er kannte diesen Geruch nicht, auf irgendeine Weise gehörte er nicht hierher. Er steckte sich eine Zigarette an, senkte den Blick, ob aus Schuldgefühlen oder einem anderen Grund, sei dahingestellt ... dann entdeckte er an der gegenüberliegenden Ecke des Platzes ein Café, das er ansteuerte, nachdem er seine Zigarette fertig geraucht hatte. Er setzte sich mit einem Dunkelbier ans Fenster, durch das man weder hinein- noch hinausschauen konnte. Stützte den Kopf auf die Hände und dachte zurück an diesen Tag.

An diesen Tag. Den dritten Tag, an dem er mit dem Wissen erwacht war, dass sein Sohn nicht mehr lebte.

Zuerst eine Stunde im Antiquariat, wo er Krantze die Situation erklärt hatte, woraufhin der Arbeitsplan für diese Woche geändert worden war. Er hatte nichts gegen den alten Krantze, doch mehr als Arbeitskollegen würden sie niemals werden. Bestimmt nicht, so war es nun einmal.

Danach war er noch einmal in die Gerichtsmedizin gegangen, diesmal in Gesellschaft von Renate und Jess. Er war vor der Tür stehen geblieben, während die beiden in die Kühlhalle gegangen waren. Einen toten Sohn braucht man nur einmal anzusehen, hatte er gedacht. Er dachte das noch immer, als er hier saß und sein Bier trank … nur einmal, es gibt Bilder, die Zeit und Vergessen niemals retuschieren können. Die niemals zum Leben erweckt werden müssen, weil sie niemals Ruhe geben. Jess war gefasst gewesen, als sie wieder herausgekommen waren, mit einem zerknüllten Taschentuch in jeder Hand zwar, aber trotzdem gefasst. Renate so abgestumpft wie beim Hineingehen; er fragte sich, welche Tabletten sie wohl nahm und in welchen Mengen.

Dann noch ein Zwei-Minuten-Gespräch mit Meusse. Keiner von beiden hatte es besonders gut bewerkstelligt. Meusse hatten die Tränen in den Augen gestanden, was bei ihm sonst nie vorkam.

Ein wenig später hatte er Jess und Ulrike zusammengebracht. Das war ein Lichtpunkt in der Dunkelheit; eine Begegnung, die unwahrscheinlich gut verlaufen war. Nur eine halbe Stunde im Wohnzimmer in Klagenburg, mit einem Glas Wein und einem Salat, das hatte gereicht. Es waren nicht die Worte gewesen und nicht sie selber, wie gesagt … aber zwischen Frauen gab es etwas, das er niemals verstehen würde. Zwischen gewissen Frauen. Als sie sich in der Diele voneinander verabschiedet hatten, hatte er sich fast wie ein Fremder gefühlt und trotz aller Trauer ein Lachen verspürt.

Danach hatte er Marlene Frey angerufen und sich mit ihr verabredet. Sie hatte sich verhältnismäßig ruhig angehört, er war ihr jederzeit nach fünf Uhr willkommen. Sie würde den ganzen

Abend zu Hause sein und freute sich auf ein Gespräch mit ihm. Sie habe da etwas auf dem Herzen, sagte sie.

Sie freute sich? Und hatte etwas auf dem Herzen?

Und jetzt saß er hier mit Füßen, die kälter waren als sein Bier. Warum?

Er wusste es nicht. Wusste nur, dass es heute nicht möglich sein würde, und nachdem er das Bier getrunken hatte, bat er, telefonieren zu dürfen. Danach stand er in dem schwachen Urin-Geruch zwischen Damen- und Herrentoilette und rief die lebende Freundin seines toten Sohnes an, um zu erklären, dass ihm etwas dazwischengekommen sei.

Ob er am nächsten Tag kommen dürfe? Oder am übernächsten?

Das war in Ordnung. Aber es fiel ihr schwer, ihre Enttäuschung zu verbergen.

Ihm selber ging es auch nicht anders, als er den Ockfener Plejn verließ und durch den Regen heimwärts wanderte. Wovor fürchte ich mich, was zum Teufel soll das bloß?

Aber trotzdem ging er auf geradem Weg nach Hause.

Reinhart wurde davon geweckt, dass Winnifred seinen Namen flüsterte. Und davon, dass sie eine kalte Hand auf seinen Bauch legte.

»Du solltest deine Tochter zum Einschlafen bringen«, sagte sie. »Nicht dich selber.«

Er gähnte und versuchte zwei Minuten lang sich zu strecken. Danach erhob er sich vorsichtig aus Joannas engem Bett und verließ das Kinderzimmer. Ließ sich auf das Wohnzimmersofa sinken, wo es sich seine Frau bereits unter einer Decke bequem gemacht hatte.

»Erzähl«, sagte sie.

Er dachte nach.

»Dreiköpfiger Teufel«, sagte er. »Ja, genau das ist es. Möchtest du ein Glas Wein?«

»Ich glaube schon«, sagte Winnifred. »Satan ist bekanntlich

schon bei Dante dreiköpfig, also hat das alles seine gewisse Ordnung.«

»Zu Dantes Zeit sind Frauen, die zu viel wussten, auf dem Scheiterhaufen verbrannt worden. Rot oder weiß?«

»Rot. Nein, das war nach Dante. Also?«

Reinhart stand auf und ging in die Küche. Füllte zwei Gläser und kam zurück. Setzte sich aufs Sofa und berichtete. Es dauerte seine Zeit, und sie unterbrach ihn nicht ein einziges Mal.

»Und die Dreizahl?«, fragte sie danach.

Reinhart leerte sein Glas, ehe er antwortete.

»Erstens«, sagte er, »haben wir nicht den Schatten einer Ahnung, wer es gewesen sein kann. Und das ist schon in normalen Fällen schlimm genug.«

»Das kann ich mir vorstellen«, sagte Winnifred.

»Zweitens ist das Opfer der Sohn des *Kommissars.*«

»Ekelhaft«, sagte Winnifred. »Und drittens?«

Reinhart legte noch eine Pause ein und dachte nach.

»Drittens war er vermutlich in irgendetwas verwickelt. Wenn wir den Täter finden, stoßen wir vermutlich auch auf etwas Schmutziges bei Erich Van Veeteren. Wieder mal. Egal, was seine Freundin behauptet ... und das ist sicher nichts, was ein Vaterherz erwärmen kann, oder was meinst du?«

»Ich verstehe«, Winnifred nickte und spielte mit dem Weinglas. »Doch, das ist dreischneidig. Aber wie sicher ist dieser kriminelle Aspekt? Es muss doch nicht notwendigerweise ...«

»Was heißt schon sicher«, unterbrach Reinhart sie und tippte sich mit dem Zeigefinger an die Stirn. »Hier drinnen gibt es gewisse Signale, die ich nicht ausblenden darf. Außerdem ... außerdem will er unter vier Augen mit dem Mörder sprechen, wenn wir ihn finden sollten. Der *Kommissar*, meine ich. Verdammte Scheiße, aber ich kann ihn fast verstehen.«

Winnifred dachte eine Weile nach.

»Das ist keine witzige Geschichte«, sagte sie. »Kann es eigentlich noch schlimmer kommen? Das Ganze kommt mir irgendwie inszeniert vor.«

»Das sagt er auch immer«, meinte Reinhart.

11

Der Aufruf der Polizei, die Hilfe bei der Aufklärung des Dikken-Mordes brauchte, stand am Dienstag, genau eine Woche nach der Tat, in allen Maardamer Zeitungen, und gegen fünf Uhr nachmittags hatten zehn Personen angerufen, die am fraglichen Tag die Trattoria Commedia besucht hatten. Jung und Rooth waren abkommandiert worden, um sich um diese Tipps zu kümmern, und stuften sofort sechs davon als »von sekundärem Interesse« (Rooths Ausdruck) ein, da die Zeitpunkte nicht passten. Die restlichen vier jedoch hatten sich nach eigener Auskunft zwischen 17.00 Uhr und 18.30 Uhr im Restaurant aufgehalten, und das gesamte Quartett zeigte auch die Freundlichkeit, sich noch am selben Abend zur Vernehmung im Polizeigebäude einzufinden.

Der Erste war Rupert Pilzen, ein achtundfünfzigjähriger Bankdirektor, der in der Weimaar Allee in Dikken wohnte und am Dienstag eine Weile in der Bar des Commedia gesessen hatte. Nur auf einen kleinen Whisky und ein Bier. Von Viertel nach fünf bis Viertel vor sechs ungefähr. Während seine Frau das Abendessen zubereitete; manchmal gönne er sich nach einem harten Arbeitstag so eine Pause, erklärte er. Wenn die Zeit es erlaubte.

Er schob sich die Brille auf die Stirn und musterte die Fotos von Erich Van Veeteren genau. Erklärte, diesen Mann nie gesehen zu haben, weder im Commedia noch anderswo, und warf einen viel sagenden Blick auf seine funkelnde Armbanduhr. Hatte vermutlich einen weiteren wohlverdienten Barbesuch geplant, der jetzt ins Wasser gefallen war, nahm Jung an.

Ob ihm sonst etwas aufgefallen sei, das der Polizei weiterhelfen könne.

»Nein.«

»Können Sie sich an irgendein Gesicht erinnern?«

»Nein.«

»Waren außer Ihnen noch andere in der Bar?«

Pilzen runzelte die Stirn und furchte sein Doppelkinn. Nein, er sei die ganze Zeit allein dort gewesen. Halt, doch nicht, am Ende sei noch eine Frau gekommen. Kurz geschorener Typ von um die Vierzig mit einem Hauch von Feministin. Hatte sich an die Bar gesetzt und sich etwas zu trinken bestellt. Ziemlich weit von ihm entfernt. Und sich dann in eine Zeitung vertieft. Das war alles.

»Wenn es woanders was zu trinken gegeben hätte, hätte sie sich sicher nach dorthin aufgemacht«, kommentierte Roth, als Direktor Pilzen auf krummen Beinen von dannen gewatschelt war. »Du fetter Spießer!«

»Hm«, sagte Jung. »So wird man eben, wenn man viel Geld und keine edlen Interessen hat. Das würde dir auch passieren. Wenn du Geld hättest, meine ich.«

»Hol die Nächsten«, sagte Rooth.

Die Nächsten waren ein Ehepaar. Herr und Frau Schwarz, die nicht in Dikken wohnten, die jedoch dort draußen Bekannte besucht hatten, um über Geschäfte zu sprechen. Um was für Geschäfte es da genau ging, verschweigt die Geschichte. Auf dem Rückweg in die Stadt hatten sie im Commedia Halt gemacht, ein kleiner Luxus, den sie sich ab und zu gönnten. Ins Restaurant zu gehen, nämlich. Nicht nur in die Trattoria Commedia, sondern in Restaurants ganz allgemein ... vor allem jetzt, wo sie sich aus dem Arbeitsleben zurückgezogen hatten. So war das nun einmal. Aber sie machten das nur einige Male pro Woche.

Beide waren Mitte sechzig und erkannten Erich Van Veeteren sofort, als Jung ihnen ein Foto vorlegte. Der hatte an einem

Tisch nur wenige Meter von ihnen entfernt gegessen – ein einfaches Pastagericht hatte er gehabt, wenn Frau Schwarz sich richtig erinnerte. Sie selber hatten Fisch gewählt. Steinbutt, um genau zu sein. Doch, der junge Mann war allein gewesen. Er hatte bezahlt und das Restaurant verlassen, als Schwarzens das Dessert serviert worden war. Das war kurz nach sechs gewesen.

Waren in dieser Zeit noch andere Gäste da gewesen?

Nur ein junges Paar weiter hinten im Lokal. Es war kurz vor sechs gekommen und hatte vermutlich das gleiche billige Pastagericht bestellt. Für beide. Hatten noch nicht aufgegessen, als Herr und Frau Schwarz gegangen waren. So gegen halb sieben.

War ihnen sonst noch etwas aufgefallen?

Nein, was hätte das sein sollen?

Hatten sie in der Bar keine Gäste bemerkt?

Nein, von ihrem Tisch aus hatten sie die Bar nicht einsehen können.

Aber hatten sie dort auf ihrem Weg nach draußen jemanden bemerkt?

Vielleicht, vielleicht auch nicht. Doch, einen kleinen Herrn im Anzug. Mit etwas dunklerem Teint ... Araber vielleicht. Oder Indianer oder so?

Rooth knirschte mit den Zähnen. Jung bedankte sich und versprach – auf Frau Schwarzens eindringliche Bitte hin –, dass sie den Mörder in Windeseile hinter Schloss und Riegel bringen würden.

Denn war es nicht einfach entsetzlich? Und noch dazu in Dikken! Konnten sie sich an die gekreuzigte Prostituierte erinnern, vor einigen Jahren war das gewesen!

Doch, das taten sie, aber zum Glück erschien jetzt die nächste Abgesandte der Detektei Allgemeinheit.

Sie hieß Liesen Berke. Sie war um die Vierzig und hatte so ungefähr zwischen Viertel vor sechs und halb sieben in der Bar der Trattoria gesessen. Warum sie dort gesessen hatte, erwähnte sie nicht weiter, sie hatte ja wohl zum Teufel das Recht, ein Glas zu trinken, wo immer und wann immer sie Lust dazu hatte.

»Aber natürlich«, sagte Jung.

»Zwei sogar«, sagte Rooth. »Wenn Sie Lust haben.«

»Kennen Sie diese Person?«, fragte Jung und zeigte ihr das Foto.

Sie betrachtete es drei Sekunden lang und schüttelte energisch den Kopf.

»Er saß an einem Tisch im Restaurant, zwischen ...«

»Ist das der Ermordete?«, fiel sie ihm ins Wort.

»Genau«, sagte Rooth. »Haben Sie ihn gesehen?«

»Nein. Ich habe Zeitung gelesen.«

»Aha«, sagte Rooth.

»Aha?«, gab Liesen Berke zurück und musterte ihn über den Rand ihrer achteckigen Brille hinweg. Über den obersten Rand.

»Hrrrm«, sagte Jung. »Saßen in der Bar noch andere Gäste?«

Sie wandte ihren Blick von Rooth ab und dachte nach.

»Zwei, glaube ich ... ja, zuerst hing da so ein fetter Bonzentyp herum, aber der ist dann bald verschwunden. Dann kam ein anderer. Lange Haare und Bart. Und dunkle Brille, bilde ich mir ein ... sah aus wie eine Art Rockkünstler. Totaler Macho. Depraviert.«

»Haben Sie mit ihm gesprochen?«, fragte Jung.

Liesen Berke schnaubte verächtlich.

»Nein«, sagte sie. »Natürlich nicht.«

»Und er hat nicht versucht, Sie anzusprechen?«, fragte Rooth.

»Ich habe Zeitung gelesen.«

»Das war sehr richtig von Ihnen«, sagte Rooth. »Man sollte in Kneipen nicht mit fremden Männern reden.«

Jung bedachte ihn mit einem Blick, der ihn zum Schweigen brachte. Verdammt, dachte er. Warum wird der nicht auf einen Kurs für Diplomatie geschickt?

Liesen Berke kniff den Mund zu einem Strich zusammen und starrte Rooth an, als sei er ein ungewöhnlich hässliches Stück Hundekot, auf das sie aus Versehen getreten war und das sich nicht von ihrer Schuhsohle kratzen ließ. Und zweifellos von einem Rüden stammte. Rooth schaute zur Decke hoch.

»Wie lange war er da?«, fragte Jung. »Dieser depravierte Rockmusiker?«

»Das weiß ich nicht mehr. Nicht sehr lange, glaube ich.«

»Was hat er getrunken?«

»Keine Ahnung.«

»Er hat aber die Bar vor Ihnen verlassen?«

»Ja.«

Jung dachte nach.

»Würden Sie ihn wiedererkennen?«

»Nein. Er hatte kein Aussehen. Er bestand nur aus Haaren und Brille.«

»Alles klar«, sagte Jung. »Vielen Dank, Frau Berke, ich hoffe, ich darf noch einmal auf Sie zurückkommen. Sie waren uns eine außergewöhnlich große Hilfe.«

»Wie hast du diesen letzten Satz gemeint?«, fragte Rooth, nachdem sie hinter Liesen Berke die Tür geschlossen hatten. »Außergewöhnlich große Hilfe, was ist das für ein Scheißgefasel?«

Jung seufzte.

»Ich wollte nach deiner Charmeoffensive nur ein wenig Öl auf ihre Wunden gießen«, erklärte er. »Außerdem kann dieser Barbesucher doch von einem gewissen Interesse sein. Wir müssen uns erkundigen, ob auch der Barkeeper sich an ihn erinnern kann.«

»Eine Chance von eins zu zehn«, meinte Rooth. »Aber vielleicht ist bei diesem Match kein besseres Verhältnis möglich.«

»Hast du einen anderen Vorschlag?«, fragte Jung.

Rooth dachte nach.

»Wir könnten gleich zum Essen bleiben, wenn wir ohnehin

schon hinfahren«, sagte er. »Auch, um eine neue Perspektive zu gewinnen.«

»Depraviert«, sagte Jung. »Hat sie wirklich depraviert gesagt?«

Ewa Moreno ließ sich in den Besuchersessel in Reinharts Büro sinken.

»Du arbeitest immer noch?«

Reinhart schaute auf die Uhr. Es war halb sieben. Er wünschte sich, es wäre früher gewesen.

»Musste so einiges zusammenfassen. Hab Frau Frey erst ziemlich spät erwischt. Wie ist's bei euch gelaufen?«

»Nicht besonders gut«, sagte Moreno und seufzte. »Ehrlich gesagt ist das hier keine Spitzenstrategie …«

»Weiß ich«, sagte Reinhart. »Aber wenn du eine bessere hättest, dann hättest du die schon auf der Türschwelle ausgepackt. Korrigier mich, wenn ich mich irre.«

»Doch«, sagte Moreno. »Das hätte ich wohl. Auf jeden Fall geht es ziemlich langsam voran. Wir haben mit insgesamt sechzehn Bekannten von Erich Van Veeteren gesprochen … nach der Prioritätenliste seiner Freundin. Alle wohnen hier in der Stadt … wir haben übrigens Bollmert aufs Land geschickt, er kommt am Freitag zurück. Bisher hat niemand auch nur einen Fliegenschiss gebracht, und niemand scheint irgendetwas zu verbergen. Nichts jedenfalls, was mit unserem Fall zu tun hat.«

»Alibi?«, fragte Reinhart.

»Danke der Nachfrage«, sagte Moreno. »Es macht einen nicht gerade beliebt, die Leute um ihr Alibi zu bitten, aber vielleicht ist es auch nicht unsere Aufgabe, uns neue Freunde zuzulegen, wie der *Kommissar* immer gesagt hat. Bisher scheint aber alles in Ordnung zu sein. Wir haben noch nichts überprüfen können, aber das ist ja auch nicht der Sinn der Sache.«

»Nicht, solange alles seine Ordnung hat«, stimmte Reinhart zu. »Aber unter diesen Leuten sind doch mit Sicherheit auch etliche zweifelhafte Typen, nehme ich an?«

»Es gibt alle Sorten«, erklärte Moreno. »Einige sind gewiss nicht gerade begeistert darüber, dass Marlene Frey das Adressbuch so leichtfertig in die Hände des Feindes gelegt hat. Aber wir pfeifen ja auf alles, was unseren Fall nicht berührt. Laut Anordnung.«

»Laut Anordnung«, bestätigte Reinhart. Er ließ sich in seinem Schreibtischsessel zurücksinken, verschränkte die Hände im Nacken und dachte eine Weile nach.

»Wenn du noch eine Runde mit Frau Frey einlegen willst, dann habe ich nichts dagegen«, sagte er. »Es gibt zwei Dinge in ihrem Leben, an denen sie sich ein wenig die Finger verbrannt hat ... Polizei und Männer. Und davon trifft ja nur die Hälfte auf dich zu.«

Moreno nickte und schwieg eine Weile.

»Was glaubst du«, fragte sie dann. »Wo kann Erich da hineingeschlittert sein?«

Reinhart biss auf seinen Pfeifenstiel und kratzte sich an der Schläfe.

»Ich weiß nicht«, sagte er. »Ich habe nicht die leiseste Ahnung, das ist ja gerade das Schlimme. Normalerweise haben wir doch zumindest eine Art Ahnung davon, worum es geht ... ein Gefühl von Richtung, sozusagen.«

»Aber jetzt hast du das nicht?«

»Nein«, sagte Reinhart. »Du vielleicht?«

Moreno schüttelte den Kopf.

»Weiß Marlene Frey etwas, das sie uns verheimlicht?«, fragte sie.

Wieder dachte Reinhart nach. Versuchte, das Gespräch des Nachmittags vor seinem inneren Ohr noch einmal ablaufen zu lassen.

»Nein«, sagte er. »Das glaube ich wirklich nicht. Aber du siehst das vielleicht anders, die weibliche Intuition hat doch so viele Seiten.«

»Die kenne ich in- und auswendig«, sagte Moreno. »Hast du noch mal mit dem *Kommissar* gesprochen?«

»Seit gestern nicht mehr«, gab Reinhart zu. »Vielleicht rufe ich ihn heute Abend an. Es ist mir so unangenehm, im Leben und Treiben seines Sohnes herumzustochern. Denn das war ja nun nicht gerade makellos. Ist nicht angenehm, so ein Großwaschtag, und für ihn ist es sicher nicht lustig, zu Hause zu sitzen und zu trauern und zu wissen, was wir gerade machen. Verdammt, was für eine Soße!«

»Ist die wirklich so schmutzig?«, fragte Moreno. »Die große Wäsche, meine ich.«

»Vielleicht nicht«, sagte Reinhart und erhob sich. »Vor ein paar Jahren war sie auf jeden Fall um einiges schmutziger. Möglicherweise sagt Frau Frey ja die reine Wahrheit … dass sie inzwischen auf den Pfad der Tugend übergewechselt waren. Schade nur, dass er nicht weiter darauf gekommen ist.«

Er ging zum Fenster. Schob zwei Rollostangen auseinander und starrte die Stadt und den dunklen Himmel an.

»Mit wie vielen von denen, die er in der letzten Woche getroffen hat … von denen wir *wissen*, dass er sie in der letzten Woche getroffen hat … habt ihr schon gesprochen?«

»Mit sieben«, antwortete Moreno wie aus der Pistole geschossen. »Und wenn alles nach Plan geht, dann nehmen wir uns morgen wieder sieben vor.«

»Alles klar«, sagte Reinhart und ließ das Rollo los. »Wir warten nur auf ein Fadenende, dem wir folgen können. Früher oder später werden wir es finden, wir müssen nur Geduld bewahren … so schrecklich ungewöhnlich ist das alles ja nicht, oder?«

»Überhaupt nicht ungewöhnlich«, gab Moreno zu. »Aber es wäre auch nicht schlimm, wenn es bald passieren würde. Damit wir ungefähr wissen, in welche Richtung es geht, meine ich.«

»Fromme Hoffnung«, sagte Reinhart. »Nein, jetzt machen wir Schluss für heute. Ich glaube, ich habe eine Familie, wenn ich mich richtig erinnere. Zumindest hatte ich heute Morgen noch eine. Und wie sieht das derzeit bei dir aus?«

»Ich bin mit dem Beruf verheiratet«, sagte Moreno.

Reinhart sah sie an und hob die Augenbrauen.

»Du solltest die Scheidung einreichen«, sagte er mit ernster Stimme. »Begreifst du denn nicht, dass er dich nur ausnutzt?«

Am Donnerstagabend machten sie den ersten ein wenig offizielleren Versuch, die Lage zusammenzufassen. Fünfeinhalb Tage waren vergangen, seit Erich Van Veeterens Leichnam draußen in Dikken im Gebüsch beim Parkplatz gefunden worden war. Nein, seit jemand ihn dort abgelegt hatte – wenn diese Berechnungen nicht völlig daneben waren. Es war im Grunde also höchste Zeit. Auch wenn sie bisher nicht viel vorlegen konnten.

Sie fingen mit der Freundin des Opfers an.

Marlene Frey war von Reinhart und Moreno mehrere Male vernommen worden – unter größtmöglicher Rücksichtnahme und Höflichkeit natürlich, und sie hatte, so weit beide das beurteilen konnten, sich alle Mühe gegeben, um ihnen mit Auskünften zu helfen und die Polizei ganz allgemein weitestgehend zu unterstützen. Es bestand kein Grund zur Klage über mangelnde Kooperationsbereitschaft. Vor allem dann nicht, wenn sie die Umstände in Betracht zogen, und das taten sie.

Die mit Freunden und Bekannten des Toten durchgeführten Verhöre waren inzwischen auf die ansehnliche Anzahl von zweiundsiebzig angewachsen – eine ziemlich bunt gewürfelte Sammlung von Interviews, wenn sie ehrlich sein wollten, und das wollten sie, doch mit zwei auffälligen Gemeinsamkeiten: Niemand hatte irgendeine Vorstellung, wer Erich Van Veeteren ans Leben gewollt haben mochte, und niemand hatte die geringste Ahnung davon, was er an diesem schicksalhaften Dienstag draußen in Dikken zu suchen gehabt hatte.

Was die Aussagen in und um die Trattoria Commedia anging, so waren auch diese ein wenig mehr geworden, wie die Inspektoren Rooth und Jung berichteten – aber nur sehr wenig –, und hier kristallisierte sich langsam ein – möglicherweise – kleiner roter Faden heraus, der erste und bisher einzige in der ganzen Ermittlung. Das Mannsbild mit den dunklen Haaren und dem Bart, das am betreffenden Dienstag kurz vor sechs von Liesen Berke in der Bar gesichtet worden war, wurde durch zwei weitere Gewährsleute in seiner Existenz bestätigt: durch den Barkeeper Alois Kummer und den Koch Lars Nielsen, die beide hundertprozentig (macht zweihundert Prozent, wie Rooth optimistisch hochrechnete) davon überzeugt waren, dass solch eine Gestalt ungefähr zu diesem Zeitpunkt für wenige Minuten bei einem Bier im Lokal gesessen hatte.

So sicher wie das Amen in der Kirche und die Nutten in der Zwille, wie es in der Stadt hieß.

Die Beschreibung ließ auch nicht viel zu wünschen übrig – zumindest nicht, was die Übereinstimmung anging. Dunkle Haare, dunkler Bart, dunkle Kleidung und Brille. Der Koch Nielsen glaubte sich auch erinnern zu können, dass am Barhocker des Betreffenden eine Plastiktüte gestanden hatte; was ihm von Seiten Kummers und Berkes jedoch nur ein Schulterzucken einbrachte. Keine Zustimmung, aber an sich auch kein Widerspruch.

Als Rooth und Jung diese bedeutsamen Tatsachen – diese einzigen Lichtblicke, und das nach fünf Tagen harter Arbeit –, zusammengefasst hatten, fühlte Rooth sich reif für eine kühne Schlussfolgerung.

»Das war der Mörder, der da gesessen hat, darauf verwette ich meine Seele. Denkt daran, wenn wir ihn geschnappt haben, dass ich das schon vorher gewusst habe!«

Niemand war bereit, diese Prognose aus dem Stegreif zu unterstützen, aber sie beschlossen auf jeden Fall, so schnell wie möglich Steckbrief und Suchmeldung zu veröffentlichen.

Sicherheitshalber, auf jeden Fall.

Um bei der Besprechung wenigstens einen Entschluss gefasst zu haben.

12

Er erwachte in der Wolfsstunde.

Das passierte ihm derzeit ab und zu.

Nie, wenn Vera Miller bei ihm war oder wenn er sie bald erwartete, dann niemals. Inzwischen trafen sie sich einmal pro Woche, von Samstag auf Sonntag, und wenn er sie ganz besonders vermisste, dann passierte es ab und zu. Dass er in kalten Schweiß gebadet erwachte. In der Wolfsstunde.

Und in dieser wachen Stunde zwischen drei und vier Uhr nachts, in diesen unbarmherzigen, ewig langen Minuten, während die ganze Welt schlief, sah er klar, durch die Haut hindurch. Sah er das Entsetzliche, dessen er sich schuldig gemacht hatte, im kalten rückblickenden Licht. Sah er ein, dass diese durch und durch zarte Membran jeden Moment reißen konnte. Jeden Moment. Ob es auch Träume gab, wusste er nicht. Auf jeden Fall konnte er sich an kein Traumbild erinnern. Er versuchte es natürlich auch nicht, nicht in dieser und auch in keiner anderen Nacht. Stand stattdessen im Dunkeln auf, stapfte zum Schreibtisch hinüber und knipste die Lampe an. Ließ sich in den Sessel fallen und zählte im Terminkalender die Tage, stellte fest, dass fünfundzwanzig davon vergangen waren, seit er den Jungen angefahren hatte. Zehn, seit dem Mord am Erpresser. Bald würde ein neuer Monat beginnen. Bald würde alles vergessen sein.

Vergessen und aus der Welt. Die Zeitungen schrieben nicht mehr darüber. Am Anfang der Woche war das anders gewesen. Die Polizei hatte den jungen Mann am Samstag gefunden, aber inzwischen hatten die Medien ihr Interesse schon wieder verloren. Am Donnerstag oder Freitag war er nicht mehr erwähnt worden.

So war es eben. Der Mensch des 21. Jahrhunderts wird eine Eintagsfliege sein, dachte er. Einen Strich ziehen, die Summe berechnen, falls es eine gibt. Vergessen, weitergehen. Das Motto der Zeit. Eigentlich war er selber auch so, wie er jetzt einsah. Ein guter Vertreter der Zukunft also; es waren nur diese schlaflosen Stunden, die ihn an Gestern und Morgen fesselten. Nur die.

Und doch war nichts wie zuvor. Es war paradox, dass dieser Abend mit dem leichten Aufprall und dem Jungen im lehmigen Straßengraben alles hatte verändern, die Perspektive dermaßen hatte verschieben können. Türen öffnen. Vertäuungen kappen. Vera Miller einlassen, sein neues Leben zulassen. Ja, paradox war das richtige Wort und Chaos Gottes nächster Nachbar.

Der Mord draußen in Dikken war nicht vom selben Gewicht. Durchaus nicht, er war nur die Folge. Etwas, das er hatte durchführen müssen, eine unbarmherzige Konsequenz der Tatsache, dass er am ersten Abend beobachtet worden war. Billardbälle, die losrollen und einfach nur einer unbarmherzig vorgegebenen Richtung folgen; er hatte vor nicht allzu langer Zeit in Fachzeitschriften darüber gelesen. Eine Art neo-mechanistisches Weltbild, wenn er es richtig verstanden hatte … oder Psychologie; zugleich natürlich eine Verpflichtung seinem eigenen Leben gegenüber; schon nach wenigen Tagen hatte die Dikkener Episode ihn nicht mehr berührt. Der Mann, den er dort draußen umgebracht hatte, hatte sich am Unglück anderer mästen wollen, an seinem und an dem des Jungen … man könnte sogar behaupten, er habe den Tod verdient. Haust du meinen, hau ich deinen, wie der alte Spruch lautete. Ein schnöder Erpresser, der im Laufe einer Woche zu einer entsetzlichen Bedrohung geworden war, dem er dann aber auf seinem eigenen Spielfeld gegenübergetreten war und den er liquidiert hatte. Einfach und schmerzlos. Und jetzt war die Zukunft wieder offen.

Die Zukunft mit Vera Miller. Er bezweifelte keine Sekunde mehr, dass es diese Zukunft geben würde. Keinen Bruchteil einer Sekunde bezweifelte er das, nicht einmal während dieser durchwachten Wolfsstunden. Sie hatte ihrem Mann zwar noch nicht erzählt, dass sie einen anderen hatte und sich scheiden lassen wollte, aber das war nur eine Frage der Zeit. Eine Frage einiger Wochen und einer gewissen Rücksichtnahme. Andreas Wollgers war kein starker Mensch, sie wollte ihn nicht zerbrechen. Noch nicht. Aber bald würde es so weit sein.

Während dieser Wartezeit machten sie keine weiteren Pläne. Aber trotzdem waren diese vorhanden; sie hingen die ganze Zeit in der Luft, wenn er mit Vera zusammen war. Wenn sie sich liebten, wenn er in ihr war, wenn er ihre Brustwarzen hart und steif und wund leckte. Wenn sie einander beim Essen gegenüber saßen und Wein tranken oder einfach in seinem großen Bett lagen und atmeten und im Dunkeln Musik hörten. Die ganze Zeit. Pläne – bis jetzt noch unausgesprochene Hoffnungen für die Zukunft und für ein neues Leben. An irgendeinem anderen Ort. Er und Vera Miller. Er liebte sie. Sie liebte ihn. Sie waren zwei erwachsene Menschen, und nichts könnte einfacher sein. Sie würden zusammen leben. In einem halben Jahr. In einem Monat. Bald.

Insgeheim versuchte er sich Bilder davon zu machen. Starke Bilder, warm und farbenprächtig. Bilder aus einer Zukunft, in der er nie wieder in der Wolfsstunde aufwachen müsste.

In der er nie mehr durch die zerbrechliche Haut schauen müsste.

In der er nie mehr stinkenden kalten Schweiß von seinem Leib waschen müsste.

Vera, dachte er. Um deinetwillen könnte ich noch einen Mord begehen.

Am Samstag brachte das Neuwe Blatt seinen Steckbrief. Er las am Frühstückstisch über sich, und nach einer Sekunde des Entsetzens prustete er los. Das war keine Bedrohung. Im Gegenteil. Eigentlich hatte er darauf gewartet. Es wäre auch zu schön gewesen, wenn ihn während dieser Minuten in der Bar niemand gesehen hätte, einfach zu schön – aber er erkannte bald, dass die Zeitungsmeldung, statt für ihn irgendeine Art von Gefahr zu bedeuten, eher eine beruhigende Nachricht darstellte. Die

Nachricht, dass die Polizei bei den Ermittlungsarbeiten feststeckte und er keinen Grund hatte, von ihrer Seite irgendetwas zu befürchten. Nicht den geringsten.

Denn wieso hätten sie sonst einen dermaßen albernen Steckbrief veröffentlichen sollen?

Ein Mann unbestimmten Alters. Dunkel, vermutlich schwarz gekleidet. Lange dunkle, vermutlich schwarze Haare. Bart und Brille. Möglicherweise verkleidet.

Möglicherweise! Er lachte. Erwarteten die denn, dass er alles wieder anzog und unter die Leute ging? Dass er zum Tatort zurückkehrte und sich vielleicht noch einmal in die Trattoria Commedia setzte? Oder was? Er hatte die Kompetenz der Polizei nie besonders hoch geschätzt, und an diesem Samstagmorgen wurde seine Achtung nicht größer.

Polizei?, dachte er. Armselige Vettern aus Dingsda.

Am Nachmittag kam Vera. Sie hatte in der Markthalle am Keymer Plejn Wein und Lebensmittel gekauft, aber sie hatten einander sechs Tage nicht gesehen und mussten sich schon in der Diele lieben. Dass es so viel Leidenschaft geben konnte! Dass es eine solche Frau geben konnte!

Langsam machten sie sich dann aber doch über Lebensmittel und Wein her. Vera blieb über Nacht, sie liebten sich noch einige Male, hier und dort, und statt zur Wolfsstunde zu erwachen, schlief er mitten in dieser Stunde ein.

Schwer und befriedigt, erfüllt von Liebe und Wein, und mit Vera Miller in unerhört dichter Nähe.

Sie blieb bis zum Sonntagnachmittag. Während einer ernsten Stunde sprachen sie über ihre Liebe; darüber, wie sie damit und mit ihrer Zukunft umgehen sollten.

Es war das erste Mal.

»Niemand weiß von deiner Existenz«, sagte sie. »Andreas nicht. Meine Schwester nicht. Und meine Kolleginnen und Freundinnen auch nicht. Du bist mein Geheimnis, aber ich will dieses Geheimnis nicht mehr haben.«

Er lächelte, sagte aber nichts dazu.

»Ich will dich lieber die ganze Zeit haben.«

»Dein Mann?«, fragte er. »Was hast du mit ihm vor?«

Sie schaute ihn lange an. Dann sagte sie:

»Ich werde mit ihm sprechen. Jetzt, in dieser Woche. Ich habe mir alles überlegt, es gibt keine andere Lösung. Ich liebe dich.«

»Ich liebe dich«, erwiderte er.

Am Montag machte er Überstunden. Auf der Nachhausefahrt – als er gerade die Zementröhre im Straßengraben passiert hatte –, ertappte er sich dabei, wie er zur Begleitung des Autoradios sang, und ihm ging auf, dass seit jenem Abend noch kein Monat vergangen war. Es war noch immer November, und alles hatte sich in einem Ausmaß verändert, das er niemals für möglich gehalten hätte.

Es war unwahrscheinlich. Ganz und gar unwahrscheinlich. Aber so war das Leben.

Er lächelte und summte noch immer, als er die Post des Tages aus dem Briefkasten fischte, aber seine gute Laune verflog schlagartig, als er bald darauf am Küchentisch saß und den Brief las. Soweit er es beurteilen konnte, war er auf genau dem gleichen Briefpapier geschrieben und in genau den gleichen Umschlag gesteckt worden wie die beiden früheren. Er war handgeschrieben und nur eine halbe Seite lang.

Zwei Leben,

jetzt haben Sie zwei Leben auf dem Gewissen. Ich habe Ihnen Zeit genug gelassen, um sich zu stellen, aber Sie haben sich verkrochen wie ein feiger Straßenköter. Der Preis für mein Schweigen hat sich jetzt geändert. Eine Woche (genau sieben Tage) stehen zu Ihrer Verfügung, um zweihunderttausend Gulden zu beschaffen. In benutzten Scheinen. Kleine Beträge.

Ich werde Ihnen Instruktionen zukommen lassen. Machen Sie nicht noch einmal denselben Fehler. Sie werden keine wei-

tere Möglichkeit erhalten, sich freizukaufen. Ich weiß, wer Sie sind, ich verfüge über unwiderlegbare Beweise gegen Sie, und selbst meine Geduld hat ihre Grenzen.

Ein Freund

Er las diese Mitteilung zweimal. Danach starrte er aus dem Fenster. Es regnete, und plötzlich nahm er den Geruch von kaltem Schweiß wahr.

III

13

Erich Van Veeteren wurde am Montag, den 30. November, in einer schlichten Zeremonie bestattet. Die Feier fand im Seitenschiff der Keymerkirche statt, und aufgrund der Wünsche des engsten Familienkreises – vor allem der Mutter – hatte sich nur eine kleine Trauergemeinde versammelt.

Renate hatte auch Pastor und Choräle ausgesucht; aufgrund irgendwelcher unklarer Richtlinien, die nach ihrer Behauptung für Erich wichtig gewesen waren, von denen Van Veeteren jedoch durchaus nicht überzeugt war. Ansonsten war es ihm egal; wenn Erich ein Bedürfnis nach Spiritualität gehabt haben sollte, dann konnte das in diesem hochkirchlichen Gewölbe und unter diesen bedrohlich zum Himmel strebenden Türmen wohl kaum befriedigt werden, davon war er überzeugt.

Der Pastor sah ziemlich jung und ziemlich lebendig aus, und während er mit der breiten Aussprache der Inselbewohner predigte und die Gebete vortrug, behielt Van Veeteren zumeist die Augen geschlossen, während seine gefalteten Hände auf seinem Schoß lagen. Zu seiner Rechten saß seine geschiedene Ehefrau, deren Anwesenheit er selbst in dieser Situation nur schwer ertragen konnte; zu seiner Linken saß seine Tochter, die er über alles auf der Welt liebte.

Vor ihm stand der Sarg mit den sterblichen Überresten seines Sohnes.

Es fiel ihm schwer, ihn anzusehen, vielleicht kniff er deshalb die Augen zusammen.

Kniff die Augen zusammen und dachte stattdessen an den lebenden Erich. Ließ seinen Gedanken freien Lauf; die Erinnerungen stellten sich nach einem offenbar ganz und gar willkürlichen System ein. Es gab Bilder und Erinnerungen aus den frühesten Kindheitsjahren, mit Märchenlesen an einem windigen Sandstrand, unklar, an welchem; Zahnarztbesuche, Ausflüge zur Schlittschuhbahn und zu Wegelens Tierpark.

Und es gab welche aus der schwierigen Zeit später. Aus den Jahren des Drogenkonsums und der Gefängnishaft. Er sah den Selbstmordversuch und die langen durchwachten Nächte im Krankenhaus.

Und ihre letzte Begegnung. Vielleicht vor allem die. Wenn diese Bilder aus der letzten Zeit sich vor ihm abspulten, quälte ihn auch das Bewusstsein seiner eigenen egoistischen Motive – seines Bedürfnisses, aus diesem Treffen Licht zu saugen –, aber wenn es so war, dass jeder neue Tag die Summen der vorhergehenden in sich trug, dann könnte ihm das vielleicht vergeben werden.

Zumindest heute. Zumindest hier, vor dem Sarg. Beim letzten Mal hatte er Erich am Küchentisch in Klagenburg eine halbe Stunde lang gegenübergesessen. Erich hatte die ausgeliehene Bohrmaschine zurückbringen wollen, und sie hatten sich zusammengesetzt und Kaffee getrunken und über alles Mögliche geredet. Er wusste nicht mehr genau, worüber eigentlich, aber es war von keinerlei Missbrauch die Rede gewesen, nicht von Fähigkeit oder Unfähigkeit, die Verantwortung für das eigene Leben zu übernehmen, nicht vom Widerspruch zwischen gesellschaftlicher und privater Moral. Von keinem dieser schweren, dieser bis ins Unendliche durchgekauten und verbrauchten Themen.

Es war nur Plauderei gewesen, dachte er. Keine Schuldfragen. Ein Gespräch zwischen zwei Menschen, zwischen zwei x-beliebigen Menschen, und genau das – diese schlichte, wertfreie Tatsache – war das Licht.

In der Finsternis. Eine jämmerliche Flamme in einer unermesslichen Finsternis; er dachte an Gortjakows Wasserwanderung aus *Nostalghia*. Daran dachte er oft. Tarkowskis *Nostalghia* ... und als er nun in dieser viele Jahrhunderte alten Kathedrale saß und vor dem Sarg seines Sohnes die Augen zusammenkniff, während die langsame Litanei zum gotischen Gewölbe aufstieg, glaubte er ... glaubte er eine Art Zusammengehörigkeit zu empfinden. Große Worte vielleicht, und eine Zusammengehörigkeit mit vielen Größen, das schon. Mit Erich, mit seinem eigenen unbegreiflichen Vater, der von ihm gegangen war, lange, ehe er auch nur die geringste Möglichkeit gehabt hatte, ihn zu verstehen und sich mit ihm zu versöhnen, mit Leid und Kunst und Kreativität – mit allen Arten von Kreativität – und ganz langsam auch mit dem Glauben an etwas Jenseitiges und an Visionen und Ambitionen der Kirchenerbauer ... mit Leben und Tod und der unaufhaltsam dahinströmenden Zeit. Mit seiner Tochter Jess, die sich schwer an ihn anlehnte und ab und zu von einem Zittern durchfahren zu werden schien. Zusammengehörigkeit.

Es tut seine Wirkung, dachte er. Das Ritual tut seine Wirkung. Die Formen besiegen den Zweifel; wir haben durch die Jahrhunderte hindurch gelernt, um Leere und Schmerz einen Sinn zu weben. Bedeutung und Muster. Aber wir üben ja auch schon lange.

Der Zauber wurde erst gebrochen, als er mit Jess an seinem Arm am Sarg vorbeidefiliert war; erst, als er allem den Rücken gekehrt hatte und dabei war, das Schiff zu verlassen. Dabei traf ihn ein eiskalter Stoß von Verzweiflung. Er spürte, wie er fast ins Schwanken geriet und sich an seiner Tochter anklammern und auf sie stützen musste. Er auf sie, sie auf ihn. Er war unendlich weit weg von Renate, die an Jess' anderer Seite stand, und er fragte sich, warum er eine solche Distanz bewahren musste. Warum?

Und als er dann vor dem schweren Kirchenportal im strömenden Regen stand, dachte er nur: Wer hat ihn getötet? Ich will den Menschen kennen lernen, der meinen Sohn getötet hat.

Der die Flamme ausgeblasen hat.

»Ich habe noch nicht sortiert«, sagte Marlene Frey. »Was seine Sachen waren und meine, meine ich. Ich weiß nicht, wie man vorgeht ... ob ihr etwas haben möchtet.«

Van Veeteren schüttelte den Kopf.

»Natürlich nicht. Ihr habt doch zusammengelebt. Alles, was Erich gehört hat, gehört jetzt natürlich dir.«

Sie saßen bei Adenaar's an einem Tisch. Marlene Frey trank Tee, er selber ein Glas Wein. Sie rauchte nicht einmal. Er wusste nicht, warum ihn das überraschte, aber es überraschte ihn. Erich hatte mit fünfzehn angefangen zu rauchen ... oder vermutlich noch früher, aber an seinem fünfzehnten Geburtstag hatte sein Vater ihn dabei erwischt.

»Aber sieh es dir trotzdem noch mal an«, sagte sie. »Vielleicht möchtet ihr irgendetwas zur Erinnerung haben.«

»Fotos?«, sagte er daraufhin. »Hast du vielleicht irgendwelche Fotos? Ich glaube, ich habe keins von Erich, das jünger als zehn Jahre ist.«

Sie lächelte kurz.

»Sicher. Es gibt eine ganze Menge. Oder zumindest einige.«

Er nickte und musterte sie schuldbewusst.

»Bitte, verzeih mir, dass ich nicht früher gekommen bin. Ich habe ... es war einfach so viel.«

»Es ist nie zu spät«, sagte sie. »Komm vorbei, wenn du Zeit hast, dann bekommst du ein paar Bilder. Ich bin abends zu Hause. Meistens jedenfalls, aber vielleicht rufst du vorher besser an. Das braucht doch nicht so feierlich zu sein.«

»Nein«, sagte er. »Da hast du wohl Recht.«

Sie trank ihren Tee, und er nippte in einer Art halbherzigen Geste des Einverständnisses an seinem Wein. Betrachtete sie dabei verstohlen und fand, dass sie gut aussah. Blass und müde natürlich, aber mit klaren Zügen und einem Blick, der seinen erwiderte, ohne auch nur einen Zentimeter auszuweichen. Er fragte sich, was sie in ihrem Leben wohl alles mitgemacht haben mochte. Dasselbe wie Erich vielleicht? Ihm kam es nicht so vor; bei Frauen hinterließ das immer tiefere Spuren. Natürlich hatte sie allerlei hinter sich, das sah er, aber nichts an ihrer Erscheinung wies auf fehlende Stärke hin.

Auf die Stärke, ihr eigenes Leben zu meistern. Doch er spürte, dass sie diese Stärke besaß.

Eine Schande, dachte er. Eine Schande, dass ich sie erst jetzt kennen lerne. Und unter solchen Umständen. Ich hätte natürlich …

Aber dann brach die Gewissheit *Erich ist tot* wieder über ihn herein, und das mit solcher Kraft, das ihm fast schwarz vor Augen wurde. Er kippte seinen Wein und zog sein Zigarettenmaschinchen hervor.

»Darf ich rauchen?«

Wieder lächelte sie für einen Moment.

»Erich hat geraucht.«

Sie schwiegen, während er sich eine Zigarette drehte und sie anzündete.

»Sollte aufhören«, sagte er. »Mit so einem Apparat rauche ich jedenfalls nicht weniger.«

Warum zum Teufel fasele ich hier übers Rauchen, fragte er sich. Welche Rolle spielt es, ob der Vater eines Toten zu viel raucht?

Plötzlich legte sie ihm die Hand auf den Arm. Er spürte, wie sein Herz einen Schlag aussetzte, und fast wäre ihm der Rauch im Hals stecken geblieben. Sie hatte seine Reaktion vermutlich gesehen, gab sich aber keine Mühe, es zu verbergen. Es zu überspielen. Sie ließ einfach ihre Hand auf seinem Unterarm liegen und betrachtete ihn mit forschenden, leicht funkelnden Augen.

»Ich könnte dich sicher gern haben«, sagte sie. »Schade, dass es so gekommen ist.«

Dass es so gekommen ist?, dachte er. Schade? Was für eine Untertreibung.

»Ja«, sagte er. »Es tut mir Leid, dass ich nicht mehr Kontakt zu Erich hatte. Ich hätte natürlich …«

»Das war nicht deine Schuld«, fiel sie ihm ins Wort. »Er war ein wenig … ja, wie soll ich sagen?« Sie zuckte die Schultern. »Aber ich habe ihn geliebt. Wir haben uns gut verstanden, wir schienen durch diese Beziehung zu wachsen … auf irgendeine Weise. Und ich muss dir etwas sagen.«

Das hatte er total vergessen.

»Sicher, ja«, sagte er. »Was denn?«

Sie ließ seinen Arm los und starrte eine Weile in ihre Teetasse. Rührte langsam mit dem Löffel um.

»Ich weiß nicht, wie du das aufnehmen wirst, aber ich bekomme ein Kind. Bin im dritten Monat schwanger … tja, so ist es einfach.«

»Herrgott«, fuhr es aus ihm heraus, und danach blieb ihm wirklich der Rauch im Hals stecken.

Am Dienstagmorgen brachte er Jess in aller Frühe nach Sechshafen. Er hatte ihr und Renate von seinem Gespräch mit Marlene Frey erzählt. Jess hatte am Montagabend bei ihr angerufen und sich für das nächste Mal, wenn sie nach Maardam kam, mit ihr verabredet. Hoffentlich würde das gleich nach Neujahr der Fall sein.

Eigentlich hatte auch Renate mit zum Flughafen kommen wollen, aber sie war angeblich mit Fieber und Angina erwacht. Van Veeteren segnete die Bazillen und mutmaßte, dass auch Jess ihnen nicht gerade feindlich gesonnen war.

Auch an diesem Morgen hielt sie seine Hand, während sie im Schneckentempo durch die Nebelgürtel in Landsmoor und Weill fuhren; eine warme Hand, die seine ab und zu energisch drückte. Er begriff, dass es sich um Signale handelte, um Signale töchterlicher Liebe und um Signale der bekannten alten Trennungsangst. Die an diesem Tag natürlich stärker denn je war. Angst vor der Trennung von den Wurzeln, in dieser flachen nordeuropäischen Landschaft. Von Erich. Vielleicht vor allem von ihm.

»Es ist schwer, sich zu trennen«, sagte er.

»Ja«, sagte sie. »Das ist schwer.«

»Man lernt es nie. Aber das ist auch irgendwie der Sinn der Sache.«

Ein kleines Sterben, hätte er fast hinzugefügt, konnte es aber gerade noch hinunterschlucken.

»Ich kann Flugplätze nicht leiden«, sagte sie. »Ich fürchte mich immer ein wenig, wenn ich irgendwohin reise. Erich ging es auch so.«

Er nickte. Das hatte er nicht gewusst. Er fragte sich, wie viel er von seinen Kindern wohl nicht wusste. Wie viel er unterwegs verloren hatte, und wie viel er wohl nicht in Erfahrung bringen und reparieren konnte.

»Aber ich habe ihn so wenig gekannt«, fügte sie nach einer Weile hinzu. »Ich hoffe, dass ich Marlene mögen werde, ich habe das Gefühl, dass er doch immerhin eine Spur hinterlassen hat. Ja, ich hoffe, alles geht gut. Es wäre schrecklich, wenn ...«

Sie beendete diesen Satz nicht. Nach einer Weile merkte er, dass sie angefangen hatte zu weinen, und er drückte lange ihre Hand.

»Es geht jetzt aber besser«, sagte sie danach. »Besser als bei meiner Ankunft. Ich werde mich nie damit abfinden können, aber im Moment bin ich fast ruhig. Oder stumpft das viele Weinen einfach ab, was meinst du?«

Er brummte irgendeine Antwort. Nein, dachte er. Nichts geht vorüber, und die ganze Zeit sammelt sich mehr an. Tag für Tag, je älter wir werden.

Als sie sich dem Flughafen näherten, ließ sie seine Hand los. Zog ein Papiertaschentuch hervor und wischte sich die Augen.

»Warum hast du eigentlich bei der Kriminalpolizei aufgehört?«

Die Frage kam überraschend, und für einen Moment kam er sich fast hilflos vor.

»Ich weiß nicht so recht«, erwiderte er. »Ich hatte wohl ganz einfach genug ... das ist wohl die leichteste Erklärung. Es war ein ganz starkes Gefühl, und deshalb brauchte ich es nicht näher zu analysieren.«

»Ich verstehe«, sagte sie. »Ja, es gibt sehr viel, was eigentlich ohne Analyse auskommt.«

Sie verstummte, aber er wusste, dass sie noch mehr auf dem Herzen hatte. Er ahnte auch, was, und nach einer halben Minute sprach sie weiter.

»Es ist komisch, aber ich denke immer wieder an etwas, wovon ich geglaubt hätte, dass es mich nie im Leben interessieren würde … anfangs, als ich von Erichs Tod erfahren habe, meine ich.«

»Was denn?«, fragte er.

Wieder zögerte sie.

»An den Mörder«, sagte sie. »An den, der es getan hat. Ich will wissen, wer es getan hat und warum es passiert ist. Immer mehr will ich das wissen. Findest du das seltsam? Ich meine, Erich ist doch auf jeden Fall tot …«

Sie wandte den Kopf und sah ihn an.

»Nein«, sagte er. »Das ist überhaupt nicht seltsam. Ich glaube, es ist eine der normalsten Reaktionen, die man sich überhaupt vorstellen kann. Es gibt einen Grund, weswegen ich bei der Polizei aufgehört habe, aber es gab auch einen, weswegen ich dort eingestiegen bin.«

Sie musterte ihn von der Seite und nickte langsam.

»Ich glaube, das verstehe ich. Und jetzt denkst du auch so?«

»Jetzt denke ich auch so.«

Sie wartete eine Weile, bis sie auf den nächsten Punkt zu sprechen kam.

»Und wie läuft die Sache? Bei der Polizei, meine ich. Weißt du etwas … halten die Kontakt zu dir?«

Er zuckte mit den Schultern.

»Nicht sehr viel. Ich habe darum gebeten, aber ich will mich nicht allzu sehr einmischen. Wenn sie weitergekommen sind, werden sie mich natürlich informieren. Vielleicht melde ich mich mal bei Reinhart und erkundige mich.«

Dann waren sie angekommen. Er fuhr ins Parkhaus, brachte

die schmale Rampe hinter sich und hielt vor einer grauen Betonmauer.

»Tu das«, sagte sie. »Erkundige dich. Ich will wissen, wer meinen Bruder umgebracht hat.«

Er nickte, und sie stiegen aus. Zwanzig Minuten später sah er sie zwischen zwei uniformierten Flughafenangestellten verschwinden und von der Sicherheitskontrolle verschluckt werden. Doch, dachte er. Wenn alles vorüber ist, dann bleibt diese Frage.

Wer?

14

Anfangs war es unbegreiflich.

Sein erster Gedanke – der erste Versuch einer Erklärung – war, dass er überlebt hatte. Dass der Mann vom Parkplatz auf irgendeine unvorstellbare Weise nach den Schlägen zum Leben erwacht war. Dass er sich aus dem Gebüsch gerettet hatte und zum Restaurant und damit in Sicherheit gekrochen war. Überlebt hatte.

Mit eingeschlagenem Schädel und gebrochenen Halswirbeln?

Danach erinnerte er sich an die Fakten. Dass es in allen Zeitungen gestanden hatte. Dass Radio und Fernsehen über den Fall berichtet hatten, es konnte natürlich keinen Zweifel geben. Dieser schlaksige junge Mann, den er beim Golfplatz erschlagen hatte, war tot. Endgültig und unwiderruflich tot.

Ergo?, fragte er sich. Ergo habe ich den Falschen umgebracht. So muss es sein. Oder gibt es noch eine andere Erklärung?

Er konnte keine finden. Die Sache musste also die sein, dass er … dass er noch einmal aus Versehen einen Menschen umgebracht hatte.

Und das war nicht weniger unbegreiflich.

Es wäre zu viel verlangt gewesen, viel zu viel, dass er an diesem Montagabend hätte einschlafen können; und nach zwei fruchtlosen Stunden stand er auf. Es war zwei Uhr, er trank in der Küche eine Tasse Tee mit einem Schuss Rum, danach setzte er sich ins Auto und fuhr ans Meer. Saß anderthalb Stunden einsam auf einem Parkplatz zwischen Behrensee und Lejnice und versuchte mit sich selber zu diskutieren, während er durch das heruntergekurbelte Seitenfenster dem mächtigen Rauschen des Meeres lauschte. Es wehte ein kräftiger Südwestwind, und die Brecher waren meterhoch, das hörte er.

Den Falschen? Er hatte den Falschen getötet. Nicht der Erpresser war an jenem Abend mit lässig baumelnder Plastiktüte aus der Trattoria Commedia gekommen. Sondern ein anderer.

Einer, der auf die Toilette gegangen war und im Papierkorb die Tüte gefunden hatte? Konnte es so einfach sein?

Ein Zufall? Dass jemand aus purem Glück – oder Unglück, wenn man den Ausgang der Angelegenheit bedachte – dem Erpresser zuvorgekommen war? Konnte das sein?

Diese Möglichkeit schloss er sofort aus. Es war zu unwahrscheinlich. Zu sehr an den Haaren herbeigezogen. Die Sache lag anders, ganz anders. Er brauchte nicht lange, um die Lösung zu finden.

Es gab einen Helfer. Hatte ihn gegeben. Und zwar den Mann, den er getötet hatte. Der anonyme Briefeschreiber hatte einen Boten geschickt, um sein schwarzes Geld einzukassieren, statt das selber zu tun. Um kein unnötiges Risiko einzugehen; das war sehr gut überlegt, zweifellos, und im Grunde wirklich nicht verwunderlich. Er hätte daran denken, hätte es mit in Betracht ziehen sollen.

Im Grunde war es ein unverzeihlicher Patzer gewesen; je mehr er sich das überlegte, umso klarer wurde es ihm. Ein entsetzlicher Fehler! Während er sich draußen in Dikken über das dilettantische Vorgehen seines Gegners lustig gemacht hatte, hatte er es im Gegenteil mit einer Person von außerordentlich weit blickendem Wesen zu tun gehabt. Mit einer Person, die mit wesentlich größerer Präzision und Umsicht ans Werk gegangen war als er selber.

Und die jetzt einen zweiten Zug gemacht hatte. Zweihunderttausend Gulden! Zweihunderttausend!

Verdammt! Er fluchte laut und schlug mit den Fäusten aufs Lenkrad. Verdammter Dreckskerl!

Auf die Wut folgte die Angst. Die Angst vor seinen Taten und vor der Zukunft. Zukunft, dachte er, was denn für eine Zukunft? Falls sein Leben sich nicht bereits während der letzten Wochen entschieden hatte, so würde das während der nächsten passieren. Während *der* nächsten. Das war ja wohl sonnenklar. Es war ganz einfach eine Frage von Tagen, die Situation ließ keine andere Möglichkeit zu.

Wieder musste er sich entscheiden.

Er öffnete die Tür und stieg aus dem Auto. Ließ sich vom Wind durchrütteln und ging den Weg hinab. Das Meer wogte vor ihm auf.

Bin ich noch immer ich, fragte er sich plötzlich. Bin ich noch immer derselbe Mensch? Bin ich überhaupt noch ein Mensch?

Eine Billardkugel, die langsam einem unerbittlichen Schicksal entgegenrollt? Zwei Kollisionen, zwei Richtungsänderungen … und dann?

Die Bilder des Jungen im Straßengraben und des jungen Mannes, der erstaunt, in der Sekunde vor dem ersten Schlag, die Augenbrauen hob, stellten sich vor seinem inneren Auge mit immer kürzeren Zwischenräumen ein. Gingen ineinander über, überlappten sich, diese Bilder, und ließen bald kaum noch Platz für etwas anderes. Er versuchte an Vera Miller zu denken, an die lachende, lebensfrohe, rothaarige Vera, aber es gelang ihm nicht.

Als er weiterging, in der Dunkelheit – und in der Wolfsstunde!, wie er mit müder Resignation erkannte –, weit nach vorn gebeugt, zusammengekrümmt gegen Kälte und salzigen Wind, tauchte immer wieder der Drang in ihm auf, einfach aufzugeben. Der starke Drang, sich einfach der Umarmung des

Meeres oder den Händen der Polizei zu überlassen und allem ein Ende zu setzen.

Diesem leisen Flüstern zu folgen – bei dem es sich natürlich um die Stimme seines Gewissens handeln musste und das auf seltsame Weise mit dem Rauschen der Wellen harmonierte und es übertönte.

Seltsam, dachte er. Es passt alles zusammen wie im Film. Seltsam. Rauschen und Flüstern.

Am Ende war Vera Miller dann doch stärker. Am Ende waren es ihr lachendes Gesicht mit den funkelnden Augen und ihr warmer, feuchter Schoß, der sich um seinen Penis schloss, die Angst und Hoffnungslosigkeit verdrängten und das Geflüster erstickten. Ihre unerschütterliche Liebeskraft. Ihrer beider Liebeskraft.

Und die Zukunft.

Ich kann nicht aufgeben, dachte er. Nicht jetzt. Ich muss auch auf Vera Rücksicht nehmen.

Es war fünf Minuten vor fünf Uhr morgens, als er wieder zu Hause eintraf. Unterwegs hatte sich eine gewisse Ruhe eingestellt, vielleicht nur die Folge der Müdigkeit. Getan ist getan, dachte er. Es hat keinen Zweck, über vergossene Milch zu weinen. Was zählte, war die Zukunft. Zuerst die unmittelbare, dann die andere – das Leben mit Vera.

Doch wenn es ihm nicht gelingen sollte, die Sache mit diesem »Freund« zu lösen, dann würde es natürlich auch keine andere Zukunft geben. Dann würde ihm eine Woche bleiben und nicht mehr, das war über jeden Zweifel erhaben. Er musste eine Strategie entwickeln. Eine Verteidigung, einen Gegenzug. Was tun?

Ja, was? Wenn er ganz einfach die verlangten zweihunderttausend bezahlte, dann würde er danach gänzlich mittellos dastehen. Würde alle Reserven einbüßen. Sowohl Ersparnisse als auch Haus – und doch würde es nicht reichen. Er würde sich mindestens fünfzigtausend leihen müssen. Und dann?

Dann? Selbst wenn er sich auf diese Weise geschlagen gäbe, würde es denn Garantien geben? Der Erpresser wusste, was er wusste, er würde es vermutlich nicht vergessen, und sprach irgendetwas dafür, dass er sich mit dem im Moment verlangten Geld zufrieden geben würde?

Nein, nichts, das war die Antwort auf diese rhetorische Frage. Nicht das Geringste.

Und wie sollte er es Vera erklären, wenn er plötzlich so arm wie eine Kirchenmaus wäre? Wie?

Ergo?

Es gab natürlich nur eine Alternative.

Ihn umzubringen.

Diesmal den Richtigen umzubringen. Doch während einiger Augenblicke, als er sich einen Weg durch die engen Vorortstraßen Boorkheims suchte, dachte er, dass er vielleicht doch den Richtigen umgebracht hatte. Trotz allem.

In gewisser Hinsicht. Denn sie konnten zu zweit sein. *Konnten zu zweit gewesen sein.* Es bestand wohl kaum ein Zweifel daran, dass die bisher eingetroffenen Briefe von derselben Person stammten, aber natürlich konnte hier doch die Rede von … von der Hand einer Gattin zum Beispiel sein. Das lässt sich nicht ausschließen, dachte er. Von der Ehefrau eines toten Erpressers, die seine Tätigkeit nun auf eigene Faust weiterführte.

Die die Tätigkeit weiterführte und die Forderungen erhöhte.

Von dieser Möglichkeit ließ sich einfach nicht absehen. Er beschloss sich darüber zu informieren, wie der Mann bei der Trattoria Commedia geheißen hatte und seine Ermittlungsarbeiten an diesem Punkt beginnen zu lassen. Denn zwischen ihm und dem anderen musste es doch eine Verbindung geben, irgendeine Art von Verbindung.

Dem anderen, überlegte er.

Dem Widersacher.

Ich würde meine rechte Hand dafür hergeben, um seine Identität zu erfahren.

Die Zeit hatte gute und schlechte Wirkungen.

Natürlich brauchte er Zeit, um sich vorzubereiten und Pläne zu schmieden. Obwohl er nicht vorhatte, das Geld zu besorgen, das dieser »Freund« sich wünschte. Nein, er brauchte eine andere Art von Zeit. Er brauchte Zeit zum Handeln. Zeit um Informationen einzuholen, sich vorzubereiten.

Es dauerte nicht lange, bis die genannte Frist (»genau sieben Tage«, eine Formulierung, die er in den letzten Briefen gefunden hatte, er fragte sich, warum) ihre Vorzeichen umgekehrt zu haben schien. Sie kam ihm lange vor. Was genau sollte er tun? *Was?* Welche Pläne sollte er angehen? Welche Vorbereitungen?

Das Einzige, was ihm so nach und nach gelang, war, den Namen seines zweiten Opfers in Erfahrung zu bringen. Erich Van Veeteren. Diesen Namen speicherte er in seinem Gedächtnis – steckte ihn ins selbe Fach wie den von Wim Felders. Ins Fach der Getöteten. Aber sich wirklich an die weiteren Ermittlungen zu machen, im Privatleben dieses unbekannten Menschen herumzuwühlen, das war zu viel für ihn. Er brachte es nicht über sich. Suchte sich allerdings die Adresse aus dem Telefonbuch heraus, und am Mittwochabend stand er eine Weile unten auf dem Ockfener Plejn, schaute an einer verrußten Fassade hoch und fragte sich, welche Wohnung wohl die richtige sein könnte. Stand fröstelnd im Regen, brachte es aber nicht über sich, die Straßenbahnschienen zu überqueren, sechs Treppenstufen hochzugehen und die Namensleiste neben der Klingel zu studieren.

Es reicht, dass ich ihn umgebracht habe, dachte er. Das ist schlimm genug, seine Wohnung brauche ich nicht auch noch aufzusuchen.

An diesem Abend gab er jeglichen Gedanken an weiteres Detektivspielen auf. Sah inzwischen ein, dass das auch gefährlich sein könnte, die Polizei könnte auf ihn aufmerksam werden. Bestimmt gaben sie sich doch alle Mühe, den Mord an dem jungen Mann aufzuklären. Besser, er richtete sich aufs

Warten ein. Auf das Warten auf die weiteren Instruktionen, die mit hundertprozentiger Sicherheit in der Montagspost sein würden.

Auf das Warten auf den blassblauen Brief, um danach das Problem dahingehend zu lösen, wie der Erpresser sich diesmal die Übergabe gedacht hatte.

Auf irgendeine Weise muss sie ja stattfinden, dachte er. Zu einem gewissen Zeitpunkt und an einem gewissen Ort musste es zu einem physischen Kontakt zwischen ihm und dem Erpresser kommen.

Oder eher noch zwischen ihm, dem Geld und dem Erpresser – es gab drei Glieder in dieser Kette, und es war durchaus möglich, dass der Gegner diesmal seine eigene Sicherheit noch besser hüten würde als beim ersten Mal. Das war sogar sehr wahrscheinlich, er hatte es hier nicht mit einem Dilettanten zu tun, das war ihm mit aller wünschenswerten Deutlichkeit gezeigt worden. Aber auf irgendeine Weise musste der andere das Geld eben doch an sich bringen, und auf irgendeine Weise musste er überlistet werden.

Wie genau, würde die Zeit zeigen. Die Zeit und der nächste Brief.

Nach dem Besuch am Ockfener Plejn verbrachte er den ganzen Abend mit einer neuen Flasche Whisky vor dem Fernseher, und als er gegen Mitternacht schlafen ging, drehten sich Bett und Schlafzimmer.

Aber so hatte er sich das auch gewünscht. Zumindest in dieser Nacht musste er durch die Wolfsstunde hindurchschlafen. Am Donnerstag hatte er dienstfrei.

Der Donnerstag war der Tag, an dem Vera Miller anrufen würde.

Drei Tage ohne Kontakt, das hatten sie abgemacht. Eine kurze Zeit, die sie nutzen würde, um mit ihrem Mann zu sprechen. Von ihrer Beziehung zu erzählen. Ihre Freiheit zu gewinnen.

Als sie um sieben Uhr abends anrief, spürte er noch immer

deutliche Reste seines gewaltigen Alkoholkonsums vom Vortag. Sie hörte sich traurig an. Das tat sie sonst nie.

»Es ist so schwer«, sagte sie.

Das sagte sie sonst nie. Er schwieg.

»Es wird entsetzlich schwer für ihn sein, das sehe ich ihm an.«

»Hast du es ihm noch nicht gesagt?«

Wieder schwieg sie für einige Sekunden.

»Ich habe angefangen«, sagte sie. »Es angedeutet … er weiß, was passieren wird. Er geht mir aus dem Weg. Ist heute Abend weggefahren, ich spüre, dass er das nur deshalb gemacht hat … er läuft davor weg.«

»Komm her!«

»Das geht nicht«, sagte sie. »Andreas kommt in zwei Stunden zurück. Ich muss ihn von jetzt ab korrekt behandeln. Wir sehen uns am Samstag, wie abgemacht.«

»Ich liebe dich«, sagte er.

»Und ich dich«, sagte sie.

»Du wirst es dir doch nicht anders überlegen?«, fragte er.

»Du musst mir Zeit lassen«, erwiderte sie. »Nein, ich überlege mir das nicht anders, aber solche Dinge darf man nicht überstürzen.«

Zeit, dachte er. Drei Tage. Und dann kam der Montag. Was, wenn sie es wüsste?

»Ich verstehe«, sagte er. »Hauptsache ist, dass es so bleibt, wie wir gesagt haben. Und dass ich dich am Samstag sehen kann.«

»Am Samstag fahre ich zu meinem Kurs.«

»Was?«

Sie lachte.

»Zu meinem Kurs. Du weißt doch. Es ist das vierte Wochenende am Stück … ich liebe diesen Kurs.«

Er dachte daran, was sie über korrektes Verhalten gesagt hatte, ging aber nicht weiter darauf ein.

»Ich auch«, murmelte er stattdessen. »Ich brauche dich.«

»Du hast mich«, sagte sie.

Nach diesem Gespräch brach er in Tränen aus. Er blieb eine ganze Weile im Sessel sitzen, bis es vorüber war, und während er darüber nachdachte, wann er zuletzt geweint hatte.

Zu einer Antwort gelangte er dabei nicht.

Weshalb er zwei Sobrantabletten nahm.

15

»Man kann nicht gerade behaupten, dass es vorwärts geht«, sagte Reinhart und zählte das Ermittlungsteam durch. Fünf von sieben waren noch übrig; Krause war Hiller unterstellt worden, Bollmert war noch immer in der Provinz mit der Jagd auf obskure Interviewobjekte befasst.

»Andererseits aber auch nicht rückwärts«, erklärte Rooth. »Was wir vor einer Woche gewusst haben, wissen wir heute auch noch.«

Reinhart ignorierte diesen Einwurf.

»Moreno«, sagte er. »Wenn Inspektorin Moreno die Güte hätte, die Situation zusammenzufassen, dann könnten wir anderen uns zumindest zurücklehnen und eine schöne Stimme genießen.«

»Danke«, sagte Moreno. »Die männliche Fähigkeit, immer neue Komplimente zu ersinnen, wird uns weibliche Wesen immer wieder von neuem entzücken. Aber jetzt zur Sache.«

Reinhart verzog den Mund, schwieg aber. Moreno blätterte in ihrem Block und zog eine Zusammenfassung hervor. Registrierte, dass Jung aus irgendeinem unerfindlichen Grund einen Schlips trug und dass deBries quer über der Nasenwurzel ein Pflaster sitzen hatte. Aus irgendeinem unerfindlichen Grund. Sie holte tief Atem und legte los.

»Was wir mit ziemlicher Sicherheit wissen, ist Folgendes: Erich Van Veeteren wurde durch zwei kräftige Schläge mit einem stumpfen Gegenstand gegen Kopf und Nacken getötet, und zwar unmittelbar nach achtzehn Uhr, am Dienstag, dem 10. November. Über die Waffe kann ich nichts sagen, es kann sich um irgendein Rohr gehandelt haben, doch da wir nichts gefunden haben, hat das derzeit keine größere Bedeutung. Für die eigentliche Tat gibt es keine Zeugen; der Parkplatz war menschenleer, es war halbdunkel und der Mörder hatte Zeit genug, um sein Opfer ins nahe gelegene Gebüsch zu zerren. Wir haben alle befragt, die sich in der Zeit vor – und während – des Mordes in der Trattoria Commedia aufgehalten haben. Mit zwei Ausnahmen, wohlgemerkt ... dem Opfer und dem Täter, wenn wir davon ausgehen, dass auch er dort gesessen hat. Zehn Gäste und zwei Angestellte jedenfalls ... mit allen haben wir gesprochen. Niemand konnte wirklich hilfreiche Auskünfte geben, aber drei von ihnen haben die Gestalt genannt, die eine Zeit lang in der Bar gesessen haben soll. Zwischen sechs und Viertel nach, so ungefähr. Wir haben eine ziemlich genaue Beschreibung von ihm, und aller Wahrscheinlichkeit nach hatte er sich mit Perücke, Bart und Brille verkleidet ... und aller Wahrscheinlichkeit nach ist er auch mit dem Mörder identisch.«

»Wie ich bereits vor einer Woche erklärt habe, möchte ich anmerken«, sagte Rooth.

»Ja«, gab Moreno zu. »Wir suchen seit Tagen nach ihm, aber er meldet sich nicht, deshalb müssen wir Rooth wohl beipflichten. Weiterhin können wir feststellen, dass die Zeugen keinerlei Kontakt zwischen diesem Mr. X und Erich Van Veeteren beobachtet haben – der wie gesagt im Restaurant saß und es kurz nach Mr. X verließ. Sie könnten allerdings Blickkontakt gehabt haben. Erich saß an einem Tisch mit ziemlich guter Sicht auf die Bar.«

»Hm«, sagte Reinhart. »Er sitzt eine Stunde da und wartet. Als der Typ kommt, macht er gar nichts, folgt ihm dann aber auf den Parkplatz und wird von ihm ermordet. Das ist die Lage, in aller Kürze. Könnt ihr mir sagen, worum zum Teufel es dabei gegangen ist?«

»Drogen«, sagte deBries nach einer Weile.

»Andere Vorschläge?«, fragte Reinhart.

»Ich bin nicht sicher, dass deBries Recht hat«, sagte Jung. »Aber wenn wir annehmen, dass es sich um irgendeine Art von Lieferung gehandelt hat, dann habe ich zwei Fragen. Zum einen, haben die einander gekannt? Wusste jeder, wer im Restaurant die Kontaktperson war? Oder kannte nur einer von beiden die Identität des anderen?«

»Waren das eine oder zwei Fragen?«, erkundigte Rooth sich.

»Eine«, sagte Jung. »Die andere ist, wer liefern und wer entgegennehmen sollte.«

Sie schwiegen einige Sekunden.

»Ich habe auf jeden Fall noch eine Frage«, sagte deBries. »Wenn es eine Lieferung war, wo hat sie stattgefunden?«

»Es hat wohl keine Lieferung gegeben«, sagte Rooth. »Er hat ihn stattdessen umgebracht.«

»Wo hätte die stattfinden sollen«, korrigierte deBries sich und machte sich gereizt an seinem Pflaster zu schaffen.

»Auf dem Parkplatz natürlich«, sagte Moreno. »Es ist doch wohl auch klar, dass Erich Mr. X identifiziert hat. Er hat ihn erkannt, als er sich in die Bar gesetzt hat, und ist ihm absprachegemäß gefolgt.«

»Möglich«, sagte Reinhart und steckte sich die Pfeife an. »Sehr gut möglich. Die Sache wirkt jedenfalls eher wie eine Begegnung unter Agenten als eine Drogentransaktion. Aber ich stimme im Prinzip deBries zu, und ich gehe ebenfalls davon aus, dass Mr. X die Lieferung übergeben sollte ...«

»Und dass er nichts zu liefern hatte«, warf Moreno dazwischen, »und deshalb seinen Kontaktmann umgebracht hat.«

Wieder schwiegen alle für einige Sekunden. Reinhart kniff die Augen zusammen und spuckte in Hochfrequenz Rauch aus.

»Aber was bringt uns das alles eigentlich?«, fragte Rooth. »Und worum zum Teufel geht es dann, wenn es keine Drogen waren? Um Briefmarken? Um so einen verdammten Fehldruck, der achtzehn Millionen kostet ...«

»Briefmarken?«, fragte deBries. »Du spinnst doch.«

Reinhart zuckte mit den Schultern.

»Egal was«, sagte er. »Es können auch gestohlene Waren gewesen sein … etwas, das gefährlich, in den richtigen Händen aber verwendbar ist … oder vielleicht um Geld, das ist doch die einfachste Lösung. Dass einer von beiden den anderen für irgendetwas bezahlen sollte. Mit der Forderung einer gewissen Diskretion sozusagen. Aber ich glaube nicht, dass wir im Moment viel weiterkommen. Vielleicht sollten wir einen winzigen Perspektivenwechsel vornehmen. Solange wir nicht herausfinden können, was er dort draußen zu suchen hatte, treten wir auf der Stelle, da stimme ich Rooth zu.«

»Ich auch«, sagte Rooth.

»Dann fasse ich den bisherigen Kampf der Gehirne zusammen«, sagte Moreno. »Erich hat gewusst, dass Mr. X seine Kontaktperson ist, als der kam und sich in die Bar setzte. Er folgte ihm, um sich etwas von ihm geben zu lassen, fing sich aber nur einen Schlag auf den Kopf und einen in den Nacken ein. Tödliche Schläge. Richtig erfasst?«

»Sollte man meinen«, sagte Reinhart. »Irgendwelche Einwände? Nicht? Aber vergesst verdammt noch mal nicht, dass es sich nur um Spekulationen handelt. Und jetzt wechseln wir auf die Westfront über. Dort gibt es jede Menge Auskünfte. Marlene Frey und das Adressbuch. Wer will anfangen? DeBries meldet sich freiwillig.«

Sie brauchten eine Stunde und zehn Minuten, um die Westfront abzuschreiten. Einhundertzwei Gespräche waren geführt worden, mit Menschen, die Erich Van Veeteren aus irgendeinem Grund gekannt hatten. Laut Auskunft des schwarzen Adressbuches.

Alles war sorgfältig auf Band aufgenommen worden: deBries und Krause hatten den Mittwochnachmittag und einen Teil der Nacht mit dem Anhören des gesamten Materials verbracht. Sie hatten auch eine Liste der Personen angefertigt, die mit Erich Van Veeteren in den Wochen vor seinem Tod Kontakt gehabt hatten, eine Liste, die bisher sechsundzwanzig Namen umfasste. Weitere Gespräche standen noch bevor, es war also noch einiges zu erledigen, bis sie am Ziel sein würden.

Das Ergebnis dieser vielen Anstrengungen war quantitativ gesehen nicht schlecht, aber da sie ja nun einmal keinen Mikrozensus vornehmen sollten, fand deBries es doch verdammt mager. Genau genommen hatten sie bisher – sechzehn Tage nach dem Mord und zwölf nach dem Auffinden des Leichnams – noch nicht das allergeringste Zeichen, was sich als Hinweis oder Verdacht hätte bezeichnen lassen. Nicht mit dem besten Willen auf der Welt, es war wie verhext. Mit Hilfe der Gespräche und vor allem mit Marlene Frey hatten sie feststellen können, was deren Freund während der letzten Tage seines Lebens getan hatte; es war eine ziemlich mühselige Pusselarbeit und hatte bisher nicht einmal eine Stachelbeere an Frucht erbracht. Wie Kriminalinspektor Rooth sich auszudrücken beliebte.

Niemand schien irgendeine Ahnung davon zu haben, warum Erich Van Veeteren sich an jenem schicksalhaften Dienstag nach Dikken begeben hatte.

Nicht seine Freundin. Nicht die Polizei. Und auch sonst niemand.

»Wie sieht es mit Marlene Freys Glaubwürdigkeit aus?«, fragte Jung. »Ich meine, im Hinblick auf Drogen und so.«

»Ich glaube ihr«, sagte Reinhart nach einigem Nachdenken. »Das kann natürlich ein Irrtum sein, aber ich habe den Eindruck, dass sie voll und ganz auf unserer Seite steht.«

»Es ist im Grunde aber auch keine allzu große Überraschung, dass wir auf noch nichts gestoßen sind«, meinte Moreno. »Es wäre doch ein wenig zu viel verlangt, wenn der Betreffende einfach zusammenbrechen und alles gestehen würde, sobald wir ein Tonbandgerät einschalten, oder was?«

»Wozu soll das alles dann gut sein?«, fragte Rooth. »Verlangt nicht das Gesetz, dass man der Polizei die Wahrheit sagen muss?«

»Hrrrm«, sagte Reinhart. »Du hast nicht begriffen, was es damit auf sich hat, in einer finsteren Nacht vor einem Tonbandgerät zu sitzen und sich den entlarvenden kleinen Versprecher des Mörders anzuhören ... aber das ist momentan vielleicht auch zu viel verlangt! Also weiter. Was meint ihr? Irgendwer unter uns ... und zufällig sehe ich hierbei von Rooths Briefmarkentheorie ab ... irgendwer unter uns muss doch eine Idee haben? Dafür werden wir doch bezahlt, verdammt noch mal. Oder herrscht in euren Fischgehirnen dieselbe Finsternis wie in meinem?«

Er schaute sich am Tisch um.

»Kohlschwarz«, sagte deBries endlich. »Aber die Tonbandaufnahmen stehen jedermann und jederfrau zur Verfügung. Es dauert nur achtzehn Stunden, sie sich anzuhören. Bestimmt gibt es irgendwo einen kleinen Hinweis, aber Krause und ich haben ihn nicht gefunden.«

»Ich setze eine Runde aus«, sagte Rooth.

»Aber wie sieht's mit den näheren Bekannten aus«, schlug deBries vor. »Mit Erichs besten Freunden, meine ich, drei oder vier haben ihn sehr gut gekannt. Wir könnten sie bitten ein wenig zu spekulieren.«

»Vielleicht, ja«, Reinhart nickte düster. »Warum nicht? Gibt es noch weitere Vorschläge?«

Es gab keine. Rooth seufzte und Jung versuchte ein Gähnen zu unterdrücken.

»Warum trägst du einen Schlips?«, fragte Rooth. »Hast du keine Knöpfe am Hemd?«

»Oper«, erklärte Jung. »Maureen hat bei der Arbeit zwei Karten gewonnen. Hab keine Zeit mehr, nach Hause zu fahren und mich umzuziehen, muss heute Abend direkt von hier aus los.«

»Dann sorg dafür, dass du dich heute nicht schmutzig machst«, sagte Rooth.

Das quittierte Jung mit Schweigen. Reinhart steckte sich seine Pfeife wieder an.

»Nein«, sagte er. »Vorwärts geht es nicht, wie gesagt. Aber

wir verfügen ja über eine satanische Geduld, und da sollten wir doch mit einer gewissen Zuversicht weitermachen.«

»Kommt Zeit, kommt Rat«, sagte Rooth.

»Hast du in letzter Zeit mit dem *Kommissar* gesprochen?«, fragte Moreno.

»Seit vorgestern nicht mehr«, sagte Reinhart.

Van Veeteren fuhr mit der Straßenbahn nach Dikken hinaus. Etwas an diesem Parkplatz untersagte ihm das Autofahren.

Vielleicht ganz einfach das Risiko, genau an der Stelle zu halten, wo sein Sohn ermordet worden war.

Ansonsten lag der Parkplatz ebenso leer und verlassen da, wie immer um diese Jahreszeit. Nur vier Fahrzeuge und ein abgekoppelter LKW-Anhänger. Er wusste nicht genau, wo der Leichnam gefunden worden war; er hatte die Auswahl zwischen mehreren hundert Metern Gebüsch. Und er wollte es auch nicht wissen. Wozu hätte das gut sein sollen?

Er überquerte den Rasen und betrat die Trattoria Commedia. Die Bar lag der Eingangstür gegenüber, derzeit saßen dort zwei ältere Männer in zerknitterten Jacken beim Bier. Der Barkeeper war ein junger Mann mit gelbem Hemd und Pferdeschwanz und nickte ihm leicht zerstreut zu.

Van Veeteren nickte zurück und ging weiter ins Restaurant. Von achtzehn Tischen waren drei besetzt; er suchte sich einen mit Blick auf die Bar aus und setzte sich.

Vielleicht hat Erich an diesem Tisch gesessen, dachte er.

Er bestellte bei der blond bezopften Kellnerin das Tagesgericht; Lammkoteletts mit überbackenen Kartoffeln. Und ein Glas Rotwein.

Es dauerte eine halbe Stunde, bis das Essen serviert und verzehrt war. Es schmeckte gar nicht schlecht, wie er feststellte. Er hatte noch nie einen Fuß in dieses Lokal gesetzt und würde es natürlich auch niemals wieder tun; aber immerhin hatten sie hier offenbar einen fähigen Koch erwischt. Golfspieler ließen sich aber sicher auch nicht alles bieten, nahm er an.

Das Dessert übersprang er. Stattdessen trank er in der Bar einen Kaffee und einen kleinen Cognac.

Vielleicht hat gerade hier der Mörder gesessen, dachte er.

Vielleicht sitze ich hier auf dem Hocker des Mörders meines Sohnes. Als der gelbe Barkeeper seine Tasse wieder füllte, fragte er, ob er am fraglichen Abend Dienst gehabt habe.

»Ja«, sagte der junge Mann. Das hatte er. Wieso die Frage?

Van Veeteren dachte eine Weile nach, dann antwortete er: »Polizei.«

»Schon wieder?«, fragte der Barkeeper und wirkte nur mäßig amüsiert.

»Hm«, sagte Van Veeteren. »Ich verstehe schon, sie sind wie die Fliegen. Ich gehöre zu einer anderen Abteilung.«

»Zu was für einer Abteilung denn?«, fragte der Barmann.

»Zur Spezialabteilung«, sagte Van Veeteren. »Vielleicht könnten wir uns in aller Freundschaft eine Runde unterhalten?«

Der Barkeeper zögerte kurz.

»Ich hab im Moment ja sowieso nicht so viel zu tun«, sagte er dann.

»Diese Wurst ist ein Geschenk der Götter an die Menschheit«, sagte Rooth.

»Das sehe ich auch so«, sagte Jung und betrachtete seinen Kollegen, der mit halb geschlossenen Augen und einem Ausdruck überirdischen Friedens im Gesicht kaute. »Nett, dass du auch eine geistige Seite hast.«

»Das liegt am Knoblauch«, sagte Rooth und öffnete die Augen. »Altes, feines Arzneikraut. Ich habe eine Theorie.«

»Ach was?«, sagte Jung. »Wieder die mit der Briefmarke?«

»Besser«, sagte Rooth und stopfte sich Kartoffelsalat in die Kinnbacken.

Jung wartete.

»Könntest du dich bitte entscheiden, ob du denken oder reden willst«, fragte er. »Das würde mir die Mahlzeit erleichtern.«

Rooth nickte und kaute fertig.

»Na gut«, sagte er. »Also, mir ist bei der Besprechung etwas eingefallen.«

»Was denn?«, fragte Jung.

»Erpressung«, sagte Rooth.

»Erpressung?«, fragte Jung.

»Genau. Das würde nämlich gut ins Bild passen. Hör zu. Erich Van Veeteren ist der Erpresser. Er weiß etwas über eine gewisse Person, er hat den Preis für sein Schweigen genannt und fährt nach Dikken, um diesen Preis einzukassieren. Das Erpressungsopfer will nicht blechen und schlägt ihn lieber tot. Klar wie Wurstbrühe, korrigier mich, wenn ich mich irre.«

Jung dachte nach.

»Nicht unmöglich«, sagte er dann. »Das ist eine haltbare Theorie. Warum hast du die bei der Besprechung nicht erwähnt?«

Rooth sah plötzlich ein wenig verlegen aus.

»Ist mir erst ganz am Ende eingefallen«, erklärte er. »Ihr kamt mir nicht sehr empfänglich vor. Wollte die Besprechung nicht noch verlängern.«

»Du hattest Hunger?«, sagte Jung.

»Das ist deine Interpretation«, sagte Rooth.

16

»Wenn wir es wie eine Krebsgeschwulst betrachten«, sagte Reinhart, »dann wird es ziemlich deutlich.«

»Bleichgesicht reden mit gespaltener Zunge«, sagte Winnifred, die Viertel-Aborigine.

»Wie meinst du das?«

»Erklär dich bitte genauer!«

Sie lagen in der Badewanne. Dass Winnifred Lynch, geboren in Australien, aufgewachsen und promoviert in England, mit Reinhart zusammengezogen war und sich ein Kind zugelegt hatte, beruhte zu einem großen Teil auf dieser Badewanne. Zumindest behauptete sie das immer, wenn er sie fragte, ob sie ihn wirklich liebe.

Die Wanne war groß und tief. Und eingebaut. Sie wies außen ein unregelmäßiges Mosaikmuster aus kleinen grünen und braunen Fliesen und in der Mitte ein stattliches Arrangement von Wasserhähnen auf. Und bot Platz genug für zwei Erwachsene. Pro Person eine Ecke. So wie jetzt. Während Beine und Körper einander locker umschlangen. Es hatte Reinhart vor zwölf Jahren zwei Monatsgehälter gekostet, sich sein Badezimmer auf diese Weise einrichten zu lassen.

Aber es hatte sich ja bezahlt gemacht.

»Krebs«, wiederholte er. »Ein Krebsgeschwür bildet Metastasen, und wenn es das nicht tut, dann wird es oft nicht entdeckt. Mit vielen Fällen verhält es sich genauso, so habe ich das gemeint. Das mit dem Sohn des Kommissars zum Beispiel ... kommst du noch mit?«

»Das schon«, sagte Winnifred.

»Gut. Wir haben inzwischen alles herausgebracht, was sich über die Ereignisse herausbringen lässt. Aber trotzdem kommen wir nicht weiter, und das ist kein gutes Omen für die weitere Arbeit ... es sei denn, es gibt Knospen.«

»Knospen?«

»Metastasen«, sagte Reinhart. »Es muss noch mehr passieren. Das versuche ich zu erklären. Wenn du nur ein isoliertes Verbrechen begehst – jemanden umbringst, eine Bank überfällst oder was auch immer – und es dabei belässt, ja, dann hast du ziemlich gute Chancen, dich der Gerechtigkeit zu entziehen. Vor allem, wenn du ansonsten ein einigermaßen rechtschaffener Mitbürger bist. Aber normalerweise bleibt es nicht bei diesem Muttergeschwulststadium ... das Verbrechen entwickelt Metastasen, die entdecken wir, wir stellen fest, woher sie stammen, und dann können wir den ganzen Scheiß lösen. Kommst du noch mit?«

Winnifred Lynch seufzte.

»Alles überstrahlende Metaphorik«, erklärte sie und wackelte in seinen Achselhöhlen mit den Zehen. »Kriminalität als Krebs im Körper der Gesellschaft ... originell, das muss ich zugeben. Seit Stunden habe ich nichts dermaßen Treffendes mehr gehört.«

»Hrrm«, sagte Reinhart. »Es ging mir vor allem um die Sache mit den Metastasen.«

»Na gut«, sagte Winnifred. »Die müssen Knospen bilden, sonst kriegt ihr Erichs Mörder nicht, ist das so zu verstehen?«

»Ungefähr«, sagte Reinhart. »Wir treten einfach auf der Stelle ... oder treten Wasser, wenn du ein treffenderes ...«

Er verstummte, weil Winnifred ihn in die Wade gebissen hatte.

»Ai«, sagte Reinhart.

»Gibt es irgendetwas, das für diese Knospenbildung spräche?«

Reinhart dachte nach.

»Woher zum Teufel soll ich das wissen? Krebs ist ein Rätsel, oder nicht?«

»Das schon«, sagte Winnifred. »Aber wenn du mir die Füße massierst und mir die Tatsachen servierst, dann werde ich sehen, was ich tun kann.«

»Fairer Deal«, sagte Reinhart. »Nimm sie aus meinen Achselhöhlen.«

Ulrike Fremdli zeigte jetzt etwas, das er an ihr bisher noch nicht gekannt hatte. Eine Art Behutsamkeit. Er dachte seit einigen Tagen darüber nach, und als sie ihn am Donnerstagabend nach Feierabend aus dem Antiquariat abholte, sagte er es auch.

»Behutsamkeit«, fragte sie. »Wie meinst du das?«

»Du betrachtest mich als Patienten«, sagte Van Veeteren. »Hör auf damit. Mein Sohn ist ermordet worden, wenn ich deshalb den Verstand verliere, dann kriege ich im Krankenhaus mehr als genug von diesem verdammten Therapeutinnenblick.«

»Was zum Henker«, sagte sie. Dann gingen sie schweigend Arm in Arm an Yorrick's Café vorbei, bis sie dann stehen blieb.

»Na gut, du hast vielleicht Recht. Schluss mit der falschen Rücksichtnahme, aber dann musst du ab und zu auch mal den Mund aufmachen.«

»Hm«, sagte Van Veeteren.

Ulrike musterte ihn mit einer senkrechten Furche zwischen den Augenbrauen.

»Ich gebe ja zu, dass Trauer sehr gut wortlos sein kann«, sagte sie. »Aber ich weigere mich zu glauben, dass wir die Toten auf diese Weise am besten ehren. Wir sollten sie feiern, statt um sie zu trauern ... wie in Mexiko oder wo immer es sein mag. Tag der Toten und so. Stumme Trauer gilt nur dem Menschen, der sie pflegt.«

Van Veeteren dachte eine Weile nach.

»Vielleicht«, sagte er. »Ja, wenn man doch weiterleben muss, dann muss man vermutlich auch ab und zu die Klappe aufmachen.«

Plötzlich prustete sie los. Schlang die Arme um ihn und drückte ihn so heftig an sich, dass er sich fragte, ob er wirklich davon ausgehen durfte, sie bei einer ehrsamen Runde Armdrücken besiegen zu können. Falls es jemals so weit kommen sollte.

»Ich ergebe mich«, sagte er. »Glaubst du ...«

»Was denn?«, fragte sie und ließ ihn los.

»Glaubst du, wir könnten einen Kompromiss finden ... irgendwo zwischen Patient und Sparringpartner, meine ich? Ich glaube, unsere Beziehung könnte dadurch gewinnen.«

Sie lächelte. Hakte sich bei ihm ein und zog ihn weiter.

»Du versuchst hier den idealen Mann zu beschreiben«, erklärte sie. »Den gibt es nicht. Ich werde mich wohl mit dir abschleppen müssen, so wie du bist. Mal Patient, mal Sparringpartner ... aber das macht nichts. Ich habe nie etwas anderes erwartet. Und jetzt gehen wir zu Marlene und sehen uns ihre Fotos an.«

Es war endlich das erste Mal, und es wurde ein kurzer Besuch. Marlene Frey hatte irgendwelche Probleme mit ihrem Ofen, die Temperatur in der Wohnung pendelte zwischen zehn und zwölf Grad, und sie wollte gerade zum Schlafen zu einer Freundin gehen.

Sie hatte ein Dutzend Fotos von Erich herausgesucht – zwei davon zeigten übrigens Erich und sie selber. Es gebe auch noch andere, erklärte sie, aber nicht viele. Sie wollte natürlich auch selber welche behalten, vielleicht könnten sie sich ein andermal treffen und die Bilder verteilen? Wenn es nicht so schrecklich kalt war? Und sie konnten ja Abzüge machen lassen, wenn die Negative noch vorhanden waren, und das waren sie. Die meisten zumindest.

»Wie geht es …«, fragte er und schaute ganz schnell auf ihren Bauch.

»Gut«, versprach sie. »Der klammert sich richtig fest.«

Er konnte ihr ansehen, dass sie gestresst war, und das schien nicht zu ihr zu passen. Sie war ganz anders als an dem Abend bei Adenaar's. Mit Ulrike wechselte sie nur einen Handschlag und ein hastiges Lächeln, und der kurze Besuch hinterließ einen etwas faden Nachgeschmack.

»Du darfst das nicht überinterpretieren«, sagte Ulrike, als sie eine halbe Stunde später bei Kraus einen Tisch gefunden hatten. »Das macht man leicht, wenn man selber etwas aus dem Gleichgewicht geraten ist.«

»Aus dem Gleichgewicht?«, fragte Van Veeteren. »Ich war seit meinem ersten Schultag nicht mehr im Gleichgewicht.«

Während er auf Reinhart wartete, drehte er sich vier Zigaretten und rauchte zwei. Er ging sonst nie ins Vox, Reinhart hatte den Vorschlag gemacht, und er befürchtete, dass sie Jazzmusik spielen würden, wenn sie zu lange blieben. Auf einem Plakat am Eingang hatte so etwas gestanden, und ganz hinten in dem schmutzig braunen verräucherten Lokal befand sich eine kleine Bühne.

Nicht, dass er grundsätzlich etwas gegen Jazzmusik gehabt hätte. Reinhart behauptete immer, dass das Hören – und natürlich noch viel mehr die Ausübung – von modernem, improvisiertem Jazz die Intelligenz im Rekordtempo wachsen ließ. Wie bei einer Exponentialfunktion von Zeit, Konzentration und Alkohol … oder etwas in dieser Richtung, er machte sich nicht immer die Mühe, Reinhart genau zuzuhören. Aber nicht heute Abend, bitte, dachte er. Es ist zu früh. Er hatte seit Erichs Tod kaum mehr Lust gehabt, seine eigene Musik zu hören, nicht einmal William Byrd oder Monteverdi konnte er hinnehmen, und deshalb wirkten Saxofone mit Stacheldrahtklang nun wirklich nicht verlockend auf ihn.

Er trank einen Schluck Dunkelbier und dachte nach. Fragte sich, was eigentlich derzeit mit seinen Gedanken und seinem Bewusstsein geschah. Zerbrach sich den Kopf über deren Schwingungen. Das war nicht komisch. Dieses Herumgeschleudertwerden zwischen den Zuständen. Zwischen dem Inneren: seinem klaren – nicht sonderlich optimistischen, aber doch hartnäckigen – Glauben an eine Gesetzmäßigkeit irgendwo in der Dunkelheit. An Muster. An die positive Resignation, um zu einem Ausdruck des alten Borkmann zu greifen. Andererseits dieses Neue: diese ganz und gar schwarze Resignation. Mit der er natürlich schon früher in Berührung gekommen war – vor allem im Berufsleben –, aber die ihn bisher niemals fest hatte packen können.

Nicht auf diese Weise. Stundenlang. Manchmal halbe Tage.

Handlungsunfähig. Denkunfähig.

Lebensunfähig?

Muss dem ein Ende machen, dachte er. Muss eine Richtung finden. Erich ist tot und ich lebe weiter. Jedes Leben nimmt einmal ein Ende, manches zu früh, manches zu spät. Nichts kann das ändern … und ich will Ulrike nicht auch noch verlieren.

Reinhart tauchte um halb zehn auf, eine halbe Stunde zu spät.

»Verzeihung«, sagte er. »Joanna hat eine Ohrenentzündung.

Schrecklich unangenehm offenbar. Hatten die das zu deiner Zeit auch?«

Van Veeteren nickte. Reinhart betrachtete sein halb leeres Bierglas und bestellte zwei neue.

»Wie läuft's?«, fragte Van Veeteren, als das Bier gekommen war und beide einen Schluck getrunken hatten. Reinhart steckte sich eine Pfeife an und kratzte sich zwischen seinen kurzen, grau gesprenkelten Haaren.

»Na ja.«

»Na ja?«, fragte Van Veeteren. »Was zum Teufel heißt das? Leidest du neuerdings an Aphasie?«

»Es geht nicht gerade voran«, erklärte Reinhart. »Was willst du eigentlich? Über jedes verdammte Detail informiert werden?«

Van Veeteren drehte sich noch eine Zigarette und zündete sie an.

»Ja«, sagte er. »Jedes verdammte Detail, bitte.«

Das dauerte seine Zeit, und als Reinhart fertig war, wurde auf der Bühne schon musiziert. Nur ein Pianist und eine dunkelhäutige leise Sängerin, es war also nicht schwer, sich Gehör zu verschaffen. Van Veeteren ging auf, dass seine Vorurteile nicht zutrafen – die Sängerin hatte eine angenehm leise Stimme, die ihn an siedenden Samt erinnerte (wie immer Samt zum Sieden gebracht werden konnte und sich dabei anhörte), und während Reinhart berichtete, entstand auf diese Weise eine angenehme Distanz zu seinen Worten. Die Musik hüllte Erichs Tod und die dazugehörigen Umstände in eine Art behutsame, fast sinnliche Decke. Er wusste plötzlich, dass das Erich gefallen hätte.

Trauer und Leid, dachte er. Wir kommen nicht daran vorbei. Das Einzige, was wir tun können, ist, es mit offenen Armen anzunehmen und ihm die richtige Wendung zu geben. Es einzubetten, wie gesagt. In Kunst oder Rituale oder welche Formen auch immer uns zur Verfügung stehen … nur dürfen wir es nicht wie Wollmäuse in der Ecke liegen lassen.

»So sieht es also aus«, endete Reinhart. »Wir haben also den Mörder gefunden, es ist dieser Kerl aus der Bar. Er muss es sein, alles weist darauf hin, aber wir haben keine haltbare Hypothese darüber, was Erich da draußen getan hat. Oder tun wollte. Wir können nur spekulieren, aber ich würde dich belügen, wenn ich behaupten würde, wir hätten noch mehr.«

»Ich verstehe«, sagte Van Veeteren.

Reinhart machte sich eine Weile an Pfeife und Tabak zu schaffen und machte ein zweifelndes Gesicht.

»Es ist dir doch immer noch sehr wichtig, dass wir ihn finden, oder?«

Van Veeteren betrachtete kurz die Sängerin, bevor er antwortete. Sie bedankte sich für den spärlichen Applaus und erklärte, dass jetzt eine kurze Pause folgen werde.

»Ja«, sagte er. »Das wird mir jeden Tag wichtiger. Anfangs war mir das gar nicht so klar, aber es scheint fast in den Genen zu wurzeln … man muss den Mörder seines Sohnes finden.«

»Es wurzelt zumindest in der Kultur«, sagte Reinhart. »Und in der Mythologie.«

»Scheißegal, ob Mythos oder nicht«, sagte Van Veeteren. »Ich will, dass ihr ihn findet. Werdet ihr das tun?«

»Das habe ich dir doch schon versprochen«, sagte Reinhart.

Van Veeteren dachte eine Weile nach.

»Würdest du es mir übel nehmen, wenn ich mich einmischte?«, fragte er.

Reinhart hob sein Glas.

»Ich würde es verdammt seltsam finden, wenn du das nicht machen würdest. Prost!«

»Prost«, sagte Van Veeteren und trank aus. »Nein, geh jetzt nach Hause und kümmere dich um deine Tochter. Ich glaube, ich bleibe noch ein bisschen und höre mir diese Sängerin noch einmal an.«

»Das ist richtig so«, sagte Reinhart und stand auf.

17

Am Freitag fuhr er nach Feierabend zu seinem Vater. Er war seit über zwei Monaten nicht mehr bei ihm gewesen, und es war eine Möglichkeit, Zeit totzuschlagen. Das Oesterleheim lag in Bredenbuijk, ein Stück hinter Loewingen, er fuhr über Borsens, um dem ärgsten Verkehr auszuweichen, und kam gleich nach dem Essen dort an.

Sein Vater saß wie üblich im Bett und musterte seine Hände. Er brauchte sonst immer eine ganze Weile, um den Alten zum Hochschauen zu bewegen, diesmal aber gelang es ihm sofort. Er hatte kaum den Stuhl an die Bettkante ziehen und darauf Platz nehmen können, als sein Vater auch schon langsam den Kopf hob und ihn aus seinen rot unterlaufenen, wässrigen Augen ansah. Möglicherweise lag eine Sekunde lang ein Wiedererkennen in diesem Blick, aber vielleicht war das auch nur Einbildung.

Warum sollte er ihn gerade an diesem Tag erkennen, wo ihm das seit sechs Jahren nicht mehr gelungen war?

Nach einer halben Minute senkte das Kinn sich langsam zurück auf die Brust, und der Vater vertiefte sich in den Anblick seiner Hände, die auf der blauen Decke lagen und sich in langsamen, sich immer wiederholenden Bewegungen umeinander drehten.

Er blieb zehn Minuten dort sitzen. Länger konnte er es nicht ertragen. Er sah keine Schwester oder Pflegerin, die ihm bekannt vorkam, und deshalb machte er sich nicht die Mühe, sich nach dem Befinden des Vaters zu erkundigen.

Wie geht es ihm? Geht es ihm gut?

Das waren sinnlose Fragen. Waren seit Jahren sinnlos, und es tat gut, sie nicht mehr stellen zu müssen. Er hatte sich oft gefragt, wozu es eigentlich gut sein sollte, den Alten am Leben zu erhalten, aber von Krankenhausseite war das Thema Euthanasie nicht einmal erwähnt worden, und er wollte es nicht anschneiden. Seine Schwester in Amerika wäre außerdem dagegen, das wusste er, auch ohne sie gefragt zu haben.

Also saß sein Vater dort im Bett. Sprach mit niemandem, las nie ein Buch oder eine Zeitung. Sah niemals fern, hörte niemals Radio. Verließ sein Bett nur noch, um zur Toilette zu gehen; das einzige Zeichen dafür, dass er bei irgendeinem Bewusstsein war, war, dass er den Mund öffnete, wenn ein gefüllter Löffel sich näherte.

Mein Vater, dachte er. So, wie du bist, werde ich eines Tages sein. Danke für den Besuch.

Und er beschloss zu leben, solange noch Zeit war.

Die Nacht zum Samstag wurde schwer. Weil Vera am nächsten Tag kommen würde, rührte er den Whisky nicht an. Das Trinken durfte nicht zur Gewohnheit werden. Er wollte auch nicht zu häufig zum Sobran greifen. Er nahm eine leichte Schlaftablette, aber davon wurde ihm schwer im Körper, und er empfand eine leichte Übelkeit.

Der Beschluss, auf den montäglichen Brief zu warten, ehe er seine Vorgehensweise endgültig festlegte, war natürlich richtig; der einzige mögliche Entschluss war es, aber das bedeutete ja nicht, dass ihm auch die Gedanken erspart blieben.

Diese sturen schwarzen Gedanken und Bilder dessen, was mit ihm passieren würde. Die Spekulationen darüber, was dieser »Freund« diesmal für ein Szenario der Geldübergabe präsentieren würde. Und darüber, zu welchem Vorgehen er selber gezwungen werden würde. Ein weiteres Mal.

Falls sich überhaupt die Gelegenheit dazu bieten würde.

Zu töten. Ein letztes Mal zu töten und endlich einen Strich unter sein altes Leben zu ziehen. Ohne Bilanz ziehen oder Rückschau halten zu müssen. Sondern einfach zu einem klaren, neuen Morgen zu erwachen.

Er wünschte, es wäre schon so weit.

Wünschte, alles wäre vorüber. Leben, solange noch Zeit war?

Als er zum letzten Mal auf die Uhr blickte, war es zehn vor sechs.

Es regnete, als er einige Stunden später erwachte. Ein hartnäckiger Regen, der mit einem starken Wind gegen die Fenster peitschte. Er hörte sich das eine Weile an. Dann stand er auf und duschte.

Den Vormittag und die frühen Nachmittagsstunden verbrachte er mit den Vorbereitungen für die abendliche Mahlzeit. Räumte auf und öffnete einige Rotweinflaschen. Sortierte außerdem Wäsche. Um kurz nach zwei rief Smaage an und erinnerte ihn daran, dass die Brüder sich am kommenden Freitag treffen wollten. Sie redeten eine Weile, und er staunte darüber, wie leicht ihm das gefallen war. Wie locker er das gebracht hatte. Und dabei hatte alles nach dem letzten Treffen angefangen … nach diesem verdammten Treffen mit den Brüdern hatte sein altes Leben ein jähes Ende genommen, und alles war in neue wahnwitzige Bahnen geschleudert worden. Er versprach sein Kommen, falls nicht etwas Unvorhergesehenes dazwischenkam, und als er das Wort »Unvorhergesehenes« sagte, spürte er, wie ein kurzes Schwindelgefühl durch sein Bewusstsein huschte. Smaage wünschte ihm ein schönes Wochenende und legte auf.

Schließlich folgte eine Stunde, in der er nichts anderes zu tun hatte, als auf sie zu warten. Zwischen vier und fünf, als die Dämmerung einsetzte und der Wind sich ein wenig zu legen schien. Die Regenschauer dagegen kamen und gingen weiterhin; eine ganze Weile stand er am Schlafzimmerfenster und schaute zum tief hängenden, unruhigen Himmel über dem spärlichen Wäldchen hoch, das hinter der Reihenhauszeile gepflanzt worden war.

Stand in der Dunkelheit und rang mit einem ganz neuen Gedanken.

Ich möchte es ihr erzählen, dachte er. Sie würde es verstehen. Wir könnten es teilen und uns gegenseitig Kraft geben. Das wäre doch etwas?

Um Punkt halb fünf klingelte sie. Als er öffnen ging, hatte er plötzlich weiche Knie.

Es wurde ihr allerbehutsamster Abend. Sie hatte, zumindest anfangs, etwas Reserviertes, und obwohl sie es nicht offen sagte, so merkte er doch, dass die Sache mit Andreas sie quälte.

Es quälte sie, ihrem Mann berichten zu müssen, dass sie ihn wegen eines anderen verlassen wollte. Er verstand ihre Probleme. Verstand auch, dass sie ihm noch keinen reinen Wein eingeschenkt hatte, trotz aller Versprechen. Aber er setzte sie nicht unter Druck. Ließ keine Ungeduld und keine Enttäuschung sichtbar werden. Und doch hatte ihr Zusammensein etwas Gespanntes, das es bisher nicht gegeben hatte, und erst, nachdem sie fast drei Flaschen Wein getrunken hatten, begannen sie sich zu lieben.

Es war so schön wie immer. Vielleicht noch schöner, für einen kurzen Moment redete er sich ein, das komme von der bitteren Prise Untergangsstimmung, doch dieser Gedanke war so schnell wieder verschwunden, wie er aufgetaucht war. Er konnte ihr vier oder fünf Orgasmen verschaffen und danach legte sie ihren Kopf auf seine Brust und weinte. Sein eigener Kopf war so leer wie nach einem Atomkrieg.

Dann teilten sie nach und nach noch eine Flasche Wein; er hatte das Gefühl, dass das Blut in seinen Adern endlich wieder floss. Bald darauf liebte er sie noch einmal – etwas brutaler, als ihr das sonst lieb war und auf dem Küchentisch –, und danach tranken sie zum Abschluss noch jeweils ein Glas Glenlivit.

Für den Rest seines Lebens sollte er dieses Glas Whisky bereuen, denn es brachte ihn dazu, sein Urteilsvermögen aufzugeben und sich ins Verderben zu stürzen. Nach einer anderen Erklärung suchte er später nie.

Eine andere Erklärung konnte es nicht geben.

Als er im Badezimmer stand und sich wusch, merkte er, dass er reichlich betrunken war – betrunkener als an jenem Abend, zum Beispiel –, dass aber trotzdem noch etwas getan werden musste. Er brauchte es; diese von Zweifeln geplagten Überlegungen, die ihn anfangs der Woche gequält hatten, waren wie weggeblasen, und als er sein Gesicht im Spiegel musterte, sah er darin nur Stärke.

Stärke und Tatkraft.

Er grinste seinem Bild zu und kehrte ins Schlafzimmer zurück. Setzte sich auf die Bettkante und ließ für eine Weile Daumen und Zeigefinger mit ihrer einen Brustwarze spielen.

Jetzt sage ich es ihr, dachte er.

Er wusste, sowie er ihren Blick sah, dass es ein entsetzlicher Fehler gewesen war.

Vera Miller wusste, sowie sie sah, wie er aufstand, um etwas aus der Diele zu holen, dass dieser Blick ein entsetzlicher Fehler gewesen war.

IV

18

Jochen Vlaarmeier fuhr seit über elf Jahren den Bus auf der Strecke Maardam – Kaustin.

Sechs Fahrten in jede Richtung. Jeden Tag. Abgesehen von den freien Tagen, die nach einem Gleitplan festgelegt wurden – und ab und zu einer Urlaubswoche natürlich.

Die erste und die letzte Fahrt waren in gewisser Hinsicht sinnlos. Aber nur in gewisser Hinsicht. Es gab keinen einsichtigen Grund, sich morgens um halb sieben nach Kaustin zu begeben, und keinen einsichtigen Grund, die Stadt zwölf Stunden später zu verlassen. Doch das Nachtquartier des Busses war die Garage in der Leimaarer Allee, und Vlaarmeier hatte durchaus nichts gegen eine gelegentliche Leerfahrt. Rein gar nichts. Im Laufe der Jahre erschienen die Fahrgäste ihm immer mehr als störende Elemente bei seiner Arbeit, und vor allem die Abendfahrt in der Stadt zählte er zu den guten Momenten in seinem Leben. Kein Straßenverkehr. Leerer Bus und dazu das Tagewerk vollbracht. Was hätte er im Grunde noch mehr verlangen können?

Sonntags gab es nur vier Fahrten. Zwei in jede Richtung. Er fuhr morgens um neun los – und das garantiert fahrgastlos – und kehrte um zehn Uhr zurück, mit einer Ladung aus vier Bäuerinnen, die in der Keymerkirche die Hochmesse besuchen wollten. Da ihnen ihre eigene Kirche aus irgendeinem Grund nicht gut genug war. Oder vielleicht war sie ja geschlossen worden. Vlaarmeier hatte nichts für das Sakrale übrig, seit er vor dreißig Jahren ein Mädchen an einen Theologiestudenten mit Flaumbart verloren hatte.

Um zwei Uhr fuhr er die Bauersfrauen wieder nach Hause. Inzwischen hatten sie sich im Heimers Café am Rozenplejn an Kaffee und Kuchen gütlich getan.

Immer dieselben vier. Zwei kleine rundliche, zwei gebeugte, magere. Er hatte sich oft gefragt, warum die Gemeinde ihnen kein Taxi spendierte. Das wäre um einiges billiger gewesen.

An diesem kalten Sonntag – dem 29. November – waren sie nur zu dritt, da Frau Willmot, eine der rundlichen, mit einer Grippe im Bett lag. Das teilte die windgebeutelte Frau Glock mit energischer Stimme mit, als sie vor dem Schulhaus in den Bus stieg.

Achtunddreißig zwei und geschwollene Mandeln, erfuhr er. Laufende Nase und Gliederschmerzen. Nur, damit er's wusste.

Es war auch Frau Glock, die so laut aufschrie, dass er fast in den Straßengraben gefahren wäre. Es passierte unmittelbar vor der langen Kurve bei dem Ort Korrim und hörte sich in etwa so an, als habe eine Heringsmöwe sich in Vlaarmeiers Ohr verirrt.

Er riss das Lenkrad herum und schaute in den inneren Rückspiegel. Und sah, dass die alte Frau aufgesprungen war und mit einer Hand gegen das Seitenfenster hämmerte.

»Anhalten«, rief sie. »Herrgott, nun halten Sie um Himmels willen an!«

Jochen Vlaarmeier bremste und fuhr an den Straßenrand. Verdammt, dachte er, jetzt ist eine von ihnen vom Schlag getroffen worden.

Doch als er sich im Bus umschaute, sah er, dass alle drei bei bester Gesundheit zu sein schienen. Oder zumindest schien es ihnen nicht schlechter zu gehen als sonst. Die beiden weiter hinten Sitzenden starrten mit offenem Mund Frau Glock an, die weiterhin gegen das Fenster schlug und Unbegreiflichkeiten von sich gab. Er seufzte, erhob sich und ging zu ihr.

»Ganz ruhig«, sagte er. »Jetzt mal von Anfang an. Was in aller Welt ist in Sie gefahren?«

Sie verstummte. Schluckte zweimal so heftig, dass ihr Gebiss dabei klapperte, und starrte sie an.

»Körper«, sagte sie. »Frau … tot.«

»Was?«, fragte Jochen Vlaarmeier.

Sie zeigte rückwärts, auf den schwarzblinkenden Acker.

»Da hinten. Am Straßenrand … Körper.«

Danach ließ sie sich auf ihren Sitz sinken und schlug die Hände vors Gesicht. Die beiden anderen Damen stolperten durch den Mittelgang und schienen sich zögernd ein Herz zu fassen.

»Ein Körper?«, fragte Vlaarmeier.

Die Frau klopfte wieder gegen das Fenster und zeigte noch einmal auf das Feld. Vlaarmeier dachte zwei Sekunden nach. Dann drückte er auf den Türöffner, verließ den Bus und wanderte am Straßenrand entlang zurück.

Er fand sie nach ungefähr fünfundzwanzig Metern. Diagonal über dem flachen Graben, der die Straße vom frisch gepflügten Acker trennte, lag ein Frauenkörper. Er war in ein Stück Stoff gewickelt, das aussah wie ein Laken … wie ein sehr schmutziges und ein wenig zerfetztes Laken, das ein Bein und Teile des Oberkörpers bloßlegte; unter anderem zwei große weiße Brüste und Arme, die in unnatürlichem Winkel vom Leib abstanden. Sie lag auf dem Rücken, ihr Gesicht war dem Himmel zugekehrt, und er sah sehr viel von ihren feuchten rötlichen Haaren, die auf irgendeine Weise an ihrem Kopf zu kleben schienen.

Zum Teufel, dachte Vlaarmeier. Zum Teufel und seiner Großmutter. Dann gab er sein umfangreiches Frühstück von sich – Brei und Würstchen und Eier – und schwankte zurück zum Bus und zum Telefon.

Als Kommissar Reinhart und Inspektorin Moreno in Korrim eintrafen, hatte es angefangen zu schneien. Große weiße Flocken segelten über die offene Landschaft und lösten sich auf dem feucht blinkenden schwarzen Boden auf.

Ein Streifenwagen mit zwei Beamten, Joensuu und Kellerman, war bereits zur Stelle. Joensuu stand am Straßenrand bei der Toten, er kehrte ihr den Rücken zu und hatte die Arme vor der Brust verschränkt. Breitbeinig und unbestechlich. Kellerman stand mit Notizblock und Kugelschreiber vor dem Bus und unterhielt sich mit Fahrer und Fahrgästen. Drei alte Damen drückten sich vor der Längsseite des Busses aneinander, alle drei in dunklen Mänteln und Kapotthüten. Reinhart dachte an brütende Krähen, die auf die Straße gesprungen waren, um nach Essensresten zu suchen. Der Fahrer Vlaarmeier lief nervös hin und her und rauchte.

Warum sitzen die nicht im Bus, dachte Reinhart. Haben die nicht gemerkt, dass es schneit?

Er befahl Moreno, Kellerman zu helfen. Ging zu Joensuu und sah sich an, was er sich ansehen musste.

Erst zwei Sekunden lang. Dann kniff er fünf Sekunden lang die Augen zusammen. Dann schaute er wieder hin.

Er machte das immer so. Er wusste nicht, ob das die Sache wirklich leichter machte, aber im Laufe der Jahre war es zu einer Art Ritual geworden.

Eine tote Frau also. Nackt, mit größter Wahrscheinlichkeit, notdürftig eingewickelt in eine Art Laken, genau, wie Vlaarmeier es am Telefon beschrieben hatte. Sie lag fast platt auf dem Rücken, der Kopf ruhte auf einer feuchten Ackerscholle, die Füße erreichten gerade den schmalen Grasstreifen, der sich am Straßenrand dahinzog. Rote Zehennägel mitten im Elend, registrierte er; es sah fast surrealistisch aus, zumindest verstärkte es den Eindruck von Unwirklichkeit. Ein ziemlich gut gebauter Körper, soweit er das beurteilen konnte. Irgendwo zwischen dreißig und vierzig, nahm er an, aber das war wirklich nur eine Annahme. Die halblangen dunkelroten Haare verbargen ihr Gesicht. Die Schneeflocken fielen auch über die Frau, als wolle der Himmel das bedecken, was er nicht sehen wollte, dieser Gedanke durchfuhr ihn. Und als hülle er sie behutsam ein … solche Gedanken stellten sich in solchen Situationen oft ein. Wörter, Phrasen und Bilder; derselbe vergebliche Versuch, die Wirklichkeit zu verbergen, wie ihn der Himmel unternahm, gewissermaßen.

»Grauenhaft«, sagte Joensuu. »Fesches Frauenzimmer. Jetzt nicht mehr, natürlich ...«

»Wie lange seid ihr schon hier?«, fragte Reinhart.

Joensuu schaute auf die Uhr.

»Vierzehn Minuten«, sagte er. »Der Anruf kam um 10 Uhr 39. Um '58 waren wir hier.«

Reinhart nickte. Stieg über den Straßengraben. Beugte sich über den Leichnam und musterte ihn einige Sekunden lang.

»Blut«, sagte Joensuu, ohne sich umzudrehen. »Das Laken ist blutverschmiert. Und der Kopf auch. Da hat jemand zugeschlagen.«

Reinhart richtete sich auf und ballte in der Tasche eine Faust. Es stimmte sicher. Die Laken – denn es handelte sich offenbar um zwei – waren nicht nur von Lehm und Schmutz besudelt; über die eine Schulter zog sich eine Reihe von Striemen und Tropfen und wie Kellerman gesagt hatte, klebten die Haare auf der rechten Schädelseite von etwas fest, bei dem es sich wohl nur um Blut handeln konnte.

Oder höchstens noch um Gehirnmasse.

Zwei weitere Wagen trafen ein. Reinhart begrüßte Kommissar Schultze, der über hundertzwanzig Kilo wog und stellvertretender Chef des Einsatzteams war.

»Es schneit«, erklärte er düster. »Wirklich ein Mist, da müssen wir einen Baldachin besorgen.«

Reinhart blieb noch eine Weile stehen und sah zu, wie Schultzes Leute schmale Metallstangen in den weichen Boden rammten und ein Meter über dem Opfer ein dünnes Tuch ausspannten. Danach wünschte er ihnen alles Gute und ging zurück zum Bus. Befahl Kellerman, sich zu Joensuu zu gesellen und für eine ordentliche Absperrung zu sorgen.

Und Schultze und seinen Leuten ganz allgemein behilflich zu sein.

Moreno schien aus Fahrgästen und Busfahrer das wenige herausgeholt zu haben, was aus ihnen herauszuholen war. Sie waren im Bus vorbeigefahren, und eine von ihnen hatte den Leichnam gesehen, das war alles. Nachdem er Namen und Adressen notiert hatte, erklärte Reinhart, sie könnten jetzt weiterfahren. Ein kurzes Palaver folgte, da keine der drei Frauen noch in die Keymerkirche wollte – und die Hochmesse hatte ja ohnehin längst angefangen –, und schließlich gab Vlaarmeier sich geschlagen, drehte den Bus und fuhr die Damen zurück nach Kaustin.

Der Fahrplan war ja doch schon längst zum Teufel gegangen, und auf andere Fahrgäste brauchte er keine Rücksicht zu nehmen. Sonntags nie.

Eine halbe Stunde später verließen auch Reinhart und Moreno den Tatort. Sie nahmen einen ersten mündlichen Bericht von Schultze mit. Die Tote war eine rothaarige Frau von Mitte dreißig. Sie war durch mehrere Schläge gegen Kopf und Nacken getötet worden, vermutlich während der Nacht oder den frühen Morgenstunden. Wohl eher früher als später, in Anbetracht der Totenstarre. Sie war ganz nackt, abgesehen von den beiden Laken, in die sie eingewickelt worden war, und es war anzunehmen, dass der Leichnam von einem Auto aus an den Straßenrand geworfen worden war. Nichts war gefunden worden, was die anstehenden Ermittlungen erleichtert hätte, aber die Leute von der Spurensicherung krochen weiterhin herum und suchten und würden noch einige Stunden damit weitermachen.

Sowohl unter als auch in der Umgebung des aufgespannten Baldachins.

Als Reinhart und Moreno sich in ihren Wagen setzten, wurde der grüne Leichensack mit der Toten in ein anderes Fahrzeug gehoben, um nach Maardam und zur Gerichtsmedizin gebracht zu werden. Es hatten sich keine Gaffer eingestellt, die wenigen Autos, die während dieser gottverlassenen Sonntagsstunden vorbeigekommen waren, waren von Joensuu oder Kellerman gebieterisch durchgewunken worden. Oder von beiden.

Es schneite noch immer.

»Erster Advent«, sagte Reinhart. »Heute ist der erste Advent. Schöner Rahmen. Wir sollten ein Licht anzünden.«

Moreno nickte. Dachte, dass Totensonntag wesentlich passender gewesen wäre, doch der lag nun einmal bereits eine Woche zurück. Sie bewegte den Kopf und schaute auf die flache Landschaft, wo die spärlichen, großen Flocken langsam auf den dunklen Boden rieselten. Grautöne. Nur Grautöne, so weit das Auge reichte. Und fast kein Licht. Sie hatte an diesem Morgen ausschlafen wollen. Zwei Stunden mit der Zeitung im Bett liegen und frühstücken. Nachmittags schwimmen gehen.

Das hatte sie vorgehabt. Aber es war anders gekommen. Sie würde den Tag mit Arbeit verbringen. Den ganzen Tag vermutlich; zumindest, wenn sie die Tote frühzeitig identifizieren konnten. Verhöre und Gespräche mit den Angehörigen. Fragen und Antworten. Tränen und Verzweiflung; es war nicht besonders schwer, sich das alles vorzustellen. Während Reinhart brummend und fluchend die schmale, nasse Fahrbahn bezwang, hoffte sie kurz, dass sie nicht so bald erfahren würden, wer sie war … dass diese anonyme Tote noch einige Stunden anonym bleiben würde. Oder auch einige Tage. Es war möglicherweise sogar ein frommer Wunsch, wenn man an die nächsten Angehörigen dachte; wer immer das nun sein mochte, aber mit ihren eigenen Aufgaben als Kriminalpolizistin ließ er sich nicht vereinbaren. Passte auch schlecht zu der alten Regel, wonach die ersten Stunden einer Ermittlung immer die wichtigsten waren – passte besser, bedeutend besser, wie sie zugab, zu der schwachen Hoffnung, dass sie am Nachmittag vielleicht doch noch zwei Stunden Schwimmen herausschlagen konnte.

Wir sollten unsere Beweggründe nie verwässern, dachte Ewa Moreno und seufzte. Das war die feste Redensart des *Hauptkommissars* gewesen, eine der Redensarten, die sich ihr eingeprägt hatten. Warum will ich immer duschen, wenn ich eine Leiche gesehen habe, dachte sie dann. Vor allem, wenn es sich um eine Frau handelt. Muss irgendwas mit Empathie zu tun haben …

»Warum er sie wohl da abgelegt hat«, damit riss Reinhart sie aus ihren Überlegungen. »Mitten in der Walachei. Wäre doch gescheiter gewesen, sie im Wald zu verstecken.«

Moreno überlegte.

»Vielleicht hatte er es eilig.«

»Kann sein. In seinem Auto müsste es jedenfalls Blut geben. Und ein Auto muss er gehabt haben. Wenn wir das finden, haben wir ihn. Was glaubst du?«

»Im Moment noch gar nichts«, sagte Moreno und zuckte mit den Schultern.

»Man kann ja immer hoffen«, sagte Reinhart. »Hoffen, dass ihr Ehemann oder wer immer es war, sich schon gestellt hat. Das kommt doch häufiger vor … doch, ich spüre schon, dass er jetzt bei Krause auf uns wartet.«

»Glaubst du?«, fragte Moreno.

»Aber sicher«, sagte Reinhart. »Er wartet auf uns. Verkatert und halb wahnsinnig … Samstagabend und ein paar Glas zu viel … ein kleiner Streit, eine kleine Untreue, und schon hatte er das Bügeleisen in der Hand. Ja, die armen Teufel. Die Menschen sollten uns Leid tun.«

»Ja«, sagte Moreno. »Du hast Recht, wir sollten vielleicht eine Kerze anzünden.«

Doch weder bei Krause noch anderswo im Polizeigebäude wurden sie von einem Täter erwartet. Und während der folgenden Stunden wurde auch keine Frau mit roten Zehennägeln und roten Haaren vermisst gemeldet. Gegen halb zwei wurden Reinhart und Moreno Fotos vom Tatort hereingereicht, bald darauf kam ein ausführlicherer Bericht von Ärzten und Technikern.

Die Tote war 172 Zentimeter groß und wog zweiundsiebzig

Kilo. Sie hatte dunkelrote Haare, sowohl auf dem Kopf als auch am Schoß, sie hatte keine Kinder geboren und hatte unmittelbar vor dem Mord Geschlechtsverkehr gehabt. *Vor dem Mord*, beschlossen Reinhart und Moreno, ohne ein Wort darüber zu wechseln; in ihrer Scheide gab es jede Menge Sperma, noch ein sicherer Beweis, falls sie den Täter fanden. Sie brauchten die Spermien einfach nur einzufrieren und dann einen DNS-Test vorzunehmen. Aber es musste ja nicht derselbe sein – der, der sie in den Stunden vor ihrem Tod geliebt hatte, und der, der dann für das andere gesorgt hatte. Für ihren Tod. Obwohl natürlich ziemlich viel dafür sprach. Das fanden Reinhart und Moreno beide.

Gesunde Zähne und ansonsten keine besonderen Kennzeichen. Sie war durch drei kräftige Schläge auf den Kopf und einen im Nacken getötet worden. Der relativ hohe Blutverlust stammte vor allem von einem der vorderen Schläge, der eine Schläfenader zertrennt hatte. Die Mordstätte war nicht bekannt, aber sie war auf keinen Fall mit dem Fundort identisch. Der Zeitpunkt musste noch genauer festgelegt werden, hatte aber wohl zwischen zwei und vier Uhr in der Nacht zum Sonntag gelegen. Keine Kleider oder andere Habseligkeiten waren am Fundort entdeckt worden, auch sonst keine Gegenstände. Das im Leib der Frau verbliebene Blut wies eins Komma sechsundfünfzig Promille auf.

»Sie hatte einen sitzen«, stellte Reinhart fest. »Man kann nur hoffen, dass es die Sache erleichtert hat. Verdammte Scheiße.«

Moreno legte den Bericht der Gerichtsmedizin beiseite.

»Heute Abend gibt es mehr. Meusse ist voll am Werk. Sollen wir uns ein paar Stunden freinehmen?«

Als Moreno zum Schwimmbad im Birkenweg ging, war der Schnee in Regen übergegangen. Die Dämmerung senkte sich über die Stadt, obwohl es noch keine drei war, und wieder fiel ihr ein, was Reinhart über die Kerze gesagt hatte.

Doch als sie den namenlosen Frauenkörper aus Korrim vor

ihrem inneren Auge sah, wurde ihr klar, dass sie sich doch eher zur Dunkelheit hingezogen fühlte.

Es war so ein Tag, stellte sie fest. Einer, der nicht richtig geöffnet werden darf – oder den man selber nicht zu öffnen wagt. Den man einfach über sich ergehen lässt, indem man Sinne und Bewusstsein nur als schmale Spalten zur Wirklichkeit hin öffnet.

So ein Tag. Oder so eine Wirklichkeit?

Austernleben, dachte sie und schob das schwere Tor der Schwimmhalle auf. Wie sie wohl geheißen hat? Und ob ich das auch hätte sein können?

19

»Er ist da«, sagte Krause. »Wir sind gerade zurückgekommen.«

»Wer denn?«, fragte Reinhart. »Und woher?«

»Andreas Wollger«, sagte Krause. »Der Ehemann. Positive Identifizierung.«

Reinhart starrte das Telefon an. Starrte dann die Uhr an. Es war zwei Minuten nach acht, es war Montagmorgen.

»Hast du den Täter gefunden und mir nichts gesagt?«

Krause hustete ins Telefon.

»Nicht den Täter. Ihren Mann. Er sitzt jetzt mit Polizeianwärterin Dobbermann bei mir. Es geht ihm nicht sehr gut. Wir waren eben bei der Gerichtsmedizin und haben sie uns angesehen. Kein Zweifel. Sie hieß Vera Miller.«

»Vera Miller?«, fragte Reinhart. »Warum rufst du erst jetzt an? Woher willst du wissen, dass nicht er das Bügeleisen gehalten hat?«

»Das Bügeleisen?«, fragte Krause.

»Oder was zum Teufel es nun gewesen sein mag … woher weißt du, dass er es nicht war?«

Er konnte hören, wie Krause ein Klavier verschob. Aber vielleicht seufzte er auch nur.

»Es ist doch erst acht«, sagte Krause dann. »Wollger ist um Viertel vor sieben aufgetaucht, und dann sind wir sofort zu ihr gefahren. Hat der Kommissar vor, herzukommen und mit ihm zu reden, oder will er mich weiterhin per Telefon verhören? Ansonsten bin ich ziemlich sicher, dass kein Bügeleisen in die Sache verwickelt war.«

Er wird langsam frech, dachte Reinhart, als er aufgelegt hatte. Der Anwärter.

Dass Andreas Wollger sich nicht gerade wohl fühlte, war von Krause absolut korrekt beobachtet worden. Als Reinhart das Zimmer betrat, saß er kerzengerade auf einem Stuhl und hatte auf seinen Knien die Fäuste geballt. Er starrte ins Leere, während Polizeianwärterin Elise Dobbermann neben ihm stand und ein ratloses Gesicht machte. Sie trug die allerneueste – und nicht sonderlich fantasievolle – Dienstuniform für Polizistinnen. Reinhart dachte noch schnell, wie froh er war, dass er keine Frau war – oder zumindest keine Polizistin mit Uniformpflicht.

»Hm«, sagte er. »Herr Wollger, ich bin Kommissar Reinhart.«

Er streckte die Hand aus. Nach einer Weile erhob Andreas Wollger sich und griff danach. Dann setzte er sich wieder und starrte weiter ins Leere. Reinhart blieb stehen und musterte ihn, was ihm nicht zu gefallen schien. Ein ziemlich großer, ziemlich kompakt gebauter Mann von knapp vierzig, schloss Reinhart. Jeans, dunkelblaues Polohemd, zerknittertes graues Jackett. Großer Kopf, einsetzende Kahlheit. Bleiche Augen hinter Nickelbrille. Ein weicher Zug um Mund und Kinnpartie.

Er war es nicht, war Reinharts erste Überlegung.

Aber man soll keine übereilten Schlüsse ziehen, war die zweite.

»Könnten Sie ein paar einfache Fragen beantworten?«

»Fragen?«, wiederholte Wollger.

»Möchten Sie etwas trinken? Kaffee? Tee?«

Wollger schüttelte den Kopf.

»Einen Moment«, sagte Reinhart und zog Polizeianwärterin Dobbermann ein Stück beiseite. Senkte die Stimme und fragte sie ganz allgemein nach dem Stand der Dinge. Flüsternd berichtete sie, dass Wollger nach der Konfrontation mit dem Leichnam seiner Ehefrau in der Gerichtsmedizin einen Schluck Saft und eine halbe Tasse Kaffee getrunken habe. Aber sie hatten nicht viel aus ihm herausbringen können. Weder vor noch nach der Identifizierung. Weder sie noch Krause. Reinhart nickte und bat sie, Dr. Schenk aus seinem Büro im ersten Stock zu holen. Dann wandte er sich wieder Herrn Wollger zu.

»Ich brauche leider einige Auskünfte. Danach kommt ein Arzt und wird dafür sorgen, dass Sie sich ein wenig ausruhen können. Sie heißen also Andreas Wollger?«

Wollger nickte.

»Ich wäre Ihnen dankbar, wenn Sie in Worten antworten könnten.«

»Ich bin Andreas Wollger.«

»Ihrer Frau ist ein entsetzliches Unglück zugestoßen. Sie haben sie eben identifiziert als ...« Er warf einen eiligen Blick auf seinen Notizblock. »Als Vera Miller. Stimmt das?«

»Ja.«

»Wo wohnen Sie?«

»Milkerweg 18.«

»Haben Sie Kinder?«

»Nein.«

»Wie lange sind Sie schon verheiratet?«

»Drei Jahre.«

»Was sind Sie von Beruf?«

»Arbeitslos.«

»Seit wann?«

»Sechs Monaten.«

»Und vorher?«

»Zinders Industrie. Die sind stillgelegt worden.«

Reinhart nickte und griff nach Pfeife und Tabak. Bei Zinders waren Komponenten für Mobiltelefone produziert worden, wenn er das richtig in Erinnerung hatte. Von den Japanern ausgestochen. Oder möglicherweise auch von den Koreanern.

»Und Ihre Frau?«

»Ihr Beruf?«

»Ja.«

»Sie ist Krankenschwester.«

»Was haben Sie am Samstagabend gemacht?«

»Ich habe mit einem guten Freund gegessen.«

»Wo?«

»Im Restaurant Mephisto.«

»Am Lofters Plejn?«

»Ja.«

»War Ihre Frau auch dabei?«

»Meine Frau war bei einem Kurs.«

»Was war das für ein Kurs?«

»Ein Kurs für Krankenschwestern. Sie ist Krankenschwester.«

»In welchem Krankenhaus?«

»Gemeinde.«

»Und der Kurs fand auch dort statt?«

»Nein. In Aarlach.«

»In Aarlach?«, fragte Reinhart und machte sich eine Notiz. »Das ist doch weit von hier.«

Wollger schwieg.

»Sie besuchte also in Aarlach einen Kurs für Krankenschwestern. Wann ist sie hingefahren?«

»Am Samstagvormittag.«

»Wann hatten Sie sie zurückerwartet?«

»Am Sonntagnachmittag. Wie immer.«

»Wie immer? Wie meinen Sie das?«

Wollger holte tief Luft.

»Sie besucht diesen Kurs nun schon seit einigen Wochenenden. Es ist so eine Art Weiterbildung.«

»Immer in Aarlach?«

»Immer in Aarlach«, bestätigte Andreas Wollger. »Sie ist nicht nach Hause gekommen.«

»Ich verstehe«, sagte Reinhart. »Und als sie nicht nach Hause gekommen ist, haben Sie die Polizei verständigt?«

»Sie ist tot«, sagte Wollger. »Mein Gott, Vera ist tot.«

Seine Stimme hob sich um eine halbe Oktave und Reinhart wusste, dass er kurz vor dem Zusammenbruch stand.

»Wie ist sie dorthin gelangt?«, fragte er. »Nach Aarlach, meine ich.«

»Mit dem Zug«, stöhnte Andreas Wollger. »Sie ist natürlich mit dem Zug gefahren. Mein Gott, sie ist tot, warum wollen Sie wissen, wie sie nach Aarlach gelangt ist?«

Reinhart wartete einige Sekunden.

»Ihre Frau ist ermordet worden«, sagte er. »Jemand hat sie in der Nacht von Samstag auf Sonntag ermordet. Können Sie erklären, wieso sie bei Maardam gefunden worden ist, wenn sie sich doch zweihundert Kilometer davon entfernt hätte aufhalten sollen?«

Andreas Wollger hatte dafür keine Erklärung. Er sank auf seinem Stuhl in sich zusammen. Schlug die Hände vors Gesicht und fing an zu jammern, wobei er seinen Oberkörper hin und her wiegte. Jemand klopfte vorsichtig an die Tür, und Dr. Schenk steckte seinen grau gelockten Kopf ins Zimmer.

»Wie sieht's aus?«

Reinhart seufzte und begab sich außer Hörweite des frisch gebackenen Witwers.

»Wie zu erwarten war. Mach du jetzt weiter. Ich weiß nicht, wer ihm nahe gestanden hat, aber wir müssen irgendwelche Angehörigen auftreiben. Wir müssen natürlich auch weiter mit ihm reden, je früher, desto besser. Aber im Moment geht das nun wirklich nicht.«

»Alles klar«, sagte Schenk. »Das sehe ich. Mal schauen, was sich machen lässt.«

»Danke«, sagte Reinhart und verließ das Zimmer.

Als er die Gerichtsmedizin erreichte, war fast schon Mittagszeit, und deshalb schlug er einen Abstecher ins Fix vor. Meusse hatte keine Einwände, er zog seinen schmuddeligen weißen Kittel aus und schlüpfte in das Jackett, das er auf seinen Schreibtisch geworfen hatte.

Das Fix lag gegenüber. Es war ziemlich voll, als sie hereinkamen, aber mithilfe einer gewissen Diplomatie konnte Reinhart ihnen einen einigermaßen isolierten Tisch sichern. Er fragte Meusse, ob dieser etwas essen wolle, doch der Gerichtsmediziner schüttelte nur seinen kahlen Kopf. Das kam nicht sonderlich unerwartet. Meusse hatte angeblich schon seit Jahren keine feste Nahrung mehr zu sich genommen. Reinhart bestellte zwei Dunkelbier, setzte sich Meusse gegenüber und wartete.

»Also«, sagte er. »Etwas ist dir aufgefallen?«

Meusse trank einen langen Schluck und wischte sich dann die Lippen mit einer Serviette.

»Ein Umstand, ja.«

»Ein Umstand?«, fragte Reinhart.

»Genau«, sagte Meusse. »Ich sehe, du kannst mir geistig folgen.«

Reinhart schwieg.

»Es ist die Rede von einer ausgesprochen unsicheren Beobachtung. Das darfst du nicht vergessen.«

»Alles klar«, sagte Reinhart.

»Es geht um diese Schläge.«

»Die Schläge?«

»Die Schläge gegen Kopf und Nacken«, präzisierte Meusse. »Da gibt es eine Übereinstimmung mit dem Jungen des Hauptkommissars.«

Reinhart brauchte einen Moment, um zu begreifen, dass mit diesem Ausdruck Erich Van Veeteren gemeint war.

»Was zum Teufel?«, sagte er dann.

»Das kannst du wohl sagen«, erwiderte Meusse und trank noch einen Schluck Bier. »Vergiss nicht, dass es sich nur um einen ersten Eindruck handelt.«

»Natürlich nicht«, sagte Reinhart. »Ich bin nicht so vergesslich. Willst du also behaupten, dass wir es hier eventuell mit derselben Person zu tun haben?«

»Hm«, sagte Meusse.

»Dass Erich Van Veeteren und diese Frau von derselben Person umgebracht worden sein können? Willst du das sagen?«

»Ich will diese Möglichkeit nicht ausschließen«, sagte Meusse nach kurzem Nachdenken. »Mehr habe ich nicht gesagt. Wenn der Kommissar mir zuhören mag, werde ich erklären ... krrm. Wir haben es hier mit einem etwas ungewöhnlichen Schlag zu tun. Und keine Hinweise darauf, dass es sich nicht in beiden Fällen um dieselbe Art Waffe handelt. Zum Beispiel um ein Eisenrohr. Ein ziemlich schweres. Über den Schlag auf den Kopf kann ich nichts sagen, höchstens, dass es sich um einen rechtshändigen Täter handelt, die Übereinstimmungen beziehen sich auf den Nackenschlag. In beiden Fällen wurde der Halswirbel durchtrennt. Beide haben mehr oder weniger dieselbe Stelle getroffen. Der Tod trat Sekunden später ein ... es kann natürlich ein Zufall sein, ich wollte es euch nur sagen.«

»Danke«, sagte Reinhart.

Er schwieg eine Weile und versuchte dabei, sich Meusses Überlegungen dadurch zu veranschaulichen, dass er eine Reihe von Wirbeln auf den Notizblock zeichnete, der vor ihm auf dem Tisch lag. Besonders gut gelang ihm das nicht.

»Aber diesmal hat es doch mehrere Schläge gegen den Kopf gegeben?«

Meusse nickte.

»Drei. Absolut unnötig. Dieser Nackenschlag hätte ausgereicht, aber dazu muss das Opfer den Kopf natürlich zur richtigen Seite drehen ... sozusagen.«

»Hältst du das alles für professionell?«, fragte Reinhart.

Meusse antwortete nicht sofort.

»Wer immer diesen Schlag ausgeführt hat, hat genau gewusst, wohin er zielte und welche Folgen das haben wird«, sagte er dann. »Falls der Kommissar das unter dem Begriff ›professionell‹ versteht.«

Reinhart zuckte mit den Schultern.

»Es kann sich durchaus um zwei verschiedene Täter handeln«, sagte Meusse. »Oder eben um denselben. Ich wollte es nur gesagt haben. Danke für das Bier.«

Er trank den letzten Schluck und wischte sich noch einmal den Mund.

»Moment noch«, sagte Reinhart. »Ich möchte deine Meinung. Die musst du doch haben. Haben wir es mit demselben Täter zu tun? Es hat doch verdammt noch mal keinen Sinn, wenn du mich herbestellst und dann nur entweder-oder sagst!«

Meusse musterte sein leeres Glas mit gerunzelter Stirn. Reinhart winkte einem Kellner und bestellte zwei weitere Bier. Als die serviert wurden, fuhr sich der kleine Gerichtsmediziner mit der Handfläche über den kahlen Schädel und schaute eine Weile aus dem Fenster. Bestimmt hat er früher einmal Schauspieler werden wollen, dachte Reinhart. Als er jung war ... vor zwei-, dreihundert Jahren oder so.

»Ich kann es nicht mit Sicherheit sagen«, erklärte Meusse schließlich. »Aber ich würde hier nicht mit dir zusammensitzen, wenn ich keine gewissen Ahnungen hätte ... solange nichts dagegen spricht, natürlich.«

»Höchstwahrscheinlich also«, fragte Reinhart. »So lautet also dein Urteil?«

»Ich wollte nur mein Scherflein beitragen«, sagte Meusse.

Sie schwiegen eine Weile. Reinhart steckte sich eine Pfeife an.

»Es gibt keine Verbindungen zwischen Vera Miller und Erich Van Veeteren«, sagte er schließlich. »Jedenfalls sind uns keine bekannt ... aber wir haben auch noch keine gesucht.«

»Eine reicht«, sagte Meusse. »Aber das ist nicht mein Bier.«

»Ganz recht«, sagte Reinhart. »Egal, danke für die Auskünfte, wir werden sehen, was wir daraus machen können.«

»Es wird uns wohl nichts anderes übrig bleiben«, sagte Meusse und erhob sich. »Danke für das Bier.«

20

»Es gibt keinen Kurs in Aarlach«, erklärte Moreno und setzte sich Reinhart gegenüber. »Auf jeden Fall keinen Wochenendkurs für Krankenschwestern, der sich über viele Wochen hinzieht.«

»Sieh an«, sagte Reinhart. »Ich hätte auch beschwören können, dass das mit Aarlach nicht stimmt. Er will nicht nach Hause fahren, Wollger, meine ich. Liegt unten bei Schenk, ein guter Freund wollte nach ihm sehen, aber da hatte Schenk ihn schon mit Medikamenten zugedröhnt. Armer Tropf. Die Eltern kommen heute Abend … zwei Fünfundsiebzigjährige, mit dem Auto, aus Frigge. Seine Eltern, wohlgemerkt, ihre haben wir noch nicht erreicht. Wir werden ja sehen, wie es weitergeht, aber wir müssen ihn auf jeden Fall wieder auf die Beine bringen, damit wir mit ihm reden können. Zugedröhnt oder nicht.«

»Sie hat ihn betrogen?«, fragte Moreno. »Sollen wir davon ausgehen?«

»Das möchte ich meinen«, sagte Reinhart. »Wieso hätte sie sich denn sonst jeden Samstag aus dem Staub machen sollen?«

»Es gibt vielleicht noch andere Erklärungen.«

»Ach was. Sag mal eine!«

Moreno dachte kurz nach, dann schob sie die Antwort erst einmal auf.

»Was für einen Eindruck hast du von ihm?«, fragte sie stattdessen. »Naiv?«

Reinhart stützte die Hand auf das Kinn und machte ein nachdenkliches Gesicht.

»Ja«, sagte er. »Naiv ist vielleicht das richtige Wort. Van Berle, dieser gute Freund, hat jedenfalls kaum etwas Gutes über die Gattin zu sagen. Er hat sie offenbar erst ziemlich spät kennen gelernt. Sie hat früher in Groenstadt gewohnt. Van Berle und Wollger sind Jugendfreunde, das hat er uns erzählt. Sie sind zusammen in die Kneipe gegangen, wenn die Gattin es mit anderen getrieben hat. Falls das tatsächlich stimmt.«

»Hm«, sagte Moreno. »Die Medaille hat vielleicht auch eine Kehrseite. Aber was zum Henker das alles mit Erich Van Veeteren zu tun haben soll, kapiere ich einfach nicht.«

»Ich auch nicht«, sagte Reinhart. »Aber du weißt doch, was Meusses Annahmen oft wert sind.«

Moreno nickte.

»Was machen wir jetzt?«

Reinhart erhob sich.

»So allerlei«, sagte er. »Jung und Rooth sprechen mit Arbeitskollegen und Freunden. Und mit Verwandten, wenn wir welche finden können. Du und ich versuchen noch einmal unser Glück bei Wollger. Und zwar jetzt gleich, schlage ich vor, es bringt doch sicher nichts, auf Mama und Papa zu warten, oder was meinst du?«

»Ich denke im Moment gar nichts«, gestand Moreno ein und folgte Reinhart zum Fahrstuhl. »Wer soll ihm das mit dem Kurs erzählen, du oder ich?«

»Du«, sagte Reinhart. »Ich beuge mich deiner weiblichen List und Empathie. Vielleicht spielt es keine so große Rolle, wo sie doch ohnehin ermordet worden ist. Vielleicht nimmt er es wie ein Mann.«

»Ganz bestimmt«, sagte Moreno. »Ich freue mich schon darauf, ihn zu sehen.«

Jung hatte sich in der Kantine des Gemeinde-Hospitals mit Liljana Milovic verabredet. Sie wusste nicht, aus welchem Grund er mit ihr reden wollte, und ihm wurde die wenig inspirierende Aufgabe übertragen, ihr mitzuteilen, dass ihre Kollegin und Freundin sich unglücklicherweise hatte ermorden lassen und dass sie deshalb an diesem düsteren Montag nicht zur Arbeit erschienen war.

Liljana Milovic war zweifellos eine Schönheit, und unter anderen Umständen hätte er nichts dagegen gehabt, sie in die Arme zu nehmen und zu versuchen, ihre Tränen zu trocknen. Bei genauerem Überlegen hatte er auch jetzt nichts dagegen – denn es stellte sich heraus, dass er genau damit ein Gutteil ihrer Begegnung verbringen musste. Sie fiel ihm ganz einfach um den Hals und weinte los. Rückte ihren Stuhl dicht an seinen heran und sank in seine Arme. Er streichelte verlegen ihren Rücken und die üppige weiche Mähne, die nach Geißblatt und Rosenwasser und Gott weiß was duftete.

»Verzeihung«, schniefte sie ab und zu. »Verzeihen Sie mir, ich kann nicht dagegen an.«

Ich auch nicht, dachte Jung und spürte, dass auch ihm ein dicker Kloß im Hals saß. Langsam verebbten ihre Tränen, und sie sammelte sich, gab den Körperkontakt zu ihm deshalb aber noch lange nicht auf. Nicht ganz und gar zumindest.

»Tut mir Leid«, sagte Jung. »Ich dachte, Sie seien schon informiert.«

Sie schüttelte den Kopf und putzte sich die Nase. Er registrierte, dass die Gäste an den nächststehenden Tischen sie verstohlen musterten. Er fragte sich, was die sich wohl einbildeten, und bot an, das Gespräch anderswo fortzusetzen.

»Nein, es geht schon.«

Sie sprach mit einem leichten Akzent, und er nahm an, dass sie in jungen Jahren, als das Land noch Jugoslawien geheißen hatte, von dort hergekommen war.

»Sie haben Vera gut gekannt?«

»Sie war meine Lieblingskollegin.«

»Hatten Sie auch privat miteinander zu tun?«

Sie holte tief Luft und machte ein trauriges Gesicht. Das ließ sie noch schöner aussehen. Unter den hohen Wangenknochen gab es diese ganz schwachen Andeutungen von Schatten, bei denen Jung aus irgendwelchen Gründen immer weiche Knie bekam. Er biss sich in die Zunge und versuchte wieder zum Polizisten zu werden.

»Nicht sehr viel«, sagte sie. »Wir arbeiten erst seit einigen Monaten auf derselben Station. Seit August. Was ist mit ihr passiert? Ganz genau, meine ich.«

Sie drückte seine Hände, während sie auf die Antwort wartete. Jung zögerte.

»Sie ist erschlagen worden«, sagte er dann. »Wir wissen nicht, von wem.«

»Ermordet?«

»Ja, ermordet.«

»Ich verstehe nicht.«

»Wir auch nicht. Aber so ist es eben.«

Sie schaute ihm aus der Entfernung von fünfzehn Zentimetern in die Augen.

»Warum?«, fragte sie. »Warum hätte jemand Vera umbringen wollen? Sie war so ein wunderbarer Mensch. Wie ist es passiert?«

Jung wich ihrem Blick aus und beschloss, ihr die Einzelheiten zu ersparen.

»Das ist noch ein wenig unklar«, sagte er. »Aber wir möchten mit allen sprechen, die sie gekannt haben. Ist Ihnen aufgefallen, ob sie in letzter Zeit in irgendeiner Hinsicht nervös gewirkt hat?«

Liljana Milovic dachte nach.

»Ich weiß nicht, aber während der letzten Tage, vielleicht ... am Freitag war sie ein wenig ... ja, ich weiß nicht, wie ich das sagen soll. Ein wenig bedrückt.«

»Also haben Sie am Freitag mit ihr gesprochen?«

»Nicht viel. Ich habe nicht gleich darüber nachgedacht, aber jetzt, wo Sie danach fragen, weiß ich wieder, dass sie nicht so fröhlich zu sein schien wie sonst.«

»Aber Sie haben nicht darüber gesprochen.«

»Nein. Wir hatten so viel zu tun, wir hatten keine Zeit. Ach, wenn ich doch bloß gewusst hätte ...«

Wieder strömten ihre Tränen, und sie putzte sich die Nase. Jung betrachtete sie und dachte, wenn er seine Maureen nicht hätte, dann würde er Liljana Milovic gern zum Essen einladen. Oder ins Kino. Oder zu was auch immer.

»Wo ist sie jetzt?«, fragte sein Gegenüber.

»Jetzt?«, wiederholte Jung. »Ach, Sie meinen ... sie ist in der Gerichtsmedizin. Derzeit werden Untersuchungen vorgenommen ...«

»Und ihr Mann?«

»Ihr Mann, ja«, sagte Jung. »Haben Sie den auch gekannt?«

Sie schaute die Tischplatte an.

»Nein. Gar nicht. Ich bin ihm nie begegnet.«

»Sind Sie selber verheiratet?«, fragte er und dachte daran, was er vor kurzem in einer von Maureens Illustrierten über Freudsche Fehlleistungen gelesen hatte.

»Nein.« Sie lachte kurz. »Aber ich habe einen Freund.«

Der ist bestimmt nicht gut genug für dich, dachte Jung.

»Hat sie oft von ihrem Mann gesprochen? Wie die Ehe so lief und überhaupt?«

Sie zögerte kurz.

»Nein«, sagte sie dann. »Nicht sehr oft. Ich glaube, das lief so nicht gut.«

Es war das erste Mal, dass sie die Wörter durcheinander warf, und er fragte sich, ob das irgendetwas zu bedeuten hatte.

»Ach?«, fragte er abwartend.

»Aber sie hat mir nichts darüber erzählt. Sie hat nur gesagt, dass es nicht immer so gut lief. Wenn Sie verstehen?«

Jung nickte und nahm an, dass er verstand.

»Aber Sie haben nicht über ... Privatangelegenheiten gesprochen?«

»Manchmal schon.«

»Sie glauben nicht, dass sie sich für einen anderen Mann interessiert hat? Dass sie vielleicht eine Beziehung zu irgendwem hatte?«

Liljana Milovic dachte lange nach, dann sagte sie:

»Vielleicht. Doch, das hatte sie vielleicht. In letzter Zeit, da war etwas.«

»Aber erzählt hat sie nichts?«

»Nein.«

»Und Sie wissen nicht, wer dieser Mann sein könnte?«

Liljana Milovic schüttelte den Kopf und brach wieder in Tränen aus.

»Die Beerdigung«, sagte sie. »Wann ist die Beerdigung?«

»Ich weiß es nicht«, sagte Jung. »Das steht sicher noch nicht fest. Aber ich sage Ihnen ganz bestimmt Bescheid, sowie ich es erfahre.«

»Danke«, sagte sie und lächelte unter Tränen. »Sie sind ein wunderbarer Polizist.«

Jung schluckte zweimal und wusste plötzlich nicht mehr, was er sagen sollte.

21

Am Sonntagabend schlief er bis acht Uhr.

Als er erwachte, hatte er als Erstes das Gefühl, in seinem Kopf sei etwas zerbrochen. Sei im Moment des Entstehens der Welt in Stücke gegangen. Er hatte von Billardkugeln in ewiger Jagd über einen riesigen Tisch ohne Löcher geträumt. Unergründliche Muster, Kollisionen und Richtungsänderungen, ein Spiel, bei dem alles so unsicher und dennoch so vorherbestimmt wirkte wie im wirklichen Leben. Tempo und Richtung, die den Lauf jeder Kugel über das moosgrüne Tuch prägten, waren der geheime Code, der alle kommenden Ereignisse und Begegnungen enthielt. Zusammen mit Bahnen und Codes aller anderen Kugeln natürlich, wenn auch auf eine dunkle Weise jede einzelne Kugel die Schicksale der anderen in ihrer privaten Möbiusschleife mit sich zu tragen schien, zumindest die Kugel, die er selber war ... eine Unendlichkeit von programmierter Zukunft, dachte er, während er noch im Bett lag und versuchte, einen Aussichtspunkt und einen festen Halt zu finden ... diese gefangene Unendlichkeit. Vor einiger Zeit hatte er in einer der Zeitschriften, die er abonnierte, ein paar Artikel über Chaosforschung gelesen, und er wusste, dass ein und dieselbe Theorie sich sowohl auf das, was an Regeln gebunden war, beziehen konnte als auch auf das Unberechenbare. Kompatible Gegensätze. Dasselbe Leben.

Dieselbe Marionette, die an Millionen von Fäden baumelte. Dieselbe geschlossene Ebene. Dasselbe verdammte Leben. Es gab Bilder ohne Zahl.

Derselbe Bruch – denn er zeigte die neue Stoßrichtung an – war entstanden, als er Vera Miller mit dem Rohr den Schädel eingeschlagen hatte. Im Moment der Tat hatte er ganz deutlich vor sich gesehen, dass diese Entwicklung von Anfang an festgelegt worden war, dass er es jedoch unmöglich hätte wissen können.

Das war erst möglich, nachdem er es getan hatte. Dann lag es auf der Hand. Eine Folge, ganz einfach, einer im Nachhinein vorhersagbaren und ganz und gar logischen Ereigniskette ... so natürlich wie die Tatsache, dass die Nacht auf den Tag folgt, Leid auf Freude, so ahnungslos, wie die Morgenröte, wenn es um die Abenddämmerung geht; eine Ursache-Wirkung-Kombination, die die ganze Zeit außerhalb seiner Kontrolle gelegen hatte, aber dennoch vorhanden gewesen war.

Eine Notwendigkeit.

Noch eine teuflische Notwendigkeit also, und als er ihr diese verzweifelten Schläge gegen Nacken und Kopf versetzt hatte, war diese Verzweiflung nur eine vergebliche Abrechnung mit dieser Notwendigkeit gewesen. Sonst nichts. Sie beide waren Opfer in diesem verdammten, vorausbestimmten Totentanz, der Leben genannt wurde, er und Vera, aber er war dazu gezwungen gewesen, den Henker zu spielen. *Außerdem*, eine Art zusätzliche Auflage, vielen Dank ... inszeniert und bestellt und ausgeführt entsprechend dieser unerbittlichen Kodes und Spuren. Des großen Planes. Das Ergebnis hatte festgestanden, auf ihn war es angekommen, und jetzt war es geschehen.

Unmittelbar vor dem Erwachen hatte er deshalb von der Hand seiner Mutter auf seiner Stirn geträumt, damals, als er gelbe Galle gekotzt hatte … und er hatte die Bahnen der verschiedenfarbigen Kugeln vor sich gesehen … und den Eimer mit ein wenig Wasser auf dem Boden … und die endlose Zärtlichkeit seiner Mutter … und die Kollisionen … wieder und wieder, bis zu dem Moment, in der alles endgültig von einer Flut von rotem Blut überströmt wurde, das aus Vera Millers Schläfenadern quoll, nachdem der erste Schlag mit entsetzlicher Kraft getroffen hatte, so, wie das Schicksal es wollte, wieder und wieder, dieses makabre Melodram, dieser aufgewühlte Wahnsinnswirbel … und aus dieser Szene heraus war er erwacht und hatte gewusst, dass etwas zerrissen war. Endgültig zerrissen.

Die Haut. Endgültig zerrissen.

Beim Aufstehen sah er, dass auch die Wirklichkeit es nicht an Blut fehlen ließ. Im Bett, auf seinem Teppich, auf den Kleidern, die überall herumlagen. An seinen Händen und auf dem Rohr, das unter das Bett gerollt war und das er zunächst nicht finden konnte.

Und im Auto draußen in der Garage. Auf dem Rücksitz. Überall Vera Millers Blut.

Er nahm zwei Tabletten. Spülte sie mit einem Glas Wasser und einem Fingerbreit Whisky hinunter. Legte sich auf dem Sofa auf den Rücken und wartete, bis sich die erste segensreiche Wirkung des Alkohols einstellte.

Dann ging er ans Werk.

An die Nacharbeiten. So ruhig und methodisch, wie er nur konnte. Er wusch das weg, was sich wegwaschen ließ. Schrubbte und kratzte und versuchte es mit allerlei Mitteln. Er verspürte keinerlei Erregung mehr, keine Reue und keine Furcht … nur eine kalte, klare Ruhe, und er wusste, dass das Spiel noch immer nach den Gesetzen und den Mustern verlief, auf die er keinen Einfluss hatte. Auf die niemand Einfluss hatte und denen man sich um keinen Preis widersetzen durfte.

Die Richtungen der Bewegungen. Den Kode.

Als er getan hatte, was er tun konnte, setzte er sich ins Auto und fuhr in die Stadt. Saß zwei Stunden im Restaurant Lon Pej unten in der Zwille, aß thailändisch und überlegte sich seinen nächsten Zug in diesem undurchschaubaren Spiel. Fragte sich, wie viel Spielraum ihm wohl zugedacht war, ehe es weitergehen würde.

Kam zu keinem Ergebnis. Fuhr denselben Weg zurück, den er gekommen war. Stellte zu seiner Überraschung fest, dass er ruhig war. Nahm abends noch eine Pille und ließ sich ins Bett fallen.

Am Montag ging die Sonne einfach nicht auf. Er rief am frühen Morgen an und meldete sich krank. Las im Neuwe Blatt über die ermordete Frau, die draußen beim Dorf Korrim gefunden worden war, und konnte kaum begreifen, dass sie das war. Und dass er es war. Die Erinnerungen an die nächtliche Autofahrt durch die weit gestreckten Felder waren dunkel; er wusste nicht, welche Wege er eingeschlagen oder wo er endlich angehalten hatte, um sie aus dem Wagen zu ziehen. Den Namen Korrim hatte er nie zuvor gehört.

Es gab keine Zeugen. Trotz der offenen Landschaft hatte er im Schutze der Dunkelheit und der späten Stunde den Leichnam ablegen können. Die Polizei knauserte mit Auskünften. Hatte wohl keine richtige Spur, wie im Artikel angedeutet wurde.

Es ist, wie es ist, dachte er. Kein Grund zur Beunruhigung. Das Spiel läuft, und die Kugeln rollen weiter.

Und kurz vor elf kam der Postbote. Er wartete, bis er zum Kindergarten weitergegangen war, ehe er den Kasten leerte.

Und da lag der Brief. Der gleiche blassblaue Umschlag wie immer. Die gleiche verschnörkelte Handschrift. Er setzte sich an den Küchentisch und wiegte ihn eine Zeit lang in der Hand, ehe er ihn öffnete.

Der Brief war diesmal ein wenig länger, wenn auch nicht sehr viel. Eine halbe Seite insgesamt. Er las ihn langsam und methodisch. Als könne er nicht richtig lesen – oder habe Angst, eine versteckte oder nur angedeutete Botschaft zu übersehen.

Zeit, unsere kleine unerledigte Angelegenheit zu Ende zu bringen.

Wenn Sie diesmal die Instruktionen nicht haargenau befolgen, dann werde ich sofort die Polizei informieren. Ich nehme an, Ihnen ist klar, dass Sie meine Geduld ein wenig zu sehr strapaziert haben.

Das haben Sie zu tun:

1) Stecken Sie 200 000 Gulden in eine weiße Plastiktüte, die Sie danach sorgfältig verknoten.

2) Um Punkt 4 Uhr in der Nacht zum Dienstag, dem 1. Dezember, hinterlegen Sie die Tüte im Randerspark im Papierkorb neben dem Hugo-Maertens-Denkmal.

3) Dann fahren Sie sofort nach Hause und erwarten einen Anruf. Melden Sie sich mit Ihrem Namen und halten Sie sich an die nun folgenden Informationen.

Noch eine Chance, sich der Gerechtigkeit zu entziehen, werden Sie nicht haben. Dies hier ist die letzte. Ich habe an sicherer Stelle eine Aufzählung Ihrer Schandtaten hinterlegt. Sollte mir etwas zustoßen, wird dieser Bericht der Polizei ausgehändigt werden.

Bringen wir diese Sache also ohne weitere Fehltritte aus der Welt.

Ein Freund.

Durchdacht.

Das musste er zugeben. Auf irgendeine Weise fand er es befriedigend, einen richtigen Widersacher zu haben.

Auf eine andere Weise hatte er trotz allem das Gefühl, diesen Widersacher austricksen und besiegen zu können. Aber zweifellos würde das nicht leicht werden.

Im Moment – als er hier mit dem Brief in der Hand am

Küchentisch saß – konnte er sich nicht vorstellen, wie eine Lösung aussehen sollte. Eine Schachpartie, dachte er, eine Schachpartie, bei der die Aufstellung ein deutliches Profil hat und trotzdem nur schwer zu analysieren ist. Er wusste nicht, wieso ihm gerade dieses Bild eingefallen war. Er war immer nur ein höchst mittelmäßiger Schachspieler gewesen, hatte zwar häufiger gespielt, aber nie die notwendige Geduld dafür aufbringen können.

Auf jeden Fall hatte sein fähiger Widersacher jetzt einen Angriff eingeleitet, dessen Konsequenzen er nicht überblicken konnte. Noch nicht. Während er auf den Moment der Erkenntnis wartete, konnte er nur einen Zug nach dem anderen machen und auf eine Öffnung warten. Auf eine Blöße.

Also eine Art aufhaltender Verteidigung. Gab es noch eine andere Lösung? Das glaubte er nicht, nicht für den Moment. Aber die Frist war kurz. Er schaute auf die Uhr und erkannte, dass er in weniger als siebzehn Stunden im Randerspark zweihunderttausend Gulden in einen Papierkorb stecken würde.

Der Erpresser schien eine Vorliebe für Papierkörbe zu haben. Und für Plastiktüten. Deutete das nicht eine gewisse Fantasielosigkeit an? Eine Schlichtheit und Vorhersagbarkeit in der Spielführung, die er sich zunutze machen könnte?

Siebzehn Stunden? Weniger als ein Tag. Wer ist es?, dachte er.

Die Frage nach der Identität seines Gegners schob sich vorübergehend vor die Frage nach seinem weiteren Vorgehen. Als er darüber nachdachte, erkannte er, dass er diesem Aspekt des Problems bisher überraschend wenig Zeit gewidmet hatte. *Wer ist es?* Wer zum Teufel konnte ihn an jenem Abend gesehen haben? Konnte er dem Verhalten des anderen einen Hinweis entnehmen? Oder seinen Briefen? Müsste er ihm nicht ein wenig näher kommen können, wenn er die Bedingungen durchging, die ihm doch immerhin bekannt waren?

Und plötzlich traf es ihn wie ein Schlag.

Jemand, den er kannte.

Er ging mit dieser Erkenntnis so behutsam um wie mit einem

Gegenstand aus Glas. Hatte Angst, sie zu zerbrechen, Angst, zu großes Vertrauen in sie zu setzen.

Jemand, den er kannte. Jemand, der ihn kannte.

Vor allem Letzteres. Sein Widersacher hatte schon gewusst, wer er war, als er ihn an jenem Abend mit dem toten Jungen gesehen hatte. Als er dort im Regen gestanden und ihn in den Armen gehalten hatte. Musste es nicht so gewesen sein?

Doch, redete er sich ein. Genauso musste es sich zugetragen haben.

Es war hier nicht die Rede von einer registrierten und ins Gedächtnis eingeprägten Autonummer. Der Erpresser hatte es sofort gewusst. War an ihm vorbeigefahren, ohne anzuhalten, hatte am nächsten Tag die Zeitung gelesen, seine Schlüsse gezogen und dann zugeschlagen. Der Erpresser oder die Erpresserin. Der Erpresser, vermutlich, beschloss er, ohne wirklich zu begreifen, warum.

So, genau so, sah die Sache aus. Als er darüber nachdachte, erkannte er sofort, wie unsinnig seine frühere Erklärung gewesen war. Wie weit hergeholt. Wer zum Teufel kann sich denn im Vorüberfahren eine Autonummer merken? Bei Regen und Dunkelheit? Unmöglich. Ausgeschlossen.

Also hatte ihn jemand erkannt. Jemand, der wusste, wer er war.

Er merkte, dass er lächelte.

Er hielt einen blassblauen Brief in der Hand, der in weniger als einem Tag sein Leben ruinieren könnte. Hatte innerhalb eines Monats drei Menschen getötet. Trotzdem lächelte er.

Aber wer war es nun also?

Er brauchte nicht lange, um seinen spärlichen Bekanntenkreis durchzugehen und ihn abzuschreiben.

Oder *sie:* jeden Einzelnen von denen, die er mit etwas gutem Willen vielleicht zu seiner Hochzeit oder seinem fünfzigsten Geburtstag einladen würde. Oder zu seiner Beerdigung. Nein, keiner von denen, das konnte er nicht glauben. Natürlich gab es vielleicht zwei Namen, die er nicht ganz so leicht ausschloss wie die anderen, aber bei keinem hielt er intuitiv inne. Keiner erweckte bei ihm einen Verdacht.

Und dann war da noch etwas. Er war zwar in Maardam keine sonderlich prominente Person, keine Berühmtheit, aber es gab doch etliche, die wussten, wer er war, und die ihn vom Aussehen her kannten. Und das reichte natürlich. Jeden Tag hatte er Kontakt mit Leuten, an die er sich nicht erinnern konnte, wenn er ihnen in der Stadt begegnete, denen sein Name und sein Beruf jedoch vertraut waren. Die ihn bisweilen sogar grüßten … oft leicht verlegen, wenn ihnen aufging, dass er sie nicht erkannte.

So einer. Sein Gegner musste so einer sein, einer von diesen Leuten. Er merkte, wie er wieder lächelte.

Danach fluchte er laut, als ihm aufging, dass das Aussondern von Namen und die anschließenden Schlussfolgerungen ihm angesichts der Zeitnot keine Hilfe waren.

Gar keine Hilfe. Wenn er sich die Annahme gestattete, dass der Erpresser irgendwo in Maardam wohnte, dann hatte er die Anzahl der möglichen Kandidaten von dreihunderttausend auf vielleicht dreihundert reduziert.

Und wenn er Greise und Kinder ausschloss: von zweihunderttausend auf zweihundert.

Was natürlich eine bedeutende Reduktion war, ihm aber trotzdem nicht weiterhalf. Es waren ganz einfach immer noch zu viele übrig.

Zweihundert mögliche Erpresser? Siebzehn Stunden Frist. Sechzehneinhalb, genau gesehen. Er seufzte und erhob sich aus seinem Sessel. Kontrollierte seinen Medizinvorrat und stellte fest, dass der ihn noch für mindestens zehn bis zwölf Tage auf den Beinen halten würde.

In zehn bis zwölf Tagen würde die Lage ganz anders aussehen. Auf jeden Fall.

Partie zu Ende. Remis ausgeschlossen.

Danach rief er bei der Bank an. Das Darlehen, das er am

Donnerstag beantragt hatte, war noch nicht bewilligt worden. Es werde noch zwei Tage dauern, aber er brauche sich keine Sorgen zu machen, hieß es. Es sei reine Formsache. Er sei ein solider Kunde, und soliden Kunden werde geholfen. Selbst, wenn man nicht mehr in den Achtzigerjahren lebe.

Er bedankte sich und legte auf. Blieb eine Weile stehen und musterte durch das Fenster die düstere Vorortstraße und den Regen. Vor zwei Tagen würde er keine zweihunderttausend Gulden in gebrauchten Scheinen haben können. Unter gar keinen Umständen.

Also brauchte er etwas anderes.

Also brauchte er eine Strategie.

Er las den Brief noch einmal und versuchte eine zu finden.

22

Im Laufe des Montags nahm das Bild der ermordeten Vera Elizabeth Miller um einiges schärfere Konturen an.

Sie war 1963 in Gellenkirk geboren, aufgewachsen jedoch in Groenstadt. Hatte drei Geschwister – zwei Brüder und eine Schwester –, die alle noch unten in der südlichen Provinz lebten. Ihr Vater war 1982 gestorben, ihre Mutter hatte wieder geheiratet und arbeitete in Karpatz als Hauswirtschaftslehrerin; sie war in der Schule vom Tod ihrer Tochter unterrichtet worden und wurde am Dienstag zusammen mit ihrem neuen Ehemann in Maardam erwartet.

Vera Miller hatte in Groenstadt eine Ausbildung als Krankenschwester gemacht und dort bis 1991 gearbeitet, danach war sie nach ihrer Scheidung von einem gewissen Henric Veramten nach Maardam übergesiedelt. Aus der Ehe mit Veramten waren keine eigenen Kinder hervorgegangen, deshalb hatten die beiden 1989 ein Kind aus Korea adoptiert, ein kleines Mädchen, das ein Jahr darauf bei einem tragischen Autounfall ums Leben gekommen war. Nach Aussage der Mutter und zweier Geschwister war die Scheidung eine direkte Folge dieses Todesfalls gewesen. Sie sagten es nicht deutlich, aber offenbar hatte der Ehemann den Unfall verschuldet. Direkt oder indirekt. Polizeiliche Ermittlungen waren nie eingeleitet worden.

In Maardam hatte Vera Miller im Frühjahr 1992 ihren Dienst im Gemeinde-Hospital angetreten und zweieinhalb Jahre darauf Andreas Wollger geheiratet. Über diese zweite Ehe wussten Mutter und Geschwister so gut wie nichts. Zum Hochzeitsfest, wenn es denn eins gegeben hatte, waren sie nicht eingeladen worden, und während der letzten Jahre hatte es nur sporadische Kontakte gegeben.

Was Andreas Wollger anging, so war die Lage unverändert. Am Montagabend um sieben Uhr hatte er noch immer nicht ausführlich nach seiner Beziehung zu seiner Frau befragt werden können, da er weiterhin zu sehr unter Schock stand. Moreno und Reinhart waren jedoch trotzdem zu dem Schluss gekommen, dass die Ehe nicht die allerbeste gewesen war.

Und vermutlich auch nicht die zweitbeste.

Diese Annahme musste natürlich noch durch Gespräche mit Leuten bestätigt werden, die das Paar in irgendeinem Zusammenhang gekannt hatten.

Und von Herrn Wollger selber.

Was Vera Miller ganz allgemein betraf, so stellte sich schnell heraus, dass sie eine sehr geschätzte und beliebte Frau gewesen war, das bestätigten Freundinnen und Kolleginnen. Vor allem hatte eine gewisse Irene Vargas – die Vera unten in Groenstadt schon als Kind gekannt hatte und die inzwischen ebenfalls in Maardam wohnte – ihre schockierte Trauer um und ihre Sehnsucht nach, wie sie es ausdrückte, »verflixt noch mal einem der wärmsten und ehrlichsten Menschen, die ich je gekannt habe, es ist einfach schrecklich«, zum Ausdruck gebracht. Frau Vargas und Vera Miller hatten einander offenbar viele Jahre hindurch sehr nahe gestanden, und Reinhart nahm an, dass sie diejenige sein müsste, die einen Einblick in die dunkleren Seiten von Veras Leben hatte, in mögliche außereheliche Verbindungen zum Beispiel, wenn es überhaupt einen solchen Menschen gab.

Das erste Gespräch mit Frau Vargas hatte in dieser Hinsicht nichts erbracht, aber es würde sich ja auch später noch die Gelegenheit bieten, dieses Thema anzuschneiden.

Und wie. Allem Anschein nach hatte Vera Miller um den Monatswechsel zwischen Oktober und November angefangen, ihren Mann hinters Licht zu führen. Ihm hatte sie gesagt, sie werde für einige Wochenenden, mindestens acht, in Aarlach einen Weiterbildungskurs für Krankenschwestern besuchen.

Wo sie in Wirklichkeit diese Samstage und Sonntage verbracht hatte – und mit wem –, das war weiterhin eine offene Frage.

»Verdammter Trottel«, sagte Reinhart. »Lässt sie jedes Wochenende losziehen, ohne sich darüber zu informieren, was sie so treibt. Wie naiv kann man eigentlich sein?«

»Du meinst, du würdest Winnifred kontrollieren, wenn sie zu einem Kurs wollte?«, fragte Moreno.

»Natürlich nicht«, sagte Reinhart. »Das ist etwas ganz anderes.«

»Dieser Logik kann ich nicht folgen.«

»Intuition«, sagte Reinhart. »Gesunde männliche Intuition. Können wir uns darauf einigen, dass er es jedenfalls nicht gewesen ist? Wollger, meine ich.«

»Ich glaube schon«, sagte Moreno. »Wir sollten die Möglichkeit nicht ganz und gar ausschließen, aber es kommt mir doch sehr unwahrscheinlich vor. Und was diese Verbindung zu Erich Van Veeteren betrifft ... ja, da weiß ich wirklich nicht, was ich sagen soll.«

Während deBries und Rooth mit Bekannten des Ehepaars Miller-Wollger sprachen, hatte Ewa Moreno sich auf Marlene Frey und einige Freunde von Erich Van Veeteren konzentriert, aber die waren absolut keine Hilfe gewesen.

Niemand erkannte Vera Miller nach dem Foto, das Irene Vargas der Polizei ausgehändigt hatte, und niemand konnte sich an ihren Namen erinnern.

»Ich weiß auch nicht, wo ich stehe«, sagte Reinhart und stieß eine Rauchwolke aus. »Das muss ich zugeben. Morgen treffe ich den *Kommissar*, ich glaube, ich werde mit ihm über diese Verbindung sprechen ... über diese *mögliche* Verbindung. Dann haben wir doch immerhin ein konkretes Gesprächsthema. Es ist so düster, nur über den Tod zu philosophieren.«

Moreno dachte eine Weile nach.

»Du liebst doch Theorien«, sagte sie. »Geht es ... ich meine, wäre es möglich, ein Motiv für die Morde an Vera Miller und Erich Van Veeteren zu finden, wenn wir davon ausgehen, dass sie einander nicht gekannt haben? Kannst du unter diesen Umständen eine plausible Geschichte konstruieren?«

»Eine Geschichte?«, fragte Reinhart und kratzte sich mit dem Pfeifenstiel an der Stirn. »Wenn sie einander nicht gekannt haben? Tja, das kann nun wirklich total an den Haaren herbeigezogen sein, aber wenn man den roten Faden sieht ... wenn wir voraussetzen, dass wir es nicht mit einem Wahnsinnigen zu tun haben, denn das wäre eine ganz andere Soße. Ja, natürlich kann ich mir eine Ereigniskette vorstellen, die einen Sinn ergibt, ich kann mir sogar zehn aus den Fingern saugen, wenn du willst. Aber was bringt uns das?«

Ewa Moreno lachte kurz.

»Versuch es«, sagte sie. »Nutze die Nacht, um zehn Verbindungen zwischen Erich Van Veeterens und Vera Millers Tod zu finden. Dann erzählst du mir morgen alles, und ich verspreche dir, die richtige herauszufinden.«

»Herrgott«, sagte Reinhart. »Ich habe eine schöne Frau, der ich meine Nächte widmen muss. Und eine Tochter mit Ohrenentzündung, wenn meine Frau das nicht mehr aushält. Bist du wirklich noch immer mit dem Beruf verheiratet?«

»Sieht so aus«, sagte Moreno.

»Sieht so aus? Was ist das für ein blöder Ausdruck?« Er

beugte sich über den Tisch und betrachtete sie mit einer vertikalen Furche zwischen den Augenbrauen.

»Da war irgendwas mit Münster. Oder wie?«

Inspektorin Moreno starrte ihn drei Sekunden lang an.

»Scher dich zum Teufel«, sagte sie dann und verließ das Zimmer.

»Weißt du, was ich bin?«, fragte Rooth. »Ich bin Europas schlechtester Jäger.«

»Das kann ich nicht bestreiten«, sagte Jung. »Ich wusste allerdings nicht, dass du überhaupt jagst.«

»Frauen«, seufzte Rooth. »Ich rede hier von Frauen. Die jage ich jetzt seit zwanzig Jahren ... oder sogar seit fünfundzwanzig ... und habe noch nicht einen Volltreffer erzielt. Wie zum Teufel schafft man das?«

Jung schaute sich in der männlich bevölkerten Bar um. Sie waren soeben im Oldener Maas angekommen, um dem Tag einen Goldrand zu verpassen (Rooths Ausdruck), und es schien sich um kein besonders gutes Jagdrevier zu handeln.

»Du hast ja dein Schäfchen auf dem Trockenen«, erklärte Rooth. »Maureen ist eine verdammt tolle Frau. Wenn sie dich vor die Tür setzt, springe ich gern ein.«

»Das werde ich ihr sagen«, sagte Jung. »Dann behält sie mich garantiert.«

»Leck mich«, sagte Rooth und trank einen großen Schluck. »Aber es liegt vielleicht an der Munition.«

»An der Munition?«, fragte Jung.

Rooth nickte selbstkritisch.

»Ich glaube langsam, dass ich während der ganzen Jahre zu grobe Geschosse verwendet habe. Ich spiele mit dem Gedanken, ein wenig Poesie zu lesen, wie findest du das?«

»Gut«, sagte Jung. »Das wird dir gut stehen. Können wir nicht über etwas anderes reden als über Frauen?«

Rooth setzte eine erstaunte Miene auf.

»Was zum Henker sollte das denn sein?«

Jung zuckte mit den Schultern.

»Keine Ahnung. Der Job vielleicht?«

»Dann lieber Frauenzimmer«, sagte Rooth und seufzte. »Aber wo du schon so nett bittest …«

»Wir könnten auch die Klappe halten«, regte Jung an. »Das wäre vielleicht die beste Alternative.«

Rooth schwieg dann wirklich eine ganze Weile, wühlte in der Erdnuss-Schale und kaute nachdenklich.

»Ich habe eine Hypothese«, sagte er dann.

»Eine Hypothese«, fragte Jung. »Keine Theorie?«

»Ich weiß einfach den Unterschied nicht so genau«, gestand Rooth. »Scheißegal, hör zu …«

»Ich bin ganz Ohr.«

»Gut«, sagte Rooth. »Aber unterbrich mich nicht dauernd. Also, diese Vera Miller … wenn die sich nun mit einem anderen Kerl eingelassen hat, dann wäre es doch gar nicht so schlecht, wenn wir den finden könnten.«

»Genial«, sagte Jung. »Woher nimmst du bloß diese Weisheit?«

»Ich bin noch nicht fertig. Das Finden wäre zweifellos leichter, wenn wir wüssten, wo wir zu suchen haben.«

Jung gähnte.

»Und hier erwächst meine Hypothese zu voller Blüte«, sagte Rooth. »Wir haben es natürlich mit einem Arzt zu tun.«

»Mit einem Arzt? Und warum, zum Teufel?«

»Klar wie ein Sommertag. Sie hat in einem Krankenhaus gearbeitet. Alle Schwestern vergaffen sich früher oder später in einen Weißkittel mit Gebammel auf der Brust. Das Stethoskopsyndrom … das trifft alle Frauen in der Branche. Also müssen wir uns auf die Suche nach Dr. X machen, ganz einfach. Im Gemeinde. Man hätte ja vielleicht doch Medizin studieren sollen …«

Jung schaffte es, sich die letzten Erdnüsse zu krallen.

»Wie viele gibt es? Ärzte im Gemeinde, meine ich.«

»Keine Ahnung«, sagte Rooth. »Bestimmt zweihundert.

Aber es muss einer sein, mit dem sie Kontakt hatte, so rein beruflich, meine ich. Auf derselben Station oder so. Was sagst du?«

Jung dachte eine Weile nach.

»Wenn wir Meusse glauben wollen«, sagte er, »wie passt das dann zur Briefmarken- und Erpressertheorie?«

Rooth rülpste diskret in seinen Ärmel.

»Mein junger Freund«, sagte er mit väterlichem Lächeln. »Man kann nicht einfach Theorien mit Hypothesen vermischen, ich dachte, das wüsstest du. Hast du die Polizeischule besucht oder nur die Hundeschule?«

»Hol noch zwei Bier«, sagte Jung. »Aber nicht vermischen.«

»Werde mein Bestes tun«, versprach Rooth und erhob sich.

Er ist gar nicht so blöd, wie er aussieht, dachte Jung, als er allein am Tisch saß.

Was für ein Mist.

Warum tue ich das, fragte Moreno sich, als sie nach Hause kam.

Gereizt streifte sie die Schuhe ab und warf ihre Jacke in den Korbsessel.

Warum sage ich zu Reinhart, er solle sich zum Teufel scheren, und knalle mit der Tür? Werde ich schon zur Männerhasserin? Zur Zicke?

Er hatte doch Recht, wenn sie ehrlich war. Nur allzu Recht. Es hatte etwas mit Münster gegeben – auch wenn sie es nicht besser ausdrücken konnte, als Reinhart das gelungen war.

Nur *etwas*. Es hatte damit aufgehört, dass Münster im Januar in Frigge die Messerstiche kassiert und fast sein Leben gelassen hatte. Danach hatte er zwei Monate im Krankenhaus gelegen, hatte sich zwei Monate lang erholt und arbeitete jetzt an irgendeiner dubiosen Untersuchung für das Ministerium, während er auf die Wiederherstellung seiner Einsatzfähigkeit wartete. Was angeblich noch zwei Monate dauern würde.

O verdammt, dachte sie. Und wenn er wieder da ist, was dann? Vermutlich schon im Februar, was soll dann passieren?

Rein gar nichts, natürlich. Kommissar Münster war zu Weib und Kindern zurückgekehrt, die er übrigens nicht eine Sekunde lang verlassen hatte. Was bildete sie sich eigentlich ein? Worauf wartete sie? Wartete sie denn wirklich? Sie hatte ihn seit damals höchstens dreimal gesehen und hatte nicht die geringsten Schwingungen aufgefangen. Nicht einmal ein Zittern in der Luft … doch, vielleicht beim ersten Mal, als sie und Synn an seinem Krankenbett gesessen hatten, da war etwas da gewesen …

Aber das war alles. Ein Zittern. Einmal.

Und wer zum Henker war sie, dass sie sich zwischen Münster und seine wunderbare Synn drängte? Und die Kinder?

Ich bin doch verrückt, dachte sie. Ich werde noch so verschroben wie alle einsamen Frauenzimmer. Geht es wirklich so schnell, den Verstand einzubüßen? Ist das so einfach? Als sie diesen Arsch Claus verlassen hatte, war sie zwar auf ihn und die vergeudeten fünf Jahre wütend gewesen, hatte aber deshalb nicht alle Kerle über einen Kamm geschoren. Und Münster schon gar nicht. Ihn nicht.

Aber sie hatte Reinhart ziemlich harsch angefahren. Nur, weil er ihr auf den wehen Zeh getreten hatte. Reinhart war doch gar nicht ihr Typ – wenn es so etwas überhaupt gab –, aber sie hatte ihn immer für einen guten Menschen und guten Polizisten gehalten.

Und für einen Kerl.

Muss irgendwas unternehmen, dachte sie, als sie unter die Dusche trat, um sich ihr Elend abzuspülen.

Vielleicht nicht sofort, aber auf Dauer schon. Einunddreißig Jahre und eine verbitterte Männerhasserin?

Oder eine verzweifelte Jägerin? Noch schlimmer, natürlich. Nein danke, es gab bessere Zukunftsstrategien – musste sie einfach geben.

Wenn auch nicht gerade jetzt. An diesem Abend hatte sie weder Zeit noch Energie noch Ideen. Da widmete sie sich lieber anderen Dingen. Zum Beispiel ihrer Herausforderung an ihn.

Zehn vorstellbare Verbindungen zwischen Erich Van Veeteren und Vera Miller.

Zehn, dachte sie. Welche Kühnheit.

Mal sehen, ob ich drei finde.

Oder zwei.

Oder wenigstens eine?

Winnifred hatte gerade ihre Tage bekommen, und Joanna hatte endlich die Segnungen des Penizillins akzeptiert, und deshalb konnte Reinhart sich weder der einen noch der anderen widmen. Er saß vor einem alten Truffaut-Film auf dem Sofa, während Winnifred sich im Arbeitszimmer auf das Seminar des folgenden Tages vorbereitete. Sie weckte ihn, als der Film zu Ende war; dann verglichen sie noch angesichts einer möglichen Osterreise eine Viertelstunde lang Leros und Sakynthos, und als sie endlich im Bett lagen, konnte er nicht schlafen.

Zwei Gedanken schwirrten durch seinen Kopf.

Der Erste hatte mit Van Veeteren zu tun. Er war am nächsten Tag mit ihm verabredet und würde eingestehen müssen, dass sie noch immer auf der Stelle traten. Dass sie, nach drei Wochen Arbeit, bei der Suche nach dem Mörder seines Sohnes noch immer nicht eine einzige heiße Spur besaßen. Natürlich würde er auf diese seltsamen Umstände um den Nackenschlag und Vera Miller eingehen, aber sehr viel war das ja auch wieder nicht.

Wir wissen nicht, was los ist, würde er zugeben müssen. Nicht mehr als ein Huhn beim Abendmahl.

Das war einfach schrecklich, fand Kommissar Reinhart.

Sein anderer Gedanke galt Ewa Moreno.

Ich bin ein verdammtes Trampeltier, dachte er. Nicht immer, aber ab und zu. Er hatte ihr zehn plausible Verbindungen versprochen, hatte aber nicht die geringste Vorstellung, wie die aussehen könnten, und zu allem Überfluss hatte er sie auch noch gekränkt.

Er hatte sie gekränkt und sich in Sachen eingemischt, die ihn rein gar nichts angingen.

Und auch das war einfach schrecklich.

Um zwei Uhr stand er auf und rief sie an.

»Schläfst du?«, fragte er. »Hier ist Reinhart.«

»Das höre ich«, sagte Ewa Moreno. »Nein, ich war noch wach.«

»Ich wollte um Entschuldigung bitten«, sagte Reinhart. »Ich meine, ich rufe an, um um Entschuldigung zu bitten. Ich bin ein verdammtes Trampeltier.«

Sie schwieg einen Moment.

»Danke«, sagte sie dann. »Für die Entschuldigung, meine ich. Aber ich glaube nicht, dass du ein besonders arges Trampeltier bist. Ich war aus dem Gleichgewicht geraten, es war mein Fehler.«

»Hmpf«, sagte Reinhart. »Begabt. Und hilfreich. Zwei erwachsene Menschen tauschen mitten in der Nacht per Telefon Entschuldigungen aus. Muss mit den Sonnenflecken zusammenhängen, entschuldige, dass ich anrufe … nein, verdammt, jetzt habe ich es noch einmal getan.«

Moreno lachte.

»Warum schläfst du nicht?«, fragte Reinhart.

»Ich denke über zehn vorstellbare Verbindungen nach.«

»Eiwei. Und wie viele hast du schon?«

»Keine«, sagte Moreno.

»Sehr gut«, sagte Reinhart. »Ich werde sehen, was ich tun kann. Gute Nacht, wir sehen uns morgen unter einem kalten Stern.«

»Gute Nacht, Hauptkommissar«, sagte Moreno. »Warum bist du eigentlich noch wach?«

Aber Reinhart hatte schon aufgelegt.

23

Van Veeteren schaute zu, wie der phosphoreszierende Sekundenzeiger langsam um das Zifferblatt wanderte. Er machte das schon eine ganze Weile, aber jede neue Umdrehung war eben eine neue Umdrehung. Plötzlich fiel ihm ein, dass er vor langer Zeit in der Vorpubertät – wenn er so etwas wirklich gehabt hatte – sich in schlaflosen Nächten immer wieder den Puls gefühlt hatte. Er beschloss, auch jetzt eine Kontrolle vorzunehmen.

Zweiundfünfzig in der ersten Minute.

Neunundvierzig in der zweiten.

Vierundfünfzig in der dritten.

Herrgott, dachte er. Mein Herz steht auch kurz vor dem Kollaps.

Er blieb noch einige Minuten liegen, ohne Pulsschläge zu zählen. Wünschte, er hätte Ulrike neben sich, aber die übernachtete bei ihren Kindern draußen in Loewingen. Oder auf jeden Fall bei einem von ihnen. Bei Jürg, achtzehn Jahre, dem Letzten, der das Nest verlassen musste. Natürlich musste sie auch Zeit für ihn haben, das sah er ein. Obwohl es sich um einen ungewöhnlich stabilen jungen Mann zu handeln schien. Soweit er das beurteilen konnte zumindest; er hatte ihn nur dreimal gesehen, aber alles schien in diese Richtung zu deuten.

Alles, abgesehen davon, dass der Junge Polizist werden wollte.

Van Veeteren seufzte und drehte sich um, um das Uhrenelend nicht mehr sehen zu müssen. Legte sich ein Kissen über den Kopf.

Viertel nach zwei, dachte er. Ich bin der einzige wache Mensch auf der ganzen Welt.

Eine Stunde später stand er auf. Er konnte einfach nicht schlafen, in den letzten Nächten hatte er es höchstens auf zwei oder drei Stunden im Durchschnitt gebracht, und irgendwelche ihm bekannten Medikamente halfen auch nicht weiter.

Bier nicht. Wein nicht. Händel nicht.

Und andere Komponisten waren auch kein Trost, es war also wohl kaum Händels Schuld.

Es geht nicht, dachte er, als er im Badezimmer stand und sich den kalten Schweiß aus dem Gesicht spülte. Schlafen geht nicht, und ich weiß verdammt gut, weshalb. Warum gebe ich es nicht zu? Warum klettere ich nicht auf einen Berg und schreie so laut, dass alle Menschen es hören können?

Rache! Welcher Vater kann im Bett liegen, wenn der Mörder seines Sohnes unerkannt und frei herumläuft?

So einfach war das. So tief war er in der schwarzen Ursuppe der Biologie verwurzelt. Er hatte es gewusst, als er vor einigen Stunden in sein Tagebuch geschrieben hatte, und er wusste es jetzt. Dass Handeln das einzig wirkungsvolle Mittel war. Homo agens. In jeder Situation. Ob illusorisch oder nicht. Etwas tun, zum Henker!

Er zog sich an. Machte sich durch das Küchenfenster ein Bild vom Wetter und ging hinaus. Es war schweinekalt, aber es regnete nicht und war fast windstill. Er ging los.

Anfangs in Richtung Süden. Durch Zuijderslaan und Primmerstraat bis zum Megsje Plejn. Als er den katholischen Friedhof erreicht hatte, zögerte er zunächst. Beschloss, ihn zu überqueren, merkte bei der Südostecke jedoch, dass er den Asphalt satt hatte und betrat den Randerspark, der als natürliche Verlängerung der Grabflächen angelegt war. Vielleicht waren die Grabflächen auch eine natürliche Verlängerung des Parks, was wusste er. Sicher gab es eine passende Erklärung, aber die war ihm unbekannt.

Die Dunkelheit zwischen Bäumen und Büschen kam ihm fast vor wie eine Umarmung, und es war sehr still. Der Park leuchtet, dachte er, während er sich langsam vorwärts tastete … tiefer hinein ins Herz der Finsternis, dieses Bild kam ihm ungewöhnlich zutreffend vor. Die Natur öffnet nachts ihre Sinne, behauptete Mahler immer. Tagsüber schläft sie, in der Dunkelheit jedoch ist sie ein lebendiges Wesen, wir können einfach hingehen und es auf uns einwirken lassen.

Und damit hatte er ganz Recht, zweifellos. Van Veeteren schüttelte den Kopf, um seinen Gedankenstrom zu unterbrechen und sich von diesen Überlegungen zu befreien. Bog bei einer Weggabel aufs Geratewohl nach rechts ab und hatte nach einer halben Minute das Hugo-Maertens-Denkmal erreicht. Es wurde schwach angeleuchtet durch einen einsamen Scheinwerfer unten im Blumenbeet, das den schweren Sockel umgab, und er hätte gern gewusst, warum. Kamen denn nachts Touristen in den Park? Wohl kaum. Er schaute auf die Uhr.

Zehn vor vier.

Handeln? Das einzig wirkungsvolle Mittel? Gib mir Handlungsfreiheit, Mutter Natur! Entlass mich aus der Gefangenschaft!

Er zuckte mit den Schultern und steckte sich eine Zigarette an.

Ich laufe doch nur durch die Nacht, um nicht wahnsinnig zu werden, dachte er. Nur deshalb. Dann hörte er irgendwo in der Dunkelheit einen Zweig brechen. Ich bin nicht allein, erkannte er. Tiere und Verrückte wandeln in der Nacht.

Um drei Uhr konnte er nicht mehr warten. Er ging hinaus in die Garage, warf die Plastiktüte auf den Beifahrersitz und kroch hinter das Steuerrad. Ließ den Motor an und fuhr in Richtung Innenstadt los. Auf dem ganzen beleuchteten Weg bis zum Stadtwald begegnete ihm nicht ein einziges Auto, und als er die Zementröhre passierte, dachte er nicht mehr darüber nach als über irgendeine andere beliebige Wegmarkierung. Es war, wie es war. Das, was dort passiert war, schien jetzt so weit zurückzuliegen, dass es nichts mehr mit ihm zu tun hatte. Er konnte sich nicht mehr daran erinnern. Falls das überhaupt sein Wunsch war.

Hinter der Alexanderbrücke bog er nach links ab, folgte der

Zwille bis zur Pixnerbrauerei und erreichte den Randerspark von Süden her. Hielt vor dem Eingang zum Minigolfplatz, der um diese Tageszeit natürlich geschlossen war. Oder um diese Jahreszeit. Blieb noch eine Weile im Auto sitzen. Es war zwei Minuten vor halb vier. Der Park sah düster und überwältigend aus, eingeschlossen in seinen eigenen tiefen Winterschlaf. Die Natur verschließt nachts ihre Sinne, dachte er, und er fragte sich, warum sein Widersacher sich ausgerechnet einen solchen Ort ausgesucht haben mochte. Wohnte er in der Nähe oder hatte ihn nur die Unzugänglichkeit der Gegend dazu bewogen? Es wies auf jeden Fall auf übertriebene Vorsicht hin; es musste doch hunderte von unbewachten Abfalleimern geben, die leichter zu erreichen gewesen wären. Beim ersten Mal hatte er die Transaktion in einem Restaurant durchführen lassen, vor einer Versammlung von möglichen Zeugen, aber in dieser Nacht galten offenbar andere Bedingungen.

In dieser Nacht würde er keinen Boten senden. In dieser Nacht würde der Erpresser selber seine Tüte holen, und er würde das in dem Wissen tun, dass sein Opfer von einem anderen Kaliber war als anfänglich angenommen. Von einem ganz anderen Kaliber.

Er hätte fast lachen mögen bei diesem Gedanken, und natürlich zeugte es von Stabilität und Kontrolle, dass er hier in der Dunkelheit mitten in der Nacht in seinem Auto warten konnte, ohne nervös zu werden. Wenn der Erpresser seine Bedingungen nicht hinnehmen mochte, dann könnte das dazu führen, dass schon in den frühen Morgenstunden die Polizei bei ihm vor der Tür stehen würde. Das war durchaus nicht unmöglich.

Er betastete das Paket. Fragte sich, ob sein Widersacher wohl sofort begreifen würde, dass es keine zweihunderttausend enthielt, oder ob er das erst zu Hause feststellen würde. Die beiden alten Zeitungen, die er in Streifen gerissen und in die Tüte gestopft hatte, sollten durchaus nicht die Illusion von Geld vermitteln. Sondern nur für ein gewisses Gewicht sorgen.

Zwei zerfetzte Zeitungen und ein Umschlag, um genau zu sein.

Fünftausend Gulden und die Bitte um drei Tage Aufschub, das sollte der Widersacher für die Arbeit dieser Nacht kassieren.

Diese Summe hatte er sich genau überlegt. Es war genau die Hälfte dessen, was beim letzten Mal verlangt worden war, und mehr würde der andere nie bekommen. Er sollte glauben, dass der Rest in der Nacht auf den Donnerstag auf ihn warten werde, und er würde diesen Köder doch wohl schlucken? Drei Tage zusätzliches Warten und einen Bonus von fünfzehntausend, und was war die Alternative? Zur Polizei zu gehen und gar nichts zu kassieren? Kaum vorstellbar.

Er schaute auf die Uhr. Viertel vor vier. Er griff zur Tüte, stieg aus dem Auto und ging in den Park.

Er hatte sich vorher darüber informiert, wo das Hugo-Maertens-Denkmal stand, und es stellte sich heraus, dass die Stelle sehr klug ausgesucht worden war. Die Dunkelheit in dem überwucherten Park kam ihm vor wie ein schwarzes Loch, und kaum hatte er das bleiche Scheinwerferlicht entdeckt, das die Statue anstrahlte, wusste er, dass er sich nicht verirrt hatte. Er blieb einen Moment stehen, dann betrat er die kleine Lichtung, auf der Wege aus vier oder fünf Richtungen aufeinander trafen.

Dann blieb er wieder stehen und horchte ins Schweigen hinaus. Dachte daran, dass der Widersacher sich vermutlich irgendwo in der Nähe aufhielt; dass er vielleicht ebenfalls restlos angespannt in der nächtlichen Dunkelheit stand, mit dem Mobiltelefon in der Hand, und wartete. Oder in einer in der Nähe gelegenen Telefonzelle.

Billardkugeln, dachte er noch einmal. Kugeln, die aufeinander zurollen, die aber die Kollision um wenige Millimeter verfehlen. Deren Bahnen einander schneiden, die den Zusammenprall jedoch um einige Minuten verpassen. Um Sekunden.

Um jämmerliche Bruchteile von Zeit.
Er ging zum Papierkorb und drückte die Tüte hinein.

Auf dem Rückweg nach Boorkheim überlegte er, wie er sich bei einer Panne verhalten sollte. Eine sonderlich angenehme Vorstellung war das nicht. Am Straßenrand zu stehen und einen nächtlichen Autofahrer herbeiwinken und um Hilfe bitten zu müssen. Es würde auch nicht leicht sein, für die Polizei eine Erklärung zu finden, falls die ihn dann mit Fragen belästigen sollte. Krankgeschrieben, aber um half fünf Uhr morgens mit dem Auto unterwegs. Den Rücksitz voller Blutspuren, die einem geübten Blick wohl kaum entgehen konnten.

Ganz zu schweigen davon, was passieren würde, wenn er nicht rechtzeitig zu Hause wäre, um den Anruf entgegenzunehmen. Nein, es war überhaupt keine angenehme Vorstellung.

Er hatte keine Panne. Natürlich nicht. Sein vier Jahre alter Audi funktionierte so tadellos wie sonst auch. Er hatte nur ein wenig mit der Idee gespielt. Er hatte derzeit so viele Ideen ... bizarre Gedanken, mit denen er noch nie zu tun gehabt hatte und bei denen er sich manchmal fragte, warum sie sich in seinem Kopf niedergelassen hatten. Gerade jetzt.

Er fuhr in die Garage, nahm anderthalb Tabletten, kroch ins Bett und wartete auf den Anruf. Überlegte sich vage, ob der Erpresser wohl etwas sagen oder einfach wieder auflegen würde. Letzteres kam ihm natürlich wahrscheinlicher vor. Es gab keinen Grund, diese kleine Möglichkeit der Entlarvung zu riskieren. Es war schon wahrscheinlicher, dass er sich später wieder melden würde – wenn er den Inhalt der Tüte überprüft und die Mitteilung gelesen hatte. Das war um einiges wahrscheinlicher. Wenn ihm aufgegangen war, dass das, was er sich für seine ganzen Bemühungen wünschte, sich noch nicht in seinem Besitz befand. Der Lohn für sein langes schwarzes Spiel.

Wenn der Radiowecker richtig ging, dann kam der Anruf um genau fünf Sekunden nach fünf. Er ließ es dreimal klingeln, ehe er sich meldete – und sei es nur, um zu zeigen, dass er nicht in atemloser Spannung neben dem Telefon saß. Es konnte wichtig sein, so etwas klarzustellen.

Er nahm den Hörer ab und nannte seinen Namen.

Einige Sekunden lang hörte er die Anwesenheit eines anderen in der Leitung, dann wurde die Verbindung unterbrochen.

Von mir aus, dachte er. Wollen mal sehen, was du beim nächsten Mal auf dem Herzen hast.

Er drehte sich im Bett um, rückte die Kissen gerade und versuchte zu schlafen.

Was ihm wirklich gelang. Als er vom nächsten Anruf geweckt wurde, war es Viertel nach elf.

In dem kurzen Moment, der verging, bis er den Hörer gepackt hatte, konnte er noch erkennen, dass etwas nicht stimmte. Dass die Dinge nicht in den Bahnen liefen, die er sich vorgestellt hatte. Was war passiert? Warum hatte der Widersacher mehrere Stunden gewartet? Warum hatte ...

Es war Smaage.

»Wie geht's denn so, Bruder?«

»Ich bin krank«, brachte er heraus.

»Ja, das habe ich gehört. Der Pastor flucht, und der Arzt ist krank. In was für Zeiten leben wir bloß?«

Er lachte so laut, dass der Hörer knirschte.

»Es ist einfach nur ein Anflug von Grippe. Aber so, wie es aussieht, werde ich wohl die ganze Woche zu Hause bleiben müssen.«

»O verdammt. Wir wollten doch am Freitagabend eine kleine Sitzung abhalten. Wird das zu viel für dich? Im Canaille?«

Er hustete und konnte einige Male keuchend atmen. Was vermutlich ziemlich überzeugend klang.

»Ich fürchte ja«, sagte er. »Aber am Montag gehe ich wieder arbeiten.«

Als er das gesagt und nachdem Smaage ihm gute Besserung gewünscht und aufgelegt hatte, dachte er daran, welche hundertprozentige Fehldiagnose er da gerade geliefert hatte.

Was immer passieren und wie immer die Kugeln während der nächsten Tage rollen würden – eins stand fest. Nur eins. Er würde am Montag nicht ins Krankenhaus fahren.

Er würde nie wieder seinen Fuß dorthin setzen.

Und diese Vorstellung hatte etwas ungeheuer Attraktives.

24

»Dann schalten wir also den Gehirnstrom ein«, sagte Reinhart und arrangierte Pfeife, Tabakbeutel und Feuerzeug vor sich auf dem Schreibtisch. »Ich bin heute Abend mit dem *Kommissar* verabredet, und ihr könnt euch ja denken, dass er sich sehr für unsere Fortschritte interessiert. Ich möchte ihm eine Tonbandaufnahme von dieser Besprechung mitgeben, dann komme ich wenigstens nicht mit leeren Händen. Überlegt euch gut, was ihr sagt.«

Er drückte auf den Startknopf des Tonbandgerätes. Plötzlich schien Van Veeteren im Zimmer fast greifbar anwesend zu sein, und ehrfurchtsvolles Schweigen breitete sich aus.

»Hrmm, ja«, sagte Reinhart. »Dienstag, 8. Dezember, 15 Uhr. Besprechung der Fälle Erich Van Veeteren und Vera Miller. Wir nehmen uns beide vor, auch wenn der Zusammenhang noch längst nicht klar ist. Ich bitte um Wortmeldungen.«

»Haben wir mehr als Meusses Annahme, dass ein Zusammenhang besteht?«, fragte deBries.

»Das nicht«, sagte Reinhart. »Aber die Annahmen unseres geliebten Gerichtsmediziners sind normalerweise so gut wie stichfeste Tatsachen. Andererseits muss auch er sich eines schönen Tages einmal irren können. Nehme ich an.«

»Ich nicht«, sagte Moreno.

Reinhart öffnete seinen Tabaksbeutel und roch an dem Inhalt, während er weitersprach.

»Wenn wir uns zuerst auf Vera Miller konzentrieren«, schlug er vor, »dann haben wir, was die Ergebnisse der Spurensicherung angeht, keine Neuigkeiten über die Tat. Leider. Wir wissen nur ein wenig mehr über den Zeitpunkt. Vermutlich ist sie zwischen Viertel nach zwei und halb vier in der Nacht zum Sonntag gestorben. Wie sie danach nach Korrim gelangt ist, wissen wir nicht. Wenn sie lange dort gelegen hat, könnten wir vielleicht annehmen, dass sie früher hätte gefunden werden müssen, aber wir dürfen nicht vergessen, dass sie ziemlich versteckt lag und dass es auf diesen Straßen fast keinen Verkehr gibt. Zumindest nicht am Wochenende und um diese Jahreszeit. Ansonsten haben wir ein wenig mehr mit Andreas Wollger gesprochen ... das heißt, Inspektorin Moreno und ich haben das getan. Die Götter mögen wissen, dass er uns auch nicht viel liefern konnte, aber immerhin geht ihm langsam auf, dass seine Ehe vielleicht doch nicht ganz so tadellos war wie gedacht. Ich glaube wirklich, dass ihm das erst jetzt klar wird ... kommt mir ein wenig behindert vor, was die Labyrinthe der Liebe angeht, aber das mögen die Götter wissen.«

»Bei der Hochzeit war er sechsunddreißig«, fügte Moreno hinzu. »Und vorher hat er kaum große Beziehungen gehabt. Wenn überhaupt.«

»Seltsamer Typ«, sagte Rooth.

»Ja, er macht einen etwas weichlichen Eindruck«, sagte Reinhart, »und ich halte ihn nicht für den Typ, der aus Eifersucht mordet. Würde sich vermutlich in einer Krise eher die Hoden abschneiden und als Versöhnungsgeschenk überreichen. Er hat ein Alibi bis ein Uhr am Sonntagmorgen, dann hat er das Restaurant verlassen, in dem er mit einem Freund den Abend verbracht hat ... und wer zum Henker hat je ein Alibi für die Stunden danach?«

»Ich«, sagte Rooth. »Meine Fische sind meine Zeugen.«

»Wir streichen ihn bis auf weiteres von der Liste der Verdächtigen«, erklärte Reinhart.

»Und wie viele haben wir dann noch?«, fragte deBries. »Wenn wir auch noch Rooth streichen?«

Reinhart schien eine Antwort auf der Zunge zu liegen, warf dann aber einen Blick auf das Tonbandgerät und blieb stumm.

»Rooth möchte vielleicht kundtun, was Vera Millers Mutter zu erzählen hatte«, sagte er dann stattdessen.

Rooth seufzte.

»Nicht einmal den Schatten eines Hühnerfurzes«, sagte er. »Außerdem ist sie Hauswirtschaftslehrerin und Kalorienhysterikerin, und deshalb durfte ich nicht einmal in Ruhe und Frieden meinen Bienenstich essen. Nicht mein Typ.«

»Wir leiden alle mit dir«, sagte deBries. »Ich muss sagen, ich finde, dass wir etwas übersehen.«

»Was denn?«, fragte Moreno.

»Also, hört zu«, sagte deBries und beugte sich über den Tisch vor. »Wir wissen, dass Vera Miller ihren Junker Bleichwang hinters Licht geführt hat. Wir wissen, dass ein anderer Mann im Spiel sein muss. Warum bringen wir das nicht in die Medien? Suchen den Arsch über Zeitungen und Fernsehen, irgendwer muss die beiden doch irgendwann mal zusammen gesehen haben ... wenn die das vier oder fünf Wochenenden am Stück getrieben haben.«

»Das steht keinesfalls fest«, sagte Reinhart. »Ich stelle mir vor, dass sie nicht in Kneipen auf dem Tisch getanzt haben. Oder öffentlich herumknutschen mochten. Außerdem ... außerdem gibt es gewisse ethische Aspekte.«

»Ach was?«, fragte deBries. »Welche denn?«

»Ich weiß, dass das nicht deine starke Seite ist«, sagte Reinhart. »Aber wir haben bisher noch keinen Beweis dafür. Für die Untreue, meine ich. Mit diesen Kursen kann sie doch etwas ganz anderes versteckt haben, auch wenn ich mir ebenfalls nicht vorstellen kann, was. Auf jeden Fall ist sie ermordet worden, und ich glaube, wir sollten ein wenig vorsichtig sein, ehe wir sie in ihrem Nachruf als Ehebrecherin bezeichnen. Öffentlich, meine ich ... aus Rücksicht auf den Mann und die Angehörigen. Ich möchte nicht zur Verantwortung gezogen werden, wenn sich herausstellt, dass wir sie in der Presse fälschlicherweise diffamiert haben.«

»All right«, sagte deBries und zuckte mit den Schultern. »Ethik hast du das genannt?«

»Du sagst es«, sagte Reinhart und drückte auf den Pausenknopf des Tonbandgerätes. »Ich glaube, wir trinken jetzt einen Kaffee.«

»Auch, was Erich Van Veeteren angeht, wissen wir nicht viel Neues, fürchte ich«, sagte Reinhart, nachdem Frau Katz das Zimmer verlassen hatte. »Allerlei Gespräche natürlich, vor allem vorgenommen von Assistent Bollmert, der viele Reisen dafür unternommen hat. Ist etwas dabei herausgekommen?«

»Meines Wissens nicht«, sagte Bollmert und spielte nervös an einem Drehbleistift herum. »Ich habe mit Sozialberatern und Bewährungshelfern und alten Bekannten von Erich gesprochen, aber die meisten hatten in den letzten Jahren nicht mehr viel mit ihm zu tun. Er hatte tatsächlich ein neues Leben angefangen. Ich habe bei diesen Gesprächen auch Vera Miller erwähnt, aber das hat auch nichts gebracht.«

»Tja, so sieht es eben aus«, bestätigte Reinhart. »Nur Nieten. Wir könnten vielleicht annehmen, dass irgendwer – irgendein Mensch wenigstens – beide Opfer kennt ... so rein statistisch gesehen könnten wir das doch annehmen. Zum Teufel, wir haben doch mit hunderten von Menschen gesprochen. Aber es ist trotzdem nicht der Fall.«

»Wenn der Mörder wirklich beide gekannt hat«, meinte Rooth, »dann ist er vielleicht gerissen und gibt es nicht zu.«

»Nicht unmöglich«, sagte Reinhart ungerührt. »Ansonsten habe ich einige Zeit mit dem Versuch zugebracht, mir eine vorstellbare Verbindung zwischen Erich und Frau Miller zu überlegen – ich meine, was sie theoretisch miteinander zu tun haben könnten –, aber ich muss sagen, dass das gar nicht so leicht ist. Es kommen nur windige Hypothesen dabei heraus – die puren Räuberpistolen, verdammte Scheiße.«

Er bekam Blickkontakt zu Moreno; sie lächelte kurz und schüttelte den Kopf, und er begriff, dass sie seine Ansicht teilte. Er hob die Hand, um das Tonbandgerät auszudrehen, hielt dann aber inne. Jung winkte mit einem Bleistift und machte ein nachdenkliches Gesicht.

»Apropos Hypothesen«, sagte er. »Ich habe mir Rooths Hypothese ein wenig genauer angesehen.«

»Rooths?«, fragte Reinhart und hob die Augenbrauen. »Hypothese?«

»Welche meinst du?«, fragte Rooth.

»Die Briefmarkenliga«, sagte deBries.

»Nein, das Stethoskopsyndrom«, sagte Jung.

Jetzt schaltete Reinhart das Tonbandgerät aus. »Was soll der Scheiß?«, fragte er. »Verdammte Komiker. Moment, ich lasse eben das Band zurücklaufen.«

»Tut mir Leid«, sagte deBries.

»Das war mein Ernst«, sagte Jung. »Ich habe also ...«

Er wartete, bis Reinhart wieder auf »play« gedrückt hatte.

»Rooth hat behauptet, dass dieser Kerl ... wenn Vera Miller wirklich einen anderen hatte ... mit ziemlich großer Wahrscheinlichkeit ein Arzt sein muss. Ihr wisst schon, Krankenschwestern und weiße Kittel und so ...«

Er legte eine Pause ein und hielt Ausschau nach Reaktionen.

»Weiter«, sagte Reinhart.

»Und ich dachte, es könnte sich doch lohnen festzustellen, ob sie ein Verhältnis mit irgendeinem Arzt vom Gemeinde hatte. Fast alle, die Ehebruch begehen, suchen sich dafür Arbeitskollegen, habe ich irgendwo gelesen ... und deshalb habe ich heute Vormittag mal mit Liljana gesprochen.«

»Mit Liljana?«, fragte Reinhart. »Und wer zum Teufel ist Liljana?«

Er hätte schwören können, dass Jung errötete.

»Eine Kollegin von Vera Miller«, erklärte er. »Ich habe gestern zum ersten Mal mit ihr geredet.«

»Die habe ich gesehen«, sagte Rooth. »Die absolute Bombe

… und noch dazu vom Balkan, wenn auch nicht auf diese Weise.«

Reinhart starrte zuerst ihn und dann das Tonbandgerät an, unternahm aber nichts.

»Weiter«, sagte er. »Was hatte sie zu sagen?«

»Nicht viel, fürchte ich«, gab Jung zu. »Aber sie hält es nicht für ausgeschlossen, dass Vera Miller ein Techtelmechtel mit einem Arzt hatte. Einer Kollegin gegenüber soll sie etwas in dieser Richtung angedeutet haben, aber sicher wusste sie es nicht.«

»Einer Kollegin gegenüber?«, fragte Moreno.

»Ja«, sagte Jung. »Einer Schwesternschülerin. Aber die habe ich noch nicht erwischt. Sie hat heute und morgen frei.«

»Verdammt«, sagte Reinhart. »Na ja, wir werden sie schon finden. Besser, wir gehen dieser Sache gleich auf den Grund. Ich muss schon sagen, das kommt mir im Grunde ziemlich wahrscheinlich vor. Krankenschwestern und Ärzte, das haben wir doch schon mal gehört.«

»Und im Gemeinde gibt es ja durchaus den einen oder anderen Weißkittel«, sagte deBries.

Reinhart nuckelte an seiner Pfeife und machte ein verbissenes Gesicht.

»Wir machen es so«, sagte er nach einigen Sekunden Nachdenkens. »Ich rufe den Oberarzt an … oder den Krankenhauschef oder wie immer der sich nun nennt. Der soll uns das ganze Register geben, wir können nur hoffen, dass da auch Fotos dabei sind. Wäre doch gelacht, wenn uns das nicht wenigstens etwas weiterbringen würde … Inspektor Rooth hat nicht zufällig auch eine kleine Theorie über den Zusammenhang mit Erich Van Veeteren?«

Rooth schüttelte den Kopf.

»Ich dachte, ich hätte eine«, sagte er. »Aber die habe ich vergessen.«

DeBries seufzte laut. Reinhart drückte auf den Stoppknopf, und damit war die Besprechung beendet.

Er hatte sich wieder für das Vox entschieden – und Van Veeteren hatte nichts dagegen –, aber an diesem Abend konnten sie sich auf keine Sängerin mit Samtstimme freuen. Und auch auf keine andere Musik, da Dienstag war. Montag und Dienstag waren Nebensaison, und außer Reinhart und Van Veeteren hatte sich an den metallblanken Tischen höchstens eine Hand voll Gäste eingefunden. Der *Kommissar* war schon zur Stelle, als der Kommissar eintraf. Zum ersten Mal kam er Reinhart alt vor.

Oder vielleicht nicht alt, nur auf diese Weise resigniert, die viele ältere Menschen auszustrahlen scheinen. Als hätten einige strategische Muskeln in Kreuz und Nacken endlich alles satt und sich deshalb zum letzten Mal zusammengezogen. Oder den Dienst aufgegeben. Er nahm an, dass Van Veeteren schon sechzig war, war sich aber nicht sicher. In Bezug auf den *Kommissar* gab es viele kleine Unklarheiten, und sein richtiges Alter war eine davon.

»Guten Abend«, sagte Reinhart und nahm Platz. »Du siehst müde aus.«

»Danke«, sagte Van Veeteren. »Ich schlafe nachts nämlich nicht mehr.«

»Ach verdammt«, sagte Reinhart. »Ja, wenn Unser Herr uns den Schlaf raubt, tut er uns nicht gerade einen Gefallen.«

Van Veeteren klappte den Deckel seines Drehmaschinchens hoch.

»Er tut uns schon seit Jahrhunderten keine Gefallen mehr. Weiß der Teufel, ob er es je getan hat.«

»Kann schon sein«, sagte Reinhart. »Über Gottes Schweigen seit Bach hat man ja gelesen. Zwei Dunkelbier, bitte.«

Das Letzte galt dem aus den Schatten getretenen Kellner. Van Veeteren steckte sich eine Zigarette an. Reinhart stopfte sich die Pfeife.

Schwer, dachte er. Das hier wird ein schwerer Abend.

Er zog die Kassette aus der Jackentasche.

»Und ich kann dir auch kein Evangelium bringen«, gab er zu.

»Aber wenn du eine Einschätzung unserer Lage möchtest, dann hör dir das hier an. Das stammt von der heutigen Besprechung. Keine Wahnsinnserfahrung natürlich, aber du weißt ja, wie das so geht. Der, dessen Stimme du nicht kennst, heißt Bollmert.«

»Immerhin«, sagte Van Veeteren. »Doch, ich merke ja, dass es nicht leicht ist, sich herauszuhalten.«

»Klingt sehr begreiflich«, sagte Reinhart. »Wie gesagt.«

Er zog Vera Millers Foto hervor.

»Kennst du diese Frau?«

Van Veeteren betrachtete das Bild einige Sekunden lang.

»Ja«, sagte er. »Schon.«

»Was?«, fragte Reinhart. »Was zum Teufel willst du damit sagen?«

»Wenn ich mich nicht irre, meine ich«, sagte Van Veeteren und gab das Foto zurück. »Krankenschwester im Gemeinde. Hat sich vor zwei Jahren bei meiner Darmoperation um mich gekümmert. Sympathische Frau, was hast du mit ihr zu tun?«

»Das ist Vera Miller. Die am Sonntagmorgen draußen in Korrim ermordet aufgefunden worden ist.«

»Die, die auf irgendeine Weise etwas mit Erich zu tun hatte?«

Reinhart nickte.

»Das ist nur eine Hypothese. Ungeheuer vage bisher, falls du sie nicht vielleicht bestätigen kannst.«

Der Kellner brachte das Bier. Jeder trank einen Schluck. Van Veeteren sah sich noch einmal das Foto an, schüttelte langsam den Kopf und machte ein düsteres Gesicht.

»Nein«, sagte er. »Es ist der pure Zufall, dass ich mich an sie erinnere. Wenn ich das richtig verstanden habe, dann hat Meusse diesen Zusammenhang entdeckt?«

»Meusse, ja. Er meint, dass der Nackenschlag darauf hinweist. Es ist ein etwas besonderer Schlag, sagt er. In beiden Fällen … ja, du kennst ja Meusse.«

Van Veeteren versank in Schweigen. Reinhart steckte sich

die Pfeife an und ließ ihn in aller Ruhe grübeln. Spürte plötzlich, dass ein starker Zorn in ihm aufstieg. Ein Zorn auf den, der den Sohn des *Kommissars* umgebracht hatte. Und Vera Miller.

Aber war es nun einer oder waren es zwei gewesen? Scheißegal. Dann eben ein Zorn auf diesen Mörder oder diese Mörder, aber auch auf alle Verbrecher überhaupt ... und dann meldete sich die kälteste und finsterste seiner Erinnerungen zu Wort. Der Mord an Seika. An seiner Freundin. An Seika, die er heiraten, mit der er eine Familie hatte gründen wollen. An Seika, die er wie keine andere geliebt hatte. An Seika mit den hohen Wangenknochen, den halbasiatischen Augen und dem schönsten Lachen der Welt. Es war jetzt fast dreißig Jahre her; sie lag inzwischen seit drei Jahrzehnten in diesem verdammten Grab draußen in Linden ... die neunzehnjährige Seika, die seine Frau hätte werden sollen.

Wenn es diesen Verbrecher nicht gegeben hätte, einen Messerstecher, einen von Drogen umnebelten Irren, der sie ohne jeglichen Grund eines Abends im Wollerimpark niedergestochen hatte.

Falls nicht die zwölf Gulden in ihrem Portemonnaie ein Grund gewesen waren.

Und jetzt der Sohn des *Kommissars*. O verdammt, dachte Reinhart. Er hat ja so Recht: Unser Herr tut uns schon lange keine Gefallen mehr.

»Ich war draußen in Dikken«, riss Van Veeteren ihn aus seinen Gedanken.

»Was?«, fragte Reinhart. »Du?«

»Ich, ja«, sagte Van Veeteren. »Habe mir ein paar Freiheiten genommen, ich hoffe, du verzeihst.«

»Natürlich«, sagte Reinhart.

»Hab mit ein paar Leuten in dem Restaurant gesprochen. War eigentlich mehr als eine Art Therapie gedacht. Ich rechne nicht damit, etwas zu finden, was ihr übersehen habt, aber das Nichtstun ist so verdammt schwer. Kannst du das verstehen?«

Reinhart wartete einige Sekunden, ehe er antwortete.

»Weißt du noch, warum ich zur Polizei gegangen bin?«, fragte er. »Meine Freundin im Wollerimpark?«

Van Veeteren nickte.

»Sicher. Na, dann verstehst du ja. Egal, ich habe eine Frage.«

»Was denn?«, sagte Reinhart.

»Die Plastiktüte«, sagte Van Veeteren. »Diese Plastiktüte, die den Besitzer gewechselt hat. Oder den Besitzer wechseln sollte.«

»Was denn für eine Tüte?«, fragte Reinhart.

Van Veeteren schwieg einen Moment.

»Ihr wisst also nichts darüber?«

Verdammt, dachte Reinhart. Jetzt hat er uns schon wieder beschämt.

»Doch, jemand hat eine Tüte erwähnt, stimmt«, sagte er und versuchte ganz gelassen zu klingen. »Richtig.«

»Es sieht also so aus, als habe dieser Mr. X, der mit dem Täter identisch sein dürfte«, sagte der *Kommissar* in einem Tonfall und mit einer Langsamkeit, die in Reinharts Ohren nach pedantisch zurechtgelegter Pädagogik widerhallte, »diese Plastiktüte neben seinen Füßen stehen gehabt, als er in der Bar saß. Und als habe Erich sie bei sich gehabt, als er von dort weggegangen ist.«

Er hob die Augenbrauen und wartete auf Reinharts Reaktion.

»O verdammt«, sagte Reinhart. »Ehrlich gesagt … ja, ehrlich gesagt fürchte ich, das ist uns entgangen. Die zweite Hälfte, meine ich. Zwei Zeugen haben behauptet, dass Mr. X eine Plastiktüte bei sich hatte, aber wir haben nichts davon gehört, dass sie an Erich weitergereicht worden ist. Woher weißt du das?«

»Hab eben zufällig die richtigen Leute getroffen«, sagte Van Veeteren unschuldig und musterte seine frisch gedrehte Zigarette. »Eine Kellnerin glaubt, die Tüte bei ihm gesehen zu haben, als er gegangen ist, und als sie das erwähnt hat, ist es auch dem Barkeeper wieder eingefallen.«

Hast eben *zufällig* die richtigen Fragen gestellt, dachte Reinhart und spürte, wie ein Dunst aus alter, eingewachsener Bewunderung durch sein Bewusstsein zog und Zorn und Verlegenheit überdeckte. Bewunderung für den psychologischen Scharfblick, der den *Kommissar* schon immer ausgezeichnet hatte und der … der schneller als ein Skalpell durch eine Tonne heiße Butter schneiden, als hundert Krawallpolizisten mit schusssicheren Westen das Gewicht einer Ahnung berechnen konnte.

Intuition, so nannte man das.

»Und was schließt du daraus?«, fragte er.

»Dass Erich dort etwas holen sollte.«

»Offenbar.«

»Er ist zur Trattoria Commedia gefahren und hat die Plastiktüte an einer vorgesehenen Stelle abgeholt … draußen auf der Toilette, vielleicht.«

Reinhart nickte.

»Er wusste nicht, wer Mr. X war, und er brauchte ihn auch nicht zu kennen.«

»Woher weißt du das?«

»Wenn sie mit offenen Identitäten hätten operieren können, dann hätten sie sich doch überall treffen können. Draußen auf dem Parkplatz zum Beispiel. Was sollte diese verdammte Maskerade, wenn sie gar nicht nötig war?«

Reinhart dachte nach.

»Mr. X war verkleidet«, sagte er.

»Er wollte meinen Sohn ermorden«, sagte Van Veeteren. »Und das hat er getan. Ist doch klar, dass er verkleidet war.«

»Warum hat er ihm die Tüte überlassen, wenn er ihn ermorden wollte?«, fragte Reinhart.

»Ja, was sagst du?«, erwiderte Van Veeteren.

Reinhart zog zweimal an seiner erloschenen Pfeife.

»O Teufel«, sagte er dann. »Ich verstehe. Er hat ihn nicht gekannt. Er wusste erst, wer er war, als er ihn mit der Tüte gesehen hat … hat ihm sicher draußen auf dem Parkplatz aufgelauert.«

»Vermutlich«, sagte Van Veeteren. »Zu dem Ergebnis bin ich auch gekommen. Aber weiter? Was glaubst du, worum es hier geht? Wer befiehlt hier und wer gehorcht?«

Gute Frage, dachte Reinhart. Wer befiehlt und wer gehorcht?

»Erich befiehlt und Mr. X gehorcht«, sagte er. »Anfangs zumindest. Dann vertauscht Mr. X die Rollen … und deshalb, ja, deshalb tut er es. Deshalb bringt er ihn um.«

Van Veeteren ließ sich im Sessel zurücksinken und gab sich Feuer. Sein Sohn, dachte Reinhart. O verdammt, wir reden hier über seinen ermordeten Sohn.

»Und was glaubst du, worum es ging?«

Die Sache mit den Drogen hing wie eine Wolke zwischen ihnen und verbarg fünf Sekunden lang Reinharts Gedanken, dann wusste er die Antwort.

»Erpressung«, sagte er. »Das ist ja wohl sonnenklar.«

»Er behauptet, dass Erich mit so was nie zu tun hatte«, erzählte er eine Stunde später Winnifred. »Ich glaube ihm. Und außerdem kann ich mir kaum vorstellen, dass er blöd genug gewesen wäre, um einfach hinauszufahren, sich ins Restaurant zu setzen und auf das Geld zu warten … wenn er gewusst hätte, worum es ging. Erich war ein Bote. Jemand anderer … der echte Erpresser … hat ihn geschickt, bei genauerem Überlegen liegt das doch auf der Hand. Alles ergibt dann ein Bild.«

»Und diese Vera Miller?«, fragte Winnifred. »Steckt die auf irgendeine Weise dahinter?«

»Durchaus möglich«, sagte Reinhart. »Der Mörder hat Erich für den Erpresser gehalten und ihn deshalb ganz umsonst umgebracht. Vielleicht war es bei Vera Miller ähnlich.«

»Haben Erich und Vera Miller sich denn gekannt?«

Reinhart seufzte.

»Leider nicht«, sagte er. »Hier stecken wir erst mal fest. Wir haben nicht eine einzige Verbindung zwischen den beiden gefunden. Aber vielleicht gibt es eine. Wenn wir annehmen, dass er … der Mörder, meine ich … Arzt am Gemeinde ist, dann können wir uns doch vorstellen, dass Vera Miller irgendein Druckmittel gegen ihn besaß. Eine verpfuschte Operation oder was weiß ich. Es ist gar nicht lustig für einen Arzt, der einen Patzer begangen hat … er kann aus purer Schusseligkeit einen Patienten abgemurkst haben, zum Beispiel. Sie sah die Möglichkeit, sich ein bisschen was dazu zu verdienen und greift zu … dass die Sache dann schief ging, steht auf einem anderen Blatt. Tja, das ist immerhin eine Theorie.«

Winnifred machte ein skeptisches Gesicht.

»Und warum musste sie mit ihm ins Bett gehen? Denn das hat sie doch offenbar getan.«

»Hmpf«, sagte Reinhart. »Bist du eigentlich von gestern, meine Schöne? Dort verrät der Mann sich doch. Im Bett erfährt die Frau von Verdienst und Versagen des Mannes.«

Winnifred lachte überrascht und schmiegte sich unter der Decke an ihn.

»Mein Prinz«, sagte sie. »Du hast Recht, aber du wirst noch zwei Tage warten müssen, ehe du deine Verdienste vorführen kannst, fürchte ich.«

»Es ist, wie es ist«, sagte Reinhart und löschte das Licht. »Und von Versagen kann ja wohl kaum die Rede sein.«

Eine Viertelstunde später stand er auf.

»Was ist los?«, fragte Winnifred.

»Joanna«, sagte Reinhart. »Ich glaube, ich habe etwas gehört.«

»Hast du überhaupt nicht«, sagte Winnifred. »Aber geh sie nur holen, dann schlafen wir alle drei hier. Denn das hattest du doch wohl vor?«

»Ungefähr«, gab Reinhart zu und stapfte hinüber zum Kinderzimmer.

Meine Frau kennt meine Gedanken besser als ich, stellte er fest und hob seine schlafende Tochter vorsichtig hoch. Wie zum Teufel macht sie das?

25

Mittwoch, der 9. Dezember, war ein Tag mit zehn oder elf Grad über Null und einem hohen, klaren Himmel.

Und einer überraschten Sonne, der es fast peinlich zu sein schien, sich in ihrer ganzen bleichen Nacktheit zu zeigen. Van Veeteren rief Ulrike Fremdli bei der Arbeit an, erfuhr, dass sie gegen Mittag fertig sein würde, und schlug einen Ausflug ans Meer vor. Das hatten sie schon länger nicht mehr gemacht. Sie nahm sofort an, er hörte ihrer Stimme an, dass sie überrascht und froh zugleich war, und erinnerte sich daran, dass er sie liebte.

Danach erinnerte er auch sie daran.

Die Lebenden müssen sich umeinander kümmern, dachte er. Das Schlimmste ist, zu sterben, ohne gelebt zu haben.

Während er vor Remingtons schmutzig-braunem Bürokomplex im Auto saß, fragte er sich, ob Erich wohl gelebt hatte. Ob er das Wesentliche im Leben erlebt hatte, was immer das sein mochte. Ein Mann muss in seinem Leben drei Dinge tun, hatte er irgendwo gelesen. Einen Sohn zeugen, ein Buch schreiben, einen Baum pflanzen.

Er fragte sich, wer das wohl behauptet haben mochte. Erich hatte vielleicht das erste, nicht aber das zweite geschafft. Ob er jemals einen Baum gepflanzt hatte, stand in den Sternen, aber sehr wahrscheinlich kam ihm das nicht vor. Ehe er sich überlegen konnte, wie das alles bei ihm aussah, wurde er von Ulrike unterbrochen, die sich neben ihm auf den Sitz fallen ließ.

»Herrlich«, sagte sie. »Was für ein wunderbarer Tag.«

Er küsste ihre Wange, und zu seiner Überraschung bekam er eine Erektion. Das Leben geht weiter, dachte er verwirrt. Trotz allem.

»Wohin möchtest du fahren?«, fragte er.

»Nach Emsbaden oder Behrensee«, erwiderte sie ohne nachzudenken. Er begriff, dass sie seit seinem Anruf darüber nachgedacht hatte.

»Emsbaden«, entschied er. »Mit Behrensee habe ich so meine Probleme.«

»Warum denn?«

»Hm«, sagte er. »Wir hatten vor zwei Jahren da draußen einen Fall. Ich mag einfach nicht gern daran erinnert werden.«

Sie wartete auf eine Fortsetzung, aber er blieb stumm. Ließ den Motor an und fuhr vom Parkplatz.

»Mein geheimnisvoller Liebhaber«, sagte sie.

Sie wanderten eine Stunde durch die Dünenlandschaft und verzehrten dann im Gasthaus De Dirken beim Emsbadener Leuchtturm ein spätes Mittagessen. Meereskrebsschwänze in Dillsoße, Kaffee und Möhrenkuchen. Sprachen über Jess und über Ulrikes drei Kinder und deren Zukunftsaussichten.

Und schließlich auch über Erich.

»Mir ist etwas eingefallen, das du gesagt hast«, sagte Ulrike. »Damals, als ihr die Frau gefunden hattet, die Karel ermordet hat.«

Karel Innings war Ulrikes verstorbener Mann, aber nicht der Vater ihrer Kinder. Die stammten aus ihrer ersten Ehe mit einem Immobilienmakler, der ein guter und zuverlässiger Familienvater gewesen war, bis sein ererbter Alkoholismus alle solchen Rücksichten zunichte gemacht hatte.

»Wir haben sie nie gefunden«, sagte Van Veeteren.

»Ihr habt ihr Motiv gefunden«, sagte Ulrike. »Du hast jedenfalls behauptet, dass von ihrem Standpunkt aus gesehen … in gewisser Hinsicht, jedenfalls … es berechtigt gewesen sei, meinen Mann umzubringen. Weißt du das noch?«

»Sicher«, sagte Van Veeteren. »Aber das gilt nur in einem bestimmten Fall. Aus einem sehr individuellen, engen Gesichtswinkel heraus. Wenn man es so formuliert, wie du das jetzt machst, wird es zu grob.«

»Ist das nicht immer so?«

»Wie meinst du das?«

»Ist es nicht immer so, dass der Mörder – oder überhaupt der Täter – sein Verbrechen für berechtigt hält? Muss er sich selber gegenüber nicht so argumentieren?«

»Das ist eine alte Frage«, sagte Van Veeteren. »Aber im Prinzip hast du natürlich Recht. Der Mörder hätschelt seine Motive; er kennt sie natürlich und es ist noch die Frage, ob jemand anders das auch tut. Natürlich gibt es Ursachen für alles, was wir tun, aber das Dogma der Erbsünde ist heutzutage vor Gericht einfach kein Argument mehr ... da sind die Geschworenen doch schon von härterem Kaliber.«

»Aber du glaubst daran?«

Er antwortete nicht sofort und schaute aufs Meer hinaus.

»Natürlich«, sagte er. »Ich verteidige Verbrechen nicht, aber wenn wir ihr Wesen ... die Beweggründe des Verbrechers ... nicht verstehen können, ja, dann kommen wir bei der Polizei nicht weit. Es gibt eine schwarze Logik, die oft leichter zu entdecken ist als die Logik unseres normalen Verhaltens. Das Chaos ist bekanntlich Gottes Nachbar, aber in der Hölle herrschen zumeist Gesetz und Ordnung ...«

Sie lachte und kaute auf ihrem Möhrenkuchen.

»Weiter.«

»Wenn du so schön bittest«, sagte Van Veeteren. »Also, diese bösartige Logik kann uns alle treffen, wenn wir in die Enge gedrängt werden. Es ist keine Kunst, einen islamischen Bruder zu verstehen, der seine Schwester ermordet, weil sie in der Disko war und sich westlich aufführt ... überhaupt keine Kunst, wenn man an den Hintergrund denkt. Dass eine solche Tat in sich dermaßen widerlich ist, dass du beim bloßen Gedanken daran schon kotzen könntest ... dass du spontan den Mörder am liebsten unter einem Hochhaus zerquetschen würdest, ja, das ist etwas anderes. Etwas ganz anderes.«

Er verstummte. Sie musterte ihn mit ernster Miene und griff dann über den Tisch hinweg nach seiner Hand.

»In dieser Kluft zwischen der Moral der Gesellschaft und der des Individuums wird das Verbrechen geboren«, fügte Van Veeteren hinzu und fragte sich im selben Moment, wie allgemeingültig das überhaupt war.

»Und wenn sie nun Erichs Mörder finden«, sagte Ulrike, »wirst du den dann auch verstehen?«

Er antwortete nicht sofort. Schaute wieder auf den Strand. Die Sonne hatte sich zurückgezogen, und das Wetter war vermutlich so wie zu jener Zeit, ehe irgendein Gott auf die Idee gekommen war, es zu erfinden. Acht Grad über Null, leichter Wind, weißer Himmel.

»Ich weiß nicht«, sagte er. »Deshalb will ich ihm ja von Angesicht zu Angesicht gegenübersitzen.«

Sie ließ seine Hand los und runzelte die Stirn.

»Ich versteh nicht, wie du dich dieser Belastung aussetzen kannst«, sagte sie. »Dich dem Mörder deines Sohnes gegenübersetzen zu wollen. Manchmal verstehe ich dich einfach nicht.«

»Ich auch nicht, und das habe ich auch nie behauptet«, sagte Van Veeteren.

Und ich habe auch nie gesagt, dass ich dann keine Kugel zwischen diese Augen pflanzen will, dachte er, aber das sagte er nicht.

Auf dem Heimweg machte Ulrike einen Vorschlag.

»Ich möchte, dass wir seine Freundin zum Essen einladen.«

»Wen?«, fragte Van Veeteren.

»Marlene Frey. Wir laden sie für morgen Abend zum Essen ein. Bei dir. Ich rufe sie nachher an.«

Er hatte noch nie an eine solche Möglichkeit gedacht. Er fragte sich, warum. Danach schämte er sich zwei Sekunden lang und sagte schließlich ja.

»Unter der Voraussetzung, dass du dann über Nacht bleibst«, fügte er hinzu.

Ulrike lachte und tippte ihm mit der Faust auf die Schulter.

»Das habe ich doch schon versprochen«, sagte sie. »Donnerstag, Freitag und Samstag. Jürg ist mit der Schule im Lager.«

»Ausgezeichnet«, sagte Van Veeteren. »Ohne dich schlafe ich so verdammt schlecht.«

»Ich komme aber nicht zum Schlafen zu dir«, sagte Ulrike.

»Ausgezeichnet«, wiederholte Van Veeteren, weil ihm nichts Besseres einfiel.

Polizeipräsident Hiller faltete auf der schweinsledernen Unterlage die Hände und versuchte Blickkontakt zu Reinhart aufzunehmen. Reinhart gähnte und betrachtete ein grünes, palmenähnliches Teil, dessen Namen er irgendwann einmal gewusst zu haben glaubte.

»Hm, ja«, sagte Hiller. »Bin heute Morgen dem Kommissar über den Weg gelaufen … ich meine, dem *Kommissar.*«

Reinhart ließ seinen Blick zu einem Benjaminfikus weiterwandern.

»Die Sache mit seinem Sohn macht ihm wirklich zu schaffen. Das musst du wissen. Ist ja auch kein Wunder. Nach den vielen Jahren und überhaupt … ja, ich empfinde das als eine Ehrensache. Wir müssen den Fall lösen. Der darf uns nicht aus den Händen gleiten. Wie weit seid ihr gekommen?«

»Ein Stück«, sagte Reinhart. »Wir tun, was wir können.«

»Ach«, sagte Hiller. »Ja, daran habe ich natürlich keine Zweifel. Alle … und ich meine, *alle* … müssen das doch so sehen wie ich. Dass das hier eine Ehrensache ist. Und wenn wir aus irgendeinem Grund bisweilen Mörder frei herumlaufen lassen müssen, dann darf uns das mit diesem hier nicht passieren. Unter gar keinen Umständen. Brauchst du weitere Mittel? Ich bin bereit, sehr weit zu gehen … wirklich sehr weit. Sag einfach Bescheid.«

Reinhart schwieg.

»Du weißt, dass ich mich nie in die operative Arbeit einmische, aber wenn du deine Pläne mit mir diskutieren möchtest, dann bin ich gern dazu bereit. Und Mittel, wie gesagt. Keine Begrenzungen. Ehrensache. Hast du verstanden?«

Reinhart erhob sich aus dem viel zu weichen Besuchersessel.

»Glasklar«, sagte er. »Aber Gleichungen werden wohl nicht mit Panzertruppen gelöst.«

»Was?«, fragte der Polizeichef. »Wie zum Teufel meinst du das?«

»Das erklär ich ein andermal«, sagte Reinhart und öffnete die Tür. »Hab's ein bisschen eilig, wenn du entschuldigst.«

Jung und Moreno warteten in seinem Zimmer.

»Grüße vom Fifth Floor«, sagte Reinhart. »Der Obergärtner hat schon wieder einen neuen Anzug.«

»War er im Fernsehen?«, fragte Jung.

»Nicht, dass ich wüsste«, sagte Moreno. »Aber vielleicht hat er das vor.«

Reinhart ließ sich in seinen Schreibtischsessel sinken und steckte sich eine Pfeife an.

»Na«, sagte er. »Die Lage?«

»Ich hab sie nicht erreicht«, sagte Jung. »Sie treibt sich irgendwo mit ihrem Freund herum. Hat erst morgen Nachmittag wieder Dienst. Tut mir Leid.«

»O verdammt«, sagte Reinhart.

»Von wem redet ihr?«, fragte Moreno.

»Natürlich von Edita Fischer«, sagte Reinhart. »Dieser Krankenschwester, die bei der anderen Krankenschwester angedeutet hat, dass Vera Miller angedeutet haben soll … o Scheiße, was für eine dünne Suppe. Und wie läuft die Ärzteinventarisierung?«

»Sehr gut«, sagte Moreno und reichte ihm den Ordner, der auf ihren Knien gelegen hat. »Da hast du Namen und Fotos aller hundertsechsundzwanzig Ärzte und Ärztinnen, die im Gemeinde arbeiten. Und die einer Hand voll, die in diesem Jahr aufgehört haben, sie sind angekreuzt. Geburtsdatum, Einstellungsjahr, wissenschaftliche Meriten, Fachgebiete, alles, was du dir wünschen kannst. Sogar Familienstand und Familienmitglieder sind angeführt. Im Gemeinde-Hospital herrschen eben Sitte und Ordnung.«

»Nicht schlecht«, bestätigte Reinhart und blätterte im Ordner. »Wirklich nicht schlecht. Stehen die auch nach Klinik und Station da?«

»Natürlich«, sagte Moreno. »Ich habe schon die von der 46 angekreuzt, das war Vera Millers Station. Da arbeiten sechs fest und sieben oder acht andere ab und zu. Die laufen ziemlich viel hin und her, vor allem die Spezialisten … Anästhesie und so.«

Reinhart nickte, blätterte weiter und betrachtete die Fotos der munteren Männer und Frauen in ihren weißen Kitteln. Offenbar gehörte es zu den Dienstverpflichtungen, sich auf diese Weise fotografieren zu lassen. Der Hintergrund war auf den meisten Bildern derselbe, und alle, fast alle zumindest, hielten den Kopf im selben Winkel und zogen die Mundwinkel energisch nach oben. Offenbar derselbe Fotograf. Sie fragte sich, welche unwiderstehliche Geschichte er erzählt haben mochte, um alle dazu zu bringen, so und nicht anders ihren Mund aufzumachen.

»Nicht schlecht«, sagte er zum dritten Mal. »Hier haben wir also den Mörder mit Bild und persönlichen Daten bis hinunter zur Schuhgröße. Schade, dass wir nicht wissen, welcher er ist. Einer von hundertsechsundzwanzig …«

»Wenn wir weiterhin nach Rooths Hypothese arbeiten, dann kannst du vierzig Stück abziehen.«

»Ach?«, fragte Reinhart. »Und warum?«

»Weil sie Frauen sind. Aber wie wir jetzt weitermachen sollen, weiß ich auch nicht. Es kommt mir ein bisschen anstrengend vor, die jetzt alle zu verhören, ohne uns zu verraten. Auf den Fotos sehen sie zwar friedlich aus, aber in Wirklichkeit sind sie vielleicht doch nicht ganz so umgänglich. Vor allem, wenn ihnen aufgeht, welchen Verdacht wir haben … und dann gibt es noch Korpsgeist und überhaupt alles Mögliche.«

Reinhart nickte.

»Wir fangen mit den Nächstliegenden an«, sagte er. »Erst mal nehmen wir uns nur die vor. Was hast du gesagt? Sechs feste auf der Station und dann noch ein paar? Das müssten wir doch schaffen, bis Jungs Zeugin wieder auftaucht. Wer soll das übernehmen?«

»Nicht Rooth«, sagte Jung.

»Gut, nicht Rooth«, sagte Reinhart. »Aber ich sehe doch hier vor mir zwei zuverlässige Leute. Bitte schön, gute Jagd.«

Er klappte den Ordner zu und gab ihn zurück. Da Jung das Zimmer als Erster verließ, konnte er Inspektorin Moreno noch eine Frage stellen.

»In letzter Zeit gut geschlafen?«

»Besser und besser«, sagte Moreno und lachte sogar. »Und selber?«

»Ganz nach Verdienst«, sagte Reinhart kryptisch.

26

Am Donnerstag brachte die Post neben einigen Rechnungen auch zwei Briefe. Der eine stammte von der Sparkasse und teilte mit, dass sein Darlehen bewilligt worden sei. Die Summe von zweihundertzwanzigtausend Gulden sei seinem Konto bereits gutgeschrieben worden.

Der andere stammte von seinem Widersacher.

Es war diesmal eine andere Art Umschlag. Einfach, billiger. Der Brief selber bestand aus einem zweimal gefalteten Blatt, das wohl aus einem Spiralblock gerissen worden war. Ehe er den Brief las, fragte er sich, ob das irgendein Zeichen sein könne, ob dieser Qualitätsverlust von Bedeutung sei.

Er kam zu keiner klaren Antwort und die Instruktionen waren ebenso einfach und deutlich wie bisher.

Ihre letzte Chance. Meine Geduld ist bald zu Ende. Dasselbe Verfahren wie beim letzten Mal.

Ort: die Mülltonne hinter dem Imbiss an der Ecke Armastenstraat und Bremers Steg.

Zeit: die Nacht auf Freitag, 03.00 Uhr.

Halten Sie sich dann um 04.00 Uhr bei sich zu Hause am Telefon bereit. Versuchen Sie nicht, diese Nummer auf das Mobiltelefon umzuschalten, ich habe Maßnahmen ergriffen, um mich davor zu schützen. Wenn ich am Freitagmorgen mein Geld nicht habe, sind Sie verloren.

Ein Freund

Die Sache mit dem Mobiltelefon hatte ihm wirklich vorgeschwebt.

Er hatte sich nach den Möglichkeiten erkundigt, hatte dann aber einsehen müssen, dass der Anrufer immer feststellen konnte, ob ein Gespräch auf einen anderen Anschluss umgeschaltet worden war. Ansonsten war es natürlich eine verlockende Vorstellung gewesen, sich zwanzig Meter vom Imbiss entfernt zu verstecken, in der, wie er wusste, engen und dunklen Gasse ... dort zu stehen und mit dem Rohr unter der Jacke auf den Widersacher zu warten. Ungeheuer verlockend.

Während er die Instruktionen las, ging ihm auch auf, wie verdammt selbstsicher der Erpresser zu sein schien. Wie konnte er zum Beispiel ausschließen, dass sein Opfer keine Helfer benutzte, wie er das selber draußen in Dikken getan hatte?

Wie konnte er da so sicher sein? Es wäre doch durchaus möglich, einen guten Freund um Hilfe zu bitten, ohne zu verraten, worum es hier ging. Einfach jemand anderen ans Telefon zu setzen, würde doch reichen. Oder kannte der Widersacher seine Stimme so gut, dass ihn das verraten hätte? Kannte er ihn so gut?

Oder hatte er seine Taktik diesmal weiterentwickelt? Sie auf irgendeine Weise verfeinert? So sah es aus. Der Anruf würde vielleicht eine weitere Instruktion bringen, um zu garantieren, dass er das Geld in aller Ruhe hinter dem Imbiss hervorholen könnte.

Aber wie sollte die aussehen? Was könnte das für eine verdammte Instruktion sein? War er bewaffnet?

Die letzte Frage tauchte auf, ohne dass er sie sich überlegt hätte, und bald erschien sie ihm als die Gewichtigste von allen. Hatte der Widersacher also eine Waffe und war er – schlimmstenfalls – bereit, sie anzuwenden, um sein Geld einsacken zu können?

Eine Pistole in der Jackentasche, in einer dunklen Ecke im Bremers Steg?

Er stopfte den Brief in den Umschlag und schaute auf die Uhr.

11.35 Uhr. Ihm blieben weniger als sechzehn Stunden.

Wenig Zeit. Entsetzlich wenig Zeit, und jetzt war die letzte Runde eingeläutet. Weiteres Aufschieben war undenkbar.

Zeit zur Flucht?, fragte er sich.

27

Moreno und Jung führten am Donnerstagvormittag ein gutes Dutzend Gespräche. Drei davon mit Ärztinnen – und sei es nur, um keinen Verdacht zu erwecken.

Den Verdacht, den die Polizei gegen die Kollegen dieser Ärztinnen hegte. Oder zumindest gegen einen davon.

Der vorgebliche Ausgangspunkt des Gesprächs war die Notwendigkeit, Informationen über die ermordete Krankenschwester Vera Miller einzuholen. Einfach Eindrücke. Beziehungen zu Kranken und Kolleginnen; alles, was auf irgendeine Weise den allgemeinen Eindruck von ihr schärfen konnte. Vor allem, was ihr berufliches Erscheinungsbild betraf.

Bei allen Gesprächen wurde, so weit Moreno und Jung das beurteilen konnten, ganz offen über Schwester Vera geredet. Manche hatten allerlei zu sagen – andere natürlich weniger, wenn sie nicht so viel mit ihr zu tun gehabt hatten. Urteil und Auffassungen stimmten auf auffällige Weise überein. Vera Miller war eine absolut außergewöhnliche Krankenschwester gewesen. Kenntnisreich, positiv, arbeitswillig – und mit diesem kleinen zusätzlichen Gefühl für die Kranken, das so wichtig ist und das man sich eigentlich bei allen wünscht, die im Gesundheitswesen tätig sind.

De mortuis ..., dachte Moreno, aber das war nur ein automatischer Gedanke, der in diesem Fall nicht angebracht zu sein schien. Schwester Vera war allgemein beliebt und geschätzt gewesen, so einfach war das. Irgendeine Vorstellung, wer einen Grund gehabt haben könnte, sie umzubringen, ließ sich nirgendwo ausmachen. Nicht einmal ein Schatten einer Vorstellung.

Moreno und Jung hatten auch keine, nachdem sie die Vernehmungen beendet hatten und sich zum Mittagessen ins Restaurant unten im Block A setzten. Nicht den Schatten eines Schattens.

Das ungewohnt üppige Nudelgericht war um einige Minuten nach eins verzehrt und sie beschlossen, oben in Abteilung 46 auf Edita Fischer zu warten. Frau Fischer sollte ihren Dienst um vierzehn Uhr antreten – nach zweieinhalb freien Tagen, die sie mit ihrem Freund an einem unbekannten Ort verbracht hatte. Als Jung endlich, nach sieben Sorgen und acht Kümmernissen, Fischer irgendwann am Vormittag erreicht hatte, hatte diese nicht verraten wollen, wo sie gewesen waren und was sie dort gemacht hatten.

Was Jung im Grunde ja auch nicht sonderlich interessierte, aber trotzdem.

»Wahrscheinlich haben sie eine Bank ausgeraubt«, sagte er zu Moreno, »aber darauf scheißen wir, es reicht auch so schon. Und mit Vera Miller hat es wirklich nichts zu tun.«

Moreno dachte einen Moment nach, dann stimmte sie ihm zu. Es reichte wirklich.

Edita Fischer war jung und blond und sah ungefähr so aus, wie das von einer Krankenschwester in einer amerikanischen Fernsehserie erwartet wird. Abgesehen möglicherweise von ihrem leichten Silberblick, aber zumindest Jung fand den einfach nur charmant.

Sie war sichtlich verlegen, weil sie solche Unannehmlichkeiten verursacht hatte. Sie errötete und bat mehrere Male um Entschuldigung, ehe sie sich in dem blassgrünen Gesprächszimmer niederließen, das durch das energische Eingreifen der Stationsleiterin zur Verfügung gestellt worden war. Normalerweise wurde es nur benutzt, wenn ein Patient gestorben war, ließ sie mitteilen, grün hatte angeblich beruhigende Wirkung.

»Herrgott«, rief Edita Fischer. »Das war doch nichts. Rein gar nichts. Liljana hat das gesagt, oder?«

Jung gab zu, dass diese Bemerkung während seines Gesprächs mit Liljana Milovic gefallen war.

»Warum hat sie nicht einfach den Mund gehalten«, sagte Edita Fischer. »Das war doch bloß so eine Bagatelle mitten im Gespräch.«

»Wenn alle den Mund hielten, dann würden wir nicht viele Verbrecher fangen«, sagte Jung.

»Was war das denn für eine Bagatelle?«, fragte Moreno. »Jetzt, wo wir schon hier sitzen.«

Edita Fischer zögerte noch eine Weile, aber sie konnten ihr ansehen, dass sie reden würde. Jung wechselte einen Blick mit Moreno, und beide verkniffen sich weitere Fragen. Warten war genug. Warten und das beruhigende Grün betrachten.

»Es ist über einen Monat her … oder fast anderthalb.«

»Anfang November?«, fragte Moreno.

»Ungefähr. Ich glaube, ich habe nie so viel geweint, wie, nachdem ich von dem Mord an Vera gehört hatte. Es ist so entsetzlich, sie war so ein fröhlicher, lebendiger Mensch … Wir rechnen doch nie damit, dass Leuten, die wir so gut kennen, so etwas passieren kann. Wer hat es getan, das muss doch ein Verrückter sein?«

»Das wissen wir noch nicht«, sagte Jung. »Aber das wollen wir ja gerade herausfinden.«

»Hatten Sie auch privat Kontakt miteinander?«, fragte Moreno.

Edita Fischer schüttelte ihre Locken.

»Nein, aber sie war eine wunderbare Kollegin, da können Sie hier alle fragen.«

»Das haben wir schon getan«, sagte Jung.

»Anfang November?«, mahnte Moreno.

»Sicher, ja«, sagte Edita Fischer und seufzte. »Aber Sie müssen einsehen, dass es im Grunde gar nichts war. Liljana übertreibt gern … kein böses Wort über sie, aber so ist sie eben.«

»Erzählen Sie jetzt«, sagte Jung. »Normalerweise können wir entscheiden, was wichtig ist und was nicht. Aber wir würden gern so viel wie möglich wissen, ehe wir unsere Entscheidung treffen.«

»Natürlich«, sagte Edita Fischer. »Verzeihen Sie. Aber es war einfach so, dass Vera ins Rumford musste.«

»Ins neue Rumfordkrankenhaus?«, fragte Moreno.

»Ja, eine Patientin sollte überführt werden. Das kommt manchmal vor. Eine Frau mit einem Lungenemphysem, im Rumford sind sie dafür besser ausgerüstet. Manchmal schicken wir Leute hin, manchmal kriegen wir welche von denen …«

»Klingt vernünftig«, sagte Jung.

»Ja«, sagte Edita Fischer. »Das ist vernünftig. Vera hat diese Frau begleitet und den halben Tag im Rumford verbracht. Um sich davon zu überzeugen, dass es der Patientin gut geht … dass sie das Gefühl hatte, gut versorgt zu werden und so. Vera nahm das sehr genau, deshalb war sie eine so gute Krankenschwester. Als sie nachmittags zurückkam, haben wir zusammen Kaffee getrunken, und ich habe Vera ein wenig aufgezogen. Habe sie gefragt, warum sie so lange geblieben sei, ob es im Rumford vielleicht attraktive Ärzte gebe … denn das gibt es wirklich.«

Sie machte ein verlegenes Gesicht und riss sich zusammen.

»Viel jüngere als bei uns jedenfalls«, fügte sie noch hinzu. »Ja, und dann hat Vera ebendiese Antwort gegeben. Du hast den Nagel auf den Kopf getroffen.«

»Den Nagel auf den Kopf getroffen?«, fragte Moreno.

»Ja, sie lachte und sagte: Du hast den Nagel auf den Kopf getroffen, Edita. Das war alles, und ich weiß nicht, ob es ein Witz sein sollte oder ob mehr dahinter steckte. Mein Gott, haben Sie darauf wirklich so lange gewartet?«

»Hm«, sagte Jung. »Wir sind ans Warten gewöhnt, machen Sie sich da mal keine Sorgen.«

Moreno dachte nach und machte dabei Notizen auf ihrem Block.

»Was glauben Sie?«, fragte sie. »Was haben Sie sich gedacht, als Vera Miller das gesagt hat? Sie brauchen keine Angst zu haben, uns etwas Falsches zu sagen, besser, Sie antworten einfach ganz spontan, welchen Eindruck Sie hatten.«

Edita Fischer biss sich in die Lippe und starrte ihre Hände an, die auf ihren Knien lagen und sich wanden.

»Ich habe geglaubt, es sei etwas passiert«, sagte sie endlich. »Ja, wenn ich mir das recht überlege, dann habe ich das wirklich geglaubt.«

»Sie wissen, dass sie verheiratet war?«, fragte Jung.

»Sicher.«

»Aber Sie halten es nicht für unvorstellbar, dass … dass sie im Rumford einen Arzt getroffen und sich in ihn verguckt hat?«

Verguckt hat, dachte er. Ich rede wie ein zweitklassiger Schauspieler. Aber egal. Edita Fischer zuckte mit den Achseln.

»Ich weiß nicht«, sagte sie. »Wie zum Teufel soll ich das wissen, es war doch nur diese eine Bemerkung … und die Art, wie sie es gesagt hat.«

»Und das Thema ist nie wieder erwähnt worden?«, fragte Moreno. »Keine weiteren Andeutungen, zum Beispiel?«

»Nein«, sagte Edita. »Rein gar nichts. Deshalb sage ich ja, dass es nur eine Bagatelle war.«

Jung dachte eine Weile nach.

»Na gut«, sagte er. »Wir danken für die Auskunft. Sie können jetzt wieder an die Arbeit gehen.«

Edita Fischer dankte und ging. Jung stand auf und lief zweimal durch das Zimmer. Setzte sich wieder.

»Na?«, fragte Moreno. »Das wäre das. Was glaubst du?«

»Was ich glaube?«, fragte Jung. »Ich weiß immerhin, was wir jetzt zu tun haben. Hundert neue Ärzte. Wir werden bis Weihnachten zu tun haben … aber was soll's, man sollte dankbar sein, dass man nicht Däumchen drehen muss.«

»So spricht ein echter Polizist«, sagte Moreno.

28

Es war zwanzig vor drei, als er die Sparkassenfiliale am Keymer Plejn mit zweihundertzwanzigtausend Gulden in der Tasche verließ. Sein Wunsch, alles in bar zu bekommen, hatte leichtes Stirnrunzeln hervorgerufen. Es gehe um ein Boot, hatte er erklärt, exzentrischer Verkäufer, wolle das Geld eben so. Sonst werde er nicht verkaufen.

Er fragte sich, ob sie das wohl geschluckt hatten. Vielleicht, vielleicht auch nicht. Es war egal, so oder so. Wichtig war, dass er das Geld hatte. Und wenn die ersten Rückzahlungen für das Darlehen fällig wären, würde er nicht mehr greifbar sein. Nicht einmal annähernd. Wo genau auf der Welt er sich dann aufhalten würde, wusste er noch nicht. Ihm blieben nur noch zwölf Stunden bis zur Geldübergabe, und er hatte keine Strategie.

Ich bin zu ruhig, dachte er und setzte sich ins Auto. Ich habe zu viel Medikamente geschluckt, das stumpft ab.

Er fuhr den üblichen Weg nach Boorkheim. Das milde Wetter des gestrigen Tages hatte sich gehalten, und er fuhr ungewöhnlich langsam, weil ihm aufgegangen war, dass er diese Strecke vielleicht zum letzten Mal fuhr. Auf der er Tausende von Malen unterwegs gewesen war … ja, es mussten Tausende gewesen sein. Vor fast fünfzehn Jahren war er mit Susanne in das Reihenhaus gezogen und würde es jetzt verlassen. Es wird wahrlich höchste Zeit, dachte er.

Wahrlich.

Vielleicht lag es an der geringen Geschwindigkeit und an dem Gefühl, die letzte Reise angetreten zu haben, dass er den Roller entdeckte.

Einen ganz normalen roten Motorroller, der vor einem Mietshaus eine Zeile vor seiner eigenen Reihenhaussiedlung stand. Nur fünfundzwanzig Meter von seinem eigenen Haus entfernt also.

Einen roten Motorroller.

Die Erkenntnis traf ihn wie ein Blitz. Der Motorroller.

Der Motorroller.

Er hielt wie üblich in der Garagenauffahrt. Stieg aus und ging langsam zurück über die Straße. Seine Gedanken jagten wie Feuerwerkskörper durch seinen Kopf, und er musste alle Kräfte sammeln, um nicht stehen zu bleiben und das Fahrzeug anzustarren, das da vor ihm stand und in der blassen Sonne funkelte.

Er ging vorbei. Ging zum Kiosk und kaufte sich eine Zeitung. Passierte das magische Zweirad ein weiteres Mal und kehrte dann zu seinem Haus zurück. Schaute sich kurz um und stellte fest, dass er den Roller auch von hier aus sehen konnte. Von der Garagenauffahrt und vom Auto her. Er dachte kurz nach und beschloss herauszufinden, ob es auch vom Autoinneren her möglich sein könnte.

Das war es nicht; nicht sofort, doch als er zurückgesetzt und auf der Straße gewendet hatte, konnte er problemlos vom Fahrersitz her alles im Auge behalten. Ihm fiel ein, dass er ein Fernglas besaß, und er ging ins Haus, um es zu holen.

Setzte sich wieder ins Auto, doch ehe er wirklich mit der Überwachung begann, stieg er noch einmal aus und ging zurück zum Kiosk. Kaufte zwei Bier, von denen er wusste, dass er sie niemals trinken würde. Blieb einen Moment vor dem Mietshaus stehen und prägte sich die Nummer des Rollers ein.

Dann setzte er sich mit dem Fernglas ins Auto. Eine Dreiviertelstunde saß er so da und versuchte Zweifel zu hegen. Die

Schlussfolgerungen, die ihm während weniger Sekunden gekommen waren und ihm seither als Axiom erschienen, zu durchlöchern.

Alles stimmte. An jenem Abend war ein Roller vorbeigekommen. Der unterwegs nach Boorkheim gewesen war. Er hatte sich ja schon überlegt, dass der Erpresser jemand sein musste, der wusste, wer er war ... die Antwort war ganz einfach – dass es sich nämlich um einen Nachbarn handelte. Nicht um jemanden, den er jeden Tag grüßte – was ohnehin nur bei den unmittelbaren Nachbarn der Fall war, bei Herrn Landtberg und bei Familie Kluume.

Aber um einen Bewohner dieses Mietshauses eben.

Das hatte nur drei Stockwerke. Enthielt vermutlich nicht mehr als zehn oder zwölf Wohnungen. Drei Eingänge. Und einen roten Roller vor dem seinem Haus am nächsten gelegenen.

Es war glasklar. Boorkheim war keine große Wohnsiedlung, und die Leute dort kannten einander. Zumindest vom Sehen. Er glaubte nicht, dass es hier noch weitere Roller gab. Dass er diesen hier noch nie gesehen – oder zumindest nicht bewusst registriert hatte – musste daran liegen, dass der Besitzer ihn normalerweise hinter dem Haus abstellte. Sein Widersacher hatte sich offenbar nicht klar gemacht, dass sein Fahrzeug ihn verraten könnte; es wirkte jedenfalls nicht plausibel, dass er gerade an diesem Tag so nachlässig gewesen war ... und es ihm sozusagen mitten vor die Nase gestellt hatte.

Gerade an diesem Tag.

Wo nur noch Stunden übrig waren.

Er schaute auf die Uhr. So ungefähr vier. Noch elf Stunden.

Merkte, dass er Gänsehaut auf den Armen hatte.

Merkte, dass eine Strategie Form annahm.

Eine Dreiviertelstunde. So lange saß er im Wagen und wartete und plante. Dann kam der Besitzer aus dem Haus. Der Besitzer des roten Motorrollers. Durch das Fernglas schien das Gesicht nur wenige Meter von seinem eigenen entfernt zu sein.

Ein düsteres und ziemlich alltägliches Gesicht. Ungefähr in seinem Alter. Er kannte diesen Mann.

Es war einer der Angestellten unten in der Prothesenwerkstatt des Krankenhauses. Er glaubte einmal mit ihm gesprochen zu haben, aber sie waren nicht näher miteinander bekannt.

An den Namen konnte er sich nicht erinnern. Aber das war ja auch egal. Seine Strategie hatte er im Rekordtempo entwickelt. Die Gänsehaut blieb.

Das Essen mit Marlene Frey verlief zunächst ausgesprochen angespannt. Van Veeteren registrierte ihre Unruhe schon, als er für sie die Tür öffnete, und seine hilflosen Versuche, ihr das Gefühl des Willkommenseins zu geben, machten die Sache kaum besser.

Ulrike hatte zwar ein wenig mehr Erfolg, aber erst als Marlene Frey über der Suppe plötzlich in Tränen ausbrach, brach das Eis dann wirklich.

»O verdammt«, schniefte sie. »Ich dachte, ich könnte das hier schaffen, aber es geht nicht. Verzeihung.«

Während sie im Badezimmer war, trank Van Veeteren zwei Glas Wein, und Ulrike musterte ihn mit besorgter Miene.

»Er fehlt mir so sehr«, sagte Marlene, als sie zurückkam. »Ich weiß ja, dass es euch auch so geht, aber das macht die Sache nicht besser. Er fehlt mir so sehr, dass ich verrückt werden könnte.«

Sie starrte Van Veeteren aus notdürftig ausgespülten Augen an. Weil ihm nichts Besseres einfiel, starrte er zurück, dann lief er um den Tisch herum und umarmte sie. Das war nicht ganz einfach, da sie ja saß, aber während er es tat, spürte er, wie sich etwas in ihm löste.

Eine Faust, die ihren Zugriff aufgab. Die sich öffnete. Seltsam, dachte er.

»Jesus«, sagte Ulrike. »Wie weit die Herzen der Menschen bisweilen voneinander entfernt sind!«

Marlene brach erneut in Tränen aus, aber diesmal konnte sie sich mit der Serviette die Nase putzen.

»Ich habe mich so einsam gefühlt«, erklärte sie. »Und vor euch hatte ich fast schon Angst.«

»Er ist nicht so gefährlich«, versicherte Ulrike. »Das wird mir allmählich immer klarer.«

»Hrrm«, sagte Van Veeteren, der wieder auf seinem Stuhl saß. »Prost.«

»Ich erwarte doch unser Kind«, sagte Marlene. »Es kommt mir so entsetzlich unwirklich vor, und ich weiß nicht, wie es später werden wird. Wir hatten doch nicht damit gerechnet, dass wir uns nicht beide um das Kind kümmern könnten.«

Sie seufzte tief und versuchte zu lachen.

»Verzeihung. Es ist einfach so schwer. Danke für die Umarmung.«

»Herrgott«, sagte Van Veeteren. »O Scheiße. Prost. Ich werde mich um dich kümmern, das verspreche ich dir. Um dich und das Kind, meine ich. Hrrm.«

»Das wäre ja auch noch schöner«, sagte Ulrike Fremdli. »Esst jetzt eure Suppe, dann gibt es auch noch ein Stück Fleisch.«

»Deine Eltern«, fragte er eine Stunde später vorsichtig. »Können die dir helfen?«

Marlene schüttelte den Kopf.

»Ich bin das Kind von Süchtigen. Meine Mutter gibt sich alle Mühe, aber eine Hilfe kann sie mir nicht sein. Ich hoffe, ihr glaubt mir, wenn ich sage, dass ich mich selber aus dem Dreck gezogen habe … das habe ich wirklich. Wir haben es zusammen gemacht, Erich und ich. Obwohl ich manchmal das Gefühl habe, dass man immer eins auf die Finger kriegt, sobald man sich ein wenig aufgerappelt hat.«

»Das Leben ist eine gewaltig überschätzte Geschichte«, sagte Van Veeteren. »Aber es ist besser, wenn man das nicht zu früh entdeckt.«

Marlene betrachtete ihn mit leicht gehobenen Augenbrauen.

»Doch«, sagte sie. »Das ist vielleicht wirklich so ... Erich hat gesagt, dass du noch nie ein großer Optimist warst, aber ich mag dich trotzdem. Ich hoffe, ich darf das auch weiterhin.«

»Natürlich«, sagte Ulrike. »Er hat einen gewissen griesgrämigen Charme. Noch Kaffee?«

Marlene schüttelte den Kopf.

»Nein, danke. Ich muss jetzt gehen. Ich würde euch auch gern mal einladen, aber ihr wisst ja, wie es bei mir aussieht ... obwohl der Ofen inzwischen richtig gut funktioniert.«

»Zu Weihnachten kommst du her«, sagte Van Veeteren. »Und zu Silvester. Jeder nach seinen Fähigkeiten und so weiter.«

Ulrike lachte, und Marlene lächelte. Er fragte sich kurz, wie lange es her war, dass er zwei Frauen gleichzeitig in so gute Laune versetzt hatte. Wahrscheinlich noch nie, dachte er dann. Als sie in der Diele standen, fiel Marlene etwas ein.

»Ach ja«, sagte sie. »Da war noch dieser Zettel ...«

»Was denn für ein Zettel?«, fragte Ulrike und half ihr in den Mantel.

»Ich habe einen Zettel gefunden«, sagte Marlene. »Beim Aufräumen, Erich hat immer Zettel herumliegen lassen ... auf denen standen Uhrzeiten und Namen und Telefonnummern und so.«

»Ach«, sagte Van Veeteren und merkte, wie er innerhalb von einer Sekunde zum Kriminalpolizisten wurde.

»Die Polizei hat ja alle Papiere mitgenommen, die Erich in den letzten Wochen voll gekritzelt hat, aber diesen haben sie nicht gefunden. Der lag in der Küche unter einem Kochtopf. Ich weiß, dass er ihn erst kürzlich geschrieben haben muss, denn hier steht etwas über einen Job, den er an einem der letzten Tage hatte ...«

»Und was steht da sonst noch?«, fragte Van Veeteren.

»Nur ein Name«, sagte Marlene Frey. »Keller.«

»Keller?«

»Ja, Keller. Das ist ja nicht gerade ein seltener Name, aber ich kenne niemanden, der so heißt … und im Adressbuch steht auch keiner. Ja, das ist alles. Soll ich die Polizei anrufen und ihnen von dem Zettel erzählen?«

Van Veeteren dachte eine Weile nach.

»Tu das«, sagte er dann. »Keller? Keller? Nein, ich kenne auch keinen Keller. Aber ruf trotzdem an, wie gesagt … melde dich bei Reinhart, sie brauchen alle Hilfe, die sie bekommen können. Hast du die Nummer?«

Marlene nickte. Dann umarmte sie beide, und als sie gegangen war, schien sie ein Vakuum hinterlassen zu haben.

Es war seltsam. Ein großes Vakuum.

»Du wirst Großvater«, sagte Ulrike und setzte sich auf dem Sofa auf ihn.

»Eiwei«, sagte Van Veeteren. »Ich weiß. Hast du drei Tage gesagt?«

»Nächte«, sagte Ulrike. »Am Tag arbeite ich. Zumindest morgen.«

Aron Keller sah den roten Audi am Haus vorbeifahren. Dann sah er, wie der Wagen in der Auffahrt zu Nummer siebzehn hielt. Möglich war das, weil sein Wohnzimmer einen Erker besaß. Und dort stand er. Hier stand er häufig. Im dritten Stock, halb verborgen von den beiden prächtigen Hibiskussen, hatte er einen sehr guten Überblick darüber, was draußen passierte.

Was normalerweise nicht sehr viel war. Trotzdem stand er oft hier, im Laufe der Jahre war ihm das zur Gewohnheit geworden. Ab und zu im Erker zu stehen.

Gleich darauf dankte er seinem Glücksstern. Dafür, dass er eine Minute gewartet hatte, nachdem der mörderische Arzt in seinem funkelnden Auto vorübergefahren war.

Er kam zurück. Der Doktor kam zurückspaziert. Ging zum Kiosk und kaufte sich eine Zeitung. Das tat er sonst nie. Normalerweise jedenfalls nicht.

Aron Keller wartete weiter. So unbeweglich wie der Hibiskus. Sah, wie der Audi zurücksetzte und danach rückwärts wieder auf die Auffahrt fuhr. Dann stieg der Arzt aus, ging ins Haus und holte etwas, das Keller nicht erkennen konnte. Kam zurück und setzte sich wieder hinters Lenkrad. Blieb vor seinem Haus im Auto sitzen. Keller spürte, wie ihm der kalte Schweiß ausbrach. Nach nur einigen Minuten stieg der Arzt wieder aus und ging noch einmal zum Kiosk. Vor Kellers Haus verlangsamte er seine Schritte und sah sich den Roller an. Ging dann zum Kiosk. Kaufte etwas, das in eine braune Papiertüte gesteckt wurde, und kam abermals zurück. Keller trat zwei Schritt zurück ins Zimmer, als der andere draußen vorüberging. Nahm dann seine Position im Erker wieder ein und beobachtete, wie der Arzt sich wieder ins Auto setzte.

Und sitzen blieb. Minute für Minute. Saß einfach da hinter dem Lenkrad und tat nichts.

Verdammt, dachte Keller. Er weiß es. Der Arsch weiß es.

Als er eine ganze Weile später an Nummer siebzehn vorüberging, saß der Arzt noch immer im Auto. Das war die endgültige Bestätigung. Keller marschierte an der Reihenhauszeile vorbei und kehrte dann auf der Rückseite zurück in seine eigene Wohnung. Holte sich ein Bier aus dem Kühlschrank und leerte es in drei Zügen. Stellte sich dann in den Erker. Der Audi vor Nummer siebzehn war leer. Die Sonne war untergegangen.

Aber eines weiß er nicht, dachte er. Der Mordarzt weiß nicht, dass ich weiß, dass er weiß. Ich bin ihm einen Schritt voraus. Habe immer noch die Kontrolle.

V

29

Wenn man es rein quantitativ betrachtet, dachte Kommissar Reinhart gegen elf Uhr am Samstagvormittag während einer kurzen Rauchpause, brauchen wir uns für unsere Leistungen nicht zu schämen.

Dieser Gedanke hatte unbestreitbar etwas für sich. Nach dem Gespräch mit Edita Fischer war die Anzahl der zu verhörenden Ärzte auf einmal so groß, dass sowohl Rooth als auch deBries und Assistent Bollmert sofort hinzugezogen wurden. Natürlich betrachtete Reinhart (wenn er ehrlich sein sollte) die ganze Prozedur als eine Art Strohhalm, aber da sie keinen anderen hatten (und da Polizeipräsident Hiller unbegrenzte Mittel zugesagt hatte), mussten sie es damit versuchen. Niemand nannte die Operation noch »Rooths Hypothese« – Rooth selber schon gar nicht –, seitdem klar war, dass sie das ganze Wochenende durcharbeiten mussten.

Das Neue Rumfordkrankenhaus war etwas kleiner als das Gemeinde, aber es hatte immer noch einhundertzwei Ärzte und Ärztinnen aufzuweisen, und darunter waren neunundsechzig Ärzte. Und hier konnten sie nicht auf das alte Deckmäntelchen zurückgreifen, dass sie sich nur einen Eindruck von der ermordeten Krankenschwester Vera Miller machen wollten. Unter anderem aus dem einfachen Grund, dass niemand im Rumford einen Eindruck haben konnte.

Abgesehen möglicherweise vom Mörder selber, wie deBries sehr richtig anmerkte, aber der würde bestimmt keine Lust haben, auf ein paar nette Fragen hin sein Herz auszuschütten. Darüber war sich die gesamte Ermittlungsleitung einig

Reinhart beschloss deshalb, mit offenen Karten zu spielen. Es gab Hinweise darauf, dass Vera Miller mit einem Arzt aus einem der beiden Krankenhäuser ein Verhältnis gehabt hatte. War irgendetwas darüber bekannt? Hatte irgendjemand etwas gehört? Konnte irgendwer Spekulationen oder Vermutungen liefern?

Letzteres bewegte sich vielleicht am Rand des Anstandes, aber sei's drum, fand Reinhart. Wenn zweihundert Leute Vermutungen äußern sollen, dann muss irgendwer doch richtig vermuten.

Ganz zu schweigen davon, wenn mehrere dieselbe Vermutung hegen.

Inspektor Jung hatte diese Art von Massenverhören noch nie zu seinen Lieblingsaufgaben gezählt (informelle Gespräche wie das mit Schwester Liljana lagen ihm irgendwie mehr), und als er Rooth nachmittags während einer wohl verdienten Kaffeepause in der Kantine traf, dankte er ihm ganz bewusst für die anregende Wochenendarbeit.

»Schade, dass du dich gerade auf Ärzte eingeschossen hast«, sagte er.

»Was faselst du da?«, fragte Rooth und biss in einen Negerkuss.

»Also, wenn du stattdessen eine Verkäuferhypothese aufgestellt hättest, dann hätten wir zehnmal so viele lustige Interviews führen können. Oder eine Studentenhypothese.«

»Ich habe doch gesagt, dass ich nicht weiß, was eine Hypothese ist«, sagte Rooth. »Darf man hier vielleicht in Ruhe seinen Kaffee trinken?«

Wie schon bei den früheren Gesprächen mit Erich Van Veeterens Freunden und Bekannten wurden auch jetzt von jeder Vernehmung Tonbandaufnahmen gemacht, und als Reinhart am Sonntagabend den Stapel von Kassetten auf seinem Schreibtisch betrachtete, war ihm klar, dass das Material – vor allem, wenn beide Ermittlungen zusammengefasst würden – die Ausmaße eines Präsidentenmordes annahm.

Borkmanns Punkt, dachte er. Darüber hatte der *Kommissar* einmal gesprochen. War die Qualität der gesamten Ermittlung nicht schon längst der Quantität gewichen? Ohne, dass er es bemerkt hatte? Wusste er nicht schon, was er wissen musste? War die Antwort ... die Antworten? ... nicht irgendwo in diesem gewaltigen Ermittlungsmaterial enthalten (und versteckt?). Irgendwo?

Vielleicht, dachte er. Vielleicht auch nicht. Wie soll ich das entscheiden? Wie üblich durch Intuition? Teufel auch.

Ein wenig später an diesem Sonntagabend fand eine Besprechung statt. Reinhart hatte Hillers Zusage reichlicher Mittel nicht vergessen und deshalb vier Flaschen Wein und zwei Schnittchenplatten besorgt. Da sie trotz allem nur zu sechst waren, glaubte er, den Wünschen des Polizeichefs in ungewöhnlich hohem Grad nachgekommen zu sein.

Nicht einmal Rooth mochte die übrig gebliebenen Schnittchen verzehren.

Im Kielwasser der Quantität konnte man immer rechnen. Und das tat man.

Zweieinhalb Tage hindurch hatten sechs Kriminalbeamte einhundertneunundachtzig Gespräche geführt. Einhundertzwanzig mit Ärzten, neunundsechzig mit Ärztinnen.

Niemand hatte dabei gestanden, die Krankenschwester Vera Miller ermordet oder wenigstens eine sexuelle Beziehung mit ihr gehabt zu haben.

Niemand hatte irgendeinen anderen möglichen Kandidaten genannt (ob das am sagenumwobenen Korpsgeist lag, war unklar). Niemand hatte auch nur eine vage Vermutung geäußert, und deshalb brauchte Reinhart sich um den ethischen Aspekt in diesem Krähwinkel nicht zu sorgen. Wofür er im Grunde ja auch dankbar war.

Bei keinem Gespräch war ihnen ein direkter Verdacht gekommen – jedenfalls nicht im Bezug auf die Mordfälle. Wenn Kommissar Reinhart das Urteil seiner Untergebenen überprüfen wollte, brauche er sich ja nur die Bänder anzuhören. Unter der Voraussetzung, dass er sich jedes Gespräch nur einmal vornahm, müsste er das in knappen zweiundfünfzig Stunden schaffen können.

Pausen für Bandwechsel, Toilettenbesuch und Schlaf nicht mitgerechnet. Im Schlagschatten der Schnittchenplatte glaubte er, sich die Essenspausen sparen zu können.

»Viel ist es nicht«, sagte Rooth. »Könnte man sagen. Was wir herausbekommen haben, meine ich.«

»Wir haben uns noch nie bei so vielen für so wenig bedanken können«, fasste Reinhart zusammen. »Verdammt. Wie viel stehen noch aus?«

»Achtundzwanzig«, teilte Jung mit und schaute ein Blatt Papier an. »Fünf sind derzeit anderswo eingesetzt, sechs haben Urlaub, neun haben sich freigenommen und sind verreist ... sieben Krankschreibungen, eine bekommt in einer halben Stunde ein Kind.«

»Sollte die nicht auch krankgeschrieben werden?«, fragte Rooth.

»Urlaub ist das jedenfalls nicht«, sagte Moreno.

Es gab auch eine Gleichung mit ein paar weniger Unbekannten – die so genannte Edita-Fischer-Spur. Moreno und Jung, die gemeinsam für das Neue Rumfordkrankenhaus zuständig waren, hatten festgestellt, an welchem Tag Vera Miller die Frau mit dem Lungenemphysem dorthin begleitet hatte. Und welche Ärzte an diesem Tag auf welchen Stationen Dienst gehabt hatten ... leider hatte Vera Miller in der großen Personalkantine zu Mittag gegessen und dort im Prinzip wirklich jeden treffen können – aber die Summe ihrer Anstrengungen ergab dann doch eine verhältnismäßig kleine Anzahl von Ärzten.

Genauer gesagt, zweiunddreißig. Jung schlug vor, alle, die älter waren als fünfundfünfzig Jahre, zu streichen, aber Moreno wollte diese vorurteilsbeladene Vorauswahl nicht hinnehmen.

Graue Schläfen seien nicht zu verachten. Schon gar nicht, wenn ein Arzt sie trug. Insgesamt hatten sie mit fünfundzwanzig aus dieser »hochpotenten Gruppe« (Jungs Begriff) gesprochen, aber keiner hatte sich auch nur im Geringsten verdächtig verhalten oder interessante Auskünfte erteilen können.

Blieben noch sieben. Einer in Urlaub. Vier dienstfrei, verreist. Zwei krankgeschrieben.

»Einer von denen ist es«, sagte Jung. »Einer der sieben. Klingt wie ein Film. Wollen wir wetten?«

»In dem Fall musst du dir jemand anders suchen«, sagte Moreno. »Ich glaube das nämlich auch.«

Als die anderen nach Hause gegangen waren, teilten Reinhart und Moreno die letzte Flasche Wein. Rooth war noch anwesend, aber er war in einer Ecke eingeschlafen.

»Das ist einfach übel«, sagte Reinhart. »Und ich weiß nicht, wie oft ich das schon während dieser Ermittlung gesagt habe … während *dieser Ermittlungen!* Wir stecken fest. Ich komme mir vor wie in einem blöden Statistikinstitut. Wenn wir sie noch nach ihren politischen Ansichten und ihren Alkoholgewohnheiten gefragt hätten, dann hätten wir das Material bestimmt an die Sonntagsbeilage der Gazette verkaufen können … oder an ein Meinungsforschungsinstitut.«

»Hm«, sagte Moreno. »Der *Kommissar* hat immer gesagt, man müsse auch warten können. Geduld haben. Wir sollten vielleicht auch versuchen, so zu denken.«

»Er hat auch noch etwas anderes gesagt.«

»Ach«, fragte Moreno. »Was denn?«

»Dass man einen Fall so schnell wie möglich lösen sollte. Am besten gleich am ersten Tag, dann braucht man nachts nicht mehr daran zu denken. Seit wir seinen Sohn gefunden haben, sind doch verdammt noch mal über fünf Wochen vergangen. Ich gebe das nicht gern zu, aber bei meinem letzten Treffen mit Van Veeteren habe ich mich geschämt. Geschämt! Er hat mir erklärt, dass hinter allem eine Erpressungsgeschichte steckt …

zweifellos hat er Recht, aber wir kommen trotzdem nicht weiter. Das ist einfach … nein, ich muss mich in Zukunft damit begnügen, es nur zu denken.«

»Meinst du, sie war die Erpresserin?«, fragte Moreno. »Vera Miller, meine ich.«

Reinhart schüttelte den Kopf.

»Nein. Aus irgendeinem Grund glaube ich das nicht. Obwohl die Geschichte mit dem Arzt einen Sinn ergibt. Warum sollte eine Frau, über die niemand auch nur ein böses Wort zu sagen hat, sich zu so etwas herablassen?«

»Erpressung ist ein charakterlicher Fehler«, sagte Moreno.

»Genau«, sagte Reinhart. »Sogar Axtmörder und Frauenquäler genießen im Gefängnis einen höheren Status. Erpressung gehört zu den … unmoralischsten Verbrechen, die es gibt. Nicht zu den schlimmsten, aber zu den niedrigsten. Erbärmlich, wenn es dieses Wort noch gibt.«

»Sicher«, sagte Moreno. »Das stimmt ja alles. Also können wir Vera Miller ausschließen. Wir können auch Erich Van Veeteren ausschließen. Weißt du, was uns dann noch bleibt?«

Reinhart goss die letzten Weinreste ein.

»Ja«, sagte er. »Das habe ich mir auch schon überlegt. Uns bleibt noch ein Erpresser. Und ein Mörder. Das Opfer ist identisch mit dem Mörder. Die Frage ist, ob der Erpresser sein Geld bekommen hat oder nicht.«

Moreno schwieg eine Weile und spielte mit ihrem Glas.

»Ich verstehe nicht, wie Vera Miller da hineingeraten ist«, sagte sie. »Aber wenn wir davon ausgehen, dass sie mit Erich zu tun hatte, dann haben wir … ja, dann haben wir einen Menschen, der zwei Morde begangen hat, um nicht bezahlen zu müssen. Wenn der Erpresser nicht völlig bescheuert ist, dann hat er den Preis ein wenig erhöht … und ich glaube, dann lebt er nicht ganz ungefährlich.«

»Glaube ich auch«, sagte Reinhart.

Er trank seinen Wein und steckte sich zum zehnten Mal in einer Stunde seine Pfeife an.

»Das verdammte Problem ist«, sagte er, »dass wir nicht wissen, was dahintersteckt. Das Motiv für die Erpressung. Wir haben eine Kette von Ereignissen, aber uns fehlt das erste Glied …«

»Und das letzte«, sagte Moreno. »Wir haben vermutlich die letzte Runde zwischen dem Erpresser und seinem Opfer noch nicht gesehen, vergiss das nicht.«

Reinhart betrachtete sie und stützte den Kopf schwer auf die Hände.

»Ich bin müde«, sagte er. »Und leicht beschwipst. Nur deshalb sage ich, dass ich ein wenig beeindruckt bin. Von deiner Argumentationsweise, meine ich. Ein wenig.«

»In vino veritas«, sagte Moreno. »Aber natürlich können alle sich irren. Es braucht sich nicht um Erpressung zu handeln, und es braucht kein Arzt in die Sache verwickelt zu sein … und Vera Miller und Erich Van Veeteren hatten vielleicht gar nichts miteinander zu tun.«

»Sag das nicht«, stöhnte Reinhart. »Jetzt, wo wir gerade irgendwohin zu kommen schienen.«

Moreno lächelte.

»Es ist zwölf«, sagte sie.

Reinhart setzte sich in seinem Sessel auf.

»Ruf du ein Taxi«, sagte er. »Ich wecke Rooth.«

Als er nach Hause kam, schliefen Winnifred und Joanna im Doppelbett. Er blieb in der Türöffnung stehen und betrachtete sie eine Weile, und dabei fragte er sich, womit er die beiden denn eigentlich verdient hatte.

Und was er dafür würde bezahlen müssen.

Er dachte an den Sohn des *Kommissars*. An Seika. An Vera Miller. Daran, wie Joanna in fünfzehn, zwanzig Jahren zu Mute sein würde, wenn junge Männer anfingen, sich für sie zu interessieren … alle Arten von Männern.

Er merkte, wie sich die Haare an seinen Unterarmen sträubten, als er versuchte, sich das vorzustellen, und vorsichtig schloss er die Tür. Nahm sich ein Dunkelbier aus dem Kühlschrank und ließ sich zum Nachdenken aufs Sofa sinken.

Dachte darüber nach, was er in den Fällen Erich Van Veeteren und Vera Miller denn wirklich mit Sicherheit wusste.

Und was er ziemlich sicher wusste.

Und was er glaubte.

Ehe er sehr weit gekommen war, war er eingeschlafen. Joanna fand ihn am nächsten Morgen um sechs Uhr auf dem Sofa.

Zog ihn an der Nase und sagte: »Du stinkst.« Seine eigene Tochter.

30

Winnifred hatte am Montag nur morgens ein Seminar und wollte gegen zwölf wieder zu Hause sein. Nach kurzer Überlegung rief Reinhart die Kinderfrau an und gab ihr frei. Verbrachte danach seine Zeit mit Joanna. Putzte Zähne, kämmte Haare, zeichnete, schaute Bücher an und machte zwischen neun und zehn ein Nickerchen. Aß Bananenjoghurt, tanzte und schaute sich zwischen zehn und elf noch mehr Bücher an. Schnallte sie um halb zwölf auf dem Kindersitz im Auto fest, und zwanzig Minuten später warteten sie vor der Universität auf Mutter und Gattin.

»Wir machen einen Ausflug«, sagte er. »Das können wir brauchen.«

»Herrlich«, sagte Winnifred.

Es fiel ihm nicht schwer, nach dem Arbeitseinsatz der letzten Tage das Polizeigebäude für einige Stunden seinem Schicksal zu überlassen. Das Wetter bestand an diesem Dezembermontag aus gleichen Teilen Wind und drohenden Regenfällen. Aber trotzdem fuhren sie an die Küste. Ans Meer. Liefen die Strandpromenade von Kaarhuis auf und ab – Reinhart mit einer singenden und johlenden Joanna auf den Schultern – und aßen bei Guiverts Fischsuppe, dem einzigen Restaurant im ganzen Ort, das geöffnet hatte. Die Touristensaison kam ihnen weiter entfernt vor als der Jupiter.

»Zehn Tage bis Weihnachten«, stellte Winnifred fest. »Kannst du dir dann eine Woche freinehmen, wie du mir weismachen wolltest?«

»Kommt drauf an«, sagte Reinhart. »Wenn wir unseren Fall lösen können, dann kann ich dir sogar zwei versprechen.«

»Professor Gentz-Hillier leiht uns gern sein Haus oben in Limbuijs aus. Soll ich annehmen ... für zehn oder zwölf Tage über Weihnachten und Neujahr?«

»Trapperleben?«, fragte Reinhart. »Du meinst mit Kaminfeuer, Glühwein und einem halben Meter Bücher, hoffe ich?«

»Genau«, sagte Winnifred. »Kein Telefon und ein Kilometer zum nächsten Eingeborenen. Wenn ich das richtig verstanden habe. Ich schlage also zu, ja?«

»Tu das«, sagte Reinhart. »Und ich setze mich heute Abend hin und löse diesen Fall. Das wird jetzt wirklich Zeit.«

Als er sein Zimmer im Polizeipräsidium betrat, war es halb sechs. Der Stapel von Kassetten auf seinem Schreibtisch war noch ein wenig angewachsen, da Jung, Rooth und Bollmert tagsüber mit weiteren zehn Ärzten gesprochen hatten. Es gab auch schriftliche Mitteilungen, die erklärten, dass keine Vernehmung etwas Aufregendes ergeben habe. Krause hatte einen Bericht hinterlassen, nachdem er sich mit der Gerichtsmedizin unterhalten hatte; Vera Millers Mageninhalt war analysiert worden, sie hatte in den Stunden vor ihrem Tod Hummer, Lachs und Kaviar konsumiert.

Und eine ziemliche Menge Rotwein.

Da hat er ihr doch immerhin ein Festmahl spendiert, ehe er sie umbrachte, dachte Reinhart und steckte sich eine Pfeife an. Immerhin. Hoffentlich hat der Wein sie ein wenig abgestumpft, aber das hatten sie ja schon früher überlegt.

Er ließ sich in seinen Sessel sinken und versuchte, an das Gespräch anzuknüpfen, das er am Vorabend mit Moreno geführt hatte. Schaufelte eine Ecke auf seinem Schreibtisch frei und setzte sich mit Papier und Bleistift hin und fing an, mit eisenharter, logischer Systematik zu notieren und zu rekapitulieren.

Das hatte er zumindest vor, und er war nach einer halben Stunde, als das Telefon klingelte, noch immer damit beschäftigt.

Es war Moreno.

»Ich glaube, ich habe ihn«, sagte sie. »Bist du noch auf deinem Zimmer, wenn ich später vorbeikomme?«

»Später?«, fragte Reinhart. »Die Inspektorin hat drei Minuten, keine Sekunde mehr.«

Er zerknüllte seine eisenharten Notizen und warf sie in den Papierkorb.

Van Veeteren hatte nicht das Gefühl, dass die Temperatur in der Wohnung seit seinem letzten Besuch gestiegen war, aber Marlene behauptete, es sei ein wesentlicher Unterschied. Sie kochte Tee, und geschwisterlich teilten sie sich den Apfelstrudel, den er in der Bäckerei unten am Marktplatz gekauft hatte. Das Gespräch war ein wenig zäh, und bald sah er ein, dass sich von selber keine passende Gelegenheit für sein eigentliches Thema ergeben würde.

»Wie geht es dir?«, fragte er schließlich. »Finanziell und so, meine ich.«

Das war ungeschickt, und sie zog sich sofort zurück. Ging wortlos in die Küche, kam nach einer halben Minute aber wieder.

»Warum willst du das wissen?«

Er breitete die Arme aus und versuchte einen sanften, entwaffnenden Gesichtsausdruck zu produzieren. Das fiel ihm nicht gerade leicht, und er kam sich vor wie ein Ladendieb, der mit sechs Päckchen Zigaretten in der Tasche erwischt worden ist. Oder mit Kondomen.

»Weil ich dir helfen will, natürlich«, sagte er. »Lass uns lieber nicht heucheln, das fällt mir so verdammt schwer.«

Das war offenbar entwaffnender als sein Mienenspiel, denn nach kurzem Zögern lächelte sie ihn an.

»Ich schaff das schon«, sagte sie. »Bis auf weiteres jedenfalls ... und ich will niemandem auf der Tasche liegen. Aber ich finde es schön, dass es dich gibt. Nicht wegen des Geldes, sondern wegen Erich und dem hier.«

Sie strich sich über den Bauch, und zum ersten Mal glaubte Van Veeteren dort eine Rundung sehen zu können. Eine Wölbung, die mehr war als nur ein weich geschwungener Frauenbauch, und er spürte, wie ein dunkles Zittern ihn durchlief.

»Gut«, sagte er. »Ich freue mich auch, dass es dich gibt. Denkst du, wir wissen jetzt, was wir voneinander zu halten haben?«

»Ich glaube, schon«, sagte Marlene Frey.

Vor dem Gehen fiel ihm noch etwas ein.

»Diesen Zettel ... diesen Zettel mit dem Namen. Hast du die Polizei angerufen?«

Sie schlug sich vor die Stirn.

»Das habe ich vergessen«, sagte sie. »Ich habe einfach nicht mehr daran gedacht ... aber ich habe ihn noch, wenn du ihn sehen willst.«

Sie ging wieder in die Küche. Brachte ein Stückchen kariertes Papier, das vermutlich aus einem Notizblock gerissen worden war.

»Ich kümmere mich darum«, sagte Van Veeteren und stopfte es in die Tasche. »Mach dir keine Sorgen, ich rufe morgen früh Reinhart an.«

Zu Hause schlug er das Telefonbuch auf. In Maardam gab es eine halbe Seite Kellers. Sechsundzwanzig, genauer gesagt. Er spielte eine Weile mit dem Gedanken, sich jetzt schon bei Reinhart zu melden, aber es war inzwischen Viertel nach neun, und deshalb ließ er es bleiben.

Die haben sicher auch so schon genug zu tun, dachte er. Ich darf sie nicht die ganze Zeit herumjagen.

Moreno tauchte erst nach einer Dreiviertelstunde auf. Inzwischen hatte Reinhart drei Tassen Kaffee getrunken, ebenso viele Pfeifen geraucht und eine leichte Übelkeit entwickelt.

»Du musst entschuldigen«, sagte sie. »Ich brauchte einfach vorher noch ein Brot und eine Dusche.«

»Du siehst aus wie eine junge Venus«, sagte Reinhart. »Na, was zum Teufel bringst du also?«

Moreno hängte ihre Jacke auf, öffnete das Fenster und setzte sich ihm gegenüber.

»Einen Arzt«, sagte sie. »Er kann es sein … obwohl ich vorhin vielleicht zu optimistisch war, fürchte ich. Kann auch ein Blindgänger sein.«

»Red nicht um den heißen Brei herum«, sagte Reinhart. »Wer ist es, und woher weißt du, dass er es ist?«

»Er heißt Clausen. Pieter Clausen. Ich habe nicht mit ihm gesprochen … er scheint verschwunden zu sein.«

»Verschwunden?«, fragte Reinhart.

»Verschwunden ist vielleicht zu viel gesagt«, sagte Moreno. »Aber er ist nicht zu erreichen und war heute nicht im Dienst.«

»Rumford?«

»Neues Rumford, ja. Er war die ganze letzte Woche krankgeschrieben, sollte heute aber wieder anfangen … heute Morgen, aber wie gesagt, er hat sich nicht blicken lassen.«

»Woher weißt du das? Mit wem hast du gesprochen?«

»Mit Dr. Leissne. Dem Oberarzt in der Allgemeinmedizin. Seinem Chef. Ich habe natürlich nichts von unserem Verdacht erzählt … worum es uns eigentlich geht und so, aber ich hatte das Gefühl, ja, ich hatte das Gefühl, dass da etwas sein könnte. Leissne machte sich einwandfrei Sorgen, seine Sekretärin hatte immer wieder versucht, diesen Clausen zu erreichen. Und niemand von der Station weiß, wo er stecken könnte. Das mit der Krankschreibung klingt auch komisch, aber das ist eine pure Annahme von mir.«

»Familie?«, fragte Reinhart. »Ist er verheiratet?«

Moreno schüttelte den Kopf.

»Lebt allein. Draußen in Boorkheim. Seit einigen Jahren geschieden. Seit zehn im Rumford, nichts Nachteiliges über ihn bekannt.«

»Bisher jedenfalls nicht«, sagte Reinhart.

»Bisher jedenfalls nicht«, wiederholte Moreno nachdenklich. »Aber wir wollen nichts übereilen. Ich habe nur mit Leissne und einer Schwester von der Station reden können ... und es kam erst um halb fünf heraus.

»Wie kam es heraus?«

»Die Sekretärin des Oberarztes schaute vorbei und sagte, er wolle mit mir reden. Ich war gerade mit dem hier fertig.«

Sie wühlte in ihrer Tasche und legte drei Kassetten auf den Tisch.

»Aha, ja«, sagte Reinhart. »Weißt du noch mehr über ihn?«

Moreno reichte ihm ein Papier, und Reinhart studierte es eine Weile.

Persönliche Daten. Beruflicher Werdegang und Meriten. Ein Schwarzweißbild eines Mannes von Mitte dreißig ... kurz geschorene dunkle Haare. Dünne Lippen, langes, schmales Gesicht. Auf der Wange ein kleines Muttermal.

»Sieht aus wie irgendwer«, sagte er dann. »Ist das ein altes Foto?«

»Fünf oder sechs Jahre, nehme ich an«, sagte Moreno. »Er ist jetzt knapp über vierzig.«

»Hat er Kinder? Aus dieser geschiedenen Ehe, zum Beispiel?«

»Wenn ja, dann weiß Leissne nichts davon.«

»Frauen? Feste Freundin?«

»Unklar.«

»Und keine Sünden?«

»Auf jeden Fall keine aktenkundigen.«

»Und die Exgattin?«

Moreno schloss das Fenster.

»Keine Ahnung. Sie wussten nicht einmal ihren Namen.

Aber Leissne hat einen Kollegen genannt, der uns vielleicht weiterhelfen kann ... offenbar ist der mit Clausen befreundet.«

»Und was sagt der Kollege?«

»Nichts. Bisher habe ich nur mit seinem Anrufbeantworter gesprochen.«

»Ach, verdammt«, sagte Reinhart.

Moreno schaute auf die Uhr.

»Halb acht«, sagte er. »Wir könnten doch hinfahren und uns mal umsehen? In Boorkheim, meine ich. Wir haben doch die Adresse.«

Reinhart klopfte seine Pfeife aus und erhob sich.

»Worauf wartest du noch?«, fragte er.

Auf dem Weg nach Boorkheim wurden sie von einem Schneeregen überfallen, der die Vorortstristesse noch verstärkte. Sie brauchten eine Weile, bis sie die Malgerstraat gefunden hatten, und als Reinhart vor der Nummer siebzehn anhielt, merkte er, dass ihm die Menschen noch mehr Leid taten als sonst. Ist bestimmt schwer, hier draußen dem Leben irgendeinen Sinn zu entnehmen, dachte er. In diesen grauen Kartons, in diesem trostlosen Klima. Die Straße, die Gott vergessen hat. Grau, feucht und eng.

Und doch wohnte hier die Mittelklasse. Vor den Häusern stand eine Karawane aus mehr oder weniger identischen japanischen Kleinwagen, und hinter jedem dritten Fenster spielte blaues Fernsehlicht.

In Nummer siebzehn jedoch war alles dunkel. Sowohl im Erdgeschoss als auch im ersten Stock. Das Haus gehörte zu einer Zeile aus Zweietagenklötzen aus grauem oder möglicherweise braunem Ziegel mit neun Quadratmetern Garten und asphaltierter Garagenauffahrt. Eine durchweichte Rabatte voller Unkraut sowie einem Briefkasten aus Beton, mit schwarzen Eisenstreben.

Reinhart schaltete den Motor aus, und sie starrten eine Zeit lang das Haus an. Dann stieg er aus und hob die Klappe des

Briefkastens. Der Briefkasten war verschlossen, aber durch den Schlitz konnte er zwei Tageszeitungen und allerlei Post sehen. Eigentlich schien der Briefkasten reichlich voll gestopft zu sein, er bezweifelte, dass eine weitere Zeitung dort Platz hätte. Er kehrte zum Auto zurück.

»Würdest du mal klingeln?«, fragte er Moreno.

»Ich habe keine besondere Lust. Und viel Sinn scheint es auch nicht zu haben.«

Trotzdem stieg sie aus und ging zur Tür. Drückte auf den Knopf und wartete eine halbe Minute. Drückte noch einmal. Nichts passierte. Sie ging zurück zu Reinhart, der neben dem Auto stand und wegen des Regens die Pfeife umgedreht rauchte.

»Was machen wir?«, fragte sie.

»Morgen Vormittag Hausdurchsuchung«, entschied Reinhart. »Wir geben ihm zwölf Stunden Zeit zum Auftauchen.«

Sie stiegen ins Auto und suchten sich einen Weg aus dem Vorort.

31

»Wer?«, fragte Oberwachtmeister Klempje und ließ die Zeitung auf den Boden fallen. »Oha ... ich meine, guten Morgen, Herr *Kommissar!*«

Er sprang auf und machte eine feierliche Verbeugung.

»Nein, er ist nicht da, aber ich habe Krause noch vor zwei Sekunden gesehen. Soll ich ihn rufen?«

Er schaute auf den Flur hinaus und schaffte es, Polizeianwärter Krauses Aufmerksamkeit zu wecken.

»Der Kommissar«, zischte er, als Krause näher gekommen war. »Am Telefon ... der *Kommissar!*«

Krause stürzte zum Telefon.

»Krause hier. Guten Morgen, Herr Kommissar ... ja, worum geht es?«

Er lauschte und machte sich kurz Notizen. Dann wünschte er einen angenehmen Tag und legte auf.

»Was wollte er?«, fragte Klempje und bohrte sich den Zeigefinger ins Ohr.

»Nichts, worüber du dir Gedanken zu machen brauchst«, sagte Krause und ließ ihn stehen.

Blöder Angeber, dachte Klempje. Das hat man nun für seine Hilfsbereitschaft.

Sie brauchten zwei Stunden, um den Durchsuchungsbefehl ausstellen zu lassen, aber um zehn Uhr standen sie dann vor der Malgerstraat siebzehn. Reinhart, Moreno, Jung und ein Wagen mit vier Leuten von der Spurensicherung und Ausrüstung für eine Viertelmillion Gulden. Wenn schon, denn schon, wie Reinhart gesagt hatte. Er hatte seit halb sieben jede Stunde zweimal bei Clausen angerufen; Rooth, deBries und Bollmert waren ins Neue Rumfordkrankenhaus geschickt worden, um weitere Informationen einzuholen, und es regnete schon seit zehn Minuten nicht mehr. Alles war bereit für den großen Durchbruch.

»Sieht bei Tageslicht immerhin ein bisschen besser aus«, sagte Reinhart. »Also los.«

Das Schloss der Haustür wurde von einem Techniker innerhalb von dreißig Sekunden geöffnet, und Reinhart ging als Erster hinein. Schaute sich um. Diele, Küche und großes Wohnzimmer im Erdgeschoss. Alles sah ganz normal aus, nicht sonderlich gepflegt, einige ungespülte Tassen, Gläser und Besteck im Spülbecken. Wohnzimmer mit Sitzgruppe, Bücherregalen aus Teakholz, Stereoanlage und einem riesigen Schrank aus etwas, das er für Roteiche hielt. Fernseher ohne Video, dafür mit einer dicken Staubschicht. Auf dem Rauchglastisch stand eine Obstschüssel mit drei Äpfeln und einigen düsteren Weintrauben. Das Neuwe Blatt vom Donnerstag der vergangenen Woche lag aufgeschlagen neben einem Sessel auf dem Boden.

Donnerstag, überlegte er. Schon vier Tage her. In der Zeit kann man mehrmals zum Mond fliegen.

Er ging die Treppe zum oberen Stock hoch. Jung und Moreno folgten ihm auf den Fersen, während die Techniker ihre Ausrüstung hereintrugen und in der Diele warteten.

Oben gab es drei Zimmer, eins diente als Arbeitszimmer mit Schreibtisch, Computer und zwei spärlich gefüllten Bücherregalen, ein anderes als allgemeine Rumpelkammer. Das dritte war das Schlafzimmer; er ging hinein und sah sich um. Großes Doppelbett aus Kiefernholz. Das Bettzeug war ziemlich männlich … eine groß karierte bunte Tagesdecke war über ungleichmäßige Formationen aus Kissen und Decken geworfen. Eine van-Gogh-Reproduktion hing an der Wand und zeugte wohl kaum von persönlichem Kunstinteresse. Reinhart glaubte, dieses Motiv auch schon auf Kaffeetassen gesehen zu haben. Allerlei Kleidungsstücke lagen in und vor einem Wäschekorb aus braunem Kunststoff. Über den zwei weiß lackierten Stühlen hingen Hemden und Pullover. Zwei Bücher, ein Telefon und ein Radiowecker auf dem Nachttisch … ein verdorrter Kaktus zwischen halb geschlossenen Vorhängen auf der Fensterbank … eine Reihe dunkler Flecken auf dem beigen Teppichboden.

Er winkte Jung und zeigte auf den Boden.

»Da«, sagte er. »Sag ihnen, sie sollen hier oben anfangen.«

Während die Leute von der Spurensicherung ihre Apparate nach oben brachten, gingen Reinhart und Moreno durch die Küche in die Garage. Dort stand ein roter Audi, zwei Jahre alt, wie sie annahmen, und ansonsten ebenso normal wie der Rest des Hauses. Er griff nach der Tür. Sie war unverschlossen. Er bückte sich und schaute ins Auto, zuerst auf den Vordersitz, dann auf den Rücksitz. Richtete sich auf und nickte Moreno zu.

»Wenn die da oben fertig sind, sollen sie sich das mal anschauen.«

Er hatte die hintere Tür offen gelassen, und Moreno blickte hinein.

»Könnte alles Mögliche sein«, sagte sie. »Muss nicht unbedingt Blut sein … hier nicht und auch nicht im Schlafzimmer.«

»Red keinen Scheiß«, sagte Reinhart. »Natürlich ist das Blut, das rieche ich doch. Verdammt, wir haben ihn.«

»Na ja«, sagte Moreno. »Du hast nicht zufällig etwas übersehen?«

»Was denn?«

»Er scheint nicht zu Hause zu sein. Und das schon seit Donnerstag, so weit ich das beurteilen kann.«

»Danke, dass du mich daran erinnert hast«, sagte Reinhart. »Komm, jetzt gehen wir zu den Nachbarn.«

Reinhart und Moreno blieben bis halb eins in Boorkheim, und dann hatte Kommissar Puidens, der Leiter des Spurensicherungsteams, endlich – mit hundertprozentiger Sicherheit – festgestellt, dass es sich im Schlafzimmer und im Auto, dem roten Audi, der wirklich auf den Namen Pieter Clausen registriert war, um Blut handelte. Ob dieses Blut von einem Menschen und vielleicht sogar von demselben Menschen stammte, würde wohl erst in einigen Stunden feststehen.

Und ob es Vera Millers Blut war, würden sie erst abends wissen.

»Komm«, sagte Reinhart zu Moreno. »Wir können hier nichts mehr tun. Jung soll bei den Nachbarn weitermachen, hoffentlich taucht noch jemand auf, der nicht blind und taub ist. Ich will wissen, wie es im Krankenhaus läuft, ob jemand uns verraten kann, wo der Arsch steckt. Wenn das Blut stimmt, haben wir ihn an der Angel für dieses Verbrechen, zum Henker.«

»Meinst du nicht, an *den Verbrechen?*«, fragte Moreno und stieg ins Auto.

»Kleinkram«, schnaubte Reinhart. »Wo steckt er? Wo treibt er sich seit Donnerstag herum? Das sind die Fragen, denen du deine kleinen Grauen widmen solltest.«

»Alles klar«, sagte Moreno und versank auf dem ganzen Weg zum Polizeigebäude in Nachdenken.

»Steißgeburt«, sagte Dr. Brandt. »Erstgebärende. Hat ein wenig gedauert, tut mir Leid, wenn Sie warten mussten.«

»Steißgeburten sind eben so«, sagte Rooth. »Ich weiß das, ich bin selber so geboren worden.«

»Wirklich?«, fragte Brandt. »Na, da waren Sie sicher kleiner. Worüber wollten Sie mit mir sprechen?«

»Wir könnten vielleicht in die Cafeteria gehen«, schlug Rooth vor. »Dann lade ich Sie zu einem Kaffee ein.«

Dr. Brandt war um die vierzig, klein und gewandt, und bewegte sich mit einem jugendlichen Eifer, der Rooth an ein Hundebaby erinnerte. Beim ersten Mal hatte Jung mit ihm gesprochen; Rooth hatte sich die Bandaufnahmen nicht angehört, wusste aber, dass er kein Wort über Dr. Clausen gesagt hatte. Falls Jung nicht einfach nur genickt hatte, heißt das.

Jetzt ging es jedoch um Clausen, nur um Clausen, und Rooth kam sofort zur Sache, als sie sich an den wackeligen Bambustisch gesetzt hatten.

»Ihr guter Freund«, sagte er. »Dr. Clausen. Für den interessieren wir uns.«

»Clausen?«, fragte Brandt und rückte seine Brille gerade. »Wieso denn?«

»Wie gut kennen Sie ihn?«

»Tja«, Brandt machte eine vage Handbewegung. »Wir sehen uns häufiger. Kennen uns schon seit unserer Jugend, wir sind zusammen aufs Gymnasium gegangen.«

»Großartig«, sagte Rooth. »Erzählen Sie ein wenig von ihm.«

Dr. Brandt musterte ihn mit skeptisch gerunzelter Stirn.

»Ich bin schon einmal von der Polizei ausgefragt worden.«

»Aber doch nicht über Clausen?«

»Hrrm. Nein, und ich begreife nicht so recht, warum Sie sich nach ihm erkundigen. Warum reden Sie nicht mit ihm selber?«

»Darüber brauchen Sie sich keine Gedanken zu machen«, sagte Rooth. »Es ist einfacher, wenn ich die Fragen stelle und Sie sie beantworten, glauben Sie mir das. Also los.«

Brandt schwieg zunächst demonstrativ und rührte seinen Kaffee um.

Du kleiner Entbindungsarsch, dachte Rooth und biss in sein Schinkenbrot.

»Ich kenne ihn nicht wirklich gut«, sagte Brandt endlich. »Wir treffen uns einfach ab und zu zu mehreren … sind eine Clique, die sich seit der Schulzeit kennt. Wir nennen uns Verhoutens Engel.«

»Verhoutens …?«

»Engel. Verhouten war unser Mathelehrer. Charles Verhouten, ein richtiger Kauz, aber wir mochten ihn gern. Verdammt guter Pädagoge außerdem.«

»Ach«, sagte Rooth und fragte sich langsam, ob sein Gesprächspartner noch bei klarem Verstand war. Von dem möchte ich jedenfalls nicht entbunden werden, dachte er.

»Aber meistens nennen wir uns nur Brüder. Wir sind zu sechst und gehen ab und zu zusammen essen. Aber wir halten auch ein paar Formalitäten ein.«

»Formalitäten?«

»Nichts Ernstes. Nur aus Jux.«

»Ja, sicher«, sagte Rooth. »Sind auch Frauen dabei?«

»Nein, wir sind nur Männer. Das macht die Sache ein wenig freier.«

Er schaute Rooth über den Brillenrand hinweg vielsagend an.

Rooth starrte zurück, ohne eine Miene zu verziehen.

»Ich verstehe. Aber jetzt scheißen wir auf die anderen Engelsbrüder und konzentrieren uns auf Clausen. Wann haben Sie ihn beispielsweise zuletzt gesehen?«

Brandt sah leicht beleidigt aus, kratzte sich aber am Kopf und schien nachzudenken.

»Das ist schon eine Weile her«, sagte er dann. »Wir haben

uns am Freitag getroffen … im Canaille am Weivers Plejn … aber Clausen war krank und konnte nicht kommen. Ich habe ihn wohl seit einem Monat nicht mehr gesehen. Nicht seit unserem letzten Treffen, nein …«

»Sehen Sie sich denn nie im Krankenhaus?«

»Sehr selten«, sagte Brandt. »Wir arbeiten weit voneinander entfernt. Clausen ist im Block C, und ich … ja, ich bin auf der Wochenstation, das wissen Sie ja.«

Rooth dachte kurz nach.

»Wie sieht es denn mit Frauen aus?«, fragte er. »Sind Sie selber eigentlich verheiratet?«

Dr. Brandt schüttelte energisch den Kopf.

»Ich bin Junggeselle«, erklärte er. »Clausen war einige Jahre verheiratet, aber das war nicht von Dauer. Hat sich scheiden lassen. Vor vier oder fünf Jahren, wenn ich das richtig in Erinnerung habe.«

»Wissen Sie, ob er in letzter Zeit irgendwelche Frauengeschichten hatte? Hatte er eine neue Freundin oder so?«

Plötzlich schien Brandt aufzugehen, worum es hier ging. Er nahm die Brille ab. Klappte sie umständlich zusammen und stopfte sie in seine Brusttasche. Beugte sich über den Tisch vor und richtete seine kurzsichtigen Augen auf Rooth.

Du hättest die Brille aufbehalten sollen, Kleiner, dachte Rooth und trank seinen Kaffee. Dann würde es leichter gehen.

»Inspektor … wie war noch gleich Ihr Name?«

»Poirot«, sagte Rooth. »Nein, das sollte nur ein Witz sein. Ich heiße Rooth.«

»Bester Inspektor Rooth«, sagte Brandt ungerührt. »Ich möchte mir Ihre Unterstellungen über einen Kollegen und guten Freund nicht weiter anhören. Wirklich nicht. Ich kann Ihnen versichern, dass Dr. Clausen mit dieser Sache nichts zu tun hat.«

»Mit welcher Sache?«, fragte Rooth.

»Mit … ja, mit dieser Krankenschwester. Die ermordet worden ist. Glauben Sie nicht, Sie könnten mich an der Nase herumführen. Ich weiß genau, worauf Sie hinauswollen. Aber da irren Sie sich. Sie hat ja nicht einmal in unserem Krankenhaus gearbeitet, und Clausen ist wirklich keiner, der den Frauen hinterherrennt.«

Rooth seufzte und wechselte das Thema.

»Wissen Sie, ob er Verwandte hat?«, fragte er.

Brandt ließ sich zurücksinken und schien sich zu fragen, ob er antworten sollte oder nicht. Seine dünnen Nasenflügel bebten, als versuche er, eine Entscheidung zu wittern.

»Er hat eine Schwester«, sagte er dann. »Etwas älter, glaube ich. Wohnt irgendwo im Ausland.«

»Keine Kinder?«

»Nein.«

»Und diese Frau, mit der er verheiratet war? Wie heißt sie?«

Brandt zuckte mit den Schultern.

»Weiß ich nicht mehr. Marianne vielleicht ... oder so ähnlich.«

»Nachname?«

»Keine Ahnung. Clausen, wenn sie seinen angenommen hat ... aber das tun sie ja heute kaum noch. Und wenn, dann trägt sie jetzt sicher längst wieder ihren Mädchennamen. Ich bin ihr nie begegnet.«

Rooth dachte nach und kämpfte mit einer Schinkenfaser, die sich zwischen zwei unteren Backenzähnen verfangen hatte.

»Und warum ist er heute nicht im Dienst?«

»Wer denn?«, fragte Brandt.

»Clausen natürlich.«

»Ist er das nicht?«, fragte Brandt. »Ja, woher zum Teufel soll ich das wissen? Dann hat er wohl frei. Oder ist immer noch krankgeschrieben. Ich glaube, er hat Grippe, und es wäre falsch zu glauben, dass jemand immun gegen alles Mögliche ist, bloß weil er als Arzt ...«

»Er ist verschwunden«, fiel Rooth ihm ins Wort. »Sie haben keine bessere Erklärung?«

»Verschwunden?«, fragte Brandt. »Blödsinn. Davon glaube ich kein Wort. Er kann doch nicht einfach so verschwinden.«

Rooth starrte ihn an und aß das letzte Stück Brot, obwohl die Faser noch immer zwischen seinen Zähnen steckte.

»Diese anderen Engel ... Ihr kleiner Club, meine ich ... gibt es da jemanden, der Clausen ein wenig besser kennt?«

»Smaage vielleicht.«

»Smaage? Würden Sie mir freundlicherweise dessen Adresse und Telefonnummer geben?«

Brandt zog ein kleines Notizbuch hervor, und bald darauf hatte Rooth die gesamte Mitgliedsliste. Er nahm ein Stück Zucker aus der Schale auf dem Tisch und fragte sich, wie er sich für die Hilfe bedanken sollte.

»Fertig, aus«, sagte er dann. »Ich glaube, Sie sollten jetzt wieder gebären gehen ... lassen Sie sich nicht länger von mir aufhalten.«

Verhoutens Engel, dachte er. Ach du große Scheiße.

»Danke«, sagte Reichhart. »Danke für die Hilfe, Direktor Haas.«

Er legte den Hörer auf und musterte Moreno mit etwas, das möglicherweise als verbissenes Lächeln interpretiert werden konnte.

»Lass hören«, sagte Moreno. »Ich wähne im Gesicht des Spürhundes eine gewisse Zufriedenheit.«

»Und die hätte dann auch ihren Grund«, sagte Reinhart. »Rat mal, wer am Donnerstag auf der Sparkasse zweihunderttausend abgehoben hat.«

»Clausen?«

»Den Nagel auf den Kopf getroffen, um eins seiner Opfer zu zitieren. Kam gleich nach dem Mittagessen in die Filiale am Keymers Plejn und hat alles eingesackt. In bar. Hörst du? Zweihundertzwanzigtausend sogar ... jedes Scheißstück in diesem Puzzle findet jetzt seinen Platz.«

Moreno dachte nach.

»Donnerstag«, sagte sie. »Heute ist Dienstag.«

»Das weiß ich«, sagte Reinhart. »Weiß der Teufel, was passiert ist und wo er sich verkrochen hat. Aber die Fahndung läuft, und früher oder später sitzt er hier.«

Moreno biss sich in die Lippe und machte ein skeptisches Gesicht.

»Ich bin mir da nicht so sicher«, sagte sie. »Was er wohl mit dem Geld vorhat?«

Reinhart zögerte einige Sekunden und starrte seine Pfeife an.

»In der Bank hat er etwas von einem Boot erzählt. Reichlich durchsichtig ... tja, er wollte natürlich den Erpresser bezahlen.«

»Und du meinst, das hat er getan?«, fragte Moreno. »Aber warum ist er dann verschwunden?«

Reinhart glotzte missmutig die Kassettenstapel an, die noch immer auf seinem Schreibtisch lagen.

»Klär mich auf«, sagte er.

Moreno schwieg und lutschte an einem Bleistift herum.

»Wenn er bezahlen wollte«, sagte sie endlich. »Und das wirklich getan hat ... ja, dann gibt es doch keinen Grund, sich zu verstecken. Es muss noch mehr passiert sein. Ich weiß nicht, was, aber sonst wirkt das Ganze unlogisch. Auf keinen Fall kann es so einfach sein, dass er nur bezahlt hat. Herrgott, zweihunderttausend sind doch kein Pappenstiel.«

»Zweihundertzwanzig«, murmelte Reinhart. »Nein, du hast natürlich Recht, aber wenn wir ihn erst haben, dann kriegen wir auch die Erklärung.«

Es wurde an die Tür geklopft, und Rooth erschien mit einem Stück Schokoladenkuchen in der Hand.

»Grüß Gott«, sagte er. »Möchtet ihr die Geschichte vom Entbindungsarzt und den Engeln hören?«

»Warum nicht«, seufzte Reinhart.

Rooth brauchte eine Viertelstunde, um seine Unterredung mit Dr. Brandt zu schildern. Reinhart machte sich Notizen, hörte zu und trug Rooth danach auf, die anderen »Brüder« nach weiteren Informationen über Pieter Clausens allgemeinen Charakter zu befragen. Und über sein Tun und Lassen während des vergangenen Monats.

»Versuch, auch Jung und deBries dazuzuholen«, fügte er noch hinzu. »Dann seid ihr heute Abend fertig. Und diesen Smaage nehmt ihr euch zuerst vor, ja?«

Rooth nickte und verließ das Zimmer. In der Türöffnung stieß er mit Krause zusammen.

»Habt ihr Zeit?«, fragte der. »Ich habe heute Nachmittag eine Auskunft überprüft.«

»Wirklich?«, fragte Reinhart. »Was denn für eine Auskunft?«

Krause setzte sich neben Moreno und schlug mit gewisser Umständlichkeit seinen Schreibblock auf.

»Van Veeteren«, sagte er. »Er hat heute Vormittag angerufen und einen Tipp gegeben.«

»Einen Tipp?«, fragte Reinhart ungläubig. »Der *Kommissar* hat angerufen und *dir* einen Tipp gegeben?«

»In der Tat«, sagte Krause und musste sich einfach recken. Er betonte, es sei vielleicht nicht so wichtig, aber er habe doch ein wenig recherchiert.

»Könntest du zur Sache kommen oder möchtest du zuerst einen trinken?«, fragte Reinhart.

Krause räusperte sich.

»Es ging um einen Namen«, sagte er dann. »Erich Van Veeterens Freun ... Marlene Frey, meine ich ... hat einen Zettel mit einem Namen gefunden und vergessen, uns davon zu erzählen. Das ist wohl erst zwei Tage her.«

»Und was ist das für ein Name?«, fragte Moreno mit neutraler Stimme, ehe Reinhart wieder dazwischengehen konnte.

»Keller«, sagte Krause. »Geschrieben, wie man's spricht. Es war nur ein Nachname auf einem Zettelchen. Erich hatte den einige Tage vor seinem Tod offenbar in aller Eile hingekritzelt, und der Name stand nicht in seinem Adressbuch. Und egal, im

Telefonbuch von Maardam stehen nur sechsundzwanzig Kellers, und die habe ich überprüft … weil der *Kommissar* das eben wollte. Hrrm.«

»Und?«, fragte Reinhart.

»Ich glaube, einer davon könnte interessant sein.«

Reinhart beugte sich über den Schreibtisch vor und knirschte mit den Zähnen.

»Wer?«, fragte er. »Und warum ist er interessant?«

»Er heißt Aron Keller. Arbeitet unten im neuen Rumfort in der Orthopädie … in der Prothesenwerkstatt, wenn ich das richtig verstanden habe. Wohnt auch draußen in Boorkheim.«

Reinhart öffnete den Mund, aber Moreno kam ihm zuvor.

»Hast du mit ihm gesprochen?«

Sie hätte beschwören können, dass Krause vor seiner Antwort eine Kunstpause einlegte.

»Nein. Niemand weiß, wo er steckt. Er ist seit Freitag nicht mehr zur Arbeit erschienen.«

»Ja, zum Teufel«, rief Reinhart und fegte achtzehn Kassetten auf den Boden.

»Er wohnt in der Malgerstraat dreizehn«, sagte Krause.

Er riss eine Seite aus seinem Schreibblock. Reichte sie Inspektor Moreno und verließ das Zimmer.

32

Die Durchsuchung von Aron Kellers Wohnung in der Malgerstraat dreizehn begann fast auf die Minute genau einen Tag nach der der Nummer siebzehn.

Wie erwartet ging es ziemlich schnell. Die Spurensicherung war schon gegen halb eins mit der Arbeit fertig, und danach gab es keinen Grund mehr für die Anwesenheit von Reinhart und Moreno. Trotzdem blieben sie noch zwei Stunden, um möglicherweise (behauptete Reinhart – und ohne andere Ausrüstung als unsere verdammten Sinne, Frau Inspektorin!) etwas zu finden, das darauf hinweisen könnte, was aus dem allein stehenden Mieter geworden war. Und wo er stecken mochte.

Das war keine leichte Aufgabe. Allem Anschein nach war Keller seit vergangenem Freitag nicht mehr zu Hause gewesen; er konnte sogar schon in der Donnerstagnacht aufgebrochen oder verschwunden sein. Er hatte keine Tageszeitung abonniert, aber im Briefkasten auf der Innenseite der Tür lag allerlei Post, und die Topfblumen in Schlafzimmer und Küche waren vertrocknet und halb tot. Die beiden großen Hibiskusse im Erker des Wohnzimmers schienen besser überlebt zu haben, aber sie waren einem Bewässerungssystem angeschlossen, das nur einmal pro Woche nachgefüllt zu werden brauchte.

Das behauptete zumindest Moreno, die in ihrer Zweizimmerwohnung in der Falckstraat eine ähnliche Einrichtung besaß.

Ansonsten herrschte in der Wohnung fast peinliche Ordnung. In der Küche gab es kein schmutziges Geschirr. Keine Kleidungsstücke lagen herum, weder im Schlafzimmer noch anderswo. Keine Zeitungen, keine ungeleerten Aschenbecher, keine Kleinigkeiten am falschen Platz. Die wenigen Bücher im Regal, die Kassetten und CDs (zu drei Vierteln Pferdejazz, wie Reinhart angewidert feststellte, ansonsten Schlager in Billigausgaben) waren sorgfältig zu gleichmäßigen Reihen geordnet. Zwei Paar geputzte Schuhe standen im Schuhregal in der Diele, dort hingen auf Kleiderbügeln eine Jacke und ein Mantel ... und der Schreibtisch war so ordentlich wie das Schaufenster einer Schreibwarenhandlung. Das galt auch für Schränke, Schubladen und Schreibtisch; Reinhart vermisste nur kleine Etiketten, auf denen zu lesen war, dass jedes Teil seinen richtigen Platz und seine feste Bestimmung habe ... aber wenn man seit zwanzig Jahren so wohnte, brauchte man sicher keine Etiketten mehr, wie er bei näherem Nachdenken erkannte.

Was sich nun über den Mensch Aron Keller sagen ließ – abgesehen von seinem frenetischen Ordnungssinn –, war, dass er sich offenbar für Sport interessierte. Vor allem für Fußball und Leichtathletik (Jahrbücher mit roten und grünen Rücken, angefangen mit 1973) auf sofort sichtbarem Platz im Bücherregal, mehrere Jahrgänge der Monatszeitschrift Sportfront lagen in einem Bierkasten in einem Kleiderschrank – die letzte Nummer lag auf dem Küchentisch und bildete wohl die Begleitung zum Kellerschen Normalfrühstück. Zu diesem Schluss kam jedenfalls Reinhart mit einem gereizten Schnauben.

Neben dem Telefon auf dem Schreibtisch im Schlafzimmer lag ein Adressbuch, in dem insgesamt zweiundzwanzig Personen verzeichnet waren. Drei davon hießen Keller, niemand wohnte in Maardam (zwei in Linzhuisen, eine in Haaldam) und Reinhart beschloss, die genauen Verwandtschaftsbeziehungen erst später zu ermitteln.

»Der Kerl hat bestimmt einen viereckigen Kopf«, sagte er. »Wird kein Problem sein, ihn zu finden.«

Moreno schenkte sich einen Kommentar.

Obwohl sie keine weiteren Hinweise fanden, lungerten sie noch bis kurz nach drei herum. Durchwühlten alle Schubladen, Schränke und Ecken, ohne wirklich zu wissen, wonach sie suchten. Reinhart fand einen Schlüssel mit einem Anhänger, auf dem »Bodenraum« stand und verbrachte eine Stunde zwischen alten Kleidern, Schuhen und Stiefeln, Tennisschlägern, allerlei Möbeln und einer Reihe Kartons, die eine Zeitschrift aus den sechziger Jahren enthielten. Moreno konnte nicht so recht verstehen, warum sie die Wohnung so gründlich untersuchten, machte aber gute Miene zum bösen Spiel. Sie hatte keine Ahnung, was dabei herauskommen sollte, wusste jedoch, dass sie vermutlich denselben Entschluss gefasst hätte … falls sie hier zu entscheiden gehabt hätte.

»Man weiß erst, was man sucht, wenn man es gefunden hat«, hatte Reinhart erklärt und sie mit Rauch angeblasen. »Das gilt in vielen Fällen, Frau Polizeiinspektorin, nicht nur hier und jetzt.«

»Der Kommissar ist klug wie ein Pudel«, hatte Moreno geantwortet. »Und ich rede von einer Hündin.«

Um Viertel vor drei kam die Belohnung. Moreno hatte den halb vollen Papierkorb (der unter dem Schreibtisch stand – nur Papier, natürlich, nichts Verrottendes wie Apfelbutzen, Teebeutel oder Bananenschalen) auf dem Wohnzimmerboden ausgeleert und sich achtlos an den Inhalt gemacht, als sie es entdeckte. *Es.*

Ein zerknülltes liniertes Blatt Papier im DIN-A4-Format, aus einem Schreibblock gerissen. Vermutlich aus dem, der rechts über dem Schreibtisch im Regal lag. Sie faltete das Blatt auseinander, strich es glatt und las.

Fünf Wochen seit dem Mord an dem Ju

Das war alles. Nur sieben Wörter. Siebeneinhalb. Geschrieben mit eleganter, ein wenig geschlechtsloser Handschrift, in blauer Tinte.

Sie starrte die kurze, abgebrochene Mitteilung an und dachte zwei Minuten lang nach.

Ju, dachte sie. Was bedeutet *Ju?*

Konnte es denn etwas anderes als »Junge« bedeuten?

Sie rief Reinhart, der vom Dachboden zurückgekehrt war und fluchend den Kopf in einen Kleiderschrank im Schlafzimmer steckte.

»Na«, fragte Reinhart. »Was hast du?«

»Das hier«, sagte Moreno und reichte ihm das Blatt.

Er las und blickte sie verdutzt an.

»Den Ju?«, fragte er. »Was zum Teufel ist das für ein Ju? Ein Junge?«

»Wahrscheinlich«, sagte Moreno. »Du hast gesagt, dass uns das erste Glied fehlt. Ich glaube, das haben wir jetzt.«

Reinhart schaute das zerknitterte Papier an und kratzte sich am Kopf.

»Da hast du Recht«, sagte er. »Da hast du verdammt Recht. Komm jetzt, Zeit für eine kleine Beratung.«

Die Besprechung verlief diesmal kurz und ohne Wein und Schnittchen. Extravaganzen waren nicht mehr nötig ... da der Nebel sich endlich lichtete, erklärte Reinhart.

Der Nebel in den Fällen Erich Van Veeteren und Vera Miller. Es war Zeit, klar zu sehen und zu handeln. Zeitraubende Spekulationen waren nicht mehr nötig. Keine Theorien und Hypothesen, plötzlich wusste man, was Sache war und was man suchte. Zeit um ... um die Schlinge um die in diese Sache Verwickelten zusammenzuziehen.

Um Pieter Clausen und Aron Keller. Den Mörder und seinen Erpresser.

Das einzige kleine Problem war, dass die Schlinge nach dem Zuziehen wohl leer sein würde. Erklärte Rooth, während er das Papier von einer Mozartkugel abpulte.

»Ja, das ist eine verdammte Geschichte«, gab Reinhart zu. »Wir haben die Sache noch längst nicht im Sack, darüber sollten wir uns im Klaren sein, aber unsere Annahmen waren gar nicht so dumm. Keller hatte Clausen aus irgendeinem Grund im Griff und wollte sich für sein Schweigen bezahlen lassen. Er hatte den jungen Van Veeteren das Geld holen geschickt ... mit den bekannten Folgen. Was Vera Miller damit zu tun hatte, weiß der Teufel, aber in Clausens Wohnung haben wir Haare von ihr und alles Mögliche andere gefunden – und Blut, im Schlafzimmer und im Wagen. Das ist also sonnenklar. Er hat sie auf dieselbe Weise umgebracht wie Erich Van Veeteren.«

»Aber welchen Zusammenhang gibt es zwischen Keller und Erich?«, erkundigte sich deBries. »Es muss doch einen geben.«

»Den kennen wir noch nicht«, sagte Reinhart. »Den müssen wir noch finden. Und das ist wie gesagt nicht das Einzige, was wir noch finden müssen. Clausen und Keller sind beide verschwunden. Keiner von ihnen scheint seit dem letzten Donnerstag gesichtet worden zu sein ... dem Donnerstag, an dem Clausen zweihundertzwanzigtausend von der Bank abgehoben hat. Etwas muss passiert sein, später an diesem Abend vielleicht, und wir müssen herausfinden, was ... und wir müssen sie natürlich finden.«

»Dead or alive«, sagte Rooth.

»Dead or alive«, stimmte Reinhart nach kurzem Überlegen zu. »Ziemlich ähnliche Typen, übrigens, diese Herren, wenn man sie sich ein wenig genauer ansieht. Beide mittleren Alters, ohne großen Freundeskreis. Keller scheint so ein richtiger Steppenwolf zu sein. Bollmert und deBries sollen feststellen, ob er überhaupt einen Bekanntenkreis hat. Seine Arbeitskollegen können uns jedenfalls nicht viel sagen ... habe ich das richtig gehört?«

»Stimmt«, sagte Rooth. »Da unten im Holzbeinladen arbeiten nur acht Leute, und alle haben Keller als verdammten Dickkopf bezeichnet.«

»Haben sie das wirklich gesagt?«, fragte Jung.

»Sie drücken sich nicht so gebildet aus wie ich«, erklärte Rooth. »Aber dem Sinn nach ja.«

Reinhart reichte eine Kopie der Mitteilung herum, die Moreno in Kellers Papierkorb gefunden hatte.

»Was sagt euch das?«, fragte er. »Das haben wir bei Keller aufgelesen.«

Sie schwiegen eine Weile.

»Also, was bedeutet wohl Ju?«, fragte Reinhart.

»Junge«, sagte deBries. »Eine große Auswahl gibt's da doch nicht.«

»Tut es wohl«, widersprach Rooth. »Jede Menge ... Jubilar, Justizbeamter, Juchtenledertinkturfabrikant ...«

»Juchtenledertinktur?«, fragte Jung. »Was ist das denn, zum Teufel?«

»So eine Flüssigkeit, mit der Juchtenleder eingerieben wird, damit es glänzt«, sagte Rooth. »Wie sieht es eigentlich bei dir zu Hause aus?«

»Sehr gut gedacht, Herr Detektivbulle«, sagte Reinhart. »Aber ich kann mich an keinen ermordeten Juchtenledertinkturfabrikanten erinnern. Auch an keinen Jubilar oder Justizbeamten … und auch nicht an Juwelenhändler oder Juteimporteure … ja, es gibt ja noch andere Möglichkeiten, das will ich gern zugeben, aber lasst uns erst mal beschließen, dass es *Junge* heißen soll, das ist zweifellos das Wahrscheinlichste. Und dann können wir davon ausgehen, dass Clausen Anfang November einen Jungen umgebracht hat und dass dies allem zu Grunde liegt. Wir wissen nicht genau, wann Keller das hier geschrieben hat, aber wenn wir ein Ereignis am Monatswechsel Oktober-November anpeilen … mit einer Woche Spielraum in beiden Richtungen … dann werden wir ja sehen, was dabei herauskommt.«

»Und es kann sich nicht auf Erich Van Veeteren beziehen?«, fragte deBries.

Reinhart dachte kurz nach.

»Kaum«, sagte er. »Der war fast dreißig. Und die Zeit stimmt nicht. Fünf Wochen seit dem Mord … nein, das ist ausgeschlossen.«

»Alles klar«, sagte deBries.

»Jubelperser, Jurist, Julikäfer, Jungleur …«, brabbelte Rooth, ohne irgendwelche Aufmerksamkeit zu erregen.

»Mord an dem Jungen?«, fragte Jung. »Wir müssten doch wissen, ob in dieser Zeit irgendwer ermordet wurde? Kann uns ja wohl kaum entgangen sein … jedenfalls nicht, wenn es hier in der Gegend war.«

»Es braucht aber nicht in Maardam gewesen zu sein«, sagte Moreno. »Und es braucht auch kein Mordverdacht vorzuliegen. Kann etwas anderes gewesen sein. Irgendwas im Krankenhaus, das er unter den Teppich kehren wollte. Clausen, meine ich. Und was ihm fast gelungen wäre.«

»Nicht schon wieder das Krankenhaus«, sagte Rooth. »Das macht mich krank.«

Sie schwiegen einige Sekunden.

»Er ist doch kein Chirurg, dieser Clausen?«, fragte deBries. »Operiert doch wohl nicht?«

Reinhart blätterte in seinen Papieren.

»Innere Medizin«, sagte er. »Aber auch in der Branche kann man sicher Leute umbringen. Wenn man ein wenig schlampig vorgeht, zum Beispiel ... Wir müssen feststellen, welche Todesfälle während dieser Zeit auf seiner Station eingetreten sind. Rooth und Jung gehen noch mal ins Rumford, es müsste reichen, wenn ihr mit dem Oberarzt redet. Und schaut euch vielleicht ein paar Krankenberichte an.«

»Unerwartet verstorbener Junge?«

»Junger männlicher Patient, der während der Nacht verschieden ist«, korrigierte Rooth. »Trotz intensiver Bemühungen. Sie haben einen gewaltigen Korpsgeist, vergiss das nicht ... und ich glaube, du übernimmst das Gespräch mit Leissne. Wir können nicht so recht miteinander.«

»Was du nicht sagst«, sagte Jung. »Wundert mich sehr.«

»Und was haben wir jetzt vor?«, fragte Moreno, nachdem die Kollegen abgezogen waren.

Reinhart presste die Hände auf die Tischplatte und setzte sich gerade.

»Ich habe ein Stelldichein mit einem gewissen Oscar Smaage«, erklärte er. »Dem einberufenden Sekretär von Verhoutens Engeln. Du bleibst hier und siehst nach, ob wir ungeklärte Todesfälle haben. Und Vermisstenfälle ... ist ja nicht sicher, ob das alles mit dem Krankenhaus zusammenhängt, auch wenn es sehr wahrscheinlich wirkt.«

»Wird gemacht«, sagte Moreno. »Hoffentlich kann Smaage uns etwas liefern, auch wenn ich mir nicht so recht vorstellen kann, was das sein sollte. Alles scheint sich doch hier um eins zu drehen.«

»Donnerstag?«, fragte Reinhart.

»Ja. Was zum Teufel ist am Donnerstagabend passiert? Offenbar sollte er da doch das Geld übergeben. Oder was sagst du?«

»Sicher«, sagte Reinhart. »Wäre doch seltsam, wenn wir niemanden finden, der seither von ihnen gehört hat – oder wenigstens von einem von ihnen. Wir müssen einfach abwarten. Geduld haben, hat das nicht erst kürzlich jemand empfohlen?«

»Ich glaube, da irrst du dich«, sagte Moreno.

Sie brauchte nur eine Stunde, um die richtige Spur zu finden. Jedenfalls wusste sie instinktiv, dass es die richtige war, als der Name auf dem Bildschirm auftauchte. Ihr Herz machte einen zusätzlichen Schlag, und die Haare an ihren Unterarmen sträubten sich, was immer sichere Zeichen waren.

Die äußeren Kennzeichen der weiblichen Intuition. Ihrer jedenfalls.

Wim Felders, las sie. Geboren am 17. 10. 1982. Gestorben am 5. 11. 1998. Oder möglicherweise am 6. 11. Auf der Straße 211 zwischen Maardam und dem Vorort Boorkheim gegen sechs Uhr morgens von einem Radfahrer entdeckt. Die Ermittlungen, die durch die Verkehrspolizei vorgenommen wurden (verantwortlicher Kommissar: Lintonen) ergaben, dass er vermutlich von einem Fahrzeug angefahren und gegen eine Zementröhre am Straßenrand geschleudert worden war. Die Fahndung lief über alle Medien, was aber kein Resultat gebracht hat. Keine Zeugen für den Unfall. Kein Verdacht. Fahrer beging Fahrerflucht und hat sich nicht gemeldet.

Sie erinnerte sich an den Fall. Ihr fiel ein, dass sie darüber gelesen und dass sie die Meldungen im Fernsehen gesehen hatte. Der sechzehnjährige Junge war auf dem Heimweg nach Boorkheim gewesen. Hatte seine Freundin in der Innenstadt besucht und vermutlich den letzten Bus verpasst.

War wohl am Straßenrand entlanggegangen, es war schlechtes Wetter gewesen, mit Regen und Nebel, und dann war er von einem Fahrzeug erfasst worden, dessen Fahrer danach Fahrerflucht begangen hatte.

Es hätte jeder sein können.

Es hätte Clausen sein können.

Keller könnte gleich danach gekommen und alles gesehen

haben. Oder neben Clausen im Auto gesessen haben, wenn sie sich kannten … worauf bisher aber noch nichts hinwies.

Ein Verkehrsunfall?

Das war natürlich eine Möglichkeit. Bei genauerem Überlegen aber fiel es ihr schwer, sich ein abschließendes Urteil zu bilden. Vielleicht war es ja wirklich nur ein Schuss ins Blaue, aber das spielte natürlich keine Rolle. Auf jeden Fall musste dieser Faden bis zu seinem Ende verfolgt werden.

Intuitiv, wie gesagt, wusste sie, dass es genauso gewesen war. Sie hatte das erste Glied gefunden. Zweifellos.

Sie sah, dass es inzwischen halb sechs war, und fragte sich, was sie tun sollte. Beschloss, nach Hause zu fahren und Reinhart später am Abend anzurufen. Wenn sich feststellen ließ, ob Clausen an diesem Tag und um diese Uhrzeit aus der Innenstadt losgefahren war … von Wim Felders' Freundin wussten sie, dass der Unfall um kurz vor Mitternacht passiert sein musste … ja, dann sollten doch alle weiteren Zweifel ausgeräumt sein.

Wie Clausen mit einer solchen Autofahrt in Verbindung gebracht werden konnte, stand natürlich noch in den Sternen, aber sie hatten ihm doch schon zwei andere Morde angehängt, und da kam es dann auch nicht mehr darauf an.

Andererseits – wenn er an diesem Abend in Maardam gewesen war, war er doch sicher irgendwem begegnet? Jemandem, der das bestätigen könnte?

Wenn es nur nicht Vera Miller war, dachte sie. Besser wäre einer von diesen Engeln. Wie hießen die doch gleich? Van Houtens …?

Wichtiger als das alles war es jedoch, Clausen zu finden. Natürlich.

Und Keller.

Mit diesem Gedanken schaltete Ewa Moreno ihren Computer aus und fuhr nach Hause. Und wie sie es auch drehte und wendete, sie fand, sie habe ein gutes Tagewerk vollbracht.

33

Sie hatte das Gespräch mit Reinhart gerade beendet, als die Türklingel ging.

Halb neun, dachte sie. Was zum Kranich?

Es war Mikael Bau, der in der Wohnung unter ihr hauste.

»Möchtest du einen Bissen essen?«, fragte er mit trauriger Miene.

Bau war um die dreißig und erst vor zwei Monaten in die Falckstraat gezogen. Sie kannte ihn nicht. Er hatte sich ihr im Treppenhaus vorgestellt, als sie sich zum ersten Mal begegnet waren, aber seither hatten sie sich nur zugenickt. Drei- oder viermal insgesamt. Er sah ziemlich gut aus, das hatte sie gleich registriert. Groß und blond und blauäugig. Und mit einem Lächeln, das sein Gesicht nur ungern zu verlassen schien.

Jetzt aber war er ernst.

»Ich habe einen Eintopf gekocht«, erklärte er. »So eine Art Bœuf Bourguignon, es ist gleich fertig, also, wenn du meinst?«

»Das kommt ein bisschen plötzlich«, sagte Moreno.

»Davon gehe ich aus«, sagte Bau. »Hrrm ... ich wollte dich auch gar nicht einladen, aber meine Freundin hat beim Kochen mit mir Schluss gemacht. Glaub jetzt bitte nicht ...«

Ihm fiel nicht ein, wie er diesen Satz beenden könnte. Und Moreno wusste es auch nicht.

»Danke, gern«, sagte sie. »Ich habe heute noch gar nichts gegessen. Wenn du mir eine Viertelstunde Zeit zum Duschen lässt? Eintöpfe kann man doch warm halten.«

Jetzt lächelte er.

»Gut«, sagte er. »Dann sehen wir uns in einer Viertelstunde.«

Er ging die Treppe hinunter, und Moreno schloss ihre Tür.

Läuft das so?, fragte sie sich, verdrängte diesen Gedanken aber sofort wieder.

Abgesehen von seinen rein äußerlichen Vorzügen erwies Mikael Bau sich auch noch als ausgesprochen hervorragender Koch. Moreno langte heftig zu, und das dem Eintopf folgende Zitronensorbet war von genau der säuerlichen Leichtigkeit, die es in Rezepten immer, in Wirklichkeit aber nur selten hat.

Ein Mann, der kochen kann, dachte sie. So einer ist mir noch nie über den Weg gelaufen. Bestimmt hat er irgendeine Leiche im Keller. Sie hätte ihn gern gefragt, warum seine Freundin mit ihm Schluss gemacht hatte, aber für eine so private Frage bot sich keine Gelegenheit, und er selber schnitt das Thema nicht an.

Sie sprachen über Wetter, Haus und Nachbarn. Und über ihre Berufe. Bau arbeitete im Sozialamt, weshalb es durchaus Berührungspunkte gab.

»Weiß der Teufel, warum wir uns für die Schattenseiten entscheiden«, sagte er. »Ich will ja nicht behaupten, dass ich mich unwohl dabei fühle, aber ich glaube nicht, dass ich mich heute noch einmal so entscheiden würde. Warum bist du zur Polizei gegangen?«

Ewa Moreno hatte sich diese Frage schon so oft gestellt, dass sie nicht mehr wusste, ob es eine Antwort gab. Es hatte sich einfach so ergeben, und sie hatte den Verdacht, dass das für viele Menschen galt. Das Leben ergab sich eben so.

»Ich glaube, ziemlich viel wird vom Zufall gelenkt«, sagte sie. »Oder zumindest nicht von wohl überlegten Entscheidungen. Wir haben weniger Kontrolle, als wir uns einbilden … dass wir das nicht zugeben, steht auf einem anderen Blatt.«

Bau nickte und machte ein nachdenkliches Gesicht.

»Aber vielleicht landen wir ja trotzdem immer an der richtigen Stelle«, sagte er. »Ich habe neulich über diese Billardkugeltheorie gelesen, kennst du die? Du rollst zwischen vielen anderen Kugeln über eine glatte grüne Matte. Geschwindigkeit und Richtung sind vorgegeben, aber du kannst doch im Voraus nicht berechnen, was passieren wird … wenn wir zusammenstoßen und die Richtung ändern. Alles ist gegeben, aber wir können es nicht vorhersagen, es gibt zu viele Faktoren, die Einfluss ausüben, ganz einfach … ja, so ungefähr war das.«

Sie musste an etwas denken, das der *Kommissar* oft erwähnt hatte, und sie konnte ihr Lachen nicht unterdrücken.

»Gewisse Muster«, sagte sie. »Angeblich gibt es Muster, die wir nicht bemerken … jedenfalls nicht rechtzeitig. Später sehen wir sie dann ganz deutlich. Das erinnert ein bisschen an eine polizeiliche Ermittlung. Alles wird deutlicher, wenn wir rückwärts sehen können.«

Wieder nickte Bau.

»Aber wir dürfen nicht rückwärts sehen«, sagte er. »Im Leben, meine ich. Das ist das Problem. Noch einen Schluck Wein?«

»Ein halbes Glas«, sagte Moreno.

Als sie zum ersten Mal auf die Uhr schaute, war es Viertel vor zwölf.

»Herrgott«, sagte sie. »Musst du morgen nicht arbeiten?«

»Aber sicher«, sagte Bau. »Wir auf der Schattenseite ruhen nie.«

»Danke für den schönen Abend«, sagte Moreno und stand auf. »Ich verspreche eine Gegeneinladung, aber zuerst muss ich Rezepte büffeln.«

Bau brachte sie zur Tür und umarmte sie zum Abschied freundlich, aber nicht übertrieben. Eine Viertelstunde später lag sie in ihrem Bett und dachte daran, wie schön gute Nachbarschaft doch ist.

Danach dachte sie an Erich Van Veeteren. Der musste ungefähr so alt wie Bau gewesen sein und sie selber. Vielleicht einige Jahre jünger, sie hatte sich das noch nie überlegt.

Und die anderen?

Vera Miller war einunddreißig geworden, Wim Felders hatte es nur bis sechzehn geschafft.

Wenn man den engen Horizont der guten Nachbarschaft überschritt, dann änderten sich die Vorzeichen sehr schnell.

Reinhart wurde davon geweckt, dass Joanna an seiner Unterlippe zog. Sie saß auf seinem Bauch und lächelte selig.

»Papa schläft«, sagte sie. »Papa wecken.«

Er hob sie mit ausgestreckten Armen hoch. Sie schrie vor Begeisterung, und ein Speichelstrahl traf ihn im Gesicht.

Gütiger Gott, dachte er. Das ist wunderbar. Es ist sechs Uhr morgens, und das Leben ist die pure Wonne.

Er fragte sich, warum es im Zimmer so hell war, doch dann fiel ihm ein, dass seine Tochter gerade gelernt hatte, auf Knöpfe zu drücken, und dass sie diese Fertigkeit nun trainieren wollte. Er legte sie neben Winnifred und stand auf. Stellte fest, dass jede Lampe in der ganzen Wohnung brannte und knipste eine nach der anderen aus. Joanna lief plappernd hinter ihm her und erzählte etwas, das mit Bären zu tun hatte. Oder vielleicht auch mit Hühnern. Sie hatte einen Schnuller im Mund und war nur schwer zu verstehen. Er ging mit ihr in die Küche und machte Frühstück.

Dabei fiel ihm ein, was er geträumt hatte. Oder was irgendwann nachts zwischen Schlafen und Wachen in seinem Kopf aufgetaucht war.

Sie hatten vergessen, Keller zur Fahndung auszuschreiben.

Verdammt, dachte er. Setzte Joanna in den Kindersessel. Stellte einen Teller mit zerquetschter Banane und Joghurt vor sie hin und ging dann ins Arbeitszimmer, um die Polizei anzurufen.

Er brauchte eine Weile, um alle Details zu klären, aber schließlich schien Klempje, der gerade Dienst hatte, begriffen zu haben. Die Meldung würde sofort herausgeschickt werden, das versprach er auf Ehre und Gewissen.

Ich weiß nicht, ob du auch nur eins von beiden hast, dachte Reinhart, bedankte sich aber trotzdem und legte auf.

Schlampig, dachte er dann. Wie zum Teufel kann man so etwas vergessen?

Zwei Stunden später war er bereit, um zur Arbeit zu fahren. Winnifred war eben erst aufgestanden, für ihn sah sie aus wie eine ausgeruhte Göttin, und er spielte kurz mit dem Gedanken, noch eine Weile zu Hause zu bleiben und sie zu lieben. Im Prinzip wäre das nicht unmöglich. Joanna musste ein paar Stunden schlafen, und die Kinderfrau würde erst nachmittags kommen.

Aber dann fiel ihm ein, was Sache war. Er öffnete den Morgenrock seiner Frau und umarmte sie. Sie biss ihn leicht in den Hals. Er biss zurück. Das musste reichen. Er zog seinen Mantel an.

»Kannst du dir wirklich Urlaub nehmen?«, fragte sie, als er in der Tür stand.

»Nie ma problemu«, sagte Reinhart. »Das ist Polnisch und bedeutet, dass wir in drei Tagen fertig sein werden. In spätestens drei Tagen.«

In dieser Hinsicht betrog Kommissar Reinhart sich ein wenig, aber das passierte ihm nicht zum ersten Mal. Hauptsache war, dass Winnifred das nicht tat.

Nachdem Moreno ausführlich über Wim Felders' Unfall berichtet hatte, rief Reinhart Oscar Smaage an, mit dem er am Tag zuvor gesprochen hatte. Smaage arbeitete als Nachrichtenredakteur im Telegraaf und war nicht sonderlich schwer zu erreichen.

»Eins habe ich gestern vergessen«, erklärte Reinhart. »Was Clausen betrifft, meine ich. Ich wollte wissen, ob Sie möglicherweise eins von Ihren Treffen am ...«

Er winkte Moreno, und die reichte ihm einen Zettel mit dem fraglichen Datum.

»... am 5. November abgehalten haben? Mit den Engeln, meine ich. Es war ein Donnerstag. Können Sie mir weiterhelfen?«

»Einen Moment«, antwortete Redakteur Smaage kurz, und Reinhart hörte ihn blättern. Die Chancen stehen eins zu zehn, kalkulierte er derweil in aller Eile. Höchstens. Doch er wusste, dass er sofort darauf setzen würde.

»Das stimmt«, sagte Smaage. »Donnerstag, der 5. November. Wir saßen bei ten Bosch. Alle Brüder waren da, netter Abend … wieso fragen Sie?«

»Ich weiß, dass das sehr viel verlangt ist«, sagte Reinhart. »Aber wir wüssten gern, wann Clausen nach Hause gefahren ist. So ungefähr, zumindest.«

Smaage lachte.

»Was zum Henker?«, fragte er. »Nein, das weiß ich wirklich nicht mehr. Halb zwölf, zwölf, schätze ich, wir machen nie länger. Ich nehme an, es wäre keine gute Idee, zu fragen, warum Sie …«

»Ganz recht«, fiel Reinhart ihm ins Wort. »Danke für die Auskunft.«

Er legte auf und griff zur Pfeife.

»Manchmal hat man Glück«, sagte er. »Es stimmt. Ja, verdammt, es stimmt wirklich! Clausen kann diesen Jungen sehr gut angefahren haben, die Zeit stimmt … und dann wäre das die Wurzel allen Übels. Verdammt, wie traurig, wenn man alles bedenkt.«

»Was ist denn traurig?«, fragte Moreno.

»Kapierst du denn nicht? Hinter dem ganzen Dreck kann doch einfach ein Unfall stecken. Hinter Erich Van Veeterens Tod. Und dem von Vera Miller … und, ja, was zum Teufel nun seit Donnerstag passiert sein mag. Ein schnöder Scheißunfall nur, und dann bricht die Lawine los …«

Moreno dachte daran, worüber sie am Vortag mit ihrem Nachbarn gesprochen hatte. Über Zufälle und Muster, Kugeln, die zusammenstoßen oder auch nicht. Plötzliche Richtungsänderungen … den Schmetterlingseffekt?

»Ja«, sagte sie. »Das ist schon seltsam. Aber wir müssen das alles noch genauer untersuchen. Bisher ist es ja nur eine Möglichkeit … auch wenn ich ebenfalls glaube, dass es so war. Haben wir eigentlich noch Leute im Rumford? Könnte an der Zeit sein, unsere Kräfte zu bündeln. Zumindest was Clausen angeht.«

Reinhart nickte. Steckte seine Pfeife an und wühlte in seinen Papieren.

»Es geht um diese beiden Ärsche«, murmelte er. »Clausen und Keller. Drei Tote bisher … und die beiden sind verschwunden. Verdammte Geschichte.«

Er blätterte weiter und fand den gesuchten Zettel.

»Über Keller konnte uns niemand etwas sagen«, stellte er fest. »Scheint so ein richtiger Eigenbrötler zu sein. Passt ziemlich gut für einen Erpresser, wenn man sich das genauer überlegt. Der richtige Typ, ganz einfach.«

Moreno hatte zwar gewisse Einwände gegen diese grobe Vereinfachung, aber sie konnte sie nicht mehr vorbringen, denn im selben Moment schaute Anwärter Krause zur Tür herein.

»Verzeihung«, sagte er. »Aber wir haben gerade ein wichtiges Fax erhalten.«

»Ach was«, sagte Reinhart. »Und was erzählt das Fax?«

»Es kommt vom Flugplatz«, sagte Reinhart. »Offenbar hat Aron Keller am Samstagnachmittag ein Flugzeug genommen.«

»Ein Flugzeug?«, fragte Reinhart. »Und wohin?«

»Nach New York«, sagte Krause. »Abflug aus Sechshafen 14.05 Uhr. British Airways.«

»New York?«, fragte Reinhart. »Verdammt!«

34

Während des restlichen Tages passierte im Grunde nichts mehr, außer dass es schneite.

Zumindest kam es Reinhart so vor. Es schneite, und etwas war ihm aus den Händen geglitten. Er verbrachte eine Stunde nach der anderen auf seinem Zimmer und sah, wenn er aus dem Fenster schaute, nur die wirbelnden Flocken, die auf die Stadt herabrieselten. Manchmal blieb er auch am Fenster stehen und betrachtete sie. Stand da, mit den Händen in den

Hosentaschen, und dachte an den *Kommissar*. Daran, was er ihm zu Beginn der Ermittlungen versprochen hatte, und dass er der Einlösung des Versprechens doch recht nahe gekommen war.

Oder vielleicht doch nicht? War er dem nie nahe gekommen?

Und wie war die Lage jetzt? Was hatte sich zwischen Clausen und Keller abgespielt? Er glaubte, die Antwort zu wissen, aber er wollte sie nicht hervorholen und betrachten. Noch nicht, jetzt noch nicht. Vielleicht vor allem nicht beim Gedanken an den *Kommissar* und an das Versprechen, das er ihm gegeben hatte … ja, bei genauerer Überlegung war es natürlich deshalb.

Gleich nach dem Mittagessen tauchte Moreno wieder auf, diesmal mit Bollmert und deBries im Schlepptau. Sie setzten sich und berichteten über die Inventarisierung von Kellers Bekanntenkreis. Keine der Personen aus dem Adressbuch – von dem guten Dutzend, das sie erreicht hatten – behauptete, dem Besitzer sonderlich nahe zu stehen. Einige wussten nicht einmal, wer Aron Keller war, und konnten nicht begreifen, wie sie in dem Buch gelandet waren. Insgesamt wollten nur zwei zugeben, dass sie etwas mit ihm zu tun hatten: seine beiden Schwestern in Linzhuisen. Absolut vorbehaltlos erklärten sie – und zwar jede für sich –, dass ihr Bruder ein hoffnungsloser Sonderling und Eigenbrötler sei, dass sie ihn aber doch ab und zu zu sich und ihren Familien einluden. Ab und zu.

Ungefähr einmal im Jahr. Zu Weihnachten, ja.

Manchmal kam er, manchmal nicht.

Was Kellers Tun und Lassen anging, hatten sie nicht viel zu berichten. Er war immer seltsam gewesen, seit er mit zehn Jahren von einem Traktor gefallen und sich den Kopf verletzt hatte. Vielleicht auch schon früher. Er war einmal mit einer Frau verheiratet gewesen, die ebenso dickköpfig gewesen war wie er, und die Ehe hatte nur ein halbes Jahr gehalten. Die Frau hatte Liz Vrongel geheißen und hieß sicher immer noch so.

Der Rest war Schweigen. Und Fußball.

»Hm«, sagte Reinhart. »Ja, in diesem Jahr brauchen sie ihm zu Weihnachten keine Einladung zu schicken. Er kommt bestimmt nicht.«

»Woher weißt du das?«, fragte deBries, der nichts über das Fax aus Sechshafen wusste.

»Er feiert Weihnachten in New York«, seufzte Reinhart. »Dieser Arsch. Wir reden später darüber. Wie war das mit dem letzten Keller im Adressbuch? Ich bilde mir ein, dass da drei vertreten waren.«

»Sein Vater«, sagte deBries und schnitt eine Grimasse.

»Fünfundsiebzig Jahre, alter Säufer oben in Haaldam. Wohnt in einer Art Heim, zumindest zeitweise. Hat seit zwanzig Jahren keinen Kontakt mehr zu seinen Kindern.«

»Feine Familie«, sagte Moreno.

»Die pure Idylle«, deBries nickte. »Der Alte scheint ein grausiger Quälgeist zu sein. Der Sohn kommt vielleicht auf den Vater.«

»Kann ich mir vorstellen«, sagte Reinhart. »Haben wir noch mehr?«

»Ja, das schon«, warf Bollmert dazwischen. »Wir glauben zu wissen, woher Erich Van Veeteren ihn gekannt hat. Aron Keller hat einige Jahre als freiwilliger Bewährungshelfer gearbeitet.«

Reinhart stieß einen Laut aus, der Ähnlichkeit mit einem Knurren hatte.

»Hätte ich mir ja denken können. Dass solche Typen als Bewährungshelfer zugelassen sind, ist ein verdammter Skandal. Wem kann denn so ein Prachtarsch wie Keller in die Gesellschaft zurückhelfen ... der hat doch höchstens zu seinem Staubsauger eine sinnvolle Beziehung!«

»Er hatte auch seit drei Jahren keine Schützlinge mehr«, sagte deBries. »Falls das ein Trost sein kann. Wie gesagt, wir wissen noch nicht sicher, dass er für Erich Van Veeteren zuständig war, aber wir werden das bald überprüft haben.«

»Warum habt ihr das noch nicht gemacht?«, fragte Reinhart.

»Weil du uns für ein Uhr herbestellt hattest«, sagte deBries.

»Hm«, sagte Reinhart. »Tut mir leid.«

Er stand auf, ging zum Fenster und starrte ins Schneegestöber hinaus.

»Ich frag mich ja …«, sagte er. »Doch, so muss es sein.«

»Was denn?«, fragte Moreno.

»Er hatte sicher etwas gegen Erich Van Veeteren in der Hand. In der Branche ist das ja fast unvermeidlich … und, tja, danach hat er das wohl ausgenutzt, um sich von dem Jungen die Kohle holen zu lassen. Pfui Teufel. Und noch mal pfui Teufel.«

»Wir haben doch schon gesagt, dass Erpresser meistens keine Schmusebären sind«, sagte Moreno. »Und Keller hat da offenbar keine Ausnahme gebildet.«

Reinhart setzte sich wieder.

»Ich werde das mit der Bewährungshilfe jetzt sofort überprüfen«, sagte er. »Wenn es stimmt, und das tut es wahrscheinlich, dann können wir den Fall wohl mehr oder weniger als geklärt befinden. Ihr könnt euch heute Nachmittag frei nehmen.«

»Gut«, sagte deBries. »Wollte ich selber auch schon vorschlagen. Ich hab seit Ostern nicht mehr frei gehabt.«

Er verließ das Zimmer zusammen mit Bollmert. Reinhart blieb stumm sitzen und betrachtete die Kassetten, die noch immer auf dem Boden lagen und niemals gehört werden würden. Nicht von ihm und auch nicht von jemand anderem.

»So viel Arbeit«, knurrte er und starrte Moreno an. »So verdammt viel Arbeit und so viel vergeudete Zeit. Wenn du mir eine Frage beantworten kannst, dann werde ich bei Hiller für deinen Winterurlaub ein gutes Wort einlegen.«

»Schieß los«, sagte Moreno.

»Was hat Keller am Donnerstagabend mit Clausen angestellt? Was zum Teufel ist da passiert?«

»Ich brauche Bedenkzeit«, sagte Moreno.

»Du hast den ganzen Nachmittag. Setz dich auf dein Zimmer und sieh dir den Schnee an. Das erleichtert das Denken.«

Van Veeteren zog eine frisch gedrehte Zigarette hervor und gab sich Feuer.

»Du weißt also, wer es war?«, fragte er.

Reinhart nickte.

»Ja, ich glaube, wir haben den Richtigen gefunden. Es ist keine lustige Geschichte, aber das ist es ja nie. Es beginnt mehr oder weniger mit einem Unglücksfall. Dieser Pieter Clausen fährt einen Jungen an, und der kommt dabei ums Leben. Er begeht Fahrerflucht, weiß aber nicht, dass er dabei gesehen worden ist. Vielleicht hat er angehalten, um nachzugucken, was passiert ist, das ist gut möglich. Er ist an diesem Abend auf der Heimfahrt nach Boorkheim, und das ist auch ein gewisser Aron Keller … vermutlich auf seinem Motorroller. Es ist Scheißwetter, Regen und Wind, aber er erkennt Clausen. Sie sind fast Nachbarn. Keller beschließt, das Beobachtete zu Geld zu machen … wir haben es mit einem verdammten Dreckskerl zu tun, das kann ich dir sagen.«

»Erpresser sind niemals so richtig sympathisch«, sagte Van Veeteren.

»Stimmt«, sagte Reinhart. »Auf jeden Fall schickt er deinen Sohn an diesem Dienstag nach Dikken, um das Geld zu holen. Ich weiß nicht, ob du von Keller weißt, aber er war zwei Jahre Bewährungshelfer für Erich … Wir wissen nicht einmal, ob er Erich bezahlen wollte. Vielleicht hatte Keller etwas gegen ihn in der Hand. Clausen weiß nicht, wer der Erpresser ist, er hat schon ein Leben auf dem Gewissen und will sich nicht in Abhängigkeit begeben. Er bringt Erich in dem Glauben um, den Erpresser vor sich zu haben.«

Er verstummte. Einige Sekunden verstrichen, die Reinhart vorkamen wie fünf Jahre. Danach nickte Van Veeteren zum Zeichen, dass er weitererzählen sollte.

»Danach haben wir den Mord an Vera Miller. Willst du auch darüber mehr hören?«

»Natürlich.«

»Ich weiß nicht, warum Clausen auch sie umbringt, aber sicher hängt es auf irgendeine Weise mit Keller und Erich zusammen. Clausen und Vera Miller hatten seit kurzer Zeit ein Verhältnis. Ja, so langsam dämmert uns, was hier los ist. Das Erpressungsmotiv und Aron Keller hast du uns geliefert, leider sind wir zu spät auf der Bildfläche erschienen. Am Donnerstag oder Freitag der vergangenen Woche muss etwas passiert sein, vermutlich sollte Clausen jetzt richtig zur Kasse gebeten werden. Er hat sich von der Sparkasse ein Darlehen bewilligen lassen. Hat zweihundertzwanzigtausend in bar abgehoben und ist seither verschwunden.«

»Verschwunden?«, fragte Van Veeteren.

»Wir wissen ja, was das bedeuten kann«, sagte Reinhart trocken. »Es ist nicht so schwer, da Spekulationen aufzustellen. Aron Keller ist am Samstag nach New York geflogen. In dem Hotel, in dem er zuerst abgestiegen ist, wohnt er nicht mehr, wir haben mit denen Faxe gewechselt. Wir wissen nicht, wo Clausen steckt. Er hat keinerlei Spuren hinterlassen, aber er scheint jedenfalls nicht verschwunden zu sein. Sein Pass und sogar seine Brieftasche liegen noch bei ihm zu Hause. Ich habe eigentlich nur eine Theorie, und zwar ... also, dass Keller ihn umgebracht hat. Ihn ermordet und irgendwo vergraben. Leider. Ich fürchte ... ich fürchte, du wirst niemals dem Mörder deines Sohnes von Angesicht zu Angesicht gegenübersitzen.«

Van Veeteren trank einen Schluck Bier und schaute aus dem Fenster. Eine halbe Minute verging.

»Wir können wohl nur hoffen, dass wir irgendwann seine Leiche finden werden«, sagte Reinhart und fragte sich zugleich, warum er das gesagt hatte. Als ob das irgendein Trost sein könnte.

Den Leichnam des Mannes kennen zu lernen, der einem den Sohn genommen hat? Absurd. Makaber.

Van Veeteren gab keine Antwort. Reinhart betrachtete seine Hände und zerbrach sich den Kopf über etwas, das er sagen könnte.

»Ich habe ein Foto von ihm«, sagte er endlich. »Du kannst ihn dir also ansehen, wenn du willst. Und von Keller übrigens auch.«

Er zog zwei Fotokopien aus der Brieftasche und legte sie auf den Tisch. Der *Kommissar* betrachtete sie eine Zeit lang mit gerunzelter Stirn und gab sie dann zurück.

»Warum hätte Keller ihn denn umbringen sollen?«, fragte er.

Reinhart zuckte mit den Schultern.

»Ich weiß es nicht. Das Geld muss er jedenfalls bekommen haben, sonst hätte er ja wohl kaum nach New York düsen können ... das glaube ich zumindest. Aber da sind natürlich noch viele Fragen offen. Vielleicht hat Clausen auf irgendeine Weise seine Identität herausgebracht. Keller ist ein ziemlich merkwürdiger Typ ... und er wusste, dass Clausen vor keinem Mord zurückschreckt. Er wollte sichergehen, ganz einfach. Wenn Clausen wirklich wusste, wer der Erpresser war, dann muss Keller gewusst haben, dass er gefährlich lebte.«

Van Veeteren schloss die Augen und nickte vage. Eine weitere stumme halbe Minute verstrich. Reinhart gab seine krampfhafte Suche nach Lichtblicken auf und versuchte stattdessen, sich vorzustellen, wie dem *Kommissar* wohl zu Mute war. Das hatte er natürlich die ganze Zeit getan, mehr oder weniger, und es wurde nicht leichter, wenn er sich darauf konzentrierte. Dass der Sohn ermordet wird, allein das – und dass der Mörder danach von einem anderen Verbrecher aus dem Weg geschafft wird, der auf seine Weise an Erichs Tod ebenso die Schuld trägt wie der eigentliche Mörder. Oder konnte man das nicht so sehen? Spielte es eine Rolle? Bedeutete das alles etwas, wenn es um den eigenen Sohn ging?

Eine Antwort fand er nicht. Nicht im Entferntesten.

Egal, wie man die Sache auch ansah, so war Erich Van Veeteren nur ein Stein in einem Spiel gewesen, mit dem er nichts zu tun gehabt hatte. Was für ein sinnloser Tod, dachte Reinhart. Ein ganz und gar vergebliches Opfer ... der Einzige, der etwas von seinem Tod gehabt haben konnte, war Keller, der vermutlich den Preis für sein düsteres Wissen erhöht hatte, als Clausen sich ein weiteres Leben aufs Gewissen geladen hatte.

Einfach schrecklich, dachte Reinhart zum fünfzigsten Mal an diesem düsteren Tag. Der unterirdische Regisseur hat wieder mal zugeschlagen.

»Was habt ihr jetzt vor?«, fragte Van Veeteren.

»Wir lassen Keller drüben suchen«, sagte Reinhart. »Natürlich. Vielleicht müssen wir jemanden rüberschicken ... aber es ist ein großes Land. Und für eine Weile hat er genug Geld.«

Van Veeteren setzte sich auf und schaute aus dem Fenster.

»Es schneit ziemlich stark«, sagte er. »Ich danke dir auf jeden Fall, ihr habt getan, was ihr konntet. Wir könnten vielleicht in Kontakt bleiben, ich möchte auf jeden Fall wissen, wie es weitergeht.«

»Ist doch klar«, sagte Reinhart.

Als er den *Kommissar* verließ, hätte er zum ersten Mal seit zwanzig Jahren weinen mögen.

35

Den Mittwochabend und den halben Donnerstag verbrachte er in einer alten Jugendstilvilla im Deijkstraatviertel. Krantze hatte aus einem Nachlass eine komplette Bibliothek gekauft; ungefähr viereinhalbtausend Bände mussten durchgesehen, beurteilt und in Kartons verpackt werden. Wie üblich musste er drei Kategorien im Auge behalten: die Bücher, die schwer verkäuflich und von zweifelhaftem Wert waren (die wurden zum Kilopreis veräußert), die, die im Antiquariat einen guten Eindruck machten und eventuell irgendwann in der Zukunft Käufer finden konnten (nicht mehr als zwei- oder dreihundert, wenn er an den nötigen Stellplatz dachte), und die, die er gern in seinem eigenen Bücherregal sehen wollte (höchstens fünf, mit der Zeit hatte er gelernt, moralische Fragen in klare Zahlen umzuwandeln).

Es war keine unangenehme Beschäftigung, in diesem alten Bürgerhaus zu sitzen (die Familie hatte mehrere Generationen von Juristen und Richtern beim Obersten Gericht hervorgebracht, wenn er die Genealogie richtig gelesen hatte) und in alten Büchern zu blättern. Er ließ sich die nötige Zeit, und Krantzes ererbte Gicht hinderte diesen jetzt an aller Arbeit, die nicht im Stillsitzen verrichtet werden konnte. Oder im Liegen. Natürlich hatte sich Krantze zuerst davon überzeugt, dass der Nachlass keine wissenschaftlichen Schriften aus dem 17. oder frühen 18. Jahrhundert enthielt, dieses schmale Feld war im Herbst seines Lebens zu seiner wirklichen (und einzigen, hatte Van Veeteren leider feststellen müssen) Leidenschaft geworden.

Nach Feierabend am Mittwoch verzehrte er eine düstere, einsame Mahlzeit, sah sich im Fernsehen einen alten De-Sica-Film an und las einige Stunden. Zum ersten Mal seit Erichs Tod spürte er, dass er sich auf andere Dinge konzentrieren konnte; er wusste nicht, ob das mit seinem letzten Gespräch mit Reinhart zusammenhing. Vielleicht, vielleicht nicht. Und wenn doch, warum? Vor dem Einschlafen ging er noch einmal den düsteren Verlauf der Ereignisse durch, der zum Mord an seinem Sohn geführt hatte. Und dem diese Krankenschwester dasselbe Schicksal verdankte.

Er versuchte sich den Mörder vorzustellen. Überlegte sich, dass der nicht die eigentliche Triebkraft gewesen war. Er war offenbar in eine Situation hineingerutscht, in ein immer komplizierteres und teuflisches Dilemma, das er mit allen zur Verfügung stehenden Mitteln zu lösen versucht hatte. Und deshalb hatte er mit einer Art verzweifelter, pervertierter Logik gemordet und gemordet und gemordet.

Und war am Ende selber zum Opfer geworden.

Nein, Reinhart hatte schon Recht. Es war keine schöne Geschichte.

In dieser Nacht träumte er zwei Dinge.

Zuerst träumte er von einem Besuch bei Erich, der im Gefängnis saß. Es war kein sonderlich ereignisreicher Traum; er saß einfach in Erichs Zelle auf einem Stuhl, Erich lag auf dem Bett. Ein Wärter brachte ein Tablett. Sie tranken Kaffee und aßen eine Art weichen Kuchen, ohne miteinander ein Wort zu wechseln; es war eigentlich eher eine Erinnerung als ein Traum. Ein Erinnerungsbild, das vielleicht nicht mehr zu erzählen hatte, als es darstellte. Einen Vater, der seinen Sohn im Gefängnis besucht. Einen Archetyp.

Er träumte auch von G. Von dem Fall G., seinem einzigen unaufgeklärten in all den Jahren. Auch in diesem Traum passierte eigentlich nichts. G. saß in seinem schwarzen Anzug auf der Anklagebank und betrachtete ihn aus der Tiefe seiner mörderischen Augen. Ein sardonisches Lächeln umspielte seine Lippen. Der Staatsanwalt lief hin und her und stellte Fragen, G. antwortete jedoch nicht, er musterte nur Van Veeteren auf der Zuhörertribüne mit dieser charakteristischen Mischung aus Verachtung und Trotz.

Dieser kurze Traum flößte ihm um einiges mehr an Unlust ein, aber nach dem Erwachen wusste er trotzdem nicht mehr, in welcher Reihenfolge er sie geträumt hatte. Welcher der Erste gewesen war. Beim Frühstück fragte er sich, ob sie auf irgendeine Weise aneinander geschnitten worden sein könnten, wie im Film – Erich im Gefängnis und G. vor Gericht – und welche Botschaft sich in diesem Fall in einem solchen Paralleltraum verbergen konnte.

Eine Antwort fand er nicht, vielleicht, weil er das gar nicht wollte. Vielleicht, weil es keine gab.

Als am Donnerstagnachmittag alle Bücher verpackt und die Kartons beschriftet waren, lud er seine eigene Bücherkiste ins Auto, verbrachte zwei Stunden im Schwimmbad und war gegen sechs zu Hause in Klagenburg. Auf dem Anrufbeantworter, den Ulrike ihm geschenkt hatte, fand er zwei Mitteilungen. Die eine stammte von ihr: Sie wolle am Freitag mit Morchelpastete und einer Flasche Wein vorbeischauen, behauptete sie, und sie fragte, ob er nach eigenem Gutdünken und auf eigene Faust Gewürzgurken und anderes Zubehör besorgen könne.

Die andere Mitteilung war von Mahler, der erklärte, er werde um neun Uhr unten im Verein die Figuren aufstellen.

In diesem Augenblick war der *Kommissar* bereit, dem Erfinder des Anrufbeantworters – wer immer es gewesen sein mochte – eine halbe Anerkennung zu zollen.

Es regnete, als er auf die Straße kam, die Luft jedoch war mild, und er ging, wie geplant, über den Friedhof. In der ersten Woche nach Erichs Tod war er jeden Tag dort gewesen, zumeist abends, wenn die Dunkelheit alles mit ihrer behutsamen Decke eingehüllt hatte. Der letzte Besuch war nun aber drei Tage her. Im Näherkommen verlangsamte er seine Schritte, er dachte gar nicht darüber nach, es war einfach ein automatisches, instinktives körperliches Begreifen. Das offene Gelände war um diese Zeit menschenleer, Grabsteine und Gedenkstätten ragten als noch schwärzere Silhouetten in die sie umgebende Dunkelheit hinein. Er konnte nur seine eigenen Schritte auf dem Kiesweg hören, dazu gurrende Tauben und Autos, die weit entfernt in einer anderen Welt schneller fuhren. Er erreichte das Grab. Blieb stehen und lauschte, wie üblich, die Hände in die Manteltaschen gebohrt. Falls es um diese Zeit überhaupt irgendeine Botschaft oder irgendein Zeichen zu deuten gab, dann ging das nur durch das Gehör, das wusste er.

Die Toten sind älter als die Lebenden, dachte er. Egal, wie alt sie waren, als sie die Grenze überquert haben, sie haben eine Erfahrung gemacht, die sie älter als die Lebenden werden lässt.

Sogar ein Kind. Sogar ein Sohn.

In der Dunkelheit konnte er die kleine Namenstafel nicht lesen, die sie aufgestellt hatten, während sie auf den von Renate bestellten Grabstein warten mussten. Plötzlich wünschte er, es sei möglich. Er hätte gern Namen und Datum gelesen und beschloss, beim nächsten Mal im Hellen herzukommen.

Während er noch dort stand, hörte der Regen auf, und zehn Minuten später ging er los.

Verließ seinen Sohn, diesmal mit einem *Schlaf gut, Erich* auf den Lippen.

Wenn es möglich ist, komme ich irgendwann zu dir.

In den Vereinsräumen wimmelte es von Gästen. Mahler war jedoch rechtzeitig gekommen und hatte ihnen die übliche Nische mit dem Stich von Dürer und dem gusseisernen Leuchter gesichert. Er zupfte sich am Bart und schrieb in einem schwarzen Notizbuch, als Van Veeteren eintraf.

»Neue Gedichte«, erklärte er und klappte das Buch zu. »Oder eher alte Gedanken in neuen Worten. Meine Sprache hat schon vor dreißig Jahren aufgehört, mein Gehirn zu transzendieren, und ich weiß auch nicht mehr, was transzendieren bedeutet … wie geht es dir?«

»Wie ich es verdiene«, sagte Van Veeteren und zwängte sich in die Nische. »Manchmal habe ich das Gefühl, dass ich auch das hier überleben werde.«

Mahler nickte und zog eine Zigarre aus der Brusttasche seiner Weste.

»Das ist unser Los«, sagte er. »Wen die Götter verabscheuen, lassen sie am längsten leiden. Partie?«

Van Veeteren nickte, und Mahler fing an, die Figuren aufzustellen.

Die erste Partie dauerte vierundfünfzig Züge, fünfundsechzig Minuten und drei Bier. Van Veeteren akzeptierte Remis, obwohl er ein Übergewicht von einem Bauern hatte, da es sich um einen Eckbauern handelte.

»Dein Sohn«, fragte Mahler, nachdem er sich eine Weile am Bart gezupft hatte. »Haben sie den Arsch endlich erwischt?«

Van Veeteren leerte sein Glas, ehe er antwortete.

»Vermutlich«, sagte er. »Aber die Nemesis scheint schon vorher zugeschlagen zu haben.«

»Wie meinst du das?«

»Er ist wohl irgendwo vergraben worden, wenn ich das richtig verstanden habe. Erpressungsgeschichte. Erich war nur eine Spielfigur ... diesmal hat er sich wenigstens nicht die Hände schmutzig gemacht. Seltsamerweise ist mir das ein kleiner Trost. Aber ich hätte diesem Arzt gern in die Augen gesehen.«

»Arzt?«, fragte Mahler.

»Ja. Die sollen Leben erhalten, aber dieser hier ist andere Wege gegangen. Hat lieber Leben ausgelöscht. Ich werde dir alles erzählen, aber lieber ein andermal. Wenn du einverstanden bist. Ich brauche doch zuerst ein wenig mehr Distanz.«

Mahler dachte eine Weile nach, dann bat er um Entschuldigung und ging zur Toilette. Van Veeteren drehte sich derweil fünf Zigaretten. Was zwar seiner geplanten Tagesration entsprach, die er allerdings in den letzten Wochen gesteigert hatte.

Und was spielte es schon für eine Rolle? Fünf Zigaretten oder zehn?

Mahler brachte zwei weitere Bier.

»Ich habe einen Vorschlag«, sagte er. »Wir machen einen Fischer.«

»Fischer?«, fragte Van Veeteren. »Was bedeutet das?«

»Ja, weißt du, das ist der letzte Beitrag, den dieser reizende Mensch zum Schachspiel beigesteuert hat, die Figuren werden willkürlich aufgestellt, Figur gegen Figur natürlich. Um sich diese verdammten Analysen bis zum zwanzigsten Zug zu ersparen. Der König zwischen den Türmen, das ist die einzige Bedingung.«

»Das kenne ich«, sagte Van Veeteren. »Ich habe darüber gelesen. Ich habe sogar eine Partie studiert, es sah ziemlich bescheuert aus. Ich hätte nie gedacht, dass ich es selber auch probieren müsste … analysierst du wirklich bis zum zwanzigsten Zug?«

»Immer«, sagte Mahler. »Also?«

»Wenn du darauf bestehst«, sagte Van Veeteren.

»Ich bestehe darauf«, sagte Mahler. »Prost.«

Er zwinkerte mit den Augen und griff in die Dose.

»Reihe?«

»C«, sagte Van Veeteren.

Mahler stellte seinen weißen Turm auf C 1.

»Herrgott«, sagte Van Veeteren und schaute ihn sich an.

So machten sie weiter. Nur ein Läufer landete in seiner ursprünglichen Position, die Könige waren auf E, die Damen auf G.

»Das Pferd in der Ecke macht sich gut«, sagte Mahler. »Los geht's.«

Er ersparte sich seine übliche Anfangskonzentration und spielte E 2 – E 3.

Van Veeteren stützte den Kopf in die Hände und starrte die Aufstellung an. Blieb zwei Minuten ganz und gar bewegungslos sitzen. Dann schlug er mit der Faust auf den Tisch und sprang auf.

»Satan! Ich könnte schwören … entschuldige mich mal kurz!«

Er zwängte sich aus der Nische.

»Was ist denn in dich gefahren«, rief Mahler, aber er bekam keine Antwort. Der *Kommissar* hatte sich schon zu einem der Telefone in der Eingangshalle durchgedrängt.

Das Gespräch mit Reinhart dauerte fast zwanzig Minuten, und als er zurückkam, hatte Mahler wieder zu seinem Notizbuch gegriffen.

»Sonette«, erklärte er und betrachtete seine erloschene Zigarre. »Wörter und Form. Wir sehen die Welt mit vierzehn Jahren und vielleicht auch früher ganz klar. Danach brauchen wir fünfzig Jahre, um uns eine Sprache zuzulegen, in die wir diese Eindrücke kleiden können. Die inzwischen natürlich verblasst sind … was zum Teufel war los mit dir?«

»Du musst entschuldigen«, sagte Van Veeteren noch einmal. »Ab und zu werden wir eben sogar im Herbst des Lebens noch vom Blitz getroffen. Diese verdammte Aufstellung muss ihn herbeigelockt haben.«

Er zeigte auf das Brett. Mahler musterte ihn über seine alten Brillenränder hinweg.

»Du redest in Rätseln«, sagte er.

Die Zeit der Aufklärung war jedoch noch nicht gekommen. Van Veeteren trank einen Schluck Bier, zog einen Läufer aus der Ecke und gab sich Feuer.

»Der Zug des Poeten«, stellte er fest.

VI

36

Kommissar Reinhart traf am Freitag, dem 18. Dezember, um 14.30 Uhr auf dem John-F.-Kennedy-Flughafen ein. Er wurde abgeholt von Chief Lieutenant Bloomguard, mit dem er schon telefoniert und während der vergangenen vierundzwanzig Stunden ein halbes Dutzend Faxe gewechselt hatte.

Bloomguard war Mitte dreißig, ein untersetzter, kurzbeiniger, energischer Mann, der allein schon durch seinen Handschlag die gesamte Großzügigkeit, Offenheit und Wärme der amerikanischen Kultur zu vermitteln schien. Reinhart hatte das Angebot, während seines Aufenthaltes in New York bei ihm in Queens zu wohnen, bereits abgelehnt, konnte diese Ablehnung jedoch auf der Fahrt in die Stadt und durch das verstopfte Manhattan noch mehrere Male wiederholen.

Er checkte im Trump Tower beim Columbus Circle ein. Bloomguard boxte ihm in den Rücken und gab ihm drei Stunden, um sich den Reisestaub abzuspülen. Danach sollte er vor dem Hoteleingang bereitstehen, um zu einem ordentlichen Essen im Familienkreis nach Queens verschleppt zu werden. Das war ja wohl das Mindeste.

Als Reinhart allein war, trat er ans Fenster und schaute hinaus. Zweiundvierzigster Stock mit Blick nach Norden und nach Osten auf Manhattan. Vor allem auf den Central Park, der sich wie eine verfrorene Miniaturlandschaft unter ihm ausbreitete. Die Dämmerung senkte sich bereits, aber der Horizont war noch immer grau und verwischt. Im Warten auf die Nacht schienen die Wolkenkratzer in einer Anonymität zu ruhen, die sich wohl kaum Reinharts fehlender Kenntnis ihrer Namen und Funktionen zuschreiben ließ. Auf jeden Fall nicht ganz und gar, redete er sich ein. Met und Guggenheim hinten an der Fifth Avenue auf der anderen Parkseite konnte er identifizieren, danach wurde er unsicher. Gastfreundlich sah die Gegend auf keinen Fall aus. Eher feindselig. Die Temperatur lag bei einigen Grad unter Null, wie er von Bloomguard wusste, und nachts sollte es noch kälter werden. In diesem Jahr hatte es noch nicht geschneit, aber man konnte ja hoffen.

Reinhart war vor fünfzehn Jahren zuletzt in New York gewesen. Sein einziger Besuch übrigens, und eine Ferienreise im August. Es war heiß wie in einem Backofen gewesen; er wusste noch, dass er vier Liter Wasser pro Tag getrunken und unter wehen Füßen gelitten hatte. Er wusste auch noch, dass ihm die Strandpromenade und die verfallenen Bauten von Coney Island am besten gefallen hatten. Zusammen mit Barnes & Noble, natürlich, vor allem der Filiale in der achten Straße. Die beste Buchhandlung der Welt, die mehr oder weniger rund um die Uhr geöffnet hatte und in der Cafeteria zum ungestörten Lesen einlud.

Die Reise damals war ein Vergnügen gewesen. Er seufzte und verließ das Fenster. Jetzt war er im Dienst. Er duschte, schlief eine Stunde und duschte noch einmal.

Lieutenant Bloomguard war mit einer Frau verheiratet, die Veronique hieß und sich alle Mühe gab, wie Jacqueline Kennedy auszusehen.

Nicht ohne Erfolg. Sie hatten eine Tochter, die zwei Wochen älter war als Reinharts Joanna, und sie wohnten in einem niedrigen, Hacienda-artigen Haus, das im Nordwesten von Queens lag und genauso aussah, wie er sich ein Mittelklassehaus in den USA vorgestellt hatte. Beim Essen erzählte sein Gastgeber (ab und zu angereichert durch Bemerkungen der Gastgeberin) ausgewählte Episoden aus der Familiengeschichte. Sein Vater, der als Soldat in Afrika und in Korea gedient und dafür ein halbes Dutzend Orden sowie eine Beinprothese erhalten hatte, hatte gerade eine dreifache Bypass-Operation hinter sich und schien auf dem Weg der Besserung zu sein. Veronique war gerade dreißig geworden und stammte aus Montana, wo sie auch gern Urlaub machten, um die klare Gebirgsluft zu genießen. Bloomguards jüngere Schwester war draußen in Far Rockaway vergewaltigt worden, hatte nun aber endlich einen Therapeuten gefunden, der sie offenbar wieder auf die Beine bringen konnte, und die Familie war auf koffeinfreien Kaffee umgestiegen, spielte aber mit dem Gedanken, zum normalen zurückzukehren. Und so weiter. Reinhart trug etwa ein Zehntel zu diesem Gespräch bei, und als sie beim Eis angekommen waren, ging ihm auf, dass er über Lieutenant Bloomguard und dessen Familie mehr wusste als über irgendeinen von seinen Kollegen aus Maardam.

Als Veronique sich nach getaner Tat mit Quincey (was Reinhart bisher immer für einen Jungennamen gehalten hatte) zurückzog, ließen die Herren Kriminalpolizisten sich mit einem Cognac vor dem Kamin nieder und setzten zu einer ernsthaften Diskussion des Falls an.

Um halb elf machte sich bei Reinhart der Zeitunterschied bemerkbar. Bloomguard lachte und boxte ihm abermals kumpelhaft in den Rücken. Steckte ihn in ein Taxi und schickte ihn zurück nach Manhattan.

Abgesehen davon, dass er zum Rauchen auf die Terrasse geschickt worden war, hatte Reinhart durchaus einen akzeptablen Abend verbracht.

Er wäre vermutlich schon im Taxi eingeschlafen, wenn der Fahrer nicht ein riesiger singender Puertoricaner gewesen wäre (während Reinhart Puertoricaner immer für klein gehalten hatte), der auch mitten in der Nacht noch eine Sonnenbrille trug. Reinhart dachte an eine Frage aus einem Film, »Are you blind or just stupid«, aber obwohl die ihm während der ganzen Fahrt auf der Zunge lag, wagte er doch nie, sie zu stellen.

Von seinem Zimmer aus rief er Winnifred an und erfuhr, dass es bei ihr Viertel vor sechs Uhr morgens war. Er zog sich aus, ließ sich ins Bett fallen und war gleich darauf eingeschlafen.

Es waren noch fünf Tage bis zum Heiligen Abend.

Am Samstagmorgen fuhr Lieutenant Bloomguard ihn nach Brooklyn. Hinter dem Sunset Park bogen sie von der 5th Avenue ab und hielten dann auf der 44th Street. Nur wenige Häuser von ihrem Ziel entfernt, das an der Ecke der 6th Avenue lag. Einem schmutzig braunen Klinkerhaus mit drei schmalen Stockwerken und dunklen Fenstern, das sich durch nichts von den anderen Häusern der Gegend unterschied. Eine kurze Treppe führte zur Haustür hoch, zwei müde Müllsäcke lagen vor dem Haus auf der Straße.

Latinos und orthodoxe Juden, hatte Bloomguard erklärt. Und Polen. Das ist der größte Bevölkerungsanteil hier draußen, die Juden wohnen aber zumeist ein Stück weiter oben, um die 10th und 11th.

Sie blieben eine Weile im Auto sitzen, und Reinhart versuchte noch einmal zu betonen, wie brisant diese erste Begegnung war. Wie verdammt brisant. Bloomguard verstand den Wink.

»Ich warte im Auto«, sagte er. »Geh du hinein, mir fällt es so schwer, die Klappe zu halten.«

Reinhart nickte und stieg aus. Warf einen Blick auf den Park, auf die weite Rasenfläche und die grauweiße, niedrige Sporthalle in der Mitte. Und auf etwas, das aussah wie ein Schwimmbad. Das hier sei absolut kein Touristenviertel, hatte Bloomguard gesagt. Und auch kaum eine Gegend für ehrsame Menschen. Zumindest nicht nachts. Nach Einbruch der Dunkelheit änderte der Sunset Park seinen Namen zu Gunshot Park. Zumindest im Volksmund.

Im Moment sah alles ziemlich friedlich aus. Ein Jogger mühte sich einen asphaltierten Gehweg hinauf, einige offenbar arbeitslose Herren mit Wollmützen saßen auf einer Bank und ließen eine in eine Papiertüte eingewickelte Flasche zwischen sich umherwandern. Zwei dicke Frauen zogen einen Kinderwagen und unterhielten sich mit großen Gesten. Einer der kahlen Bäume war mit Schuhen voll gehängt, und Reinhart erinnerte sich, dieses Motiv einmal auf einer Postkarte gesehen zu haben. Er wusste nicht mehr, wer sie geschrieben hatte.

Es war kalt in der Luft. Ein eisiger Wind kam vom Hudson River hochgefegt, der Schnee schien nicht weit weg zu sein. Die Aussicht war großartig. Im Norden hob sich die Skyline von Manhattan von einem stahlgrauen Himmel ab, ein wenig weiter westlich sah er die gesamte Hafeneinfahrt mit der Freiheitsstatue und Staten Island.

Dort sind sie angekommen, dachte Reinhart. Das hier ist dann die Neue Welt geworden.

Er ging vorbei an drei Häusern und vier Autos; an großen, leicht angerosteten Straßenkreuzern, und erreichte die Nummer 602. Die Ziffern zeigten die Position an. Das zweite Haus zwischen der 6th und der 7th Avenue, hatte er gelesen. Er stieg die acht Treppenstufen hoch und schellte. Ein Hund bellte los.

Brisant, dachte er noch einmal. Verdammt brisant.

Die Tür wurde von einem Jungen von vielleicht dreizehn mit Brille und vorstehenden Zähnen geöffnet. Er hielt ein Butterbrot mit Schokolade in der Hand.

»Ich suche Mrs. Ponczak«, sagte Reinhart.

Der Junge rief etwas ins Haus hinein, und bald darauf kam eine kräftige Frau die Treppe herab und grüßte.

»Das bin ich«, sagte sie. »Ich bin Elizabeth Ponczak. Worum geht es?«

Reinhart stellte sich vor und wurde in die Küche gebeten. Das Wohnzimmer war von dem Jungen und einem Fernseher belegt. Sie ließen sich an einem schmalen, gebrechlichen Kunststofftisch nieder, und Reinhart sagte seinen sorgfältig vorbereiteten Spruch auf. Auf Englisch, warum, wusste er nicht.

Es dauerte einige Minuten, und die ganze Zeit saß die Frau vor ihm und streichelte eine gelbgraue Katze, die auf ihren Schoß gesprungen war. Der bellende Hund schien ins Nachbarhaus zu gehören, ab und zu konnten sie ihn heulen oder knurren hören.

»Ich verstehe Sie nicht«, sagte sie schließlich. »Warum sollte er zu mir kommen? Wir haben seit fünfzehn Jahren keinen Kontakt mehr. Es tut mir Leid, aber ich kann Ihnen nicht weiterhelfen.«

Ihr Englisch war schlechter als seins, wie er feststellte.

Vielleicht sprach sie mit Mr. Ponczak, falls ein solcher vorhanden war, Polnisch. Zu Hause schien dieser Mann im Moment jedenfalls nicht zu sein.

Ja ja, dachte Reinhart. Das wäre das.

Er selber hatte nicht die Wahrheit gesagt. Aber was war mit ihr? Das konnte er nicht beurteilen. Während seines Vortrags hatte er ihre Reaktionen genau beobachtet, nichts jedoch hatte darauf hingewiesen, dass sie etwas verhehlte oder irgendeinen Verdacht hegte.

Wenn sie nur nicht so phlegmatisch wäre, überlegte er sich gereizt. Solche dicken trägen Menschen hatten nie Probleme, wenn sie etwas verbergen wollten. Das hatte er schon häufiger überlegt. Die konnten einfach leer vor sich hinglotzen, wie sie das sonst auch immer machten.

Als er wieder auf der Straße stand, wusste er, dass das eine ungerechte Verallgemeinerung gewesen war. Ungerecht und unangebracht. Aber zum Teufel, er war doch mit dieser einen Trumpfkarte über den Atlantik gereist. Mit einer jämmerlichen Trumpfkarte, die er ausgespielt und mit der er nicht den kleinsten Stich gemacht hatte.

Er wanderte zu Bloomguard und dem Wagen.

»Na, wie ist's gelaufen?«, fragte Bloomguard.

»Nada«, sagte Reinhart. »Leider.«

Er ließ sich auf den Beifahrersitz sinken.

»Können wir irgendwo einen Kaffee trinken? Mit Koffein?«

»Sicher«, sagte Bloomguard und ließ den Motor an. »Plan B?«

»Plan B«, seufzte Reinhart. »Vier Tage, wie gesagt, dann scheißen wir darauf. Ich habe so viel Zeit, wie ich brauche. Und es steht fest, dass du weiter mitmachen kannst?«

»Aber sicher«, sagte Bloomguard begeistert. »Und du brauchst auch nicht selber den Spion zu spielen. Wir haben in dieser Stadt allerlei Ressourcen, es weht jetzt sozusagen ein anderer Wind als vor fünfzehn Jahren. Zero Tolerance, anfangs war ich ja skeptisch, das gebe ich zu, aber Tatsache ist, dass es funktioniert.«

»Das habe ich gehört«, sagte Reinhart. »Aber ich will hier nicht den Touristen spielen. Außerdem müssen wir das rund um die Uhr machen, sonst können wir es gleich sein lassen.«

Bloomguard nickte.

»Du bekommst ein Auto gestellt«, sagte er. »Wir machen einen Zeitplan, und du kreuzt die Zeiten an, die du übernehmen willst. Um den Rest kümmere ich mich. Okay, compadre?«

»No problem«, sagte Reinhart.

Als es dann so weit war, verschob er seine erste Schicht auf den Sonntag. Bloomguard sagte, ab vier Uhr am Samstagnachmittag werde an der Ecke 44th Street und 6th Avenue ein Wagen mit zwei Zivilfahndern Posten stehen. Reinhart verbrachte den Nachmittag und den Abend mit einem Streifzug durch Manhattan. Soho. Little Italy. Greenwich Village und Chinatown. Am Ende landete er bei Barnes & Noble. Das war sozusagen unvermeidlich. Er las. Trank Kaffee und aß Schokoladenkuchen und hörte sich Dichterlesungen an. Kaufte fünf Bücher. Um halb zehn ging er wieder los und fand die richtige U-Bahn zum Columbus Circle. Als er die U-Bahnstation verließ, schneite es.

Was mache ich hier, dachte er. In dieser Stadt gibt es über sieben Millionen Menschen. Wie kann ich mir einbilden, dass ich jemals den Richtigen finden werde? Eher verirre ich mich selber und verschwinde, als dass ich etwas entdecke.

Im Fahrstuhl fiel ihm ein, dass es der *Kommissar* gewesen war, der ihn davon überzeugt hatte, dass dieser Plan gelingen könnte, aber im Moment war das ein ziemlich schwacher Trost. Zumindest jetzt und in der Einsamkeit des Samstagabends.

Als er anrief und Winnifred zum zweiten Mal hintereinander nachts weckte, erzählte sie, dass auch in Maardam der Schnee fiel.

37

Moreno war mit Marianne Kodesca im Roten Moor zum Mittagessen verabredet. Laut Inspektor Rooth war das Rote Moor ein Stammlokal von Frauen zwischen vierunddreißigeinhalb und sechsundvierzig, die sich von Möhren und Keimen ernährten, elegante Damenzeitschriften lasen und einen oder zwei Kerle auf den Schrotthaufen der Geschichte geworfen hatten. Moreno hatte noch nie einen Fuß in dieses Restaurant gesetzt und war ziemlich sicher, dass Rooth auch noch nie dort gewesen war.

Frau Kodesca (in zweiter Ehe mit einem Architekten verheiratet) hatte nur eine Dreiviertelstunde. Sie hatte einen wichtigen Termin, und über ihren ersten Mann konnte sie wirklich nichts sagen.

Das hatte sie bereits am Telefon klargestellt.

Sie aßen Salat della Piranesi, tranken Mineralwasser mit einem Schuss Limonensaft und hatten einen guten Blick auf den Marktplatz, der zum ersten Mal seit undenklichen Zeiten schneebedeckt war.

»Pieter Clausen«, sagte sie, als sie fand, das einleitende Geplänkel könnte ein Ende haben. »Können Sie ein wenig über ihn erzählen? Wir brauchen ein deutlicheres psychologisches Portrait, sozusagen.«

»Hat er etwas angestellt?«, fragte Marianne Kodesca und zog die Augenbrauen bis zum Haaransatz hoch. »Warum suchen Sie ihn? Das müssen Sie mir nun wirklich erklären.«

Sie zog ihren rostroten Schal so zurecht, dass das Etikett besser zu sehen war.

»Das steht noch nicht so ganz fest«, sagte Moreno.

»Nicht? Sie müssen doch wissen, warum Sie ihn suchen?«

»Er ist verschwunden.«

»Ist ihm etwas zugestoßen?«

Moreno legte ihr Besteck hin und wischte sich mit der Serviette den Mund.

»Wir haben einen gewissen Verdacht gegen ihn.«

»Verdacht?«

»Ja.«

»Weshalb?«

»Das darf ich Ihnen nicht sagen. Sie müssen entschuldigen.«

»Er hat wirklich noch nie solche Tendenzen gezeigt.«

»Was für Tendenzen?«

»Kriminelle. Davon ist hier doch die Rede?«

»Haben Sie noch immer Kontakt zueinander?«, fragte Moreno.

Marianne Kodesca ließ sich im Sessel zurücksinken und betrachtete Moreno mit einem Lächeln, das mit Zirkel in eine Kühlschranktür geritzt worden zu sein schien. Sicher hat sie Zahnschmerzen, dachte Moreno. Ich kann sie nicht leiden. Muss mich zusammenreißen, damit ich keinen blöden Spruch bringe.

»Nein, wir haben keinen Kontakt.«

»Wann haben Sie ihn zuletzt gesehen?«

»Gesehen?«

»Getroffen. Nennen Sie es, wie Sie wollen.«

Kodesca zog durch die Nase einen Kubikmeter Luft ein und dachte nach.

»Im August«, sagte sie und stieß die Luft aus. »Hab ihn seit August nicht mehr gesehen.«

Moreno machte sich Notizen. Nicht, weil das nötig gewesen wäre, sondern um ihre Aggressionen abzulenken.

»Wie möchten Sie ihn beschreiben?«

»Ich möchte ihn gar nicht beschreiben. Was wollen Sie wissen?«

»Ich brauche einfach ein ausführlicheres Bild«, wiederholte Moreno. »Allgemeine Eigenschaften und so.«

»Was denn, zum Beispiel?«

»Ob er manchmal gewalttätig war, zum Beispiel.«

»Gewalttätig?«

Sie fischte dieses Wort mit spitzen Fingern aus einer anderen Gesellschaftsklasse.

»Ja. Hat er bisweilen zugeschlagen?«

Weiterhin spitze Finger.

»Wenn Sie dieses Gespräch lieber auf der Wache fortsetzen möchten, dann lässt sich das problemlos einrichten«, erklärte Moreno freundlich. »Das hier ist vielleicht nicht die richtige Umgebung.«

»Hmm«, sagte Marianne Kodesca. »Verzeihen Sie, es hat mir nur die Sprache verschlagen. Wofür halten Sie uns eigentlich? Ich kann mir schon vorstellen, dass Pieter etwas zugestoßen ist, aber dass er selber … nein, das ist ausgeschlossen. Vollständig ausgeschlossen, das können Sie sich in Ihrem Büchlein notieren. Haben Sie sonst noch Wünsche?«

»Wissen Sie, ob er seit der Scheidung eine neue Beziehung eingegangen ist?«

»Nein«, antwortete Marianne Kodesca und schaute aus dem Fenster. »Diese Abteilung macht mir kein Kopfzerbrechen mehr.«

»Ich verstehe«, sagte Moreno. »Und Sie haben also keine Ahnung, wo er stecken kann? Er ist seit zehn Tagen verschwunden … er hat nichts von sich hören lassen, oder so?«

Eine unwillige Falte zeigte sich an Kodescas rechtem Nasenflügel und Mundwinkel und ließ sie im Handumdrehen fünf Jahre älter aussehen.

»Ich habe doch schon erklärt, dass wir keinen Kontakt mehr miteinander haben. Sind Sie eigentlich begriffsstutzig?«

Ja, dachte Moreno. Ich kann nicht begreifen, wieso du jetzt schon zum zweiten Mal verheiratet bist.

Obwohl sie Marianne Kodesca vielleicht nicht von deren allerbester Seite gesehen hatte.

Eine halbe Stunde darauf fand sie Jung in dessen Zimmer im Polizeigebäude.

»Liz Vrongel«, sagte Jung. »Spurlos verschwunden.«

»Die auch?«, fragte Moreno.

Jung nickte.

»Aber schon vor zwanzig Jahren. Sie war ein Jahr mit Keller verheiratet ... zehn Monate, wenn wir pingelig sein wollen ... danach haben sie sich scheiden lassen, und sie ist nach Stamberg gezogen. Verwirrtes Häschen offenbar. Hat sich allen möglichen Protestbewegungen angeschlossen, wurde aus Greenpeace ausgeschlossen, weil sie einen Polizisten ins Gesicht gebissen hat. Hatte mit einigen Sekten zu tun und ist vermutlich zu Beginn der achtziger Jahre nach Kalifornien gegangen. Danach verliert sich ihre Spur. Ich weiß nicht, ob es viel bringen würde, nach ihr zu suchen.«

Moreno seufzte.

»Vermutlich nicht«, sagte sie. »Wir sollten uns wohl lieber auf die Weihnachtsfeiern konzentrieren und hoffen, dass Reinhart aus New York etwas mitbringt.«

»Hältst du das für wahrscheinlich?«

»Nicht sehr«, sagte Moreno. »Wenn ich ehrlich sein soll.«

»Wie war Clausens Ex-Frau denn so?«

Moreno überlegte kurz, wie sie sich ausdrücken sollte.

»Ein anderer Typ als Kellers Ex auf jeden Fall«, sagte sie. »Der diskrete Faschismus der Bourgeoisie, so ungefähr. Oder eigentlich gar nicht so diskret, wenn ich mir das genauer überlege. Aber sie konnte mir nichts sagen, und ich glaube nicht, dass ich noch einmal mit ihr reden möchte.«

»Reiches Miststück?«, fragte Jung.
»So ungefähr«, sagte Moreno.
Jung schaute auf die Uhr.
»Ja ja, so so«, sagte er. »Können wir jetzt nicht nach Hause gehen? Maureen redet schon davon, dass ich mir eine andere Arbeit suchen soll. Und fast möchte ich ihr zustimmen.«
»Und was möchtest du werden?«, fragte Moreno.
»Weiß ich nicht so recht«, sagte Jung und zupfte sich nachdenklich an der Unterlippe. »Platzanweiser klingt doch nett.«
»Platzanweiser?«
»Ja. So einer, der im Kino Leute mit einer kleinen Taschenlampe zu ihrem Sitz führt und in der Pause Eis verkauft.«
»So Leute gibt's nicht mehr«, sagte Moreno.
»Schade«, sagte Jung.

Am Sonntagmorgen fuhr Kommissar Reinhart allein in die 44th Street nach Brooklyn. Er kam genau eine halbe Stunde zu spät; die Nachtwache war eben gegangen, aber das braune Haus mit der Nummer 602 über der Haustür war dennoch nicht unbeobachtet. Bloomguard hatte einen weiteren Wagen geschickt – er wusste ja, dass der europäische Kollege sich in der Stadt nicht sonderlich gut auskannte.
Er hielt zwischen 554 und 556, wo es eine Parklücke gab, stieg auf der anderen Straßenseite in das Auto – ein dreißig Meter langes Oldsmobile – und wünschte Guten Morgen.
Sergeant Pavarotti war klein und dünn und sah unglücklich aus. Reinhart wusste nicht, ob das am Namen lag oder andere Gründe hatte.
Daran, dass er einen ganzen Sonntag in einem alten Auto in Brooklyn verbringen musste zum Beispiel.
»Ich habe schon oft mit einem Namenswechsel geliebäugelt«, erklärte Pavarotti. »Manchmal gerate ich in Situationen, wo ich verdammt viel lieber Mussolini heißen würde. Ich singe schlimmer als ein Esel. Wie sieht's in Europa denn so aus?«

Reinhart erklärte, es sei so, wie es sei, und fragte, ob Pavarotti besondere Interessen habe.

Baseball und Actionfilme, wie sich herausstellte. Reinhart blieb noch fünf Minuten sitzen, dann ging er zu seinem eigenen Wagen zurück. Er hatte Bloomguard gefragt, ob es nicht auffallen würde, wenn er hier Stunde um Stunde in einem Auto hinter dem Lenkrad säße, aber Bloomguard hatte nur gelacht und den Kopf geschüttelt.

»Die Leute in diesen Buden schauen nie aus dem Fenster«, hatte er erklärt. »Außerdem sitzen hier überall einsame Männer in ihren Karren, dreh einfach eine Runde, dann siehst du es auch.«

Eine Weile darauf machte Reinhart einen Spaziergang durch das ausgedehnte Viertel und konnte feststellen, dass Bloomguard die Wahrheit gesagt hatte. Auf beiden Straßenseiten standen überdimensionale Autos, und in jedem fünften oder sechsten saß ein Kaugummi kauender oder rauchender Mann. Oder einer, der in einer Tüte Kartoffelchips herumgrub. Die meisten trugen dunkle Sonnenbrillen, obwohl die Sonne weiter entfernt zu sein schien als das Mittelalter. Was soll das bloß?, dachte Reinhart.

Außerdem war es kalt, sicher mehrere Grad unter Null, und derselbe feindselige Wind wie am Vortag kam vom Fluss herauf.

Ich begreife diese Gesellschaft nicht, dachte Reinhart. Was zum Teufel machen die Leute hier? Was haben sie für Lebenslügen, die wir nicht kennen?

Er schickte Pavarotti zu einer Kaffeepause. Pavarotti schien nicht so recht zu wissen, ob er von diesem zweifelhaften Kommissar überhaupt einen Befehl entgegennehmen durfte, zog aber am Ende dann doch los.

Reinhart kletterte über die niedrige Steinmauer, die den Sunset Park umgab, und setzte sich auf eine Bank. Von hier aus hatte er Nummer 602 ebenso gut im Blick wie vom Wagen her, und er glaubte nicht, dass Frau Ponczak ihn wiedererkennen würde. Mit Wollmütze, dickem Schal und altem Militärmantel sah er wie irgendein Penner aus, wie eine dieser vom Winde hin und her getriebenen Existenzen, die sich nicht einmal ein Auto leisten könnten, um sich hineinzusetzen und auf den Tod zu warten.

Es war zehn nach elf, als Frau Ponczak aus dem Haus kam. Pavarotti war noch nicht wieder zurück, obwohl er schon vor über einer Stunde aufgebrochen war. Reinhart dachte kurz nach und beschloss dann der Frau zu folgen.

Sie ging die 5th Avenue entlang und bog dann nach links ab. Mit leichtem Watschelgang und ein wenig hinkend. Einen Moment lang glaubte er, sie sei zur U-Bahnstation in der 42th Street unterwegs ... aber dann verschwand sie im Minimarkt an der Ecke. Reinhart ging vorbei und stellte sich auf die andere Straßenseite. Stopfte sich mit Fingern wie Eiszapfen eine Pfeife.

Nach fünf Minuten kam sie mit einer Plastiktüte in jeder Hand wieder zum Vorschein. Ging auf demselben Weg über die 5th Avenue, auf dem sie gekommen war. Bog wieder in die 44th Street ab und war eine Minute darauf zu Hause in Nummer 602.

Reinhart setzte sich ins Auto. Ja ja, dachte er. Vermutlich der dramatische Höhepunkt des Tages. *Mrs. Ponczak goes shopping.* Klang wie ein englisches Sozialdrama.

Auf jeden Fall hatte er richtig getippt, wie sich herausstellte. Weder Frau Ponczak noch ihr träger Sohn mochten an diesem eiskalten, windigen Dezembersonntag das Haus verlassen, und warum hätten sie das auch tun sollen? Es gab doch zum Beispiel den Fernseher. Irgendein eventueller Herr Ponczak ließ sich nicht sehen, und Reinhart nahm an, dass er irgendwo im Haus herumlungerte und Zeitung las oder seinen Rausch ausschlief, wenn es ihn denn wirklich gab. Er an Herrn Ponczaks Stelle hätte das jedenfalls getan.

Er selber wanderte im Sunset Park herum oder saß neben dem düsteren Pavarotti im Auto. Er griff die Frage auf, wie sie sich verhalten sollten, falls ihr Fahndungsobjekt noch einmal das Haus verließe. Pavarotti meinte, das Haus sei das Fahndungsobjekt, nicht seine Besitzerin, das habe Bloomguard klar gesagt. Ausdrücklicher Befehl. Um unnötige Missverständnisse zu vermeiden, rief Reinhart Bloomguard zu Hause in Queens an und ließ sich neue Instruktionen geben. Falls Objekt Ponczak (Mrs.) Objekt Ponczak (Haus) verließe, solle Pavarotti Erstere beschatten. Reinhart solle unter allen Umständen an der besagten Straßenecke warten, da er für Verfolgungsaufgaben in einer Stadt von sieben Millionen Einwohnern, von denen ihm sechs Personen, zwei Parks und fünf Gebäude namentlich bekannt waren, als nicht hundertprozentig geeignet erschien.

Gegen zwei Uhr holte Pavarotti für jeden einen Karton Junkfood, um vier Uhr hatte Reinhart das erste der bei Barnes & Noble erstandenen Bücher gelesen – *Sun Dogs* von Robert Olen Butler – und um Punkt 18.00 Uhr wurden sie von der Nachtschicht abgelöst.

Ansonsten geschah nichts, weder in Haus Nummer 602 noch in der Umgebung.

Wenn ich auf dem Rückweg ins Hotel nicht überfahren oder überfallen werde, dachte Reinhart, dann kann hier absolut die Rede von einem ruhigen Sonntag sein.

Ihm passierte weder das eine noch das andere. Nachdem er seine Körpertemperatur so ungefähr auf Normalniveau hochgebadet hatte, rief Bloomguard an, um ihn zu einer kleinen Zwischenmahlzeit einzuladen, aber er lehnte dankend ab. Machte einen langen und dunklen Spaziergang durch den Central Park (abermals, ohne überfallen oder überfahren zu werden), aß in einem italienischen Restaurant auf der 49th Street zu Abend und kehrte gegen elf Uhr zum Hotel und zum nächsten Buch zurück.

Einem so dünnen Faden bin ich wohl noch nie gefolgt, dachte er. Noch drei Tage. Vergeudet, wie Rosen für eine

Ziege. Ohne den *Kommissar* und seine verdammte Intuition, da …

Er stellte den Wecker auf 02.15 Uhr, und als der schellte, hatte er anderthalb Stunden geschlafen. Er brauchte eine Weile, um sich daran zu erinnern, wie er hieß, wo er sich befand und warum er hier war. Und warum er sich hatte wecken lassen.

Danach führte er ein transatlantisches Telefongespräch und hörte die morgenmuntere Stimme seiner Tochter.

38

Der Montag verlief ein wenig ereignisreicher als der Sonntag.

Aber nur ein wenig. Reinhart hatte eben erst am Sunset Park Position bezogen, als sowohl Mutter als auch Sohn Ponczak aus dem Haus kamen. Pavarotti war für diesen Tag gegen einen um einiges optimistischeren Sergeant Baxter ausgetauscht worden, der aussah wie eine gelungene Kreuzung zwischen einer Bulldogge und einem jungen Robert Redford, und nach kurzer Überlegung stieg der Sergeant aus dem Wagen und folgte Mrs. Ponczak zur 5th Avenue. Der Sohn lief in die genau entgegengesetzte Richtung, nach Westen, auf die 7th Street zu, aber Reinhart hielt ihn für weniger interessant (auch in diesem Land besuchten Kinder wohl die Schule, nahm er an) und blieb in Baxters Auto sitzen.

Eine Stunde und zehn Minuten vergingen, bis dann wieder etwas passierte. Baxter rief aus einem Warenhaus unten am Pacific (noch immer Brooklyn) an und berichtete, dass er Kaffee trank (mit Koffein), und zwar in einer Cafeteria, die der Drogerie, in der Mrs. Ponczak offenbar arbeitete (zumindest an diesem Tag), genau gegenüberlag.

Da 602 verlassen zu sein schien (Mr. Ponczaks Existenz wirkte mit jeder Stunde unwahrscheinlicher) beschloss Reinhart, dass Baxter weiter Kaffee trinken und das bewegliche Objekt bewachen sollte, während er sich um das weniger bewegliche Haus am Sunset Park kümmerte.

Herrgott, dachte er nach dem Gespräch mit Baxter. Hab ich vor fünfundzwanzig Jahren auch schon so was gemacht?

Um halb eins hatte er sechzig Seiten von James Ellroys *My Dark Places* gelesen und fragte sich abermals, in was für einem Land er sich hier befand. Um ein Uhr verließ er für einige Minuten den Wagen, um sich im Minimarkt an der Ecke 5th und 45th Street etwas zu essen zu holen. Er kaufte Bananen, eine Flasche Mineralwasser, einen Schokoladenkuchen und einige Bagels; offenbar lag an jeder Straßenecke so ein Minimarkt, er hatte die freie Auswahl. Als er zum Auto zurückging, spürte er, dass die Luft ein wenig milder geworden war, und eine Viertelstunde darauf fing es an zu regnen. Er schaute sich weiter in Ellroys morbider Welt um und telefonierte zweimal mit Baxter und Bloomguard. Um halb vier kam Ponczak jr. zusammen mit einem rothaarigen Schulkameraden nach Hause, und eine halbe Stunde später wurde Reinhart abgelöst.

Montag, dachte er auf dem Weg nach Manhattan. Noch zwei Tage.

Was zum Teufel mache ich hier eigentlich?

Obwohl die schmutzige Dämmerung bereits in der Luft hing, fuhr er mit der Fähre nach Staten Island hinüber. Erwischte gerade noch den Bus nach Snuck's Harbor, wo er dann eine Stunde zwischen verrottenden Blättern herumwanderte – vor fünfzehn Jahren war er mit einer jungen Frau hier gewesen, deshalb war er wieder hergekommen, aber es war nicht dasselbe Gefühl. Damals war es dreißig Grad über Null gewesen, und die Blätter hatten an den Bäumen gehangen.

Sie hatte Rachel geheißen, hieß hoffentlich immer noch so, und er wusste noch, dass er sie vier Tage lang leidenschaftlich geliebt hatte. Mit Kopf, Herz und Schwanz. Am fünften Tag hatte der Kopf (und vielleicht auch das Herz) ein Veto eingelegt, und nach dem sechsten hatten sich Rachels und seine Wege getrennt.

Den Abend verbrachte er zusammen mit Bloomguard in einem asiatischen Restaurant in der Canal Street. Bloomguard hätte ihn auch gern ins Police Plaza mitgenommen, um ihm die neuesten technischen Errungenschaften in Bezug auf Verbrechensbekämpfung zu zeigen (elektronische Abhöranlagen, Laser-Sweeper und so weiter), aber Reinhart lehnte so höflich wie möglich ab.

Gegen Mitternacht war er wieder im Hotel. Winnifred hatte ein Fax mit Joannas Handumrissen und der Mitteilung geschickt, dass sie ab dem 27. vierzehn Tage lang über Professor Gentz-Hilliers Haus in Limbuijs verfügen könnten.

Er schob das Fax unter das Kopfkissen und schlief ein, ohne zu Hause anzurufen.

Als er am Dienstagmorgen zum Sunset Park kam, begriff er zunächst nicht, was Sergeant Pavarotti zu ihm sagte.

»Der Ficker ist drinnen.«

»Was?«, fragte Reinhart.

»Da. Der Arsch. Drinnen im Haus.«

Er deutete über seine Schulter nach hinten.

»Wer?«

»Der Kerl, den du suchst, Mann. Was glaubst du eigentlich, warum wir hier sitzen?«

»Was sagst du da, zum Teufel«, sagte Reinhart. »Was ... ich meine, was hast du gemacht? Woher weißt du, dass er im Haus ist?«

»Weil er vor meinen Augen hineingegangen ist, natürlich. Vor einer Viertelstunde. Er kam die 5th herunter ... vermutlich mit der U-Bahn bis zur 45th. Latschte an mir vorbei, ging die Treppe hoch, klingelte und ... dann hat sie ihn reingelassen. Der Junge war erst vor fünf Minuten zur Schule gegangen. Die sind drinnen, wie gesagt.«

»Jesusfuckingchrist«, sagte Reinhart als Beweis dafür, dass

er begriffen hatte. »Und welche Maßnahmen hast du ergriffen?«

»Ich halte mich natürlich an meine Anweisungen«, schnaubte Pavarotti. »Er ist schon unterwegs. Kann jeden Moment hier sein.«

Reinhart hatte das Gefühl, plötzlich aus einem drei Tage langen Schlaf erwacht zu sein.

»Gut«, sagte er. »Verdammt gut.«

»Das wird eine einfache Operation«, stellte Bloomguard fest, »aber wir dürfen kein Risiko eingehen. Zwei Mann gehen auf die Rückseite. Zwei decken Straße und Fenster nach vorn. Zwei klingeln ... ich selber und Commissioner Reinhart. Es gibt keinen Grund zu der Annahme, dass er bewaffnet ist, aber wir gehen trotzdem wie immer vor.«

Wie immer?, dachte Reinhart.

Zwei Minuten später war die Verstärkung zur Stelle. Pavarotti blieb mit dem Telefon in der einen und einer Waffe in der anderen Hand im Wagen sitzen. Auf ein Zeichen von Bloomguard ging Reinhart die acht Treppenstufen hoch und klingelte. Bloomguard folgte in zwölf Zentimeter Entfernung. Mrs. Ponczak öffnete die Tür.

»Ja?«, fragte sie überrascht.

Drei Sekunden später standen vier Mann im Haus. Die Sergeants Stiffle und Johnson nahmen das Obergeschoss. Bloomguard und Reinhart stürmten Küche und Wohnzimmer im Parterre.

Er saß in der Küche.

Als Reinhart ihn entdeckte, hatte er sich gerade auf seinem Stuhl halb umgedreht und die beiden kräftigen Polizisten entdeckt, die auf dem Küchenbalkon standen und mit ihren 7,6 Millimeter Walthers auf ihn zielten. Bloomguard stand Schulter an Schulter mit Reinhart und zielte ebenfalls.

Reinhart stopfte seine Waffe in den Halfter und räusperte sich.

»Dr. Clausen«, sagte er. »Ich habe das zweifelhafte Vergnügen, Sie wegen Mordes an Erich Van Veeteren und Vera Miller zu verhaften. Sie haben das Recht zu schweigen, alles, was Sie sagen, kann gegen Sie verwandt werden.«

Der andere sank ein wenig, aber wirklich nur ein wenig, in sich zusammen. Stellte seine Kaffeetasse auf den Tisch. Schaute Reinhart ins Gesicht, ohne eine Miene zu verziehen. Sein dunkles Gesicht sah verhärmt aus: Es zeigte einen Zweitagebart und dunkle Ringe unter den Augen. Schläft wohl nicht gut, dachte Reinhart. Wäre ja auch kein Wunder.

Aber es gab noch einen weiteren Zug, der ganz frisch zu sein schien. Als sei er erst vor kurzer Zeit in diesem Gesicht gelandet. Einen entspannten Zug.

So war es wohl. Vielleicht empfand er jetzt endlich Entspannung.

»Keller«, sagte er mit schwacher Stimme, es war nur ein Flüstern. »Sie haben Keller vergessen. Den habe ich auch umgebracht.«

»Das haben wir schon vermutet«, sagte Reinhart.

»Es tut mir Leid.«

Reinhart sagte nichts dazu.

»Das alles tut mir Leid, aber dass ich Keller umgebracht habe, freut mich.«

Reinhart nickte.

»Den Rest erledigen wir auf der Wache. Bringt ihn weg.«

Mrs. Ponczak hatte kein Wort gesagt, seit sie hereingestürmt waren, und sie sagte auch kein Wort, als ihr Bruder abgeführt wurde.

Reinhart ging in der Diele als Letzter an ihr vorbei; er blieb einen Moment stehen und suchte nach etwas, das er sagen könnte.

»Verzeihen Sie unser Eindringen«, war das Einzige, was ihm einfiel. »Wir lassen von uns hören.«

Sie nickte und schloss hinter ihm die Tür.

Er verhörte Pieter Clausen drei Stunden lang in einem hellblauen Zimmer auf der Wache des 22. Polizeibezirks. Nahm alles auf Band auf, doch Abschrift und Unterschrift mussten wegen der Sprachenprobleme noch warten. Danach ließ er Clausen unter sicherer Bewachung in der Zelle zurück und rief von Bloomguards Büro aus in Maardam an. Nach einer Weile hatte er Moreno an der Strippe.

»Ich bringe ihn morgen Abend«, erklärte er. »Er hat alles zugegeben, ich glaube, er weiß, dass jetzt alles zu Ende ist.«

»Was ist aus Keller geworden?«, fragte Moreno.

Reinhart holte tief Luft und fing an zu erklären.

»Er hat ihn umgebracht. Hatte herausgefunden, wer er war … stand ganz einfach im Hinterhalt und hat ihn erschlagen. Im Grunde wie bei Erich und Vera Miller. Und das vor dem Haus in Boorkheim, mitten in der Wohnsiedlung, aber es war spät in der Nacht, und niemand hat etwas gesehen … in dem Moment, als Keller losfahren und das Geld holen wollte. Ja, und wenn er etwas nicht bereut, dann, dass er Keller abgemurkst hat. Er behauptet, dass Keller gewusst haben muss, dass er ihm auf die Spur gekommen war, in dieser Nacht hatte er sich mit einem großen Messer bewaffnet. Aber Clausen war eben schneller. Tja, danach hat er sich ins Auto gesetzt, ist nach Linzhuisen gefahren und hat ihn in einem Waldgebiet verbuddelt. Er hat mir die Stelle beschrieben, aber das hat vielleicht noch zwei Tage Zeit.«

»Sicher«, sagte Moreno. »Der Frost wird ihn schon konservieren. Hier wird es jetzt Winter. Und wie hat er den Rollentausch bewerkstelligt?«

»Ganz einfach. Ehe er Keller vergraben hat, hat er dessen Schlüssel und Brieftasche einkassiert. Ist zurück nach Boorkheim gefahren, in Kellers Wohnung gegangen und … ja, hat dessen Identität an sich gerissen, könnten wir wohl sagen. Sie haben sich ziemlich ähnlich gesehen, das war dem *Kommissar* ja aufgefallen, und wer zum Teufel sieht schon aus wie sein Passbild? Am Freitag hat er den Flug nach New York gebucht, hat gegen Mittag den Roller geholt und ist damit nach Sechshafen gefahren. Hat eine Nacht im Flughafenhotel verbracht und sich dann in den Flieger gesetzt. Kein Problem bei der Passkontrolle ... automatisch erteiltes Touristenvisum für zwei Monate und weiße Hautfarbe lösen alle Probleme, möchte ich meinen. Hat sich in diesem Hotel in der Lower East einquartiert, ja, das weißt du ja, hat dort aber nur eine Nacht verbracht. Hat sich bei den Russen draußen in Coney Island eine kleine Wohnung genommen. Sah einfach ein Schild in einem Schaufenster. Warum er sich nichts Besseres gesucht hat, weiß der Teufel, er hatte doch Geld genug ... Aber es war alles nicht so leicht, wie er erwartet hatte.«

»Allein mit seinem Gewissen?«, fragte Moreno.

»Vermutlich«, sagte Reinhart. »Er hat sich bei seiner Schwester gemeldet und ihr gesagt, er habe ein Problem, das war vor meinem ersten Besuch bei ihr. Sie hat ihn dann gewarnt, aber sie hatte wohl nicht begriffen, wer ich war und er konnte nicht mehr allein sein. Er hat ihr nicht erzählt, was er getan hatte, sondern nur, dass er Sorgen hat. Hat sie besucht, wenn er glaubte, dass die Luft rein war ... aber das war sie ja nun diesmal nicht. Muss sich entsetzlich isoliert gefühlt haben. Je mehr Menschen in einer Stadt wohnen, umso mehr Platz haben sie, um einsam zu sein. Ich glaube, er hatte auch reichlich Medikamente eingeworfen, und wahrscheinlich hat er deshalb alles geschafft ... scheint erst jetzt zu erfassen, dass er wirklich vier Menschen umgebracht hat.«

»Am Rande des Zusammenbruchs?«, fragte Moreno.

»Glaube schon«, sagte Reinhart. »Wir reden weiter, wenn ich wieder da bin. Kannst du übrigens dem *Kommissar* Bescheid sagen? Ich komme morgen Abend mit Clausen, und da wäre es doch gut, wenn er seine Wünsche äußert. Oder was meinst du?«

»Alles klar«, sagte Moreno. »Auf jeden Fall gibt es die letzte Runde, von der er gesprochen hat.«

»Sieht so aus«, sagte Reinhart. »Na ja, over and out und überhaupt.«

»Bis dann«, sagte Moreno.

Am Mittwochmorgen schneite es wieder. Sie saßen zu viert im Wagen zum JFK; Bloomguard und Reinhart vorne, Clausen und ein riesiger farbiger Polizist namens Whitefoot auf dem Rücksitz, die beiden Letzteren mit Handschellen aneinander gekettet, deren Schlüssel Whitefoot in der Tasche hatte, während in Reinharts Brieftasche ein Reserveexemplar lag. Es war deutlich, dass Weihnachten näher rückte, sie brauchten nur eine gute halbe Stunde zum Flughafen, und in dieser Zeit hörten sie zweimal »White Christmas« und dreimal »Jinglebells« im Autoradio. Reinhart hatte Heimweh.

»Nett, dich kennen gelernt zu haben«, sagte Bloomguard, als sie vor der Sicherheitskontrolle standen. »Wir rechnen in drei oder vier Jahren mit einem Trip nach Europa, Veronique und ich. Und Quincey natürlich. Vielleicht können wir uns auf einen Kaffee treffen? In Paris oder Kopenhagen oder so?«

»Sicher«, sagte Reinhart. »Sowohl als auch. Du hast meine Karte.«

Sie schüttelten einander die Hände, und Bloomguard kehrte in die Abflughalle zurück. Clausen schien mit jeder Stunde, seit sie ihn gefunden hatten, lebloser zu werden, und Whitefoot konnte ihn nur mit größter Mühe ins Flugzeug schaffen. Reinhart war im Grunde dankbar dafür, dass nicht er auf diesem sieben Stunden langen Flug an den Mörder gekettet dasitzen musste. Er hatte natürlich angeboten, den Arzt allein nach Hause zu bringen, aber damit war er auf taube Ohren gestoßen. Whitefoot hatte schon häufiger solche Reisen unternommen und wusste, worauf er zu achten hatte. Er drückte Clausen auf den Fensterplatz, setzte sich daneben und überließ Reinhart den Gangplatz. Er erklärte Clausen, dass er ihn zur Toilette begleiten werde, mehr nicht, und dass er seinen rechten Arm als amputiert betrachten könne. Alle Tätigkeiten

– essen, in Büchern und Zeitschriften blättern, in der Nase bohren – mussten mit links erledigt werden. Das sei keine Kunst, erklärte Whitefoot, sie hätten schließlich mehr Zeit als in fucking hell.

Reinhart war dankbar, wie gesagt. Las weiter im Buch von Ellroy, schlief, aß und hörte Musik, und um 22.30 Uhr, Ortszeit, landeten sie in Sechshafen in einem nebligen Europa. Whitefoot verabschiedete sich. Checkte für eine Nacht im Flughafenhotel ein, überließ Clausen Reinharts, Rooths, Morenos und Jungs Obhut und wünschte fröhliche Weihnachten.

»Drei Stück?«, fragte Reinhart. »Verdammt, ihr hättet doch nicht alle zu kommen brauchen.«

»DeBries und Bollmert warten im Wagen«, sagte Moreno.

Es war noch ein Tag bis zum Heiligen Abend.

39

Reinhart hatte weder eine Besprechung noch sonst irgendwas anberaumt.

Trotzdem fand sich am folgenden Tag, am Donnerstag, dem 24. Dezember, das Quartett um zehn Uhr in seinem Zimmer ein. Es war der Vormittag des Heiligen Abends. Moreno und Jung saßen auf der Fensterbank und versuchten nicht den Regen anzustarren, der in den frühen Morgenstunden eingesetzt und alle Träume von einem weißen Wochenende bereits weggespült hatte. Es war grau, nass und windig, die Stadt hatte ihre Grundstimmung wiedergefunden.

Ein wenig weiter vom Regen entfernt hing Reinhart hinter seinem Schreibtisch, deBries und Rooth waren neben dem ramponierten Christstern, mit dem irgendwer (vermutlich Frau Katz auf persönlichen Befehl des Polizeipräsidenten) das Zimmer geschmückt hatte, in den Besuchersesseln versunken.

»Das hätten wir dann«, stellte deBries fest. »Sehr gutes Timing, muss man sagen.«

Reinhart steckte sich die Pfeife an und hüllte Blume und deBries in Rauch.

»Doch«, sagte er. »Muss man.«

»Wann kommt er?«, fragte Jung.

Moreno schaute auf die Uhr.

»Irgendwann am Vormittag«, sagte sie. »Er wollte sich nicht genauer festlegen. Wir müssen ihm vielleicht einen gewissen Spielraum lassen, wenn man daran denkt … ja, wenn man an alles Mögliche denkt.«

Reinhart nickte und setzte sich ein wenig gerader.

»Wir haben diesmal ungewöhnlich wenig Grund zur Überheblichkeit«, sagte er und ließ seinen Blick durch die Runde schweifen. »Und wo wir schon hier sitzen, könnten wir die Sache vielleicht noch einmal kurz zusammenfassen … solange es noch nicht so weit ist, meine ich.«

»Solange es noch nicht so weit ist«, wiederholte Rooth. »Ach, ach.«

»Der Mord am Sohn des *Kommissars* hat den Anfang für diesen Fall bedeutet«, sagte Reinhart, »und zur Lösung hat vor allem der *Kommissar* beigetragen. Das lässt sich nicht leugnen. Er hat das Erpressungsmotiv gefunden, hat uns den Namen Keller geliefert und den Verdacht entwickelt, dass sich in Wirklichkeit Clausen nach New York abgesetzt hat. Fragt mich nicht, wie zum Teufel das möglich ist, aber er behauptet, die Erkenntnis sei ihm beim Schachspielen gekommen …«

»Ist Keller schon gefunden worden?«, fragte deBries.

Reinhart nickte.

»Le Houde und seine Leute haben ihn heute Morgen ausgebuddelt. Clausen brauchte nicht mitzukommen, seine Beschreibung und eine Landkarte haben gereicht. Wird wohl eine winzige Trauergemeinde, wenn er wieder unter die Erde kommt. Niemand scheint Aron Keller zu betrauern, das wissen die Götter.«

»Wundert's dich«, sagte Moreno.

»Und der Doktor? Wie steht's denn mit dem Mörder?«, fragte Rooth. »Putzmunter?«

Reinhart rauchte schweigend eine Weile weiter.

»Weiß nicht so recht«, sagte er dann. »Ich glaube nicht, dass er noch lange durchhält. Und wie diese Begegnung auf ihn … nein, ich habe keine Ahnung. Ich habe übrigens versprochen, dass sie allein sein werden. Ich hoffe, das geht jetzt nicht alles zum Teufel.«

Das Telefon klingelte. Es war Joensuu, der unten Dienst hatte.

»Er ist jetzt hier«, erklärte er feierlich. »Der *Kommissar* ist hier.«

Es hörte sich so an, als habe er dabei salutiert.

»Alles klar«, sagte Reinhart. »Krause soll mit ihm in den Arrest gehen. Ich komme in einer Minute nach.«

Er legte auf und schaute sich um.

»All right«, sagte er und erhob sich. »Kriminalkommissar Van Veeteren ist soeben eingetroffen, um den Mörder seines Sohnes zu verhören. Worauf zum Teufel wartet ihr noch?«

Die Zelle war blassgrün und viereckig. Sie war einfach möbliert; ein Tisch mit zwei Stahlrohrstühlen, zwei weitere Stühle vor einer Wand. Keine Fenster, an der Decke eine Leuchtröhre, die jeden Quadratzentimeter in klinisches, demokratisches Licht tunkte.

Kein Aschenbecher auf dem Tisch. Nur ein Wasserkrug und ein Stapel Plastikbecher.

Clausen war schon zur Stelle, als Van Veeteren hereinkam. Saß am Tisch, hatte die Hände gefaltet und den Blick gesenkt. Schlichtes weißes Hemd, dunkle Hose. Er saß seit mehreren Minuten bewegungslos da, der *Kommissar* hatte ihn durch das Guckloch betrachtet und dann Krause und Reinhart bedeutet, ihm die Tür zu öffnen.

Er zog einen Stuhl vom Tisch und nahm Platz. Clausen hob nicht den Blick, aber Van Veeteren konnte sehen, wie die Muskeln an seinem Hals und in seinem Kiefer sich anspannten. Er wartete. Faltete die Hände ebenso wie der Mörder seines Sohnes und beugte sich ein wenig über den Tisch vor.

»Weißt du, wer ich bin?«, fragte er.

Dr. Clausen schluckte, gab jedoch keine Antwort. Van Veeteren sah, dass seine Fingerknöchel weiß wurden und dass sein Kopf zitterte. Ein leises Beben, wie es vor einem Sturm das Laub durchfährt. Er hob noch immer nicht den Blick.

»Hast du mir nichts zu sagen?«

Keine Antwort. Er merkte, wie Clausen den Atem anhielt.

»Ich bin in einer Stunde mit Elizabeth Felders verabredet«, erklärte Van Veeteren. »Mit der Mutter von Wim, den du ebenfalls umgebracht hast. Soll ich ihr etwas ausrichten?«

Er wartete. Ich bin froh, dass ich keine Waffe habe, dachte er.

Endlich holte Clausen tief Luft und schaute auf. Erwiderte den Blick des *Kommissars* mit Augen, die offenbar nur zu gern in seinem Kopf versunken wären.

»Du musst wissen«, begann er, aber seine Stimme gehorchte ihm nicht. Er hustete zweimal und ließ seinen Blick herumflackern. Machte noch einen Versuch.

»Du musst wissen, dass ich noch vor zwei Monaten ein normaler Mensch war … ein ganz normaler Mensch, das möchte ich nur betonen. Ich werde mich umbringen, sowie sich eine Gelegenheit dazu bietet. Sobald sich eine Gelegenheit … bietet.«

Er verstummte. Van Veeteren blickte fünf Sekunden lang in diese toten Augen. Spürte, dass in ihm plötzlich etwas geschah. Wie seine Wahrnehmung der Zelle kleiner wurde und wie er langsam aber sicher in etwas Dunkles, Wirbelndes, etwas Saugendes und … Unwiderrufliches hinabgezogen wurde. Er kniff die Augen zusammen und ließ sich auf dem Stuhl zurücksinken.

»Viel Glück«, sagte er. »Warte nicht zu lange, denn sonst komme ich zurück und erinnere dich daran.«

Er blieb noch einige Minuten sitzen. Clausen starrte seine Hände an und zitterte noch immer. Das Ventilationssystem rauschte. In der Leuchtröhre knackte es einige Male. Ansonsten passierte nichts.

Dann erhob Van Veeteren sich. Gab durch das Guckloch ein Zeichen und verließ die Zelle.

Er wechselte weder mit Reinhart noch mit irgendeinem anderen ein Wort. Er ging auf geradem Weg durch die Eingangshalle, öffnete seinen Regenschirm und wanderte in die Stadt hinaus.